I0085603

Andrea Smith

UN NUEVO NOSOTROS

wattpad
by Montena

Papel certificado por el Forest Stewardship Council®

MIXTO
Papel | Apoyando la silvicultura responsable
FSC® C117695

Penguin Random House Grupo Editorial

Primera edición: noviembre de 2024

© 2024, Andrea Smith
© 2024, Penguin Random House Grupo Editorial, S. A. U.
Travessera de Gràcia, 47-49. 08021 Barcelona

Penguin Random House Grupo Editorial apoya la protección de la propiedad intelectual. La propiedad intelectual estimula la creatividad, defiende la diversidad en el ámbito de las ideas y el conocimiento, promueve la libre expresión y favorece una cultura viva. Gracias por comprar una edición autorizada de este libro y por respetar las leyes de propiedad intelectual al no reproducir ni distribuir ninguna parte de esta obra por ningún medio sin permiso. Al hacerlo está respaldando a los autores y permitiendo que PRHGE continúe publicando libros para todos los lectores. De conformidad con lo dispuesto en el artículo 67.3 del Real Decreto Ley 24/2021, de 2 de noviembre, PRHGE se reserva expresamente los derechos de reproducción y de uso de esta obra y de todos sus elementos mediante medios de lectura mecánica y otros medios adecuados a tal fin. Diríjase a CEDRO (Centro Español de Derechos Reprográficos, http://www.cedro.org) si necesita reproducir algún fragmento de esta obra.

Printed in Spain – Impreso en España

ISBN: 978-84-10050-96-9
Depósito legal: B-16.042-2024

Compuesto en Grafime, S. L.
Impreso en Liberdúplex, S. L.
Sant Llorenç d'Hortons (Barcelona)

GT 50969

A la persona que me cantaba cada noche Serrat y Sabina.
Gracias por pasarme tu pasión por escribir, abuelo

Prólogo 1

ZAC

Si sé lo que es el amor, es gracias a ti.
Hermann Hesse

Seis años atrás…

—Esto es un desastre. Es todo un absoluto y completo desastre.

Me vuelvo hacia Nick e intercambiamos una rápida mirada. Los dos sabemos que mi hermano solo está exagerando, pero es un día muy importante para él. Se casa y quiere que todo salga perfecto. Sin embargo, ¿de verdad es tan grave que hayan perdido mi traje?

Sé que soy el padrino, pero tengo al menos un par de atuendos elegantes en la maleta que puedo usar, como el que llevé anoche en la cena de cóctel; ni siquiera está sucio.

Nick es el primero en reaccionar. Aunque seamos primos, él es quien tiene un carácter más parecido al de mi hermano.

—No te preocupes, Alex, la *wedding planner* se está encargando de arreglarlo.

Apoya la mano en su hombro y aprieta con suavidad mientras los observo sin saber qué hacer para que Alex se relaje.

—Si Christina se entera… —Suspira, y su nerviosismo se refleja en cómo comienza a mover la pierna de forma acelerada.

—No se va a enterar porque todo se arreglará antes de que comience la ceremonia —replica Nick, y se acerca un poco más a mi hermano—. Además, ¿acaso piensas que dejaría de casarse contigo por algo como el traje del padrino?

Lo dice con un tono levemente burlón y termina abrazando a Alex. Su pierna se relaja unos momentos mientras recibe el gesto de cariño. Puedo escuchar que su respiración también se calma.

Yo me mantengo quieto en mi sitio mientras observo. No soy como ellos. No me gustan los abrazos. Siempre consigo controlar mis emociones y eso me da seguridad.

Pero en este momento, antes de la boda de mi hermano, sé que necesita mi apoyo. Tengo que decir algo.

Carraspeo y busco las palabras adecuadas cuando los dos se vuelven hacia mí:

—Es verdad, Christina te quiere mucho. Se casaría contigo incluso si aparezco desnudo en la boda.

De acuerdo. Quizá eso no haya sido el comentario más apropiado.

—O incluso si tú apareces desnudo en la boda —replica Nick divertido.

Entonces Alex por fin lo hace: se ríe. Siento una pequeña sensación de alivio y le agradezco a Nick en silencio haberme ayudado. No solo es mi primo, es mi mejor amigo y tal vez la persona que mejor me conoce en el mundo entero.

En ese momento se abre la puerta de la habitación donde estamos y parte del ruido que hay fuera penetra en nuestra pequeña burbuja. La gente ya está llegando a la celebración y los músicos afinan.

La boda tiene lugar en la que fue nuestra casa familiar hasta hace unos cuatro años, justo cuando empecé la universidad. La situación económica estaba empeorando y mi hermano, que siempre ha sido el más arriesgado de los dos, les propuso un plan audaz a nuestros padres, lo que les convirtió en empresarios. Pagaron mi primer año de universidad e invirtieron todo lo demás en el proyecto de Alex.

Sobra decir que funcionó. En poco tiempo recuperaron la inversión y con grandes beneficios. Se mudaron a Los Ángeles para estar más cerca del negocio y de nosotros, ya que mi universidad está allí. Y la casa familiar quedó relegada a visitas en ocasiones especiales, como la boda de Alexander.

—¿Alguno de vosotros es el padrino?

Los tres miramos a la chica que acaba de entrar, que ha cerrado la puerta a su espalda y vuelve a aislarnos del resto de la fiesta. Parece acalorada y trae en sus manos una tela muy larga que reconozco como un portatrajes. No es la *wedding planner*, pero estoy seguro de que la conozco de algo. Hace años la veía por el pueblo, cuando todavía vivía aquí. Pero no es precisamente eso lo que me hace tardar en reaccionar.

Unos rizos oscuros enmarcan su rostro en forma de corazón. Sus ojos son grandes y brillantes, de color chocolate, y sus espesas pestañas, oscuras. La nariz es respingona y la mirada desafiante. Y es justamente eso último lo que hace que me dé un vuelco el corazón.

No creo en los flechazos ni en ninguna idiotez así. De hecho, es muy probable que ni siquiera creyera en el amor de no ser por Alex y lo mucho que quiere a Christina. Pero sí creo en la atracción.

Y esta chica es, de lejos, la persona más preciosa que he visto en mi vida. Pero no solo eso. Desprende un aura, una energía que…

—¿Y bien? —replica, impaciente.

—Sí, soy yo —contesto por fin.

Sus ojos grandes y oscuros se clavan en mí y tengo que tragar saliva.

Asiente con la cabeza y camina decidida en dirección a mí, hasta quedar tan cerca que puedo apreciar que tiene esa nariz tan respingona cubierta de pequeñas pecas.

Entonces me espeta:

—Genial. Desnúdate.

No sé qué decir. Se me olvida hasta cómo hablar.

Me he quedado completamente en blanco, y eso no me gusta. Yo siempre siempre controlo mis emociones.

Así que suelto de manera abrupta lo primero que se me pasa por la cabeza:

—¿No vamos un poco rápido? No sé, mejor tomamos un café primero, vamos al cine...

Tardo en darme cuenta de la tontería tan grande que acabo de decir, casi al mismo tiempo que la chica que tengo delante abre la boca con estupefacción.

La cierra casi al instante mientras Nick y Alex disimulan una risa tosiendo.

—Yo... —comienzo a decir con intención de disculparme, pero ella me interrumpe.

Empuja el portatrajes contra mí y replica con brusquedad:

—Lo que quería decir es que aquí está tu traje para la boda. —Después retrocede un paso, como si yo fuera venenoso y mira detrás de mí, supongo que a mi hermano—. Buena suerte.

Se gira y sale de la habitación sin añadir nada más. Cuando la puerta por fin se cierra, Alex y Nick dejan de contenerse y estallan en carcajadas. Siento el calor subiéndome por el cuello, pero trato de ignorarlo.

—Genial, hermano —se burla Alex—. Estás hecho todo un donjuán.

Me posa la mano en el hombro y me da unos pequeños golpes mientras sus ojos, igual de verdes que los míos, se iluminan divertidos. Por lo menos me alegra saber que mis nulas habilidades sociales han servido para que se termine de relajar.

—Yo creo que la tienes enamoradísima —sigue la broma Nick—. Seguro que si vas desnudo a la ceremonia te acepta la cita.

Arrugo la nariz y me alejo de ellos hacia el baño con el traje colgando del brazo.

—Ja, ja. Qué graciosos.

—Eh, has sido tú el que le ha insinuado a la chica que iba muy rápido —replica Nick.

Lo único que escucho mientras me encierro en el servicio son sus risas. Al mirarme reflejado en el espejo puedo ver las mejillas encendidas incluso debajo de la barba recién recortada para el evento. El hombre de veintidós años del espejo me devuelve la mirada, avergonzado.

Respiro y me tomo unos segundos para calmarme. Cuando salgo, vestido con el nuevo traje, estoy tranquilo, listo para que comience la boda. A diferencia de mi hermano, que vuelve a ser un manojo de nervios, pero Nick está aquí y le ayuda a calmarse.

Treinta minutos después, la ceremonia comienza y, tal como esperábamos, todo va bien. Christina y Alex están locamente enamorados y eso es lo más importante.

Todos aplaudimos cuando se dan el «sí, quiero» y las familias, orgullosas, hacen fotos a los novios. Yo me alejo con Nick a la barra y nos tomamos una copa de vino juntos mientras los novios atienden a los invitados. No me gusta estar rodeado de tanta gente.

De manera inconsciente, busco a la chica entre ellos. No tardo en encontrarla, casi siempre cerca de la *wedding planner*. Va vestida de negro, al igual que los camareros, pero un poco más formal. Está ayudando a los invitados a encontrar su sitio en las mesas y tiene que arreglar la zona de photocall cuando una mujer tira una de las letras gigantes con los nombres de los recién casados.

No sé cuánto tiempo paso mirándola antes de que Nick se aleje con la excusa de invitar a bailar a una chica y, al poco tiempo, mi hermano toma su lugar. Se apoya en la barandilla que da al jardín y me quita la copa de vino de las manos para dar un sorbo.

—¿Qué sucede, Zac? ¿Huyendo de la gente?

—Sabes que no me gustan las multitudes —replico.

—¿Y no vas a hacer un esfuerzo ni siquiera en la boda de tu hermano? Christina también quiere hacerse una foto con el padrino.

Sonrío, pero no por lo que ha dicho. La chica preciosa acaba de tropezar con un lazo que adorna las sillas y casi se cae.

Alex no tarda en darse cuenta de qué estoy mirando.

—Se llama Elisabeth —me explica con una expresión indescifrable—. Christina me ha dicho que es la ayudante de la *wedding planner.*

—La conozco, al menos de vista —admito—. Vive aquí en el pueblo.

—Sí, su padre es el dueño de Villa Celeste.

Me vuelvo hacia mi hermano, curioso por cómo sabe tantos datos. Villa Celeste es una de las casonas más antiguas del pueblo, situada a las afueras. En sus tiempos debió ser espectacular, o al menos eso dice la gente, pero en los últimos años ha perdido mucho.

Una suave brisa veraniega me agita el pelo. A diferencia de Alex, no me he echado medio bote de gomina para peinarme.

—Mañana os vais de luna de miel, ¿no? —le pregunto y asiente—. Debe ser la primera vez en cuatro años que viajas durante el verano.

Desde que terminó la universidad y puso la empresa en funcionamiento, se ha dedicado íntegramente a trabajar y hacer el negocio rentable. Nuestros padres están muy orgullosos; tanto que ni siquiera me he planteado cubrir sus expectativas respecto a mí. El niño dorado de la familia es Alex y todavía no estoy seguro de si tengo ciertos celos, o si en realidad no me importa. De mí no esperan nada, así que no hay presión, pero no es agradable saber que a tus padres les importas tan poco que ni siquiera se molestan en sentirse decepcionados.

—¿Y tú? —Alex interrumpe mis pensamientos—. ¿Qué harás el resto del verano? Sé que papá te ha propuesto empezar ya a trabajar en la compañía, pero creo que deberías disfrutar un poco de las vacaciones. El máster que Nick y tú vais a cursar este año es duro y, como hermano mayor que soy, mi recomendación es que regreses fresco a la facultad.

—Lo he estado pensado y…

—¿Unas vacaciones por Europa?

Sacudo la cabeza negando.

—Creo que me quedaré aquí, en la casa familiar.

Alex asiente despacio.

—Vacaciones tranquilas en el pueblo… Me gusta.

—A mí también —respondo.

Aunque ya no lo estoy mirando. Mis ojos están fijos en la chica de rizos oscuros y ojos grandes. Quizá lo de pedirle una cita no ha sido solo una broma.

—Venga, vayamos a hacernos unas fotos —me dice Alex, tomándome del brazo antes de que pueda resistirme—. Por lo menos una con el mejor hermano del mundo.

—Está bien, te haré ese favor.

Dejo que me guíe hasta donde están Christina y nuestros padres. Sonrío a la cámara, aunque mis ojos me traicionan de vez en cuando, buscando a la chica de ojos grandes.

Me hago una promesa: si me quedo aquí el resto del verano, la buscaré y la invitaré a salir. Esta vez sin quedar como un auténtico idiota.

Lo que no sabía en ese momento era que ese iba a ser el año en el que por fin me enamoraría.

Y también sería el año en el que me romperían el corazón.

Prólogo 2

BETH

Miro el test que hay sobre la mesa sin terminar de creérmelo.

No puede ser.

Ahora no.

Las rodillas me flaquean y me dejo caer en la silla del escritorio. Aunque una parte de mí se lo imaginaba, estoy dividida entre gritar y echarme o llorar. O directamente no hacer nada. Si no me muevo, si no respiro, quizá el momento se congele y esto no sea cierto.

—Beth, ¿estás lista para la fiesta?

Doy un respingo al escuchar a mi compañera de cuarto llamar a la puerta. Coloco un libro de texto sobre el test justo antes de que entre mientras grita con entusiasmo:

—¡Nuestro tercer año de universidad! Parece mentira que hayan pasado dos años.

—Increíble, ¿eh? —Me esfuerzo por contestar tratando de parecer animada, pero es imposible.

Anne nota enseguida que estoy a punto de llorar. Su sonrisa se desdibuja y se acerca a mí. Se agacha hasta quedar a mi altura y posa las manos sobre mis hombros.

—Cariño, ¿es otra vez por ese chico? Si lo echas tanto de menos, quizá…

—No. —Sacudo la cabeza de un lado a otro todavía conteniendo las lágrimas—. No es por Zac.

Aunque, en realidad, en parte sí lo es.

—Tengo una idea: esta noche no nos separaremos. Nos tomaremos unos cuantos chupitos y bailaremos hasta estar tan cansadas que no podamos ni mantenernos de pie, ¿te parece?

Esbozo una tenue sonrisa que pueda convencerla y, aunque sé que en realidad no lo consigo, Anne cede y me da un abrazo antes de salir de la habitación y dejarme un momento para poder recomponerme.

Solo que, esta vez, no sé si podré hacerlo.

Con el corazón acelerado y todavía sin creer la noticia, tomo mi teléfono móvil. Busco el número de Zac, como tantas veces hice durante las últimas semanas; pero ahora pulso la tecla de llamada. Con el corazón acelerado escucho tono tras tono, esperando que me conteste. No lo hace. Pruebo de nuevo. Nada.

Durante un momento pienso qué debería hacer y termino por escribirle un mensaje. Esta no era la forma en la que había imaginado que volvería a ponerme en contacto con él. De hecho, ni siquiera creo que sea la mejor forma de contarle esta noticia; pero, tras confirmar mis sospechas, admito que no soy capaz de pensar con coherencia.

Busco su contacto de nuevo y esta vez comienzo a teclear.

Beth
Necesito que me llames cuando veas este mensaje. Es importante.

Miro unos segundos la pantalla y tomo aire antes de continuar.

Beth
Estoy embarazada.

Zac es un buen chico. Me enamoré de él por su corazón. Así que estoy completamente segura de que me contestará.

Ahora, solo queda esperar.

Uno

BETH

—¡Mira, mamá! ¡Ahí está el abuelo!

—Sophi, espera. ¡No corras!

Trato de seguir a mi hija a través del concurrido aeropuerto, pero es poco menos que imposible. A diferencia de ella, estoy agotada y cargo un par de maletas enormes. He pasado las últimas doce horas viajando, con dos escalas de por medio, y acompañada de una niña de casi cinco años. Pensé que nunca llegaríamos a Oregón.

Por suerte, Sophia no se ha equivocado. Mi padre está esperándonos en la salida de pasajeros. A pesar de que nos hemos visito hace pocos meses, cuando vine de visita por Navidad, todavía me da un vuelco el corazón al reencontrarnos.

Hace cuatro años que me fui de casa, sola con Sophia, cuando ella todavía era un bebé. Tras eso, pasamos meses sin hablarnos, sin enviarnos un triste mensaje. No era por él, en realidad; a quien no soportaba era a su exmujer, y el sentimiento era mutuo. Una vez que se separaron, por fin me escribió y retomamos el contacto.

Corrección: mi hermano hizo de intermediario, pero papá fue el primero en dar el paso.

—Hola, Sophia. Cuánto has crecido.

—Y tú tienes más canas, abuelo.

Veo como mi padre se agacha para abrazarla. Todavía cojea. Hace un año tuvo un accidente en la moto y su pierna no ha vuelto a ser la misma.

Cuando llego a su lado, también me da un abrazo, pero no es tan cálido como los que recuerdo de mi infancia. Es evidente que entre nosotros todavía hay tensión; hay resentimiento.

—Hola, papá —le saludo.

—Déjame que te ayude con las maletas, Beth. ¿Has estado bien? Te veo más delgada.

A pesar de que he dejado mi antigua vida en la ciudad, de verme en este aeropuerto con Sophia y todas nuestras cosas en dos grandes maletas, no asimilo que he tomado esta decisión.

Ya no hay vuelta atrás.

He decidido tragarme el orgullo, perdonar a mi padre y regresar con él.

—¿Podemos cenar hamburguesa? ¡Tengo mucha hambre!

Miro a Sophia y sonrío mientras mi padre asiente. Volver a casa no es la decisión que más feliz me haga en el mundo, pero es lo mejor para ella.

Me ha prometido ayudarme a cuidarla mientras retomo los estudios. Aquí, en el mismo pueblo donde me he criado, tendrá la oportunidad de asistir a un colegio con niños que viven cerca, los mismos con los que jugará en el parque. Tendrá estabilidad. Una casa. Una habitación propia.

Tendrá todo lo que no he podido darle estos años.

Porque, aunque la quiero a rabiar, a veces me da miedo pensar que el amor no es suficiente.

Al menos la vida se encargó de enseñarme que el amor no lo puede todo.

Guardamos las maletas en la camioneta de mi padre y observo asombrada que hay una sillita infantil para Sophia en los asientos de atrás. Él no dice nada, pero la ayuda a atarse mientras ocupo el asiento del copiloto.

Una de las primeras cosas que debo hacer estos días es conseguir mi propio vehículo. Lo necesito si quiero tener un poco de independencia.

Al poco de iniciar el viaje hacia el pequeño pueblo donde pasaremos, por lo pronto, los próximos meses, mi teléfono vibra con un nuevo mensaje.

Jaden
¿Qué tal el vuelo, hermanita? Llámame cuando estéis instaladas en casa.

—Es Jaden —le explico a mi padre, que me mira de reojo.

Papá nunca se ha llevado bien con la tecnología. De hecho es una de las pocas personas que conozco que todavía tiene un teléfono fijo en casa; el único que usa para comunicarse con el mundo.

—Este año termina la universidad, ¿no? —comento para iniciar conversación, y él asiente—. La verdad es que jamás pensé que se convertiría en maestro.

Mi hermano era la persona más irresponsable que he conocido en la vida. Y hablo en pasado, porque sé que ha madurado mucho durante los últimos años. Solo pensaba en salir con sus amigos y divertirse. Los estudios tampoco fueron su punto fuerte e incluso dudamos de que quisiera entrar en la universidad.

Pero Sophia nació en su último año de instituto, y aunque al principio no mostraba interés, lo cierto es que acabó cuidando mucho de su sobrina. Fue un gran apoyo para mí durante los primeros meses de vida de mi hija, y cuando se marchó para estudiar en la universidad, me dio el impulso que necesitaba para hacer lo mismo.

Pero esa es una historia en la que prefiero no pensar, porque me entristece y me enfada a partes iguales. Tengo la sensación de que si me quedo mucho tiempo estancada en ese recuerdo me arrepentiré de mi decisión. Cogeré a Sophia y nos iremos del pueblo otra vez.

—La vida tiene formas extraordinarias de sorprendernos —responde casi en un susurro mi padre.

Espero a que diga algo más, pero no lo hace. Siempre ha sido un hombre de pocas palabras. En lugar de eso, sube el sonido de la radio. La música rock inunda mis oídos y me lo tomo con un fin de conversación. Será un viaje largo y sin palabras.

Me vuelvo para ver cómo está Sophia. Tiene el rostro girado hacia la ventana y parece absorta en su propio mundo mientras sacude la cabecita y los pies al ritmo de la música.

Trato de sonreír y de calmarme.

Ella está bien. Aquí será feliz.

Y eso es lo único que importa.

Esta tarde no tengo energías para vaciar las maletas, pero hago un gran esfuerzo. Sophia dormirá en la que era mi antigua habitación y yo me quedaré en la de invitados. Durante la visita en Navidad las dos estuvimos juntas en mi cuarto, pero ahora es distinto. Esta es una nueva vida, no unas vacaciones.

—Mira, ardillita. Tus peluches te harán compañía esta noche.

Sophia me observa poco convencida mientras trata de guardar sus pijamas, aunque está arrugando todavía más la ropa.

Nunca hemos dormido separadas, así que en realidad estoy bastante segura de que tardaré un tiempo en ocupar la habitación de invitados. Ahora solo quiero que su proceso de adaptación y tener un cuarto y cama propios sea lo más fácil posible.

—No te preocupes, mami. Si tienes miedo puedes dormir conmigo.

Pues nada. En realidad, ha sido Sophi quien ha decidido que ahora quiere dormir sola. ¡Ni siquiera ha cumplido los cinco años todavía! ¿No se supone que aún debería seguir siendo mi bebé? No debería crecer tan rápido.

—Gracias, ardillita. Y si tú quieres, también puedes dormir conmigo. Estaré justo en la habitación de al lado.

Ella asiente y deja a un lado los pijamas, dándose por vencida.

—¿Puedo ver la tele? —pregunta.

En esta casa apenas hay unos pocos canales, así que saco mi teléfono y se lo presto para que vea vídeos.

La ropa está prácticamente guardada y puedo escuchar ruidos de la planta baja, donde mi padre ha empezado a preparar las hamburguesas.

—Voy a bajar a ayudar al abuelo con la cena. ¿Estarás bien si te dejo aquí sola?

Sophia apenas asiente con la cabeza, sin mirarme, mientras el video comienza a cargar. Suspiro y la dejo sola en la habitación antes de bajar.

Como esperaba, encuentro a mi padre troceando un tomate mientras la carne se hace en la sartén. Me acerco a él y me apoyo sobre la encimera de la cocina. Estoy agotada, con muchísimas ganas de meterme en la cama y dormir, pero todavía necesito poner unas cuantas cosas en orden.

—¿Puedo llevarme la camioneta mañana? —le pregunto—. Necesito bajar al pueblo. Tengo que inscribir a Sophi en la escuela infantil y quería acercarme al instituto a ver qué cursos ofertan.

De todo lo que he preguntado, mi padre solo parece escuchar una cosa.

—¿Al instituto? ¿Por qué? Pensaba que retomarías los estudios en la universidad.

—Sí, pero está a más de una hora en coche. Hasta que tenga mi propio vehículo y Sophia se haya adaptado a esta nueva vida, no puedo dejarla para ir todos los días conduciendo hasta allí a estudiar.

—Para eso estoy yo, ¿no? Tú ahora tienes que preocuparte de acabar la carrera. Eras muy buena estudiante.

Siento una pequeña punzada en el orgullo, y en el corazón. Aunque nunca se mostró enfadado cuando se enteró de que estaba embarazada, aunque nunca me riñó ni me gritó, sí pude ver la decepción en sus ojos.

Esperaba más de mí.

Es mucho más fácil vivir con el enfado de tus padres que con el constante sentimiento de haberles decepcionado.

—Escúchame, Elisabeth. Si de verdad piensas terminar la carrera, vas a tener que esforzarte mucho. No será fácil.

—Ya sé que no será fácil —replico, cruzándome de brazos mientras comienzo a notar el enfado naciendo en mi pecho—. Tampoco lo han sido los últimos cinco años, ¿sabes?

—Pues ahora serán todavía más difíciles —apunta—. No seré yo quien te obligue a seguir estudiando, es tu decisión, y no creo que debas postergarla más o acabarás por no hacerlo nunca.

Como siempre, lo hace sin gritar, sin alzar la voz, pero de alguna forma me duele como si sus palabras estuviesen perforándome los tímpanos.

Quiero decirle que se equivoca. Que volveré a la universidad, solo que ahora no es todavía el momento. Sophia es muy pequeña y este ha sido un cambio enorme de vida para ella. Tengo que pensar en mi hija primero. Es solo eso. Y no sé por qué él no lo entiende.

Pero no digo nada, porque ella llega corriendo con mi teléfono móvil y una expresión frustrada en el rostro.

—Mamá, no me carga el vídeo.

Mi padre se vuelve a concentrar en las hamburguesas y tomo el teléfono que me ofrece Sophi. En efecto, la imagen está congelada.

—No hay mucha cobertura —musito, pensativa—. Y sigues sin tener conexión a internet, ¿verdad, papá?

—Si lo que quieres es un ordenador, en la biblioteca del pueblo tienen unos cuantos. —Es su única respuesta.

Dios. Espero poder convencerlo para instalar wifi, al menos mientras estemos nosotras aquí.

—¿Y cómo veo los capítulos de Fluppy?

—¿Quién es Fluppy? —replica mi padre.

—¡Un ratón muy glotón que recorre el mundo en su avión! —exclama Sophi con mucha alegría.

Mi padre la observa sin saber cómo reaccionar. Está claro que se encuentra muy desconectado de lo que está de moda hoy en día entre los niños, y tras un largo viaje tampoco me apetece explicarle que es el protagonista de los libros favoritos de Sophia. Desde que hicieron también la serie, siento que ese ratón está en todos lados. Mi hija lo adora demasiado.

—Lo siento, ardillita, pero no te puedo poner capítulos de Fluppy ahora mismo.

Hace un pequeño puchero, pero enseguida trata de borrarlo, aunque en sus ojos puedo ver que está decepcionada.

—¿Y si lees uno de tus libros? Dentro de poco estará la cena.

—Sí, mamá —responde, obediente.

Y se vuelve escaleras arriba sin protestar. En ocasiones como esta, que estoy cansada, doy gracias por la suerte que he tenido de que sea una niña tan buena.

En otras me pregunto por qué no se permite tener berrinches y ser caprichosa.

Cenamos las hamburguesas y después baño a Sophia antes de acostarla. Leemos un cuento de Fluppy, que le resulta familiar, y dejamos encendida la luz de la mesita. El papel de las paredes es blanco y tiene flores rosas; es el que escogí cuando era adolescente. Hay un escritorio cerca de la ventana y en el pomo del armario cuelga un atrapasueños. En ese sentido, el cuarto no ha cambiado mucho desde que me fui.

—Mamá, ¿puedo hacerte una pregunta?

Dejo el libro a un lado y me siento en el borde de la cama, junto a ella.

—Todas las que quieras, ardillita.

—Me dijiste que la abuela murió, ¿es así?

De primeras estoy un poco sorprendida porque esta no era la pregunta que esperaba, pero asiento con la cabeza. Mi madre murió cuando yo tenía quince años, y desde entonces mi padre solo ha estado con una mujer; una que, estoy segura, me odiaba.

—Y mis otros abuelos, ¿también murieron? ¿O se fueron como papá?

La pregunta me deja helada.

Durante mucho tiempo no supe cómo explicarle a Sophia por qué su padre no estaba con nosotras. Muchas veces, cuando era un bebé, pensé en la posibilidad de mentir. Podía inventarme que murió o cualquier otra cosa, porque ¿cómo le dices a tu hija que su padre nunca quiso saber nada de ella?

Simplemente no puedes, pero tampoco era capaz de mentirle. Tarde o temprano se enteraría, así que decidí adaptarle la realidad a su edad.

Cuando por fin me preguntó dónde estaba su papá, le conté cómo nos conocimos. Le hablé de lo mucho que llegamos a querernos, pero que eso un día se terminó. Él tuvo que seguir estudiando y perdimos el contacto.

Por el momento no ha hecho más preguntas. Pensé que no le había dado más vueltas.

Pero las palabras inocentes a veces dicen mucho más sobre lo que en realidad pensamos, y Sophia se ha dado cuenta de que él nos abandonó.

—Yo… —comienzo a decir, insegura.

—No pasa nada si se fueron —interviene Sophia. Tiene el ceño fruncido y de pronto parece preocupada—. Me tienes a mí, y ahora también al abuelo.

Noto un nudo en la garganta y unas lágrimas salvajes apretando bajo los párpados. En su inocencia infantil, se ha dado cuenta de que este tema me duele. No quiere hacerme daño.

Pero yo soy su madre. Soy quien debe protegerla.

—Gracias, ardillita —susurro cuando me abraza.

Le doy un beso grande de buenas noches y salgo de la habitación dejando la puerta entreabierta. Todavía con la conversación presente en el fondo de mi cabeza, tomo una larga ducha caliente esperando conseguir olvidarla. Pero ese es el problema de los pensamientos. Una vez se arraigan en nuestro cerebro, es difícil deshacernos de ellos.

Me pongo el pijama y paso cerca de la habitación de mi padre. Puedo escuchar cómo ronca aun con la puerta cerrada.

Luego camino a la mía. La cama es grande y tiene un cobertor azul celeste, el color favorito de mamá. Por lo demás, la estancia es bastante espartana: apenas tiene un armario y una butaca. Sobre el cabecero hay un cuadro de la casa familiar, Villa Celeste.

Hace años que mi familia dejó de vivir ahí. De pequeños Jaden y yo jugábamos entrando en la casa como exploradores en busca de lugares mágicos, pero después de que mamá muriese no volvimos a pisarla. Ella era quien entraba a buscarnos. De niña llegó a vivir en ella, ya que pertenecía a su abuela.

Ahora, si me asomo a la ventana, puedo ver la casa. Aunque pueda parecer en ruinas, sé que solo necesitaría unos arreglos para recuperar el esplendor que tuvo en su momento.

Está situada en el mismo terreno que nuestra casa actual, ya que la edificaron más tarde para que mis padres pudiesen vivir en ella, pero en lados opuestos. Un camino de dos minutos las separan, y desde algunas ventanas puedo ver la fachada principal.

«En Villa Celeste tuve mi mejor infancia», había dicho mamá alguna vez. A ella le encantaba la casa.

Regreso a la cama y me siento sobre el cobertor. Me estremezco al notar lo frío que está.

De pronto me siento tremendamente sola. Los pensamientos sobre si esta ha sido la decisión correcta y todo lo que puede salir mal vuelven a azotarme. Al final me pongo de pie y cruzo el pasillo, de vuelta a la habitación donde crecí. Sophia tiene los ojos cerrados y su respiración es tranquila. Está profundamente dormida. Con cuidado de no despertarla, me tumbo a su lado en la cama. Mi corazón se tranquiliza unos segundos.

Al final ella tenía razón: soy yo quien tiene miedo.

La miro dormir, con sus tirabuzones oscuros cayendo por la cara. Se parece tanto a mí…

Y también a Zac.

Durante estos últimos años he evitado pensar en él. En el padre de Sophia, el chico de los ojos verdes, iguales a los de ella. Pero al estar aquí, al regresar a casa, me doy cuenta de que no va a ser tan fácil huir de su recuerdo.

Mi hija se va haciendo mayor y llegará el momento en el que vuelva a preguntarme sobre su padre. ¿Qué le diré entonces?

Hace cuatro años que me fui de este pueblo con un bebé en brazos.

Hace casi seis años que me enamoré como nunca pensé que lo haría; como nunca volví a hacerlo.

Y hace también casi seis años que me rompieron el corazón.

Dos

BETH

Cuando despierto a la mañana siguiente, estoy sola en la cama. Tardo unos segundos en reconocer el espacio en el que me encuentro y recordar que estoy de nuevo en mi antigua habitación; que de verdad lo he hecho: he regresado a casa.

Me desperezo y salgo de la cama. El libro que leí a Sophia anoche ahora está en el suelo, junto con dos peluches. Mientras atravieso la habitación, veo mi reflejo en el espejo de cuerpo entero que decoré con pegatinas cuando tenía catorce. Si de verdad vamos a estar aquí más tiempo, tal vez debería ofrecerle a Sophia la posibilidad de redecorar esta habitación.

Por el momento, trataremos de ver cómo se desenvuelve todo en los próximos meses, hasta verano. En realidad, ese es el plazo que me he dado y, si congeniamos los tres, entonces me matricularé en la universidad y terminaré la carrera. Mientras tanto debo ignorar la mirada agotada que me devuelve el reflejo a pesar de acabar de levantarme. Es el primer día aquí y tengo muchas cosas que hacer, como matricular a Sophi en la escuela o buscar trabajo.

Estoy bajando las escaleras cuando escucho las primeras voces.

—No, el beicon tiene que estar así para que la carita sea sonriente.

Esa es Sophia. Le gusta jugar con la comida y no es algo que me haya importado nunca.

—El tuyo también está triste —señala—. Vamos, abuelo. Si tomas un desayuno triste, estarás así todo el día.

Sonrío ahora que no me ven, porque parece haber calado a su abuelo a la perfección. Pero lo más sorprendente es que él no se queja y, cuando llego a la cocina, están los dos desayunando un plato de huevos y beicon que simula una carita sonriente.

—¡Hola, mamá!

—Buenos días, ardillita. —Me acerco a ella y le doy un beso en la coronilla—. ¿Te ha hecho el abuelo el desayuno?

Todavía recuerdo la primera vez que me referí a mi padre como «abuelo», casi sin querer. Al principio refunfuñaba, aunque no tanto como su expareja.

—Sí, ¡y está riquísimo!

Como si quisiera reforzar su punto, pincha un trozo de huevo y se lo mete en la boca. La verdad es que en el plato ya no queda mucho de esa carita sonriente que mencionaban. Sophia ha deshecho todos los huevos y los ha mezclado con la carne mientras come. Dudo mucho que se lo termine todo, pero me sorprende comiendo más de la mitad, y bastante rápido.

—¿Tienes prisa, ardillita?

—Sí —contesta para mi asombro—. Dijiste que hoy íbamos a ver mi nuevo cole.

Es cierto. Le hablé de la escuela como incentivo para venir al pueblo, y ella está emocionada de poder conocer nuevos compañeros. Pasa demasiado tiempo solo con adultos. Solo conmigo. Por eso quizá se expresa tan bien para su edad.

—Y vamos a ir, pero no hay prisa, cariño. Puedes terminar de desayunar tranquila.

—Pero ya estoy llena…

Observo su plato a medio comer mientras mi padre niega con la cabeza. Él me obligó más de una vez a no moverme de la silla hasta terminar la comida, pero mi forma de educar es distinta.

—Está bien.

—¿Puedo subir a vestirme?

—Vale. Y luego nos lavamos los dientes juntas, ¿de acuerdo?

Ella sacude la cabeza y se levanta de la silla. Mi padre vuelve a sacudir la cabeza, pero no dice nada. Por lo menos sabe que no puede meterse con mi forma de educarla. Estamos en su casa, sí, pero sigue siendo mi hija.

Por desgracia, es una discusión que ya tuvimos. Una de las muchas por las que me marché de aquí. Y no fue precisamente él el protagonista, aunque tampoco me defendió.

De nuevo, este no es el momento para recordar el pasado. Anclarme no me permitirá avanzar.

Saco una taza de los armarios de arriba y comienzo a prepararme el café, aunque temo que uno no sea suficiente para afrontar el día.

—Pensé que no te gustaba el beicon —le comento a mi padre mientras termina su desayuno.

—Sophia me lo ha pedido, y es imposible decirle que no cuando te mira con esos ojos verdes.

«Iguales a los de su padre», pienso. Como si pudiera leerme la mente, dice:

—Se parece mucho a ti, menos en eso. Y nadie en la familia tiene esos ojos.

—Lo sé —contesto un poco tensa.

Soy consciente de qué tema quiere sacar. Uno del que no estoy preparada todavía para hablar.

Nadie en casa sabe quién es el padre de Sophia. La relación que tuvimos Zac y yo sucedió un verano, y prácticamente la llevamos en secreto. Estaba total y completamente enamorada. Confiaba en él, lo veía como la persona más especial del mundo… Hasta que me traicionó. No quiso saber nada de su hija, y Sophia se merecía más que eso.

Al final mi padre suspira y cambia de tema.

—Las llaves de la camioneta están en la entrada, donde siempre. Puedes usarla todo el tiempo que quieras, yo apenas salgo de casa.

Asiento y termino de preparar el café. Él lleva el plato vacío a la pila y regresa de vuelta a la silla. Siento que me observa mientras bebo, hasta que habla.

—Tengo algo que decirte.

—¿A mí?

—A ti y a Jaden, en realidad. Pero como él no está aquí, comenzaré hablando contigo.

El estómago me da un vuelco. ¿Estará enfermo? ¿O será su pierna? Lo he visto cojear en más de una ocasión.

Me equivoco.

—Lo he pensado mucho, y voy a vender Villa Celeste.

—No.

—Elisabeth, no te lo estoy preguntando. Te estoy informando.

—Pero no puedes hacerlo. Era de mamá.

Papá suspira, como si tener esta conversación conmigo fuese una molestia. Se sienta mejor en la silla y coloca las manos en la mesa de la cocina, entrelazando los dedos.

—El negocio va mal, y esa casa solo da problemas. No ha sido una decisión fácil, pero estoy seguro de que tu madre habría tomado la misma. Con el dinero que saque por venderla, tu hermano podría afrontar los pagos de la matrícula de la universidad, y tú también.

Mi padre es carpintero. Hubo una época en la que trabajó en un banco, pero, cuando nacimos Jaden y yo, descubrió lo mucho que le apasionaba trabajar con la madera. Construyó muchos de nuestros muebles y juguetes, y varios vecinos del pueblo le hicieron encargos, hasta que al final decidió dejar el trabajo y montar su pequeño taller.

Supongo que semejante dicha no iba a durar para siempre.

—¿Qué tonterías dices? Nosotros nos las apañaremos, como siempre hemos hecho. Tú no puedes venderla y que… ¡y que la derriben!

—Beth, sé razonable.

—Estoy siendo más que razonable. Además, ¡no tienes derecho! Era de mamá, no tuya.

La sangre me hierve y me esfuerzo de verdad en no alzar la voz. No quiero que Sophia me escuche gritar.

Mi padre no contesta, se queda en silencio sentado a la mesa y yo tengo que tragarme toda mi rabia. Al final es cierto ese dicho de «dos no se pelean si uno no quiere», aunque estoy bastante segura de que esta vez es mi padre quien no desea iniciar una discusión.

Tomo el tenedor que ha dejado Sophia y termino su plato mientras ahogo mi enfado con el desayuno.

No puede vender Villa Celeste. Por mucho que pueda intentar entender sus razones, no empatizo con ellas.

Es de mamá.

Es una de las pocas cosas que me quedan de ella.

Y, de pronto, solo quiero tenerla aquí conmigo, abrazándome y diciéndome que todo saldrá bien.

De pronto, me siento como si fuese una niña de nuevo.

El colegio es el mismo edificio al que asistí yo, pero puedo ver que han hecho remodelaciones. No solo lo han pintado con colores más alegres, sino que ahora el patio es mucho más grande de lo que recordaba y tiene unos columpios impresionantes.

La clase de Sophia está en la planta baja. Tiene unos ventanales enormes por los que entra la luz y está dividida en ambientes de aprendizaje. Tienen una pequeña biblioteca dentro del aula y las obras artísticas de los niños decoran toda la estancia. Su profesora, además, parece un encanto con los niños y habla a Sophi con una infinita dulzura.

Son tantas las ganas que tenía de empezar el colegio, y le ha gustado tanto, que termina quedándose un tiempo para el periodo de adaptación. Yo relleno el papeleo necesario y salgo a hacer un par de fotocopias. Después me encuentro con más de dos horas libres antes de recoger a Sophia.

Decido pasarme por la biblioteca. Quiero buscar información sobre la facultad y saber si ofertan terminar la carrera a distancia. Aunque aún no sepa si me quedaré, no me viene mal conocer mis opciones.

No hay mucha gente cuando entro en el viejo edificio. Tienen varios carteles a la entrada, donde anuncian un club de lectura todos los miércoles por la noche, y el infantil los sábados por la mañana. También ofrecen talleres de costura, clases de escritura y hay incluso anuncios de alquileres de vivienda o venta de artículos de segunda mano.

—¿Elisabeth? ¿Elisabeth Wilson?

Me vuelvo hacia la persona que me ha llamado, aunque en el fondo de mi cabeza tengo el recuerdo de esa voz conocida. Es la señora Williams. Ha sido la bibliotecaria del pueblo desde que tengo memoria.

—Buenos días —saludo con una sonrisa tímida.

—Cuánto tiempo sin verte. Qué mayor estás.

Se acerca a mí para darme un fuerte abrazo, lo que me deja un poco cohibida. Hace años que no veo a esta mujer.

—Tu padre me dijo que viniste en Navidad, pero no llegué a verte. ¿Has vuelto a hacer otra visita?

—En realidad he vuelto para… para el futuro inmediato, por así decirlo —respondo al cabo de unos segundos, cuando me suelta y puedo volver a recuperar el aliento.

—¿Has venido a vivir al pueblo? ¡Oh, es una gran noticia!

No sabría decir si es tan buena como ella dice, pero parece alegrarse realmente.

—¿Qué tal está tu hija? Sophia, ¿verdad?

Mira alrededor como si pudiera encontrarla detrás de mí.

—Acabo de dejarla en la escuela, hoy es su primer día.

—Aquí tenemos un club de lectura infantil, todos los sábados por la mañana —me informa, aunque ya lo he visto en el tablón—. Deberías animarte y traerla.

—Lo haré —asiento.

Y lo digo de verdad. A Sophia le encanta leer y sé que disfrutará de un ambiente así.

Me despido de la señora Williams y me acerco a los ordenadores, que tienen bastantes más años que mi hija. Aunque haya invadido mi espacio personal y me haya sentido un poco incómoda, también ha ablandado mi corazón ver lo entusiasmada que parecía por mi regreso.

Por primera vez desde que he llegado, me he sentido bienvenida.

No encuentro mucho en la página web de la universidad. Leo un folleto con información para el próximo semestre y qué clases ofertan, dan pocos detalles. Lo mejor quizá sea ceñirse a mi idea inicial y comenzar acercándome al instituto. Volver a estudiar, además, va a ser complicado.

Cuando paso por delante de la señora Williams, me dirige una gran sonrisa.

—¿Has encontrado lo que buscabas, Elisabeth?

Asiento con la cabeza, aunque la pregunta me deja una sensación de pesar en el pecho.

En realidad, siento que todavía me queda mucho para lograrlo.

—Si hay algo en lo que pueda ayudar, no tienes más que decírmelo.

—De hecho, sí hay una cosa. ¿Sabe de algún sitio donde necesiten personal? Tiendas, restaurantes…

Necesito encontrar un trabajo con el que poder cubrir los gastos que necesitamos Sophia y yo. Aunque ahora viva con mi padre y no tenga que pagar alquiler, hay cosas que seguimos necesitando. Como, por ejemplo, un seguro médico, ropa, comida…

Se queda pensativa un momento y sus ojos vuelan a los carteles de la entrada. Entonces se levanta del sitio y yo la sigo, confusa. Tras unos segundos en los que parece estar buscando algo en concreto, levanta un papel con números de teléfono donde se ofrecen a pasear perros y arranca un pequeño cartel.

—Aquí, la señora Jones busca un nuevo camarero en la cafetería.

Miro las letras coloridas. Regresar a hostelería no era exactamente lo que tenía en mente, porque sé por experiencia que roba mucho tiempo. Fui la encargada de un restaurante en Nueva York durante más de un año. Servíamos hamburguesas y perritos calientes en patines. Sin embargo, hay algo en la oferta que termina de llamar mi atención:

EMILIA'S COFFEE
Se busca camarero/a con experiencia demostrable.
Horario de 7:00-15:00, de lunes a viernes.
Posibilidad de trabajar algún fin de semana.

Alzo las cejas, incrédula. ¿Un trabajo en hostelería con ese horario? Me resulta casi imposible de creer. ¿Dónde está la trampa?

Miro a la señora Williams confundida, pero ella continúa manteniendo su dulce sonrisa.

—Dile a Emilia que vas de mi parte. Llevan mucho tiempo buscando a alguien.

—¿Y nadie se ha presentado? —pregunto, anonadada.

—Nadie les ha gustado —puntualiza.

Vuelvo a mirar la oferta y pienso que es imposible. Tiene que haber una trampa sí o sí. Quizá la dueña del local sea una jefa terrible. Tal vez paguen muy poco. Recuerdo haber entrado alguna vez a la cafetería, cuando era pequeña. Antes de eso había sido pastelería.

—Está bien, muchas gracias —me despido.

Por lo menos, tengo que intentarlo.

Salgo de la biblioteca decidida a acercarme a Emilia's Coffee a probar suerte. Si por lo menos el horario es el que dice ahí, podré apañármelas con una jefa malvada o un sueldo bajo.

Me subo a la camioneta y pongo el motor en marcha. El pueblo no es enorme, pero tardaría mucho yendo a pie de lado a lado. Estoy esperando en un semáforo en rojo, con la mirada perdida en la calle cuando…

—¡Piiiiii!

Me sobresalto al escuchar el claxon del coche de atrás. El semáforo se ha puesto en verde sin que me diera cuenta.

Pero no arranco a la primera. Soy incapaz. Vuelvo a mirar por la ventanilla para corroborar que lo que he visto no es cierto, y efectivamente, ya no veo a nadie.

—Son todo imaginaciones tuyas, Beth —me digo a mí misma.

Aunque de pronto el corazón me vaya a mil por hora.

El coche de detrás pierde la paciencia y me adelanta por la izquierda. Es un modelo caro y bastante nuevo. Cuando me giro, veo que tiene las ventanillas bajadas y se para a mi altura.

Me preparo para recibir un aluvión de quejas por no haberme movido, pero, en lugar de encontrarme a una persona malhumorada, hay un chico guapísimo observándome con expresión sorprendida. Enseguida esa expresión cambia y sus ojos azules adquieren un toque más suave. Se inclina hacia mí sobre el asiento del copiloto y pregunta en voz alta:

—¿Estás bien?

Parpadeo, todavía conmocionada por lo que creí haber visto, y asiento.

—Sí, claro.

—Deberías moverte antes de que llegue alguien más. En este cruce ya ha habido más de un accidente.

No tengo muy claro si creerle, pero es mejor eso a que me grite.

—Gracias por la información, lo tendré en cuenta, eh…

—Nick —se presenta—. Nick Smy a su servicio, señorita.

La sonrisa tira de mis labios. Su nombre rima, pero no voy a ser maleducada.

Él se despide sin que pueda darle mi propio nombre, aunque tampoco estoy segura de querer hacerlo. ¿Me ha llamado señorita? No puede ser mucho mayor que yo.

Sacudo la cabeza y sigo mi camino, aunque no sin antes lanzar una rápida mirada de nuevo a la calle.

Continúa igual de vacía.

Sin embargo, durante unos segundos, juraría haber visto a una persona allí.

Juraría haber visto a Zac.

Tres

BETH

No hay mucha gente en la cafetería cuando llego. No es hora punta y los clientes se encuentran sentados a las mesas del interior, compartiendo trozos de pasteles con una pinta increíble o tomando su bebida mientras se concentran en la pantalla de un ordenador portátil.

El ambiente es agradable, tirando a silencioso. Se oye una suave melodía instrumental, con una letra cantada en susurros que se mezclan con el aroma a café y dulce. Entre la clientela puedes encontrar desde amigas que se han acercado a desayunar hasta estudiantes concentrados en sus trabajos.

Me acerco al mostrador, donde hay una chica rubia con una llamativa mecha rosa intercalada entre sus rizos. A medida que me acerco, mi mente trata de reconocerla. Es bastante más joven que yo, diría que de la edad de Jaden, pero estoy segura de haberla visto por el pueblo cuando vivía aquí.

—Buenos días, ¿qué desea tomar? —pregunta cuando llego a su lado.

Desprende energía y se nota que se está esforzando en ser simpática, aunque parezca haber ensayado esa frase mil veces y ya le salga por defecto. Tiene una sonrisa suave en los labios.

—En realidad venía por una oferta de trabajo —respondo no muy segura de por dónde comenzar—. Me dijeron que aquí buscaban a alguien.

De pronto me siento terriblemente incómoda. El anuncio estaba tapado por otros papeles en la biblioteca. ¿Y si llevaba bastante tiempo y el puesto estaba cubierto? ¿Y si esta chica es quien lo ha conseguido?

Sin embargo, aunque su sonrisa se desdibuja un poco, asiente con la cabeza y su voz continúa siendo enérgica.

—Sí, así es, pero tienes que hablar con la dueña.

Miro hacia ambos lados. No parece haber nadie más en la cafetería.

—¿Dónde puedo…?

Antes de terminar la frase, ella se gira hacia el fondo del mostrador y grita:

—¡Mamá! ¡Preguntan por ti! —Después se vuelve hacia mí y su sonrisa reaparece de nuevo—. Enseguida estará contigo.

—Muchas gracias. Soy Beth, por cierto.

Estiro la mano por encima de la pequeña vitrina que nos separa y ella la toma. Tiene los dedos cubiertos de anillos que noto fríos contra la piel.

—Emilia hija, pero puedes llamarme Emy. Por cierto, ¿puedo preguntar cómo supiste del puesto?

—Me lo enseñó la bibliotecaria. Acabo de regresar al pueblo y buscaba un…

—¿Quién pregunta por mí?

Me vuelvo hacia una puerta que acaba de abrirse al fondo del mostrador. Una señora ataviada con un delantal manchado de harina y chocolate y el pelo recogido en una redecilla se acerca a nosotras.

—Esta es Beth, mamá —explica la chica—. La señora Williams la ha mandado recomendada.

Abro la boca para protestar, porque no ha sido exactamente así, pero la vuelvo a cerrar en cuanto los ojos de la mujer se posan en mí. Bordea el mostrador y me hace un gesto para que la siga.

—Suerte. —Me guiña el ojo Emy.

Nos sentamos a una de las mesas más cercanas a la salida. La claridad del día se filtra por los amplios ventanales. Parece iluminar nuestro rincón, y espero que se trate de una buena señal del destino, ya que empiezo a notar los nervios arremolinándose en el estómago.

—Entonces, Beth, ¿tienes experiencia en el sector hostelero?

«¡Bien! Esta me la sé».

—Sí, he trabajado los cuatro últimos años en restaurantes y cafeterías, y el año pasado fui la encargada de un local de hamburguesas en Nueva York.

Ella permanece seria. Al contrario que su hija, ni siquiera esboza una sonrisa.

«Quizá sea por esto por lo que el puesto sigue sin cubrirse… No va a ser fácil convencerla».

—¿Tienes papeles que puedan demostrarlo?

—Pues… Ahora mismo, aquí, no. Pero puedo conseguirlos para mañana mismo. ¡O esta tarde si hace falta!

Mierda. He venido tan decidida desde la biblioteca, sin pensarme bien las cosas, que ni siquiera paré a hacerme un currículum.

«Muy mal, Elisabeth. ¿Qué imagen pretendes dar así?».

—¿Por qué te interesa este puesto?

Trago saliva. Esta pregunta es importante. Debería mostrar las ganas que tengo de trabajar.

—Estoy familiarizada con la hostelería. El local es agradable. —«Vamos, piensa algo más»—. Y…

—¿Qué tal un par de cafés para amenizar la entrevista? —interviene Emy, colocando una bandeja con dos tazas humeantes entre nosotras—. Aquí servimos el mejor café del pueblo.

Observo las tazas. No son muy grandes y están decoradas con motivos florales. El café está mezclado con leche y también hay dos pequeños pastelitos que, estoy segura, son caseros.

—Era una pastelería antes, ¿verdad? —comento con curiosidad.

La señora baja el café que había comenzado a tomar y alza las cejas.

—¿Cómo lo sabes?

—Yo…

Tanto Emy como ella me miran con renovado interés. Quizá no debí abrir la boca. Tal vez era mejor ceñirse a mi plan inicial de mostrar lo genial que sería este trabajo.

Pero me rindo. No sé cuánto tiempo estaré en el pueblo, pero si la situación se alargase, no quiero iniciar un nuevo empleo a base de mentiras.

—Voy a ser sincera. Volver a trabajar en hostelería no es lo que más me emocione del mundo, pero sé que soy buena. Soy trabajadora y organizada. Puedo lidiar con cualquier tipo de cliente y poner una gran sonrisa aunque esté teniendo el peor día del mundo.

La mujer se estira en el asiento. De pronto parece bastante interesada en mis palabras. Tomo aire y continúo.

—Pero la verdadera razón por la que esta oferta me ha interesado es el horario. Me he criado aquí, en este pueblo, y acabo de regresar. No lo he hecho sola. Tengo una niña y, si de verdad el horario es el que aparece en el anuncio, sería una suerte porque podría compaginarlo con cuidarla.

Seguro que me rechazan a la primera. Mencionar que eres madre puede ser una traba para que te contraten en muchos trabajos, por muy injusto que sea.

Sin embargo, la señora que tengo delante alza las cejas y sus ojos adquieren un brillo conocedor.

—Eres la hija del carpintero —afirma.

Me sorprende a medias que conozca a mi padre. Al final, este sitio no deja de ser un pueblo, pero es lo bastante grande para que no todos nos conozcamos. Y yo en realidad no sé quién es ella.

—Sí, Elliot Wilson es mi padre.

—El horario es de siete a tres, tal como dice en el anuncio. Aunque en principio no trabajarás fines de semana, puede que en algún festivo te necesitemos, pero avisaremos con tiempo.

Espera. ¿Eso significa que me contratan? Insegura, asiento con la cabeza.

La señora apura los restos de café y se pone de pie. La imito y, cuando extiende el brazo hacia mí, estrecho su mano. Sus dedos aprietan los míos con fuerza, pero no soy la primera en soltar.

Creo que acabo de aceptar el trabajo.

—Emy estará contigo los primeros días en la cafetería, pero después tendrás que apañártelas sola —declara.

—De acuerdo. Muchas gracias por la oportunidad, señora.

Se lleva la mano al pecho y por fin me ofrece lo más parecido a una sonrisa.

—Señora no, por favor. Llámame Emilia.

Después de decir eso se va y yo me dejo caer en la silla con el corazón palpitando rápido en el pecho. ¡Lo he hecho! ¡Conseguí el trabajo!

Emy toma el sitio de su madre y da unos pequeños saltitos sobre la silla, sin esconder la emoción.

—¡Mierda! ¡Qué alegría! Pensaba que nunca contrataría a alguien.

—¿Se han presentado muchas personas para el puesto?

—Suficientes para haberlo cubierto hace meses.

Parece tan sumamente aliviada que no puedo evitar preocuparme de nuevo. Entonces ¿por qué me ha dado el puesto a mí? Como si leyera mi mente, Emy me guiña un ojo y luego añade:

—No te preocupes, eres especial y ella lo sabe. Le has gustado. Además, era necesario contratar a alguien. Yo estoy estudiando y ya me he saltado varias veces las clases para echar una mano en la cafetería. Ahora que estás aquí podré recuperar bastante tiempo para estudiar y ayudar por las tardes.

Ahora entiendo el horario de mañanas.

Mientras hablo con Emy, me termino el café y me como los dos pastelitos, que están riquísimos. Su madre era la dueña de la pastelería que había antes, pero el negocio empezó a decaer y no alcanzaba con solo vender pasteles, además de que ella estaba a punto de comenzar la universidad y los gastos aumentarían. Por eso decidieron hacer una reforma y convertir el lugar en una cafetería donde se servirían los dulces, además de encargarlos para cumpleaños y celebraciones.

Cuando me voy de allí, siento que he renovado fuerzas. No solo tengo un trabajo con un buen horario. Hablar con Emy ha sido como un soplo de aire fresco. En Nueva York tenía amigos, y algo que también me asustaba al volver al pueblo era quedarme sola de nuevo.

Mientras voy a buscar a Sophia al colegio, con una bolsa con pastelitos para que ella también los pruebe, envío un mensaje a una de mis amigas de Nueva York.

> **Beth**
> Buenas noticias. ¡Ya tengo trabajo!

A los pocos segundos veo el nombre de Gia en la pantalla; me está llamando.

—Increíble, no has tardado ni un día —exclama cuando descuelgo—. Cuéntame, ¿qué tal estás allí? ¿Sophia se está adaptando bien?

Puedo escuchar a un niño hablando al fondo. Gia trabaja como niñera y también ha cuidado mucho de Sophia.

Durante unos segundos, pienso si contarle lo que creí ver. En hablarle de Zac.

Pero al final no lo hago.

Volver aquí, al pueblo, me está haciendo recordar el pasado y jugándome una mala pasada. Eso es todo.

Y lo mejor que puedo hacer es no darle vueltas al tema.

Seis años antes…

Me duele la espalda y tengo las piernas entumecidas. He pasado las últimas cinco horas corriendo de un lado a otro detrás de la *wedding planner*, ayudándola a que todo en la boda saliera bien.

Me ha pagado bastante bien porque necesitaba a alguien a última hora, y además todo es experiencia, pero no tenía ni idea de que llegaría a ser tan cansado.

«Piensa en la universidad, Beth», me digo a mí misma mientras me froto la espalda adolorida. El dinero me vendrá bien para los gastos que tenga durante el próximo curso escolar.

La afortunada pareja está bailando en el centro de una pista iluminada por velas. Hace un buen rato que el sol ha comenzado a ponerse y, aunque ya han pasado cinco horas, parece que la fiesta todavía no va a terminar.

La familia Grimani lleva generaciones viviendo aquí, pero hace unos años se mudaron a Los Ángeles. Aunque nunca he tenido relación con ellos, casi todos conocemos quiénes son o hemos escuchado hablar de ellos. Se dice que fueron una de las familias fundadoras del pueblo.

Nunca pusieron la finca familiar a la venta y todos dimos por hecho que sería porque en algún momento volverían, pero solo lo han hecho para celebrar la boda del hijo mayor.

—¿Descansando un poco de todo el ajetreo?

Me giro hacia la persona que me ha hablado, y ahí es cuando vuelvo a encontrarme con esos increíbles ojos verdes que he visto esta mañana.

Pero, tal como ha sucedido en ese momento, no voy a dejar que un rostro bonito me impresione.

—El padrino, ¿verdad?

Sé perfectamente quién es, aunque de primeras no lo hubiese reconocido. Zachary Grimani, el hijo menor de la familia. Tiene un par de años más que yo, así que nunca hemos coincidido en clase ni hemos hablado.

Hasta la metedura de pata de hoy con el traje.

«Genial. Desnúdate».

¿Cómo narices le dije esa idiotez? Mi cerebro no funciona bien cuando trabaja bajo presión, como, por ejemplo, cuando hay una *wedding planner* gritándome porque el traje del padrino ha desaparecido.

Y aunque lo que he dicho ha sido una auténtica tontería, su forma de responder me confirmó que, aunque guapo, es un patán.

—Me llamo Zac.

—Beth —me presento, porque parece lo adecuado—. Y perdón, debo volver al trabajo.

Comienzo a alejarme, pero apenas doy un paso cuando él vuelve a hablar.

—Lo siento mucho.

Freno en seco.

¿Mis oídos han escuchado bien?

Me vuelvo despacio hacia él. Se ha acercado más y, a pesar de la oscuridad de la noche y la tenue luz que llega desde la fiesta, es imposible no darse cuenta de lo tremendamente atractivo que es.

Debería estar prohibido ser tan guapo.

—No debí contestar con esa broma —prosigue con tono serio—. Pensé que estaba siendo gracioso, pero está claro que solo he sido un imbécil.

No sé qué me asombra más, que admita que ha estado mal lo que dijo o lo sincero que parece mientras se disculpa.

Me aclaro la garganta antes de contestar. ¿Por qué narices mi corazón de repente parece palpitar más rápido?

—No pasa nada. Yo también escogí unas palabras algo desafortunadas.

«Desnúdate».

Las comisuras de los labios de Zac se elevan en una sonrisa tímida y tierna, y resulta todavía mucho más guapo.

«Madre mía, corazón. Deja de saltar de una vez o toda la fiesta va a escucharte».

—Aun así, me preguntaba: ¿bailarías con este imbécil?

Se acabó.

Es un hecho.

Mi corazón ha salido corriendo fuera de mi cuerpo y estoy a punto de desmayarme.

—Lo siento, pero no puedo —contesto, controlando mi voz lo mejor que puedo. No quiero que note mis nervios, que siempre me traicionan porque no sé controlarlos—. Estoy trabajando.

Sin embargo, no pierde la sonrisa; y lo hace de una forma tan dulce que yo también siento la irremediable necesidad de sonreír.

—¿Por qué me miras así? —pregunto.

—Has dicho que no puedes, no que no quieras.

Siento el calor elevarse por mi cuello y doy gracias a la oscuridad, que hace que no note el rubor en mis mejillas. Al menos espero que sea así.

—Sé que lo que he dicho sobre tener una cita ha sido una broma desafortunada, pero...

Guarda silencio y su sonrisa tambalea. Se lleva una mano a la cabeza, por encima de la nuca, y se revuelve el pelo.

Oh, Dios mío. Él también está nervioso.

—Aun así, me preguntaba... —comienza a titubear—. Yo...

—¿Estás pidiéndome una cita? —le ayudo.

¡Elisabeth Wilson! ¿Desde cuándo eres tan lanzada?

Pero no dejo que la vergüenza se apodere de mí. Aunque sé que tengo las mejillas encendidas, respiro y me enderezo.

—Sí, eso es —admite, volviendo a recuperar la compostura—. ¿Querrías tener una cita conmigo?

Desde la fiesta se oyen aplausos y gritos.

Me he fijado en Zac más de lo que debería admitir a lo largo de la boda. Ha permanecido la mayor parte del tiempo sentado, sin bailar y ni hablar con la gente; solo se ha dirigido a su hermano y a otro chico.

Daba la impresión de ser alguien serio, pero esa sonrisa tímida y dulce, y la forma en que se ha puesto nervioso al pedirme una cita, parecen decir lo contrario. ¿Quizá bajo esa fachada de chico formal y reservado hay una persona sensible?

«O tal vez has visto muchas películas románticas, Elisabeth».

Pero se ha disculpado. Te ha pedido un baile y, después, una cita. ¿Desde cuándo los chicos de hoy en día son tan caballerosos? Por mi experiencia en la universidad, tratan de robarte unos cuantos besos estando borrachos, llevarte a la cama y, si les gustas, tal vez repitan.

Y ahí está Zac, expectante, esperando una respuesta.

Simulo pensármelo unos segundos y acallo a la voz interior que me pide a gritos que acepte. En su lugar, contesto:

—No lo sé, tengo que pensármelo.

«¡Eso es, Beth! ¡Hazte la interesante!».

—Estaré aquí todo el verano —confiesa, y eso me toma por sorpresa—. Y no dudes que volveré a pedírtelo.

—¿Eres de los insistentes? —me burlo.

Pero él no se ríe.

—Soy de los que saben lo que quieren.

Aunque no lo diga, por la intensidad con la que me mira, en mi cabeza casi puedo escuchar como termina la frase: «y te quiero a ti».

Un cosquilleo me recorre el cuerpo y siento la necesidad de lanzarme sobre él en este mismo momento. Pero me mantengo fiel a mí misma, contengo a las desenfrenadas hormonas que parecen adueñarse de mi cuerpo y sonrío.

—Buena suerte, entonces.

Y me giro y vuelvo a la fiesta, consciente de que no deja de mirarme mientras me alejo.

Cuatro

ZAC

No entraba en mis planes regresar al pueblo.

Al menos, no desde que me marché aquella vez en el verano de la boda de Alex.

Y, sin embargo, aquí estoy de nuevo.

A pesar de tener miles de recuerdos mientras paseo por estas calles donde he crecido, no puedo evitar que ahora la mayoría sean sobre ella. Aquel verano que pasamos juntos me enamoré como nunca lo había hecho. Puedo vernos a los dos teniendo una cita secreta en el cine, encontrándonos frente a la heladería, o pasando los días en la casa de mi familia, solos.

Sé que Beth ya no está aquí. Me enteré de que se mudó al poco tiempo, como prácticamente la mayoría de gente joven del pueblo. Y, aunque sé que no voy a encontrarme con ella, mis ojos la buscan casi sin querer.

Salgo de la tienda de ultramarinos cuando me suena el teléfono. Es un mensaje de mi primo.

> **Nick**
> ¡Hola, Zac! ¿Ya has llegado? Pásate por el hotel y nos ponemos al día, que hace mucho que no hablamos.

Mando una respuesta rápida y me guardo el teléfono en el bolsillo de la americana. Estoy tan acostumbrado a vestir formal que ni siquiera aquí en el pueblo me he liberado del hábito.

Respiro hondo, analizo mis emociones y las tranquilizo. Solo una vez me dejé llevar del todo por ellas y me fue mal. Nunca más volverá a suceder.

Todo el mundo dice que el amor correspondido es lo mejor que te puede pasar en la vida.

También dicen que, si un amor termina, hay más peces en el mar.

Pero se equivocan en todo. El amor no es para mí y el dolor que llega a causarte… No voy a volver a pasar por ello.

Nunca más.

Cinco

BETH

—Aquí es donde guardamos el café. Los pedidos suelen llegar los lunes a primera hora, pero en alguna ocasión pueden retrasarse. También tenemos estas tarjetas de puntos. Cada diez consumiciones, regalamos un café con un trozo de pastel.

Mi primera mañana en el trabajo es mucho mejor de lo que esperaba. Estoy familiarizada con la hostelería, y este local tiene menos afluencia de gente que el restaurante donde trabajaba en Nueva York.

Emy pasa conmigo toda la mañana, mostrándome dónde está cada cosa, cómo usan el ordenador y los códigos para los pedidos. Su madre apenas sale de la cocina. Ella entra a las cuatro de la madrugada todos los días para preparar los pasteles, ya sea para vender en la tienda o los que encargan los particulares.

Aunque se trate de una cafetería pequeña, en ningún momento se queda vacía. Siempre hay alguien que entra a desayunar, a por un café o incluso a estudiar. Me agrada ver cómo no parecen tener prisa por marcharse, al igual que Emilia tampoco los apremia para que dejen libres las mesas. Me había olvidado de la paz y tranquilidad que se respira en el pueblo.

Un nuevo cliente entra en la cafetería y se dirige hacia mí.

—Buenos días y bienvenido a Emilia's Coffee. ¿Qué desea?

—¡La chica de la camioneta!

Parpadeo un par de veces, mirando confundida al chico que tengo delante. Tiene una sonrisa carismática y los ojos de un azul muy claro, que contrastan con sus pestañas y cejas oscuras. Lleva un traje azul sin corbata y podría decir que se acerca a los treinta, pero su rostro es juvenil.

Tardo un par de segundos en darme cuenta de que se trata del chico que me adelantó en la carretera, cuando me quedé quieta en el cruce.

—Nick, ¿verdad?

Asiente sin perder la sonrisa.

—No sabía que trabajabas aquí.

—Hoy es mi primer día.

—¿Acabas de mudarte al pueblo?

—En realidad más bien es un regreso. Me he criado aquí.

Asiente despacio y se inclina sobre el mostrador. Puedo oler su perfume caro.

—Este sitio es increíble —comenta en voz baja, como si fuese un secreto—. No tuve la suerte de vivir aquí de niño, pero sí la oportunidad de venir hace unos años y me gustó tanto que ahora nadie me echa.

—Sí, es un sitio… agradable.

Supongo que para los foráneos puede resultar más atractivo que para mí. De adolescente siempre quise marcharme, en especial después de la muerte de mi madre. Pero no puedo negar que tuve una infancia muy agradable, además de que el pueblo es tranquilo y seguro. Hoy solo puedo pensar en eso y en lo bueno que será para Sophia vivir aquí.

Emy llega a mi lado. Se ha recogido los rizos rubios en un moño alto con la ayuda de un bolígrafo, pero su mecha rosa cae a un lado de la cabeza. Me sorprende cómo todo en ella rebosa energía, vitalidad, alegría.

Me recuerda a cómo era yo a su edad.

—Hola, Nick. ¿Lo mismo de siempre?

—En realidad venía a encargar la famosa tarta de queso de tu madre.

Me alejo un momento mientras Emy toma nota del pedido y atiendo a una pareja que acaba de llegar. Sin embargo, puedo notar que Nick no deja de lanzarme miradas fugaces, y a juzgar por cómo me sonríe mi compañera cuando regreso a su lado, ella también se ha dado cuenta.

—Todo listo, mandaremos a alguien con la tarta al hotel —dice Emy.

—Muchas gracias, siempre se puede contar con vosotras. —Se vuelve hacia mí y su sonrisa se amplía. Tiene unos dientes perfectos y tan blancos que siento envidia—. Nos vemos pronto, chica de la camioneta.

Me despido con una sonrisa y veo como se aleja. La campanita de la puerta suena cuando sale, y apenas pasan dos segundos antes de que Emy se vuelva hacia mí y exclame:

—¡Le gustas!

—Eso me ha parecido —admito.

Su sonrisa es contagiosa, aunque en realidad no me siento tan bien. Es halagador que alguien te mire y piense que eres guapa, pero en mi interior sé que, si se enterase de mi realidad, saldría huyendo.

Lamentablemente, no es la primera vez que un chico interesado en mí desaparece al enterarse de que tengo una hija. Tras unas cuantas desilusiones y citas fallidas, he decidido no esforzarme más con el amor. Tengo la esperanza de volver a encontrarlo alguna vez, pero prefiero dejarle ese trabajo al destino y quien tenga que llegar que llegue.

Mi prioridad ahora es mi hija.

—¿Sabes quién es? —pregunta Emy.

—No, pero tengo la sensación de que tú sí.

Aunque, en realidad, su rostro me resulta conocido. Sin embargo, ha dicho que se ha mudado al pueblo hace poco, así que no tiene sentido. Debo de confundirlo con alguien más.

—Se llama Nicholas Smy y dirige el hotel del pueblo. Llegó hace unos tres años, después de reformar el edificio, y desde entonces no sé cómo lo consigue, pero atrae muchísimos turistas. La verdad es que el sitio tiene su encanto. Además cuenta con un spa y alguna vez organizan bodas, despedidas, cumpleaños...

Me quedo mirando la puerta por la que ha salido, como si fuese a regresar.

—Tenemos una buena relación, porque siempre nos encarga los dulces y eso es bueno para el negocio —añade Emy—. Por eso tú serás quien le lleve el pastel que ha encargado.

La emoción con la que dice la última frase consigue que me vuelva hacia ella.

—¿Por qué yo?

—Así lo ves de nuevo. Estoy segura de que te pedirá salir. ¡Y haríais tan buena pareja!

—Emy, apenas nos conocemos y…

—Para eso están las citas.

Tiene los ojos brillantes de la emoción. Desde luego, puedo decir que ella todavía cree en los cuentos de hadas y en las historias de amor.

Una parte de mí quiere darle un consejo de señora y decirle que la vida no es así. Pero no lo hago, porque si puede vivir un poco más teniendo esa fantasía, es mejor que lo haga.

Y que sea feliz.

—¡Hola, mamá!

Sophia entra corriendo y llena de energía en la pastelería. Detrás de ella está mi padre, que parece mucho más cansado que esta mañana. Como no sabía a qué hora saldría y si podría recogerla de la escuela, accedió a ir por ella tras dejarme en el trabajo a primera hora.

Salgo de detrás del mostrador y me agacho a su altura, recibiéndola en un abrazo.

—¿Qué tal el cole, ardillita?

—Muy bien. He visto un teatro de marionetas y he jugado con mis nuevas amigas. Además, la señorita Mary huele a flores, como tú.

—¿Te gusta tu profe?

—Por ahora sí, aunque echo un poco de menos a la señorita Stuart. Y también a Gia.

La sonrisa de Sophia se desdibuja unos segundos cuando habla de su antigua maestra y de mi amiga. A decir verdad, yo también extraño a Gia. Es lo peor de mudarse y cambiar de vida: las personas que dejas detrás.

Sin embargo, Sophi no tarda en recuperar la alegría.

—¿Puedo comerme un pastel? El abuelo ha dicho que puedo.

Lanzo una mirada rápida a mi padre con las cejas alzadas. Lo ha escuchado perfectamente, pero de pronto parece muy interesado en el ventanal que da a la calle.

—Si lo ha dicho el abuelo, entonces puedes. —Suspiro, y le doy un beso en la mejilla antes de levantarme—. Siéntate a la mesa, que ahora te lo traigo.

—Sí, mamá.

Emy está preparando un trozo de la tarta del día cuando llego a su lado.

—Es una niña preciosa —comenta mientras me pasa el plato—. Si quieres podéis marcharos cuando termine de comer, ha sido un día largo.

—Muchas gracias.

—A ti, lo has hecho genial. No me queda nada más que enseñarte. Estoy segura de que te desenvolverás muy bien.

Le acerco la porción a mi hija y regreso al mostrador.

—Va a ser una pena no compartir más turnos contigo. —Suspiro.

Aunque estar sola te da cierta libertad, en realidad es más entretenido tener a alguien con quien trabajar.

—No te preocupes; aunque mi madre esté la mayor parte del tiempo en cocina, a veces también sale. Y, entre nosotras, cuando quiere sabe ser agradable.

Como si nos estuviese escuchando, la puerta se abre y Emilia aparece con su redecilla en el pelo y el delantal cubierto de harina. No sé cuántos dulces puede cocinar esta mujer durante el día, pero a juzgar por el tiempo que pasa horneando, el número es elevado.

Sin embargo, no nos mira a ninguna de nosotras.

—Elliot, ¿cómo tú por aquí?

Mi padre, que está sentado junto a Sophia, se levanta y se acerca a la mujer.

—He venido con mi nieta, a ver a mi hija.

Los dos comienzan a hablar y aunque sé que se conocen, ya que Emilia me reconoció como su hija durante la entrevista, no deja de sorprenderme que mi padre no me ha hablado de ella. Ni siquiera reaccionó cuando le dije que empezaría a trabajar aquí. Solo asintió y musitó un «Ah, sí. Conozco el sitio. Hacen pasteles muy buenos». Pero, ahora que los veo charlar y sonreír, parece que sean amigos cercanos.

—Los dos forman parte del club de lectura de la biblioteca —me informa Emy.

—¿En serio?

¿Mi padre? ¿Leyendo? Cuando vivía en casa, apenas tocaba un libro.

—Pareces sorprendida —dice con el ceño fruncido.

Entiendo qué es lo que le extraña: se trata de mi padre, pero hay cosas de él que desconozco. A lo largo de estos años, no he sido la única que ha cambiado. No importa nuestra edad, todos tenemos la oportunidad de evolucionar.

—Supongo que he pasado mucho tiempo fuera. Antes no le gustaba leer.

—¿Puedo preguntarte una cosa? —Asiento porque intuyo por dónde van los tiros, y no me equivoco—. ¿Por qué has decidido regresar al pueblo? Sé que no te conozco mucho, pero me da la impresión de que… no estás emocionada de estar aquí.

No podría haberlo descrito mejor.

—He vuelto por Sophia. Estos años criándola sola, aunque hemos salido adelante, han sido difíciles. Mi padre me ofreció la posibilidad de volver, de empezar de cero con él y darle a mi hija un lugar seguro en el que criarse. Todavía no estoy del todo convencida de que haya sido la decisión correcta, pero quería intentarlo.

Y, por el momento, mientras veo cómo cuida de su nieta, creo que al menos en eso no me he equivocado. Quizá yo, como hija, no le haya perdonado aún por no haber estado ahí cuando más lo necesitaba, pero confío en que a Sophia no la defraude.

—¿Y el padre de Sophia?

Aquí, en el pueblo, si digo quién es sería más fácil que lo reconocieran. Aunque Emy es más joven que yo y hace años que la familia se mudó, puedo apostarme mi salario del mes a que conocen a los Grimani.

Pero no lo digo. Esa es una decisión que tomé hace ya muchos años. Si él no quiso saber nada de su hija, yo no seré quien lo busque. No necesitamos a quien no nos quiere.

—Digamos que no está en nuestro radar —contesto finalmente.

Porque la vida es muy corta, y prefiero rodearme de quienes me dan cariño y felicidad.

A los demás…, digamos que hasta el árbol familiar puede podarse.

Después de que Sophia se terminara el pastel, mi padre, ella y yo salimos a mirar un coche para mí. Resulta que el viejo carpintero también es amigo del dueño del concesionario. En estos años, mi padre no solo se ha apuntado a un club de lectura, también se ha vuelto mucho más sociable de lo que lo era antes. Estoy impresionada.

Sin embargo, aunque me enseñan muchos vehículos de segunda mano que tienen un precio asequible, no me decido por ninguno.

—Quiero algo seguro para llevar a Sophia, y eso escapa a mi presupuesto —le confieso a mi padre mientras regresamos a casa—. Quizá dentro de unos meses, cuando haya conseguido ahorrar parte del sueldo. Siempre que puedas dejarme tu camioneta, claro.

—Puedes usarla cuando la necesites. Incluso para ir a la universidad.

Sé que intenta presionar de nuevo con ese tema, pero no voy a ceder. Me he dado de plazo hasta el verano para ver si las cosas funcionan. Entonces decidiré si me quedo y vuelvo a estudiar.

Tras un parón de cinco años, no pasa nada porque espere un poco más.

—Así que… ¿estás en el club de lectura de la biblioteca? —pregunto para cambiar de tema.

—Sí, voy casi todas las semanas a menos que tenga que terminar un pedido urgente. Tú también deberías asistir. Estamos a punto de terminar un libro, podrías apuntarte para el siguiente.

—Vaya. Tengo que admitir que me sorprende. Antes no leías nada.

—Comencé a ir hace unos cuatro años. Descubrí que leer me ayuda a distraerme un poco de los pesares de la vida.

Asiento, pero no puedo evitar darme cuenta de un pequeño detalle: el tiempo en el que comenzó a asistir, en el que necesitó una distracción.

Justo cuando Jaden y yo nos marchamos de casa.

Aunque algo en mi interior me dice que, más bien, sucedió cuando yo me fui de casa.

Seis

ZAC

Quizá regresar a este pueblo no haya sido buena idea.

Y como si la vida se empeñase en recordarme a ella, al llegar al pasillo de las galletas mi carrito choca sin querer contra otro que aparece de la nada. Una niña, de no más de cinco años, lo está llevando y no se ha dado cuenta.

—Lo siento —dice con voz dulce.

Aparta el carrito con esfuerzo y se aleja de mí, siguiendo a un señor que está de espaldas a lo lejos. Y, al mirarla, no puedo evitar pensar en ella. Y pensar en ese momento…

Hace seis años…

En el pueblo hay un único supermercado. No es muy grande y tampoco tiene demasiada variedad de productos. Si alguien desea comprar algo en específico, tiene que conducir veinte minutos al centro comercial más cercano. Aun así, puedo conseguir provisiones suficientes para pasar este verano.

Giro para entrar en el pasillo de los dulces, una parada obligatoria. Nick siempre dice que no sé vivir sin una tableta de chocolate siempre a mano. Pero no hago más que dar dos pasos antes de que mi carrito choque con otro.

Aparto la mirada de los dulces para encontrarme con la chica de los ojos grandes color chocolate.

—Hola, Beth —la saludo porque no he podido olvidar su nombre—. Qué coincidencia encontrarnos aquí.

—¿Seguro? ¿No estarás siguiéndome?

Miro mi carrito lleno de comida, la mayoría precocinada si soy sincero, y luego a ella de nuevo.

—No, solo he venido a hacer la compra.

Hasta que me doy cuenta de por qué lo ha dicho: prometí pedirle una cita hasta que accediera.

«Maldición, Zac. Deberías haber dicho algo más elaborado. ¿Para qué quieres un cerebro si no sabes usarlo? Estoy seguro de que Nick sí hubiese sabido salir con una frase más divertida y desenfadada».

Y, lo que es peor, las mejillas de Beth se encienden de un color rosado precioso.

«Encima ofendes a la chica. Es definitivo: eres imbécil».

—Perdona, pretendía ser graciosa. Yo no…

—¿Y si tenemos una cita? —la interrumpo.

Siento la terrible necesidad de hacer desaparecer su vergüenza. No quiero que se sienta mal. Y eso es lo primero que se me ha ocurrido.

De repente yo también estoy nervioso. Sé por qué: esta chica me gusta. Y justo por eso soy incapaz de controlar mis emociones. Pero Nick y Alex siempre me han dicho que debería dejarme llevar más. ¿Qué puedo perder por intentarlo?

«La dignidad, como ahora».

Acallo mi voz interior y procuro mantenerme erguido mientras espero a que ella responda. Su rubor ha disminuido y ha alzado las cejas con sorpresa fingida.

—¿Todavía sigues queriendo salir conmigo? —repite.

—Por supuesto. Me encantaría conocerte mejor.

—¿Conocerme mejor? —Algo parecido a una sonrisa tira de sus labios aunque trate de ocultarlo—. Vaya, y yo que pensaba que lo que querías era ligar conmigo.

—Bueno, eso también —acepto.

Esta vez no logra contener la risa y por alguna razón suena como una agradable melodía en mis oídos. Está preciosa cuando sonríe.

Sin querer, acabo de proponerme que Beth sonría todas las veces posibles.

—¿Y qué tenías en mente... para conocernos mejor? —pregunta al cabo de unos segundos.

—¿Tomar un café? —sugiero, y de pronto me parece una cita aburrida—. ¿Ir al cine? —Demasiado tradicional—. ¿Un paseo? —Muy poco original—. ¿Un paseo por la playa?

—¿La playa? Está a más de una hora en coche.

Cierto.

—Si es por ti, te llevo a donde quieras. No me importa.

Ella vuelve a sonreír, pero esta vez parece complacida.

—Está bien, vayamos a la playa. Dame tu teléfono.

—¿Mi teléfono?

—Sí, para poder comunicarnos. ¿O en realidad tenía razón y eres un acosador que sabe dónde vivo?

Sí que sé dónde vive, en la pequeña casita que hay cerca de Villa Celeste, pero no voy a decírselo. Eso sí que me haría parecer un acosador. Así que saco el móvil del bolsillo, lo desbloqueo y se lo paso para que me apunte el número.

Nuestros dedos se rozan cuando me lo devuelve. Siento que se me acelera el pulso y, aunque lo intento, no logro calmarlo.

«Está bien, Zac. Solo déjate llevar. No va a ser tan malo. Ella también parece interesada en ti. Lo estás haciendo bien».

—Acuérdate de escribirme, o no podremos conocernos mejor —se despide, agarrando su carrito y empujándolo por el pasillo.

—No dudes que lo haré —afirmo con convicción.

Ella se ríe y desaparece de mi vista. Termino de hacer la compra sin poder sacármela de la cabeza y no consigo esperar ni a llegar a casa. Allí, dentro del coche, busco su número de teléfono y la escribo.

Zac
Hola. Soy Zac.

Ojos grandes:
Menos mal. Pensé que se trataba del acosador del supermercado que quiere llevarme a pasear a la playa.

Ojos grandes:
Era una broma. Lo siento, no sé ser graciosa.

Sonrío al teléfono. Para mí sí lo es.
Es la chica más interesante del mundo entero.

Presente

No he comprado demasiadas cosas, lo justo para sobrevivir unos días. Aunque dije que vendría solo por dos semanas, tal vez pueda resolver todo el asunto en una y marcharme. Llevo un par de días en el pueblo y cada vez estoy más convencido de que ha sido un error volver.

Pensé que mi corazón estaba reparado, pero se ve que sigue un poco resquebrajado.

Tomo la bolsa de papel donde está mi compra y me dirijo hacia el coche. Estoy orgulloso de haber aprendido a cocinar en estos últimos años y no alimentarme solo a base de precocinados, por eso llevo un par de bolsas de verduras y carne.

Estoy a punto de llegar cuando siento un golpe contra mi pierna, seguido de una sensación húmeda y fría. Cuando bajo la mirada me encuentro con la misma niña de la tienda. En el suelo hay tirado un helado de chocolate y en mi pantalón de traje beis..., una mancha marrón que comienza a calar la tela.

Me ha tirado el helado encima. Genial.

De primeras no me salen las palabras. Aunque tengo dos sobrinos, no estoy acostumbrado a tratar con niños. Sin embargo, ella alza los ojos verdes y me mira como si estuviese a punto de llorar.

«Mierda».

—Oh, no —se lamenta—. Lo siento mucho. Ha sido sin querer.

No vuelve a mirar el helado del suelo, pero sí mi pierna. Entre eso y el puchero que acaba de hacer, soy incapaz de enfadarme.

«Malditos niños…».

—No pasa nada —respondo con suavidad—. Ya me iba a casa. Lo limpio y quedará como nuevo.

—No se lo digas a mi mamá. Dice que siempre camino despistada y no miro por dónde voy.

La niña parece bastante pequeña, de unos cinco años, pero se expresa muy bien al hablar. Tal vez sea mayor de lo que parece.

—Tranquila, no le diré nada a tu mamá.

Mi respuesta parece tranquilizarla, lo que me saca una sonrisa a pesar de la… pringosa situación. Ni siquiera conozco a su madre, es imposible que pueda decírselo aunque quisiera, pero no parece percatarse de ese detalle.

—Muchas gracias, señor.

«Jo-der.

»Me ha llamado señor. ¡Si solo tengo veintisiete años!».

Pero reconozco que ir vestido siempre con traje me hace parecer mayor.

Se gira unos segundos hacia atrás. Me doy cuenta de que no ha llorado porque su helado, casi entero, se haya caído al suelo. Solo está preocupada por haberme ensuciado.

—Me tengo que ir, mi abuelo me espera —se despide—. Gracias por guardarme el secreto.

Se da media vuelta y sale corriendo, con los tirabuzones negros rebotando en su espalda.

Y quizás sea una tontería, pero incluso esta niña me ha recordado a ella.

Todo me recuerda a Beth.

Siete

BETH

La tarde es sumamente tranquila. En casa no hay apenas canales de televisión y todavía no tenemos internet, así que estamos bastante desconectados del mundo.

He podido preparar la cena con tiempo. He horneado las costillas a fuego bajo y las he acompañado de patatas asadas y salsa casera. Mi padre estuvo trabajando en su taller, pero al regresar tomó un libro y se sentó en la butaca del salón a leer. Otra cosa nueva que he descubierto sobre él es que a veces usa gafas.

Sophia decidió imitarlo y los dos están tranquilos en la sala. Pero ella todavía no ha aprendido a leer bien, ya que es muy pequeña. Cada poco tiempo se levanta del suelo y se acerca a mi padre con el libro en las manos.

—Abuelo, ¿qué dice aquí?

—Fluppy agarró el cetro de la verdad y escapó velozmente de la pirámide.

—Gracias.

Y regresa con su libro al suelo. En más de una ocasión he atrapado a mi padre mirándola con una sonrisa, casi igual que como me miraba a mí antes. La sensación es agridulce, pero gana más el cariño que veo que tiene por mi hija.

—Voy a dar un paseo —le digo acercándome a él—. ¿Te importa cuidar de Sophia mientras?

—Adelante, adelante.

Le doy un beso a Sophia, tomo mi chaqueta de la entrada, unas zapatillas deportivas y salgo al pequeño jardín delantero.

En lugar de bajar hacia el pueblo, como había pensado de primeras, rodeo nuestra casa y llego a su parte trasera. El jardín es mucho más amplio, hasta casi perderse en el bosque. Y justo antes de la arboleda, está Villa Celeste.

Las puertas y ventanas se encuentran cerradas a cal y canto, y su pintura azul se ha descascarillado. Sin embargo, los cristales, aunque sucios, están intactos. La casa lleva tiempo abandonada, pero no está tan descuidada como uno podría imaginar.

Cuando subo al porche, la madera cruje con suavidad bajo mis pies, pero parece segura. Al intentar abrir la puerta me fijo en que está bien asegurada, pero tengo mis trucos después de haberme colado en el interior tantas veces de pequeña.

Hay una ventana en el lateral que no está cerrada del todo. Apenas doy un par de empujones, la madera cede y se abre. Todavía no se ha terminado de poner el sol, aunque no hay tanta luz como me hubiese gustado, así que me ayudo de la linterna del teléfono para alumbrar el interior y paso.

Las hojas y la suciedad han conseguido colarse en el interior. Puedo ver telas de araña brillar cuando ilumino los techos y huele a cerrado, a húmedo.

He aterrizado en una pequeña habitación que hace las veces de despacho. La alfombra cubierta de polvo se queja a mis pies mientras camino, pero el interior está mucho mejor que el porche. Han tapado los muebles con sábanas y también los cuadros de las paredes.

Cuando salgo al recibidor, me encuentro el mismo resultado. Aun así, ahí dentro la pintura se conserva casi intacta. El único desperfecto visible, además de toda la suciedad, son las manchas de humedad.

La cocina es gigantesca y está prácticamente vacía. No hay nevera, ni mesa, ni sillas. Solo está la vieja cocina de leña. Recuerdo que mi madre llegó a encenderla una vez cuando Jaden y yo éramos niños. Decía que, aunque era más tedioso, la comida tenía un sabor más especial cuando la preparabas allí.

Sigo vagando por la estancia, asombrándome como si fuera la primera vez que la veo. La imponente chimenea es la pieza estrella del lugar, aunque ahora esté sucia, llena de hojas y de hollín. Si cierro los ojos puedo imaginarme una bonita estampa familiar, leyendo libros y calentándome frente al fuego.

Cuando subo por las escaleras, noto que la barandilla está suelta, así que no me agarro; sin embargo, los escalones se encuentran en perfecto estado. Y, arriba, el resto de las habitaciones están parecidas. Es como si alguien hubiese estado cuidando de la casa durante los últimos años. Ha dejado que se ensucie, pero no que se pierda. No puedo evitar pensar que ha sido mi padre. Solo Jaden, él y yo mostramos interés en Villa Celeste, y mi hermano me lo hubiese dicho.

Me asomo a una de las ventanas y busco nuestra casa. La luz de la planta baja está encendida, donde mi padre y Sophia siguen leyendo. Incluso el alféizar de esa ventana es azul.

Un poco descolorido y sin brillo, pero tiene ese celeste que muchas veces vemos en un cielo veraniego, o en el mar cuando está tranquilo. Esta casa no solo me recuerda a mi infancia. Me evoca la playa, la tranquilidad, la paz.

—No puede venderla —susurro en voz alta.

Acabo de tomar una decisión, y pasa por que mi padre no se deshaga de esta casa.

Hace seis años…

Todavía no puedo creerme que un chico haya conducido más de una hora para llevarme a una cita en la playa. Pero Zac lo ha hecho. Y lo que podría haber sido un viaje aburrido y tenso en realidad ha sido todo lo contrario. No dejamos de hablar en ningún momento.

Me gusta pasar tiempo con este chico. Aunque es un poco serio y a veces parezca que le cuesta encontrar las palabras, siento una conexión con él. No solo es muy guapo, también parece buena persona. Me hace reír y cuando hablo me escucha como si fuera a contarle la información más importante del mundo, aunque solo hable de que mi hermano se ha terminado los cereales esa mañana.

—Los atardeceres en la playa son preciosos —comento.

Estamos tumbados sobre una manta en la arena. Empieza a hacer frío a pesar de encontrarnos en verano, y supongo que por eso no hay nadie más disfrutando de este atardecer.

Me estremezco. Solo llevo puesto un vestido fino de tirantes.

—Dame un segundo, ahora vuelvo —dice.

Observo como se levanta y camina hacia el parking. Al poco tiempo regresa con una chaqueta que me pone sobre los hombros.

—El aire es frío, puedes resfriarte —me explica.

Mi corazón se salta un latido.

—Gracias.

Deslizo los brazos por las mangas de la chaqueta y él vuelve a sentarse a mi lado. Apoyo las manos sobre la manta y rozo sus dedos. Se vuelve, mirando ese punto donde nuestra piel se toca. Aprieta los labios y pienso que quizá esté incómodo, pero, cuando sus ojos se posan en mí, sonríe.

—Estás muy guapa con los rizos sueltos —comenta, como si fuese más un hecho que un halago.

—Solo estoy despeinada —rectifico.

Pero su sonrisa se amplía, hasta el punto de calentar mi interior. De repente, ya no tengo frío, y estoy segura de que no es por su chaqueta.

Definitivamente, este chico me encanta.

—Eso no quita peso a tu belleza.

—Zac —susurro, con el hormigueo creciendo en mi estómago—, ¿te sentirías cómodo si te beso?

No sé por qué siento la necesidad de pedirle permiso primero. Conmigo ningún chico lo había hecho antes, pero él…

Es diferente. Es más reservado y, aunque puedo ver que quiere tener algo conmigo, no apresura las cosas.

Y, sin embargo, soy yo quien lo necesita.

—No estaría cómodo —responde, pero no me da tiempo a alarmarme ya que no pierde la sonrisa—. Estaría más que encantado.

Un brillo travieso ilumina su mirada y eso me encanta. Hace que se me acelere el corazón y que tenga unas ganas irremediables de besarlo.

Así que lo hago.

Me inclino hacia él y paso una mano por su mejilla para atraerlo, mientras Zac baja el rostro. Nuestros labios se juntan por primera vez y noto como el corazón se me para segundos antes de empezar a correr. Se me acelera la respiración y todo a nuestro alrededor deja de existir. No hay playa, no hay frío, no hay atardecer. Solo él y yo.

Y la forma en que me besa es tan suave y delicada que siento que mi pecho va a estallar de la emoción. ¿Cómo es posible que alguien pueda hacerte sentir querida con solo un beso?

Cuando nos separamos, los dos respiramos acaloradamente. Y ni siquiera ha sido un beso apasionado, pero nuestros cuerpos se han agitado. La sangre me hierve en las venas.

—Te voy a contar un secreto, Elisabeth —susurra, y me encanta que él siempre me llame por mi nombre completo—. Llevo toda la tarde deseando besarte. ¿Qué digo toda la tarde? Llevo deseando hacerlo desde el día que apareciste pidiéndome que me desnudara.

—¿Y por qué has tardado tanto?

—Dije una tontería aquel día, en la boda. No quería arriesgarme y estropear las cosas, porque de verdad me gustas y…

No dejo que termine la frase. Me he perdido del todo en cuanto ha dicho «me gustas» y no necesito escuchar más. Lo beso de nuevo, callándolo.

Esta vez profundizo en su boca y me dejo llevar. Estar sentada a su lado no es suficiente. Me muevo de la manta, aferrándome a él; a sus hombros fuertes y su cuerpo duro. Me siento a horcajadas sobre Zac y sigo besándolo, necesito desesperadamente estar más cerca de él.

Jadeo cuando noto sus manos posarse en mi cuerpo. Las noto calientes sobre la tela de mi vestido, en mis caderas.

Me muevo sobre él y nuestras intimidades se rozan. Zac gruñe en mi boca y el sonido me encanta. Lo beso con más entusiasmo y vuelvo a rozarme contra él. Puedo notar que le está gustando.

Sus manos se deslizan por la tela de mi vestido hasta llegar al borde. Noto los dedos sobre mi pierna y siento escalofríos de placer.

—Zac —susurro contra sus labios—. Tú también me gustas.

No sé si es la mención de su nombre o lo que acabo de decir, pero consigo que él también pierda la cordura. Sus manos se adentran más profundo bajo mi vestido y ahuecan mi trasero. Me mueve las caderas, haciendo que vuelva a rozarme contra él. Siento como su erección aprieta por debajo del pantalón.

Aleja los labios de los míos, guiándolos por mi mejilla, trazando la curva de mi mandíbula y bajando por el cuello. Jadeo cuando me mordisquea con suavidad el hombro. No sabía que podía residir tanto placer en una zona como esa.

—Hueles a flores —dice, y aunque creo que pretende ser un susurro, su voz vuelve a salir gutural. Un gruñido ronco. Primario. Necesitado.

Mientras sigue besándome el cuello, deslizo las manos por su pecho. Ya había apreciado que tenía un buen cuerpo, pero al tocarlo puedo notar mucho mejor sus músculos. Sigo bajando hasta llegar al final de la camiseta y la levanto.

Quiero más. Necesito más de él.

Paso los dedos por su estómago y cuelo los meñiques en la cinturilla de su pantalón. Entonces Zac se aparta. No mucho, tan solo unos centímetros.

Me mira y nuestras respiraciones agitadas se entrelazan. Tiene el pelo rubio ceniza alborotado, las mejillas encendidas y las pupilas dilatadas. Sus labios están hinchados de besarme e imagino que yo me encuentro igual.

—Aquí no, Ojos Grandes. Podrían vernos.

Parpadeo con el cerebro atolondrado. Ni siquiera puedo preguntar por qué me ha llamado «ojos grandes», pero me gusta.

—No hay nadie —respondo.

Saca una mano de mi vestido y aparta un mechón de mi rostro, aunque el viento no tarda en volver a alborotarlo.

—Pero podría venir alguien, y así no quiero que sea nuestra primera vez.

El corazón sigue latiéndome rápido y tengo la seguridad de que no va a dejar de hacerlo en mucho tiempo.

—Eres un buen chico —admito—. Me gusta.

Zac sonríe, pero puedo apreciar un poco de tristeza bajo ese gesto alegre.

—No estés tan segura de ello —susurra, y acerca los labios a mi oído, haciendo que me estremezca por el contacto—. Porque si estuviésemos a solas y me dejaras, ahora mismo te arrancaría el vestido sin pensarlo dos veces.

El aire se me queda atrapado en los pulmones y siento calor entre las piernas. Aun así, me ayuda a bajar de encima de él. Me pasa una mano por los hombros y me acerca a él mientras seguimos viendo la puesta de sol. Casi es de noche.

Si de una cosa estoy segura, es que no puedo dejar escapar a este chico.

Presente

Espero a que Sophia se haya dormido antes de hablar con mi padre. Principalmente porque ha pedido que sea el abuelo quien le lea un cuento esta noche.

Cuando baja al salón de nuevo, lo estoy esperando con dos tazas de infusión calientes. Dejo una en la mesita que hay frente al sofá y espero a que tome asiento a mi lado. Me observa expectante.

—He entrado en Villa Celeste —explico con decisión. Es mejor ser directa para lo que voy a pedir—. La casa está en muy buenas condiciones y estoy segura de que has sido tú.

—Tu madre no hubiese querido que se estropeara por no usarla —explica.

Y eso confirma mis sospechas.

—No puedes venderla, papá. De verdad te pido que no lo hagas.

—Una casa vacía no es un hogar, Beth. No la vendo solo porque el dinero nos vendría bien; también podemos darle la oportunidad a otra familia de disfrutarla.

El cerebro trabaja a toda velocidad dentro de mi cabeza. Mi idea inicial era arreglarla y volver a darle vida, pero otra propuesta empieza a tomar forma. Y una vez entra en mi cabeza, ya no puedo olvidarme de ella.

—¿Y si nos la quedamos Sophia y yo?

Eso sorprende a mi padre.

—¿Quieres mudarte a Villa Celeste?

—No inmediatamente, por supuesto.

De pronto me doy cuenta de que ha sido una decisión muy repentina y poco un precipitada. Aunque no parezca estropeada, la casa no está para entrar a vivir. De todos modos, una vez me he lanzado, no puedo frenar la caída. Así que continúo.

—Necesita varios arreglos, una mano de pintura, cambiar muebles, barnizar, apuntalar… Ya sabes que estudié diseño de interiores, y creo que podría conseguir arreglarla y darle un lavado de imagen. Podría hacer de la casa un hogar.

Recuerdo el gran salón con su chimenea, la cocina de leña, la gran entrada. La emoción comienza a crecer de nuevo en mi pecho al imaginar lo mucho que le gustaría esa casa a Sophia.

Totalmente diferente al pequeño apartamento de una sola habitación que teníamos alquilado cuando vivíamos en Nueva York.

—No sé, Beth —duda mi padre—. Me gusta que quieras involucrarte con la casa y quedarte más tiempo, pero…

—Es una buena idea —insisto, aunque ni yo misma estoy del todo segura—. Piénsalo por lo menos.

Finalmente, mi padre suspira y confiesa:

—Lo cierto es que ya tengo un comprador interesado.

El corazón me da un vuelco.

¿Ya? ¿Tan rápido? Eso quiere decir que la puso a la venta incluso antes de avisarme.

—Pero no has firmado nada todavía, ¿verdad? —pregunto, y él niega con la cabeza—. Entonces no lo hagas, dame por lo menos la oportunidad de demostrarte que es una buena idea.

—¿Cuánto tiempo?

—¿Un año? —propongo con duda.

Alza las cejas y niega con la cabeza.

—Está bien, ¿y qué tal seis meses? O por lo menos hasta que termine el verano.

—Hasta que termine el verano me parece bien.

No es ni de lejos un plazo acertado. Para reformar una casa y dejarla para entrar a vivir, con los recursos que yo misma dispongo, necesitaría mucho más que el plazo inicial de un año. Pero es mejor ese tiempo que nada. Además, justo era el que me había dado a mí misma para intentar formar una vida aquí, con Sophia.

Así que dejo la taza y extiendo la mano hacia mi padre mientras sello nuestro pacto:

—Trato hecho. Para finales de verano, Villa Celeste será un hogar.

Ocho

ZAC

Muevo la copa de cristal entre mis dedos. El vino se balancea, carmesí, brillante. De haber tenido humor hubiese encendido el fuego en la chimenea y hubiese disfrutado del momento, pero solo puedo pensar en el silencio. Ni siquiera está el cuadro que antes decoraba la chimenea.

Y es que eso es todo lo que hay a mi alrededor.

A estas alturas de la vida supondría que ya me habría acostumbrado a estar solo. Sé que algunos de mis compañeros incluso piensan que me gusta estar así. Y eso no está muy lejos de la verdad: me gusta la paz, la tranquilidad, el orden. Que no haya altercados. Que nada me altere.

Pero a nadie le gusta sentirse solo. Profundamente solo.

Uno de los puntos positivos de regresar al pueblo fue pensar en la idea de retomar el contacto con Nick. Hace años era mi mejor amigo, casi como un hermano, aunque biológicamente solo fuésemos primos. Pero la vida, la distancia, nuestros trabajos..., todo nos alejó; y no soy de los que hablan mucho, por lo que perdimos el contacto.

Lo sé, estoy sonando muy melodramático.

Y también sé que me lo merezco.

Quizá sea el vino. La copa está llena, pero la botella yace vacía en la mesa, al lado del viejo álbum de fotos que encontré guardado en el cajón. La mayoría son fotografías de mi hermano y mías de pequeños, creciendo en esta casa antes de que nos mudáramos.

A diferencia de mí, Alex siempre ha sido cariñoso y cercano. Nunca le han faltado amigos y ha creado una familia encantadora. Seguramente, esa es otra de las razones por las que mis padres están tan orgullosos de él.

Me llevo la copa a los labios, tomo un largo sorbo de vino y la vuelvo a dejar en la mesa.

Esta casa lleva años vacía, desde que nos mudamos.

No, miento. Desde la boda.

Desde el verano después de esa boda.

Ni siquiera necesito cerrar los ojos para tener un recuerdo vívido de ella, aquí, en esta misma habitación.

«¿Entro en tus planes para dentro de tanto tiempo?».

Me parece escuchar el eco de su voz.

Definitivamente es el vino. Debería parar de beber. Y, quizá así, podré dejar de pensar en ella.

Hace seis años…

—Espera, espera, espera… ¿Tenéis un retrato de toda la familia colgado sobre la chimenea?

Beth se ríe mientras toma otra cucharada de helado de chocolate. Mis padres se enfadarían mucho si supieran que estamos comiendo sobre su alfombra persa, aunque fueron ellos quienes la dejaron en la casa.

Alex no se creería que yo estuviese comiendo sentado sobre la alfombra. O compartiendo un helado directamente del bote. O riéndome relajado mientras lo hago.

En realidad, a mí también me cuesta creerlo. Pero aquí estoy, de vuelta, tomando helado de chocolate para disfrutarlo junto a Beth.

—No le cojas mucho cariño, mi madre quiere que lo lleve a casa cuando vuelva tras el verano —comento.

Lo cual no sé si es algo bueno. Ahora voy a tener que ver el horrible cuadro en el salón cada día. Igual que cuando vivíamos aquí.

Dejo de mirar los rostros infantiles pintados al óleo de mi hermano y míos, y me vuelvo hacia Beth. Su sonrisa ha decaído y ahora una pequeña arruga se ha formado en su entrecejo. Está preocupada.

—¿Estás bien?

Me inclino hacia ella y dejo el helado en el suelo. Ni siquiera me preocupa estar manchando la alfombra, solo haber dicho algo que haya podido entristecerla. ¿Qué está pasando conmigo?

—No, perdona —niega mientras sacude la cabeza, y se vuelve a dibujar la sonrisa en su rostro—. A veces se me olvida que te marcharás tras el verano.

—Tú también, a la universidad.

Asiente con la cabeza y entiendo que ese no es el punto.

Es el final de todo esto. Del helado de chocolate para merendar. De los días escapándonos juntos a la playa. De las citas a solas en el cine cuando la sala está vacía. De las risas y besos robados en la piscina de mi casa.

Después de la primera cita, hubo muchas más. Los momentos que paso a su lado son lo mejor del verano, pero ese es el problema cuando el tiempo es feliz: pasa rápido. Demasiado rápido.

El verano parece que se nos escapa de las manos y hemos llegado a la mitad de las vacaciones sin darnos cuenta.

—¿Qué planes tienes después de acabar el máster? —me pregunta.

—Trabajar.

Elisabeth pone los ojos en blanco, pero continúa con la conversación. No es de las que se da por vencida con evasivas.

—Por ejemplo, cuando termine los estudios no sé si quiero regresar al pueblo y trabajar aquí o buscar oportunidad en otro sitio.

Sé que le gusta la vida en el pueblo, pero que no es feliz en su casa. No tiene una buena relación con su padre y su madrastra, aunque no le gusta hablar mucho de ello. Ninguna de sus antiguas amigas ha regresado a pasar el verano, y ocupa cada momento que tiene del día en trabajar o en salir conmigo. Todo lo posible para no regresar a casa.

Cuando voy a buscarla, ni siquiera me da tiempo a bajarme del coche. Ella ya está esperándome al final de la carretera que lleva a Villa Celeste.

—Les dije a mis padres que me quedaría en Los Ángeles, aunque… —Dudo unos segundos, absorto en cómo me observa con esos ojos enormes que me encantan, y trago saliva antes de continuar—. También puedo regresar al pueblo y buscar trabajo aquí.

Beth se muerde el labio y mis ojos bajan hacia ese punto de su rostro.

—¿Por la tranquilidad?

—Sí, claro —miento, a medias—. Me encanta la tranquilidad.

Ella se inclina sobre la alfombra hasta encontrar mis labios. Sabe a chocolate, y me encanta. Acaricio su mejilla con mi mano y la atraigo más cerca. Me gusta besar a esta chica tanto como hablar con ella. Estar a su lado me hace sentir bien.

Beth se inclina más, hasta que la rodeo por la cintura y acaba sentándose a horcajadas sobre mí. Pasa las manos por mi cuello y las hunde en el pelo, provocándome escalofríos. Las mías no pueden estar quietas. Se cuelan por debajo de la tela de su camiseta, tocando la suave piel de su espalda, y la aprieto más contra mí. El deseo no tarda en tomar el control mientras nuestras respiraciones se vuelven más agitadas.

Ella se separa unos segundos para tomar aire y apoya su frente contra la mía. Es así, en este momento, cuando me doy cuenta de que no quiero que esto termine.

Quiero que lo que tenemos sea eterno.

—Si tú vuelves cuando termines la universidad, yo también volveré —le prometo.

Beth aprieta lo labios y aleja el rostro unos centímetros, pero su mirada es cálida.

—Es muy pronto para hacer planes juntos. Lo sabes, ¿verdad?

—No me digas que tú también sigues la regla del tiempo.

—¿La regla del tiempo?

—Sí, ya sabes. No hacer planes con una persona para más tiempo del que lleváis juntos. Por ejemplo, si llevas una semana, no hacer planes para más de una semana. Si es un mes, no más de un mes…

—Vale, sí, creo que ya lo entiendo. No había escuchado hablar de esa norma en mi vida.

Estoy a punto de relajarme y admitir que es una tontería que dice Nick cuando ella añade:

—Pero tiene sentido. Al menos al comienzo de una relación, ¿sabes? Quizá todavía no conoces lo suficiente a la otra persona o no sabes si tendrá futuro.

Sigue jugando con mi pelo y acariciándome la nuca, pero eso no hace desaparecer del todo el pesar que de pronto me ha invadido.

—¿Y cuál es el tiempo máximo que darías tú a una relación para saber si tiene futuro?

—Bueno, es complicado —comienza a divagar, y creo que se ha dado cuenta de que en cierta parte también estamos hablando de nuestra relación—. Siempre existe la posibilidad de que el amor se acabe, incluso si llevas veinte años con esa persona.

Igual que a ella, a mí tampoco me valen las respuestas evasivas.

—En algún punto tendrás que confiar en el amor y en que tenéis un futuro, ¿no crees?

—Puede, pero…

—Venga, di una fecha.

Ella suspira y parece pensarlo un segundo, hasta que responde:

—Dos años.

—¿Dos años?

—Creo que si durante más de dos años sientes las mismas mariposas por una persona, es que ese amor es fuerte. Puede que se termine también, no lo sabes, pero está claro que has superado la fase del amor ciego.

—Entonces dentro de dos años, estaremos aquí haciendo planes para toda la vida.

—¿Entro en tus planes para dentro de tanto tiempo?

—Ahora mismo, soy incapaz de no imaginarte en ellos.

Y mientras digo esas palabras, sé que son ciertas.

Ella cree en un amor que no llega de golpe, que se trabaja y se crea despacio. Un amor pausado y mantenido en el tiempo.

Pero yo creo en lo que siento. En un amor que ha arrasado con todo desde su llegada. Me he enamorado de esta chica, de su risa, de su forma de ser. Y aunque apenas hayan pasado unas semanas desde la primera cita, sé que quiero estar con ella para siempre.

—Te quiero, Elisabeth —susurro.

Ella me observa con sorpresa, pero también con emoción. Lo veo en el brillo de sus ojos. Pero antes de que responda vuelvo a besarla. No solo me valen las palabras, quiero demostrárselo. Y me encargaré cada día que nos queda juntos de este verano de que sepa lo mucho que de verdad la quiero.

Nueve

BETH

Trabajar en la cafetería es cansado, aunque no tanto como en el restaurante donde estaba en Nueva York. Los clientes también son más agradables y hay menos ajetreo, por no mencionar que Emy es una compañera fantástica. Me recuerda un poco a Gia, aunque puede ser por lo mucho que la echo de menos.

Sin embargo, el lunes empezará su turno de tardes y yo estaré sola por las mañanas.

—Tengo que admitirlo: trabajar estos días contigo ha sido lo mejor —me dice tras recoger las tazas vacías de una mesa que acaba de marcharse—. Das mucha más conversación que mi madre.

No hemos dejado de hablar en cada rato libre. Un claro ejemplo de lo mucho que necesito una amiga.

—Trataré de venir a merendar con Sophia cuando sea tu turno —prometo.

—¿Sabes qué? Tenemos que salir a celebrarlo —propone, y cada vez comienza a emocionarse más con su propia propuesta—. ¡Una salida de chicas por lo bien que nos ha ido juntas esta semana! Y por tu nuevo comienzo en la cafetería. Podemos ir a cenar y a tomar unas copas al pub del pueblo. Hay música en directo, ¿sabes?

De primeras, mi corazón comienza a acelerarse por la emoción. La perspectiva de una noche de diversión, sin preocupaciones, como cuando era adolescente, es tentadora. Pero la burbuja enseguida explota, devolviéndome a la realidad.

Ella es una chica joven, universitaria, sin más preocupaciones que los estudios y el trabajo. En cambio, yo…

—Me encantaría, Emy, pero con Sophia no creo que pueda.

Su sonrisa decae un poco, pero no se borra por completo.

—Vamos, solo un día. ¡Llevas una semana trabajando aquí sin parar!

Su madre ha salido de la cocina y carga con un paquete grande y rosado. Mientras pasa a nuestro lado para meterlo en una bolsa, sé que escucha la conversación.

—De verdad que me encantaría, Emy.

—¡Entonces ven!

—Tengo una hija, debo cuidar de ella.

Emilia nos mira directamente, sin disimular, y pregunta:

—¿De qué habláis, muchachas?

—Estoy intentando convencer a Beth de salir juntas para celebrar su incorporación al trabajo. Estaría bien ir al concierto de Michael.

Su madre asiente, atando cabos, y luego se vuelve hacia mí.

—Tu padre cuidará de Sophia —ordena con firmeza.

He de admitir que me sorprende la convicción de sus palabras.

—Gracias, Emilia —contesto con educación—, pero todavía no le he preguntado y no sé si puede.

—Te aseguro yo que puede —me interrumpe alzando la voz, permanece severa e impasible—. Si tienes ganas de salir, yo hablaré con él.

—Pues…

Levanta el dedo índice y eso me hace callar.

—Eres madre, pero sigues siendo una persona. Necesitas desconectar y divertirte, o acabarás por sobrepasar tus límites.

Sopeso sus palabras. No quiero molestar a mi padre y, aunque sé que vine aquí con la idea de que me ayudara, no se trataba de conseguir niñera para que pudiera salir de fiesta, sino para trabajar. Aun así, la idea de tener una noche libre continúa presionando en mi corazón, jugosa.

Al final termino admitiendo:

—Está bien, si mi padre acepta, saldré.

—¡Genial! —chilla Emy.

Me da un abrazo y cuando me suelta mi estómago se revuelve. Un pequeño pesar. Aunque aún no sea definitivo, me siento culpable por la idea de dejar a Sophia, pero más en concreto por tener ganas de salir sin ella.

—Perfecto, ahora que todo está arreglado podemos volver al trabajo —sentencia Emilia, dando el tema por zanjado, y me entrega la bolsa con el paquete—. Tienes que llevar esta tarta al hotel del pueblo, ¿sabes llegar?

Habiendo solo uno, no tiene mucha pérdida.

—Por supuesto.

—Ten cuidado, es delicada —me advierte.

Asiento y salgo de la barra. Estirar las piernas un rato caminando me vendrá bien. Me pongo la chaqueta y me despido de Emy, porque su madre ha regresado a la cocina.

—¡Saluda a Nick de mi parte! —se burla, guiñándome un ojo.

La ignoro y salgo a la calle. Fuera hace algo más de frío que en la cafetería y el aire me revuelve el pelo.

El hotel no está muy lejos, pero no quiero que la tarta se me caiga por el camino, así que voy a por la furgoneta de mi padre, que todavía tengo prestada. Dejo el paquete en el suelo del asiento del copiloto y conduzco hacia el hotel.

Por fuera el edificio es una gran casona que conserva sus características arquitectónicas originales, pero sé que ha sido reformada. El jardín es enorme, tanto el delantero como el trasero, y está muy bien cuidado.

Rodeo el vehículo para tomar la bolsa y luego camino decidida hacia el hotel. Tras el mostrador de recepción hay una chica joven, más que Emy. Masca un chicle rosa con el que hace globos y mira la pantalla del teléfono que tiene en la mano. Apenas eleva los ojos cuando me ve llegar, pero su expresión cambia rápidamente del aburrimiento a un dulce gesto de bienvenida.

—Buenos días, ¿en qué puedo ayudarla?

Levanto la bolsa de la cafetería y desvía la mirada hacia ella unos segundos.

—Traigo un encargo de Emily's Coffee para Nicholas Smy.

Sus ojos vuelven hacia mí y asiente despacio.

—Deme un segundo, por favor. Voy a buscar al jefe.

Se aleja de la recepción y desaparece tras unas grandes puertas de madera. Me quedo sola unos minutos y me dedico a observar la habitación en la que me encuentro. Las paredes son altas y están pintadas en crema y con detalles en gris, contrastando con la decoración de madera oscura. Han intentado darle un estilo moderno pero a la vez tradicional. No me parece especialmente logrado.

En las paredes hay colgadas fotografías de grupos de gente. En una de ellas logro reconocer a Nicholas, posando en un ambiente que parece festivo.

En una mesita elegante, junto a un sofá, hay unos folletos anunciando los servicios que ofrece el hotel, que por lo que puedo ojear van desde fiestas de empresa a convites familiares, sesiones de spa…

Estoy echando un vistazo a esta última cuando la puerta vuelve a abrirse. Nick camina con una sonrisa hacia mí y nos encontramos a medio camino del mostrador.

—Hola, Beth —me saluda sin perder su envidiable alegría—. Me alegra que volvamos a vernos.

—Me han pedido que haga la entrega de tu pedido.

Le tiendo la bolsa y cuando la tomo nuestros dedos se rozan. No estoy segura de si ha sido accidental o lo ha provocado.

—Emilia siempre prepara las mejores tartas, ya lo sabes.

—Por supuesto. —Sonrío por cortesía.

—¿Qué tal la vuelta al pueblo? ¿Te estás adaptando bien?

Me tomo unos segundos para responder. Aunque Nick está siendo amable, soy consciente de que le gusto o, al menos, muestra interés en mí. De lo que no estoy del todo segura es de poder corresponderle.

Es un hombre atractivo y parece simpático, pero han sido tantos cambios últimamente… No solo para Sophia, también para mí.

—El pueblo ha cambiado mucho en estos últimos cinco años, pero supongo que es agradable volver a estar en casa.

—¿Eso quiere decir que te tendremos por aquí durante una buena temporada?

—Por lo menos hasta el verano —asiento, sin darme cuenta del error de haber desvelado demasiada información.

Nick ladea el rostro y pregunta:

—¿Por qué solo hasta el verano?

Me muerdo el labio inferior insegura. Podría mentir y sencillamente contestar que «es un decir», pero las palabras no salen.

He vuelto a casa. He empezado de cero. Se supone que aquí, en este pueblo que me ha visto crecer, puedo ser yo misma.

Estoy a punto de abrir la boca para hablar de Sophia y cómo las dos estamos adaptándonos a la nueva vida cuando escucho unos pasos a mi espalda. Los ojos de Nick miran más allá de mí y su sonrisa se expande mientras extiende la mano para saludar, en un gesto que resulta bastante familiar.

Me vuelvo con curiosidad, y entonces me quedo congelada.

El tiempo se detiene y con él también mi corazón, que ha dejado de latir. Es como si hubiese cortocircuitado y de pronto me olvido de pensar, de respirar, de vivir.

No puede ser…

—Llegas tarde, Zac. ¡Te esperaba hace quince minutos!

Mientras el tiempo se reactiva y mi corazón comienza a correr a gran velocidad, el hombre que acaba de entrar por la puerta no puede ocultar la sorpresa cuando sus ojos se encuentran con los míos.

Es tal y como lo recuerdo. Con su pelo rubio oscuro perfectamente peinado, la barba arreglada como si acabase de recortarla, la mandíbula marcada y unos ojos profundamente verdes y brillantes; iguales a los de Sophia.

Creo que voy a desmayarme.

Él parece encontrarse como yo, o quizá sea producto de la sorpresa y de las múltiples emociones que recorren mi cuerpo en este momento.

—Tengo los papeles en el despacho, pero si me das unos minutos enseguida te atiendo —continúa hablando Nicholas, ajeno a nuestras reacciones—. Además, me ha llegado la tarta y, de verdad, tienes que probarla, porque…

Ya no lo escucho hablar. Creo que se ha girado y está caminando hacia el mostrador. Mis ojos, traicioneros, siguen mirando a Zac.

Él es el primero en reaccionar porque yo me he quedado helada. Camina hacia mí despacio, sin dejar de mirarme. Por fin reacciono y me enderezo mientras trago saliva.

Por dentro solo puedo gritar: ¿QUÉ HACE ÉL AQUÍ?

—Elisabeth… —susurra cuando llega a mi lado.

Nos separan dos metros, pero de pronto lo siento como si estuviera a apenas unos centímetros.

Nicholas ha regresado ya sin la bolsa de la tarta y nos mira, esta vez con confusión. Por fin se ha dado cuenta de que el ambiente ha cambiado.

—¿Os conocéis? —pregunta.

Zac va a abrir la boca para contestar, pero no lo dejo.

—En realidad no —miento rápidamente—. Quiero decir, sí, pero de vista. Ya sabes, de vernos en el pueblo.

No sé por qué miento, justo después de decidir que aquí sería yo misma otra vez.

Pero esa es una decisión que tomó la Elisabeth del pasado. La que pensaba que Zachary no regresaría nunca a este pueblo y jamás volverían a verse.

Que no tendría que encontrarse al chico que la dejó tirada.

—Es verdad —asiente Nick—. Mi primo lleva tanto tiempo fuera que a veces se me olvida que antes vivía aquí.

Eso hace que me vuelva hacia él con brusquedad, por fin dejando de mirar a Zac.

—¿Sois primos?

Nick asiente con una gran sonrisa y mi corazón se salta un nuevo latido. He estado a punto de hablarle de Sophia.

Y entonces me doy cuenta de que ya lo conozco. Este chico estuvo en aquella boda, en el día que hablé por primera vez con Zac. Solo que apenas le presté atención y, a juzgar por cómo él no me ha reconocido, tampoco se fijó en mí.

—Yo… —comienza Zac, pero no voy a quedarme a hablar.

Siento náuseas y creo que estoy a punto de desmayarme.

—Bueno, tengo que irme —interrumpo con un tono de voz demasiado estridente—. Ha sido un placer, Nick.

Me doy la vuelta y prácticamente corro hacia la salida. Apenas escucho una última frase antes de cerrar la puerta de la recepción tras de mí.

—Entonces ¿cuántos días tienes pensado quedarte, Zac?

Corro tan rápido que casi tropiezo. Llego a la camioneta en un santiamén y me encierro dentro, pero todavía no enciendo el motor. Mis piernas son gelatina y no debería conducir.

Aunque quiera salir huyendo de allí.

Oh, Dios mío.

Es él.

Está aquí.

Me giro hacia el hotel casi sin querer. El corazón me vuelve a dar un vuelco. Zac ha salido a la calle y está mirando en todas direcciones en busca de alguien.

En mi busca.

Me hundo en la cabina, evitando que pueda verme. Tras varios segundos se da por vencido y regresa al hotel, llevándose las manos a la cabeza.

Mientras, yo sigo aquí. Mi corazón no se ha relajado y las piernas me siguen temblando.

No puedo creer que haya sucedido.

De todas las veces que me imaginé cómo sería volver a reencontrarnos, no se parece a ninguna de ellas.

Pero ha pasado.

Zac ha vuelto.

Diez

BETH

Me tomo mi tiempo antes de ser capaz de encender el motor del vehículo y conducir de forma segura de vuelta a la cafetería. Aun así, cuando entro a la tienda soy todavía un manojo de nervios y no puedo salir del estado de shock.

Emy, que está sonriendo al verme, lo nota enseguida.

—Beth, ¿estás bien?

—Necesito una infusión relajante —contesto con un hilo de voz—. Por favor.

Ella asiente y yo me dirijo a la mesa más apartada de todo el local mientras mi cabeza no deja de dar vueltas.

Zac está aquí. En nuestro pueblo.

¿Qué es lo que pretende?

¿Tal vez quiere quitarme a Sophia?

«Imposible. Se hubiese puesto en contacto antes. Además, parecía igual de sorprendido que tú de verte en la ciudad».

Pero es su hija. ¿Y si se arrepiente y ahora le apetece conocerla?

Por mucho que mi instinto se aferre en protegerla, sé que en ese caso debo dejar que suceda. Puede que Zac me rompiese el corazón, pero Sophia se merece tener la oportunidad de conocer a su padre.

«Basta, Beth», me riño a mí misma.

Solo nos hemos visto una vez, una total coincidencia. Y Nick le preguntaba cuánto tiempo iba a quedarse. Lo mismo solo ha venido por unos días.

Tomo la decisión de no contarle nada por el momento a Sophia. Puede que todo haya sido una mera coincidencia, y no merece la pena hacer pasar un mal rato a mi hija para nada. En cambio, si Zac aparece de nuevo y reclama verla… Entonces tendré que enfrentarme a la situación.

Mis piernas vuelven a temblar como gelatina solo de pensarlo. Y, aun así, hay una parte de mí que… quiere que suceda.

Una taza de infusión caliente aparece ante mí y Emy se sitúa a mi lado en la mesa.

—¿Qué ha pasado?

Niego con la cabeza. No puedo hablar todavía. No puedo contarle que ha pasado.

Su mano cruza la mesa y toma la mía. La aprieta con amabilidad, como si así pudiese transmitirme su cariño.

—Cielo, estás temblando. Dime si puedo ayudarte en algo, por favor.

Al alzar la mirada me encuentro con sus ojos preocupados, pero también hay algo. Quizá nos conozcamos de solo una semana, pero aquí es lo más parecido a una amiga que tengo. Y necesito hablarlo con alguien.

Despacio, las palabras salen de mis labios:

—Yo… He visto a alguien.

—¿A un viejo amigo?

Asiento con la cabeza, despacio.

—¿Os habíais peleado?

—Pensé que no regresaría nunca al pueblo… —susurro.

Es como si, además de hablar con ella, estuviese respondiéndome a mí misma.

—Oh, ya veo. Se trata de un ex —asume sin equivocarse, y tan pronto como dice esas palabras, abre los ojos como platos.

Sé lo que acaba de deducir incluso antes de que se incline más sobre la mesa y susurre casi en un hilo de voz:

—¿Es el padre de Sophia?

Ni siquiera tengo que asentir. Mi silencio y el hecho de que baje la mirada es suficiente respuesta.

A los pocos segundos, Emy se pone de pie de golpe.

—¿Qué haces? —pregunto alarmada cuando me toma de la mano y tira de ella.

—Tú necesitas algo más fuerte que una infusión en estos momentos. Hoy no hay clientes apenas y no estás para seguir trabajando. Te has esforzado mucho esta semana y te mereces un descanso.

—Pero…

Emy me ignora. Tira de mí y me obliga a levantarme. Después se gira hacia la puerta de la cocina y exclama:

—¡Mamá! ¡Beth y yo tenemos que salir, es una urgencia!

La única pareja de clientes de la cafetería nos mira con curiosidad, pero yo no protesto. Dejo que Beth me arrastre fuera, a la calle. Todavía me tiemblan las piernas, pero la sigo.

Me lleva hasta su coche, un pequeño dos puertas que probablemente tenga los mismos años que ella y al que le cuesta arrancar.

—Escribe a tu padre que tu primera tarde libre comienza ahora. Tú y yo vamos a divertirnos.

Me guiña un ojo y salimos a la carretera. Tras parar en un supermercado a por chocolatinas, patatas fritas y una caja de cervezas, vamos a su casa, la que comparte con su abuela. También me llega un mensaje de mi padre.

Papá
Yo recojo a Sophia, no te preocupes. Pasaré también a por la furgoneta con las llaves de repuesto.

Se me ablanda el corazón. Sé que estoy sensible y un poco conmocionada por lo que acaba de pasar, pero también me doy cuenta de que está cumpliendo su promesa de reconciliarnos.

Emy y yo nos sentamos a la mesa de la cocina, con dos latas de cerveza frente a nosotras y la comida esparcida a nuestro alrededor. No tengo hambre ni ganas de beber, pero ella da un largo sorbo a su bebida.

—Si te hablo de él, ¿puedes prometerme que no se lo contarás a nadie?

—¿Por qué…?

—Ni siquiera mi padre sabe quién es. Aquel verano mantuvimos la relación en secreto y después…

Cuando todo se fue a la mierda y él no respondió a mi mensaje y a mis llamadas, decidí que no merecía la pena mencionarle.

Igual que en el restaurante, vuelve a extender la mano por encima de la mesa y a tomar la mía. Su sonrisa es suave y cercana.

—Puedes contarme lo que quieras siempre que estés cómoda, que no diré nada. Y si prefieres no decirlo, lo entiendo.

De alguna forma, creo que Emy también me considera algo así como una amiga.

—No, voy a contártelo. Necesito hablarlo con alguien.

Y tan pronto como las palabras empiezan a salir de mi boca, ya no puedo frenarlas.

Hace seis años…

Ya no queda helado de chocolate en el congelador de la casa de Zac. Tampoco hay bolsas de patatas y se acabaron los refrescos. Todo parece una señal de que el tiempo se agota mientras estamos sentados a la mesa de la cocina con una botella de vino y dos copas.

A Zac le gusta el vino tinto y ha tratado de enseñarme sus favoritos y cómo degustarlos. Aun así, desde el primer momento en que llegué esta noche a la casa y vi la botella con dos copas brillantes, y una cena caliente para los dos, supe que algo iba mal. Tengo esa sensación desde hace tiempo, en realidad.

Y él la confirma al decir:

—Tengo que regresar a casa antes de tiempo.

Aprieto los labios y mi mirada baja hacia el suelo, sabiendo lo que eso significa.

El tiempo con Zac durante el verano tiene un final. Es limitado. Me había hecho a la idea de que una vez terminasen las vacaciones ambos regresaríamos a la universidad, pero pensaba que todavía nos quedarían un par de semanas más.

—¿Por qué?

Aun así, sobre nosotros ya pesa la sombra de la despedida desde hace unos cuantos días. Cuanto más se acerca el momento, menos puedo fingir que no pienso en ello. Las salidas han sido más tristes. Los besos más apasionados. Y, lamentablemente, nuestras emociones han estado a flor de piel, y eso es tan bueno como malo.

Me siento más irritada, nerviosa, y hay tensión entre los dos. Parece que estemos a punto de estallar en cualquier momento.

—Mi hermano sigue de viaje de novios y mis padres necesitan ayuda con un tema del negocio. Me han pedido que regrese con un par de semanas de antelación para echarles una mano antes de volver a la universidad.

—¿Y no puedes negarte?

Sé que soy egoísta al pedírselo. Son su familia, por supuesto que tiene que ir. Y yo… ¿qué soy? Nunca nos hemos puesto nombre. No somos novios. No sé lo que somos.

—Lo siento —es lo único que responde.

Mi estómago se hunde mientras él aparta la mirada y toma un sorbo de la copa. Creo que ya tengo una respuesta: solo soy un ligue de verano.

Así que intento hacerme la fuerte. Hemos vivido un verano increíble, tal vez demasiado.

Hemos vivido una historia de amor que no puede ser real, solo de cuento de hadas. Estaba claro que el final llegaría y que dolería.

Tenía que haberme preparado con más fuerza.

«No llores, Elisabeth».

—Está bien, lo entiendo —admito por fin—. La familia es importante.

—Tú también eres importante.

Sacudo la cabeza cuando me mira con sus increíbles ojos verdes, que pueden hacer que me derrita.

Y hoy, pueden hacerme llorar.

—Si quieres que me quede, Elisabeth, yo…

—Ha sido muy bonito mientras ha durado —le interrumpo—. Pero los dos sabíamos que… esto, lo que tenemos, se terminaría en cuanto acabara el verano.

El corazón me late a toda velocidad. Estoy esperando que me discuta lo que acabo de decir, que argumente que no tiene por qué ser así.

Que me pida que lo intentemos en la distancia.

En vez de eso, pregunta:

—¿Estás segura?

¡NO!, quiero gritar.

—Sí —respondo en un susurro.

Suspira y no me puedo creer que esto esté pasando.

—En ese caso… ¿supongo que esto es un adiós?

—¿Ya?

—No me gustan las despedidas —replica.

—Ah, genial. Ya veo.

—Te has enfadado.

—No me he enfadado. Solo estoy…

Triste. Molesta. Irritada. Enfadada.

—Fue un amor de verano bonito, ¿no? —pregunta Zac.

Puedo notar la acritud en su voz. Él también está molesto.

Y, aunque yo misma he pensado en lo que hemos tenido como un amor de verano, aunque la frase en sí no es mala…, hace que mi corazón, que ha estado latiendo a toda velocidad, de pronto frene y se rompa en mil pedazos.

Porque «un amor de verano» no es una relación.

No es algo que dure.

Pienso en las veces que llegamos a hablar de regresar aquí, al pueblo, cuando hubiéramos terminado la carrera. En los dos años que nos dimos para acabar de averiguar si lo que sentíamos era real.

Pero ahora me doy cuenta de que todo ha sido mentira.

Me pongo de pie, negándome a dejar que las lágrimas se liberen, y pongo mi mejor expresión neutra mientras Zac me mira con los ojos brillantes pero decididos.

—Sí, lo fue.

Espero a que diga algo, lo que sea. No lo hace.

Así que me giro y comienzo a caminar fuera de la cocina, por el pasillo de la casa, hacia la salida.

«Respira, Beth, respira.

»No llores».

—Elisabeth, espera.

Me vuelvo tan rápido que podría haber corrido a su lado de nuevo, con demasiadas ganas de arreglar el repentino desastre en el que todo esto se ha convertido.

Quizá por eso duele tanto cuando veo que se acerca con mi chaqueta.

—Te has olvidado la chaqueta —señala.

Su voz es suave y firme, no hay rastro de emoción en ella. El único matiz que puedo encontrar de que toda esta situación también le afecte un poco es que ha perdido la sonrisa.

—Gracias.

Agarro la prenda y rozo sus dedos. Todo mi cuerpo se llena de escalofríos, como cada vez que me toca.

«Mierda, querría que lo hiciera ahora mismo.

»Que me abrace. Que me diga que todo va a ir bien aunque se vaya.

»Que no fuimos solo un amor de verano».

Pero no lo hace.

Aparta la mirada hacia un lado y, después de unos largos segundos en los que me doy cuenta de que no podré contener más las lágrimas, me marcho para siempre de su casa.

Lloro todo el camino hasta la mía, con el corazón roto y apagado.

No es hasta dos días después cuando recibo un mensaje suyo. Ahí mi corazón vuelve a dar señales de vida, un pequeño aleteo al leer su nombre. Sin embargo, no es lo que esperaba.

Zac
Siento mucho haber sido tan desagradable, Elisabeth. Si en algún momento quieres hablar, aquí sigues teniendo un amigo.

«Amigo».

Decido no contestar.

Y cuando semanas después, soy yo quien se pone en contacto, descubro que su mentira es mucho más grande de lo que pensaba.

Zac no solo nunca me ha querido. Tampoco es mi amigo. Y si decido seguir adelante con lo que se viene, lo haré sola.

Mi hija no sufrirá nunca por él como yo he tenido que hacerlo.

꧁ Once ꧂

ZAC

Regreso al interior del hotel junto a mi primo. No hay ni rastro de Beth en la calle, y podría creer que se trata de otra de mis alucinaciones al regresar a este maldito pueblo, si no fuera porque Nick también la ha visto.

Cuando llego a su lado, con la cabeza todavía pensando en ella, me pregunta:

—¿La conoces?

—Es Beth —susurro.

Su nombre suena delicado y especial en mis labios, como aquel verano que vivimos juntos. Hacía muchísimo tiempo que no lo decía en alto. Demasiado, quizá.

—Sí, ya sé cómo se llama —agrega Nick, y comienza a ordenar los papeles que hay en la recepción—. Ha regresado hace poco al pueblo. ¿Era amiga tuya?

—Sí, podría decirse que sí.

—¿Una ex, quizá?

Nick me da un pequeño codazo, pero no contesto a esa pregunta. Nunca nos pusimos nombre. Nunca le dijimos a nadie que estuvimos juntos. Y, después de cómo ha reaccionado al verme, algo me dice que tampoco tiene intención de desvelar nuestro pasado a los demás.

—¿De qué la conoces tú? —pregunto en su lugar, y me aclaro la voz al notar que he sonado agresivo. Mierda, me he puesto nervioso y lo odio—. Quiero decir, no llevas mucho tiempo en el pueblo…

—Trabaja en Emilia's Coffee, una cafetería que hace los mejores pasteles del pueblo.

Levanta una bolsa de papel con el logo del local estampado en ella. Conozco ese sitio, he pasado por delante de él alguna vez, pero nunca he entrado.

«Beth trabaja allí.

»Beth está aquí».

—¿Ha vuelto al pueblo? —pregunto, tratando de ocultar la curiosidad.

—Hace poco, me parece —responde Nick, rascándose la barbilla, y luego presiona un poco más—. Entonces ¿es o no es una exnovia tuya?

—Es complicado —respondo por fin.

Creo que no puedo ser más sincero.

—Pero ¿te gusta?

—¿Qué quieres decir?

—Lo que has oído. Saber si te sigue gustando o si puedo intentar yo algo con ella.

Es mi turno de volverme hacia Nick; solo que, cuando yo hago la pregunta, no puedo controlar de nuevo el tono de enfado.

—¿A ti te gusta?

—Pues claro. Pero sabes que nunca me pelearía contigo por una mujer, así que…

Deja la frase en el aire y presiento que ese es mi momento. Aquí es cuando debo decirle que «esa chica», Beth, es el amor de mi vida. Que fue la primera y única persona de la que me he enamorado y la chica a la que nunca he conseguido olvidar.

Pero luego recuerdo cómo me ha mirado al verme; como si hubiese visto un fantasma. En sus preciosos ojos grandes no había ni rastro de la mirada dulce y cariñosa con la que un día se dirigía a mí.

Y también recuerdo el mensaje de texto que le envíe. Tras nuestra estúpida pelea de despedida le pedí intentar ser amigos, le dije que estaría ahí para ella si me necesitaba… Pero nunca me respondió.

Para ella solo fui un amor de verano y está claro que me olvidó. Ni siquiera regresó al pueblo pasados los dos años, tal y como habíamos hablado.

—Lo que Beth haga y con quién salga ahora no es asunto mío.

La sonrisa de Nick crece; se toma la respuesta como un incentivo a pedirla salir.

Y me sienta como una hostia en toda la cara.

Soy gilipollas.

Doce

BETH

—Un poco de brillo aquí… y algo de más en este lado.

Parpadeo mientras Emy se aleja. A mi alrededor todo es brillantina, al igual que el color que ha usado para maquillar mis ojos.

—Estás preciosa —sentencia.

Sonrío, aunque en el fondo no me lo creo.

Mis ojeras son imposibles de tapar. Tengo los rizos secos de no cuidarlos en mucho tiempo. Me ha salido algún grano por el estrés. Mi piel no está tersa y brillante. La ropa que llevo me habría quedado mejor hace cinco años…

—Gracias —respondo con suavidad.

Me giro para verme en el espejo de la habitación de Emy. Es bastante más grande que la mía y tiene buena luz.

—Entonces ¿vamos a un concierto?

Asiente con la cabeza y luego se retoca el brillo del párpado.

—Cada sábado Michael da uno nuevo en el bar del pueblo. Quizá a ti no te suene, pero aquí él es de los mejores músicos que hay. Llena el escenario con su presencia y… tienes que verlo, de verdad.

Sus ojos brillan y asiento, porque la forma en la que habla del chico es cautivadora.

Nos pega unas estrellitas brillantes en el borde de los ojos, algo de brillo de labios y lanza un beso hacia el espejo. Cuando saco el teléfono para hacernos una foto me mira sonriente, aunque confusa.

—Es para Sophia —explico—. Le gusta mucho verme maquillada.

En general le gusta el maquillaje, aunque como mamá creo que es un poco pequeña para pintarse. Yo me maquillo pocas veces porque no suelo tener mucho tiempo, y siempre me pide que le pinte los labios.

Emy no discute. Posa conmigo y las dos le mandamos una selfi. A los pocos minutos, mientras nos ponemos las chaquetas, recibo otra en respuesta.

—Para comérsela —dice Emy.

Es una foto de Sophie tumbada en la cama con un libro. Mi padre debe estar a punto de leérselo. Un sentimiento agridulce se extiende en mi interior, porque una parte de mí está contenta y feliz de ver el vínculo que están creando y como la cuida. La otra…

La otra no puede olvidar el pasado. Es imposible no recordar su reacción cuando se enteró del embarazo, y que nunca me eligió a mí. Que nunca me creyó.

—Vamos —dice Emy, tomándome de la mano y apremiándome a ponernos en marcha—. Lo pasaremos genial.

Me gusta pasar el rato con ella. Me hace pensar en la juventud que dejé a un lado cuando me convertí en madre, y me recuerda a la chica que una vez fui. Pero justo por eso mismo, me pone algo triste.

Tengo responsabilidades que ella no, y se nota; y no puedo evadirlas.

No hay gente haciendo cola para entrar, es lo bueno de vivir en un pueblo, pero sí hay un chico joven y musculado en la puerta. Cuando nos ve llegar, su expresión seria se transforma en una sonrisa y lleva la mano a la puerta mientras mira a Emy.

—¿Hoy también tendré que pedirte un taxi que te lleve a casa, Emilia?

Ella hace un mohín con la boca, pero parece que ambos se llevan bien.

—Cállate, Luca. Eso solo pasó una vez.

—Y lo recordaré siempre que te vea.

Ella eleva la mano libre y le enseña el dedo medio. El chico rompe a reír a carcajadas. Me doy cuenta en ese momento en que la sonrisa en su rostro era burlona, en especial cuando se vuelve hacia mí y se suaviza.

—Pasen una buena noche, señoritas.

—Gracias —musito en voz baja.

La música de guitarra inunda mis oídos al poco tiempo de atravesar la entrada. Dirijo mis ojos rápidamente hacia la zona donde está el escenario. Hay tres personas subidas —un bajo, un guitarrista y un batería—, aunque estoy bastante segura de que no son a quienes venimos a ver. La gente de la primera fila baila y los mira, pero el resto del local está hablando y tomando algo.

Según me han dicho, Michael es muy famoso aquí.

Llegamos a la barra y nos sentamos en dos taburetes altos. Uno de los camareros no tarda en acercarse y, antes de que pueda abrir la boca, Emy pide:

—Dos vodkas, por favor.

—¿Vodka? —repito, insegura, pero el camarero ya se ha alejado a por la botella y los vasos.

—¿No quieres? Tampoco voy a obligarte a beber.

Aprieto los labios unos segundos. Mi antigua compañera de cuarto en la universidad, que en su momento fue mi mejor amiga, amaba el vodka.

—Está bien, pero poco o volveré a tener resaca por tu culpa.

Emy se ríe porque estoy hablando de la botella de vino que nos tomamos ella y yo solas en su casa después de ver a Zac. Mi padre tuvo que venir a buscarme a mí y a la camioneta porque yo no quería conducir hasta casa, y Emilia le echó una buena bronca a su hija por irse del trabajo.

Mi estómago se revuelve al pensar en Zac e instantáneamente lo busco por el local. Casi cancelo la salida al saber que podría encontrármelo, pero Emy me convenció de salir. Ella sabe toda la historia. No contará nada a su madre ni a mi padre mientras yo no esté preparada, porque ellos no saben quién es el padre de Sophia. Hasta hace poco solo yo lo sabía, Gia, aunque no lo conoce, y... ahora Emy.

Me asusta que todo se descontrole, pero creo que puedo confiar en ella.

Nos sirven el vodka y brindamos antes de tomarlo de un trago. Me escuece en la garganta. Hacía muchísimo tiempo que no lo bebía, desde la universidad... No puedo evitar recordar de nuevo a mi antigua compañera.

—Entonces, el segurata —comento para cambiar de tema en mi cabeza, porque los recuerdos tristes no tienen cabida esta noche—. ¿Lo conoces?

—Trabajó en la cafetería de mi abuela un tiempo cuando la abrimos. Es insufrible, pero creo que tiene buen fondo.

—¿Crees?

—Elisabeth Wilson —dice mi nombre completo alzando la voz—, ¿qué estás insinuando?

—Lo mismo que tú con Nicholas.

—Es distinto. Vosotros haríais una pareja encantadora. Yo a Luca le sacaría los ojos... después de que me diese unos cuantos orgasmos.

Alzo las cejas y me río. ¿Le ha subido ya el chupito? Pero no lo parece. Emy es el tipo de persona que no se calla las cosas. Tiene su lado tierno y cariñoso, pero también una personalidad que derrocha energía y no se deja pisar por nadie.

Vuelvo a mirar a mi alrededor, esperando encontrarme a Zac allí. Cuando le conté todo a Emy, ella no lo conocía. Al final Zac es un par de años mayor que yo, y yo soy mayor que ella. Por mucho que los tres estudiásemos en el mismo instituto, ella prácticamente empezó cuando él terminaba.

—Para. No está aquí. Y si lo está, no vamos a hacerle caso.

Me vuelvo hacia mi amiga, que ha entendido perfectamente lo que estaba buscando.

—Lo siento, es solo que... no puedo sacármelo de la cabeza.

Emy me toma de las manos y se las acerca al corazón. Cuando me mira, sus ojos brillan con decisión.

—Sé que te inquieta por Sophia, pero si no te respondió en ese momento, y si no te ha buscado ahora que sabe que estás en el pueblo, no creo que debas preocuparte por él. Nadie va a quitarte a tu hija, te lo prometo. No dejaremos que lo hagan.

Entre el vino y el drama, el otro día me abrí y le conté mi miedo. Pero tiene razón. Si Zac hubiese vuelto para llevarse a Sophia, hubiera tenido más de veinticuatro horas para buscarme. Para buscarnos.

No lo ha hecho.

Le sorprendió verme, eso lo entiendo. Y lo sé porque reconocí su expresión.

Maldita sea. Sigo reconociendo sus expresiones.

—Ha tenido cinco años para preguntar por ella —respondo lo bastante alto para que ella me escuche, pero el eco de la música ahoga mis palabras—. No dejaré que le haga daño.

«Tal como me lo hizo a mí».

Emy asiente y se inclina para darme un beso en la mejilla y abrazarme con fuerza. Después soy yo quien pide otro chupito de vodka y las dos brindamos. Porque esta noche es para divertirnos, y eso haremos.

Después pedimos un par de cervezas y Emy me vuelve a tomar de la mano y tira de mí hacia el escenario, lo más cerca que podemos. Justo cuando llegamos a la quinta fila, porque aquí hay bastante gente, la canción se termina y las luces se apagan mientras el público aplaude.

—Ahora saldrá Michael —me susurra Emy.

Así es, ni dos minutos después, las luces vuelven a encenderse. Los músicos salen de nuevo al escenario, pero esta vez les acompaña un chico junto a un teclado. Todo se llena de gritos mientras él saluda.

Tengo que taparme los oídos, pero no puedo evitar sonreír. Desde luego, las discotecas de Nueva York no tienen nada que envidiar al ambiente de esta noche en nuestro pequeño pub.

—Buenas noches, familia —saluda ajustando el micrófono, y todos vuelven a gritar—. ¿Cómo estáis hoy?

Logro escuchar algún que otro «bien » entre tantos gritos. Cuando miro a Emy, ella se encoge de hombros, pero luego se acerca a mí y me dice al oído por encima de las voces:

—Fue el *quarterback* estrella del equipo del instituto, casi los lleva a la final, que para este pueblo es muchísimo. Tenía una beca deportiva muy buena, pero sus padres murieron y regresó de la universidad para cuidar de sus hermanos pequeños. Aquí todo el mundo lo quiere mucho.

Vuelvo a mirarlo e intento hacer memoria. Con el dato de haber sido *quarterback* logro ubicarlo por fin. Es un par de años más joven que yo, pero me suena haber escuchado cómo destacaba en el deporte. También supe lo de sus padres. No somos un pueblo tan grande. Estoy bastante segura de que se trata de la casa que se incendió poco antes de que me fuese del pueblo.

Los bomberos venían de otro incendio en un pueblo cercano, y no consiguieron llegar a tiempo. Entre los vecinos del pueblo y el padre de la familia lograron sacar a los hijos pequeños, pero, cuando regresó a por su mujer, ninguno de los dos consiguió salir.

—Hoy quiero comenzar con una de mis canciones favoritas, esa que sabéis que tanto me ayudó cuando pensaba que estaba en mi momento más oscuro —dice Michael, abriéndose el botón superior de la camisa e inclinándose sobre el teclado—. «No Estoy Solo», y va por vosotros, familia.

La gente grita y las primeras notas del piano comienzan a sonar. Rápidamente acompaña la batería y el resto de los instrumentos. Y cuando empieza a cantar, todos se saben la letra.

Tiene una voz bonita y desde luego sabe cómo hacerse dueño del escenario. Pero, en especial, noto el sentimiento de estar aquí todos como una familia. La gente lo quiere, es parte del pueblo.

Como una vez yo también lo fui.

—Esta canción me encanta —comenta Emy.

Chocamos nuestras cervezas y luego bailamos cuando la música cambia a una un poco más alegre y movida. La gente a nuestro alrededor salta, grita y canta sin parar. Me sorprendo a mí misma sonriendo porque de verdad estoy feliz y pasándomelo bien.

Estoy tan inmersa en el momento y en la alegría que tardo unos segundos en percatarme de que, de pronto, Emy ya no parece tan feliz. Ha dejado de moverse y da sorbos a su cerveza tan rápido que enseguida se la termina.

Cuando sigo la dirección de su mirada, me encuentro con un grupo de tres chicas y dos chicos que también nos están mirando a nosotras. Más bien a ella.

—¿Los conoces? —me inclino a preguntar.

Emy asiente despacio y, con pesar, responde:

—Éramos amigos en el instituto.

Asiento sin saber si debería preguntar más. Mi grupo de amigas se disolvió porque todas nos fuimos a la universidad y no mantuvimos el contacto. Después, solo yo regresé, y al final volví a marcharme un tiempo a Nueva York.

—Estuve saliendo con el chico de azul, pero me dejó por el chico de verde, y digamos que no lo llevé muy bien. Fui un poco cabrona y puede que me merezca que no me hablen.

—Los sentimientos son difíciles —respondo con sinceridad.

No soy quién para juzgar si no estuve allí, y hasta ahora ella ha sido muy buena amiga.

—¿Y si vamos a por algo de picar? Tengo hambre.

Asiento y las dos nos alejamos del escenario de vuelta a la barra. Otra cosa que me gusta del pueblo y que no sabía que echaba de menos: puedo pedir una ración de patatas a un precio moderado mientras me tomo una copa con mi amiga y escucho música.

Estamos sumergidas en una conversación sobre la universidad a la que asiste Emy, zambullendo patatas en salsa y vaciando nuestra cerveza, cuando veo un rostro familiar a lo lejos.

Es Nicholas. Camina sonriente entre la multitud, saludando a algunas personas a su paso como si fuera un actor de cine. Es el típico hombre guapo, presentable, que gusta a la gente. Y lo sabe.

Y me está mirando a mí.

Emy se da cuenta enseguida y, cuando Nick llega junto a nosotras y se apoya en la barra sonriendo, ella también lo hace; pero de forma descarada, a la par que me clava el codo en las costillas.

—La chica de la camioneta. ¿Has venido al concierto?

Asiento y me como una patata porque mis ojos han vuelto a vigilar a la gente. Si él está aquí… ¿acaso Zac también habrá venido?

—Como todos —respondo quizá un pelín borde.

Emy vuelve a clavarme el codo en las costillas y me quejo, lo que hace que Nick alce las cejas.

—Las patatas están muy buenas, ¿quieres? —respondo para salvar el momento, aunque creo que es peor.

Así que agarro dos patatas y se las meto en la boca.

Contra todo pronóstico, Nick las acepta y mastica con gesto de aprobación.

—Suelo pedir alitas, pero están muy buenas —admite, y luego toma otra más—. ¿Os apetece tomar algo?

Mira nuestras cervezas y estoy a punto de negarme, pero mi amiga aparece por detrás y comenta:

—Pues unos margaritas no estarían mal.

Me vuelvo hacia ella con las cejas alzadas y gesticulo un «qué haces», pero solo se encoge de hombros.

Cuando me vuelvo hacia Nick, él está riendo y asiente con la cabeza.

—Venga, que sean tres.

Aprovecho mientras llama al camarero y me giro del todo hacia mi amiga. Quiero echarle la bronca por lo que ha hecho, pero veo que está conteniendo la risa y me pregunto si realmente no le ha subido la bebida.

—Emy… —susurro.

—Dime.

—Nicholas es el primo de Zac.

—¿Perdón? Olvidaste mencionar ese dato.

Alza las cejas y mira sobre mi hombro hacia el chico. Después se vuelve hacia mí y carraspea mientras intenta mantener una expresión seria.

—Vale. Lo siento. Pero ahora mismo no importa. Porque si Nick está aquí…

—Zac también puede estarlo —deduce.

—¡Eso es!

Casi me siento tentada a gritar «¡bingo!», pero no lo hago porque estoy nerviosa.

—Pregúntale —comenta, como quien dice «el tiempo hoy es soleado».

—¿Cómo?

—Que le preguntes si Zac está.

—No. Sería sospechoso.

—O te ayudará a indagar sobre sus intenciones.

Guardo silencio y sopeso su respuesta.

Mierda.

Tiene razón.

—Está bien, pero si actúa de manera extraña, nos vamos.

—Promesa de meñique.

Extiende el dedo pequeño y lo entrelaza con el mío. No es la promesa más fuerte del mundo, pero sí de las más sagradas.

Tomo aire y me vuelvo hacia Nick. Tres margaritas acaban de aparecer en la mesa. Contrastan con las bebidas del resto de las personas, que en su mayoría son cervezas o chupitos. El camarero nos guiña un ojo mientras guarda una botella y se aleja, y Nicholas me pasa dos, para mí y para Emy.

—A su salud, señoritas.

Emy arruga la nariz con disgusto.

—Uf, no me gusta nada cuando me llaman señorita —susurra, y creo que solo yo la escucho.

Sin embargo, me doy cuenta de que no es así cuando las mejillas de Nick se sonrojan. De pronto ya no parece tan seguro de sí mismo, como lo he visto hasta ahora. Parece más real. Más cercano. Y eso me gusta.

—A nuestra salud —asiento.

Compartimos una sonrisa traviesa mientras tomamos el primer sorbo y, por primera vez en mucho tiempo…, ¿puede que me aletee el corazón? Es difícil decirlo, cuando lleva tantos años con la llave echada.

Emy se vuelve en la silla sobre la que está sentada hacia el escenario. Toma sorbos de su bebida mientras se mueve de lado a lado y su pelo rubio y rosa se sacude en la espalda. Nos está dando intimidad, porque cree que hay algo. Pero yo apenas conozco a este chico.

Hace años quizá hubiese sido como ella. Hubiese pensado que me puedo enamorar de alguien en poco tiempo.

En un verano.

Ahora soy más realista. Y más dura.

He aprendido a controlar mis sentimientos y a no dejar que influyan tanto en mi futuro.

—Oye, Nick, quería preguntarte por… —comienzo a decir casi en un susurro que dudo que escuche.

—Así que conoces a mi primo —me interrumpe.

Parpadeo varias veces porque me ha sorprendido que haya sacado el tema.

—Fuimos al mismo instituto —susurro, aunque es la cosa más estúpida del mundo.

Claro que fue así. Todos los que nos criamos en este pueblo fuimos a la misma escuela y al mismo instituto. Casi sin querer analizo su expresión. No suelo ser de la clase de gente que se fija en todos los gestos que hace la otra persona con la que habla, pero aquí es importante.

—¿Fuisteis compañeros de clase?

—No, tiene dos años más que yo.

—Entonces supongo que os conocíais del pueblo —presume.

Asiento con la cabeza y doy otro sorbo a mi bebida. Ha sido mala idea tratar de sacar el tema Estoy arrepintiéndome de ello cuando Nick pregunta:

—¿Estuvisteis saliendo juntos?

Podría haberle escupido el margarita en la cara. Aunque su tono es tranquilo, como si de verdad no tuviese idea de todo lo significó Zac para mí, me pongo al instante en alerta. El estómago se me ha cerrado y no importa la cantidad de alcohol que haya bebido, no me siento relajada en absoluto.

Nick ladea la cara y espera mi respuesta. Y entonces me doy cuenta: en realidad él no tiene ni idea. Ese verano Zac estaba aquí solo en el pueblo. Nadie se enteró de que salimos juntos, ni siquiera mi padre. Y tampoco sabe absolutamente nada de Sophie…

—Podría decirse que sí —contestó por fin, y aunque suspiro, la intranquilidad sigue dominándome—. Aunque es agua pasada, fue hace mucho tiempo.

Las palabras me queman en la boca, como si no fuesen verdad.

Pero lo son.

—Ya veo… —asiente, repentinamente pensativo. Tiene la mirada puesta en el escenario y de pronto se vuelve hacia mí—. Entonces ¿podría invitarte a salir?

¡Boom! Menudo giro inesperado de la conversación.

—¿A mí? ¿Quieres salir conmigo?

Tengo que preguntarlo en alto para estar del todo segura. Sí, tenía la impresión de que le gusto, pero no estaba segura al cien por cien, ni mucho menos esperaba que fuese a preguntarme sobre mi relación con su primo para luego… pedirme salir.

—Una cita —asiente, recuperando su sonrisa ganadora—. Podríamos ir al cine y a cenar.

—Pues…

No estoy segura de qué responder. Hace mucho tiempo que no tengo una cita propiamente dicha y, aunque resulta tentador y desde luego Nicholas no me parece un mal chico, sigo sin poder decidir si ya es buen momento. ¿Estaría Sophia preparada?

«Además, es el primo de su padre».

—Piénsatelo —dice Nick al darse cuenta de mi indecisión, pero sin imaginarse el porqué—. Me encantaría poder conocerte mejor.

Las mariposas hacen aparición en mi estómago, esta vez de verdad. Tengo el sí en la punta de la lengua y me recorre una gran emoción al pensar en lo que sería tener una cita real, con un hombre educado, respetuoso y bueno. Nick lo parece.

Pero me recuerdo que no sabe nada de Sophia y me obligo a permanecer callada.

Emy se vuelve hacia nosotros en ese momento.

—¿Y si vamos a la pista? Me apetece bailar un rato.

Asiento ante la propuesta, que me sirve para escapar de esa situación. Si sigo hablando con Nick, presiento que, o bien acabaré aceptando salir con él, o bien le hablaré de Sophia. O las dos cosas.

Él no nos sigue y mi amiga y yo nos fundimos entre la gente. Las canciones pasan y el alcohol parece hacer un poco de efecto. Ninguna de las dos bebemos más, solo disfrutamos de la noche y bailamos.

Los minutos pasan y el grupo no pierde la energía en el escenario. Estoy disfrutando como no lo hacía en mucho tiempo, bailando y riendo con mi amiga.

Y entonces lo veo.

Zac.

Está aquí, en el bar, en la pista. Y me está mirando.

Dejo de moverme casi al instante mientras todo a mi alrededor desaparece menos él. Sus ojos verdes brillan oscuros ante la poca luz que hay en el local, pero sigue teniendo esa mirada profunda y cargada de fuerza que tanto me enamoró. El corazón se me detiene y vuelve a martillear con fuerza.

Tengo que dejar de mirarlo. Sé que debo hacerlo.

Pero no puedo.

Me da la sensación de que comienza a avanzar hacia mí, y aun así no puedo apartar los ojos. Tiene la barba perfectamente recortada y viste un traje, como siempre.

Hasta que Emy se inclina sobre mí y pregunta:

—¿Quieres que nos vayamos?

Se ha dado cuenta de lo que está sucediendo. Ella es la única que conoce toda la historia.

Muevo la cabeza de forma afirmativa y toma mi mano para guiarme fuera de la pista. Atravesamos el bar, todavía más lleno de gente que antes. No me giro en ningún momento, ni cuando llegamos a la salida y Luca, el segurata, nos abre la puerta para salir.

Solo que en ese momento lo escucho.

—Beth, espera.

Me quedo congelada casi al instante.

Zac llega detrás de nosotras, casi corriendo. Tras él Luca cierra la puerta y alza las cejas al notar que Emy me toma del brazo y me acerca a ella, pero mi amiga niega con la cabeza a su pregunta sin formular.

En la calle, de noche, solo estamos nosotros cuatro y un grupo de tres amigos que parecen bastante borrachos.

—¿Necesitas algo? —pregunta Emy, sin soltarme.

Zac la mira unos segundos y toma aire, recuperando la compostura. Cuando habla, su voz es calmada y educada.

—Quería hablar con Elisabeth.

Oh, Dios mío. Creo que me falta el aliento y mi corazón va a salir volando del pecho.

Esto no puede estar pasando. Casi seis años después, no puede estar sucediendo.

Y lo peor de todo es que hay una parte de mí que está ligeramente emocionada de volver a verlo. Pero la enfadada, la que es realista y entiende que me dejó tirada... Esa odia a Zac con todas sus fuerzas.

—Ella no quiere hablar contigo —replica mi amiga.

—Solo será un segundo.

Los ojos verdes de Zac se clavan en mí y… Maldición, siguen ahí. La chispa. La magia. Los sentimientos. Pensé que estaban enterrados del todo, pero algo sigue ahí.

Y lo detesto.

Luca abandona su lugar en la puerta y se acerca a nosotros.

—Me temo que deberías dejar a las chicas en paz, amigo.

—No deseo molestar, de verdad —comienza a decir con su habitual tono calmado. Él siempre es de los que no se alteran y guardan la compostura—. Yo…

—Está bien, Luca. No pasa nada.

No deseo causar problemas y, aunque esté resentida con Zac, sé que tampoco montará una escena. Me suelto del brazo de mi amiga y me vuelvo hacia él.

—Tú y yo no tenemos nada de qué hablar, Zac.

—Han pasado seis años.

—Bastante tiempo, ¿no crees? —Me cruzo de brazos y alzo las cejas.

—Exacto, como para poder hablar. Solo quería saber cómo estabas.

—Bien, ya lo ves.

La rabia crece un poco dentro de mí. ¿A santo de qué viene a preguntar cómo estoy, después de lo que sucedió? Pensaba que querría saber del bebé, de Sophia. En mi mente había imaginado que preguntaría si al final lo tuve, quizá querer conocerlo, pero…

No.

Solo quiere saber cómo estoy.

—Estás molesta conmigo —deduce, y su voz baja a un susurro mientras frunce el ceño—. ¿Por qué?

«¡La madre que…!».

No puedo evitar soltar un pequeño bufido de exasperación.

—Sabes perfectamente por qué.

—No, claro que no lo sé. Nunca me contestaste.

—¿Perdón?

No doy crédito. Es al revés. Fue él quien no me contestó a mí.

—Te propuse ser amigos y no respondiste. Tampoco volviste al pueblo al verano siguiente, ni al siguiente… Cuando pasaron dos años, como prometimos.

Quiero vomitar. En serio no puede estar reprochándome esto. No después de lo que él hizo.

No solo estoy enfadada, estoy muy confundida. Porque Zac puede ser un imbécil, un cerdo que me dejó tirada, un estirado, pero… siempre fue razonable.

—Me fui del pueblo antes del primer verano —respondo sin comprender—. No estábamos juntos, Zac. Y tú me dejaste tirada. No iba a volver.

Su ceño se frunce todavía más y pequeñas arrugas aparecen alrededor de sus ojos. Se lleva la mano al puente de la nariz y lo aprieta agobiado.

—Nunca quise dejarte tirada —responde por fin—. Pensaba que eras tú quien no quería volver a verme.

El corazón va a explotarme. De alguna forma, son las palabras que siempre deseé escuchar. Pero no así. No ahora.

—¿De qué narices estás hablando? —le pregunto—. No contestaste a mi mensaje y ahí estaba todo bastante claro.

De pronto Zac sacude la cabeza y abre los ojos como si le hubiese dado un tortazo.

—¿Tu mensaje? Beth, ¿qué mensaje?

El mundo se detiene de nuevo. Me tiene que estar tomando el pelo.

—Yo… El mensaje que te envié.

—No recibí ningún mensaje.

Da un paso hacia mí, pero yo retrocedo. Todo me da vueltas.

No puede ser. Estoy segura de que lo hice, de que le escribí y le llamé. Muchas veces. Pero nunca respondió.

Me está mintiendo.

—Tengo que irme… —susurro.

Emy lo escucha en el acto y me toma del brazo. Zac continúa acercándose, pero Luca, que no nos ha quitado el ojo de encima, interviene y le pone una mano en el hombro.

—Ha dicho que se va.

Zac ni siquiera le mira.

—Beth, por favor.

No lo escucho. Me doy la vuelta y me alejo con Emy. No nos sigue mientras vamos a su coche y nos alejamos de allí, no estoy segura de si es porque Luca lo retiene o porque sabe que no debe insistir.

O porque también esté en shock.

¿Realmente no recibió mi mensaje? Me es difícil de creer. Le llamé muchísimas veces esa noche. Lo hice hasta quedarme dormida llorando, cuando su teléfono dejó de dar señales.

Pero, por otro lado… Parecía sincero.

Y nunca preguntó por Sophia.

Emy no me presiona para hablar de lo sucedido y se lo agradezco. No estoy preparada.

Cuando me deja en casa, todo está en completo silencio. Mi padre y mi hija duermen. Me acerco a su cuarto y la veo descansar en la cama. Hay un libro abierto en el suelo y un peluche en la almohada. Me acerco para apagar la luz de la mesita, consciente de que se ha quedado dormida viendo cuentos.

—Mi ardillita… —susurro mientras la arropo.

Ahora mismo tiene los ojos verdes, iguales a los de su padre, cerrados. Pero no se parece a él solo en eso. Tiene su sonrisa.

Y yo estoy hecha un lío.

Me doy una ducha para tratar de limpiar la preocupación, pero es imposible. En especial cuando vuelvo a la habitación y tengo un mensaje de un número desconocido en el teléfono.

Desconocido
Hola, Beth. Soy Zac, este es mi nuevo número. Por favor, háblame cuando puedas. Necesito terminar esta conversación.

Trece

BETH

Años antes

—Puedo decir con seguridad que esta es la cita más perfecta que he tenido en mi vida.

Zac se vuelve para mirarme. Tiene una sonrisa divertida en el rostro, una de esas que son de verdad y que me encantan.

—¿En serio? —pregunta con una pizca de emoción que no logra esconder. Entonces se da cuenta, carraspea, y agrega en un tono un poco más grave—: Puede que tengas el listón un poco bajo, solo hemos ido al cine y a la playa.

—¿Y te parece poco? —replico, esta vez vistiendo yo una gran sonrisa—. Además, no es así. Primero desayunamos en tu casa.

—Huevos revueltos con café, no es gran cosa —comenta, pero decido ignorarle.

Siempre se quita mérito del esfuerzo que hace. Además, sus huevos revueltos son increíbles.

—Después fuimos a la primera sesión de cine y tuvimos la sala para nosotros…

—Porque nadie más fue, sabíamos que pasaría eso. No por tener la sala alquilada.

—… y luego…

Dudo unos segundos al analizar sus palabras. ¿Pretendía alquilar toda una sala de cine? Está bien, el cine del pueblo tendrá unas cincuenta butacas, pero aun así… Esas cosas solo ocurren en las películas. Ni siquiera creo que sea legalmente posible.

Así que decido sacudir la cabeza y limitarme a continuar con mi alegato.

—... y luego condujiste durante más de una hora a la playa —finalizo—. No es que sea un buen plan, es un planazo.

Sonrío de oreja a oreja y él sacude la cabeza, aunque también está feliz.

—¿Pizzas y refrescos en el coche?

—Una puesta de sol frente al mar, cómodos y solos. Lo dicho, planazo.

Muevo los pies en señal afirmativa, como si marcase un punto. Tras ellos, el amanecer.

Y es que justamente ese es nuestro plan de noche de verano: estamos solos dentro de su coche, con dos cajas de pizza vacías en los asientos traseros. No queda nadie en la playa, todos se han ido con el paso de las horas, y se han perdido lo mejor: la puesta de sol.

Apenas queda luz, ya que está a punto de esconderse. Y el escenario es maravilloso.

—Eres la persona más increíble que he conocido en mi vida, Elisabeth.

Me vuelvo hacia él sin poder ocultar la sorpresa y el rubor en mis mejillas. Zac parece totalmente sincero cuando lo dice y mi corazón empieza a calentar para la maratón de latidos que se avecina. Y es que así, tan normal, tan de repente... Él va y te suelta una frase como esta, de las que te calientan el alma y te derriten.

Es la persona que me ha devuelto la fe en las citas y... en el amor.

Porque creo que le quiero.

Me he enamorado de él. Y ya no hay marcha atrás.

—Exageras.

Eso es lo único que puedo decir mientras mi mente cortocircuita, mientras Zac se inclina sobre mí en la cabina delantera, posa las manos en mis mejillas y se acerca para besarme.

—Para nada —replica—. Me quedo corto.

Y finalmente sus labios se posan en los míos. La piel se me pone de gallina y siento la electricidad cruzando desde las puntas de mi cabello hasta las uñas de los pies. Cada vez que me toca, que me besa, que me mira... es increíble.

Nunca había sentido algo como esto.

—Cursi... —me burlo.

Ni siquiera sé por qué lo digo. Por los nervios, quizá. Porque nadie nunca me enseñó lo que era amar de verdad, ser querida, ser apreciada, ser valorada.

Lo digo con una risa nerviosa, que los labios de Zac atrapan entre los suyos y paran. Me acaricia la mejilla con los dedos y roza mi nariz con la suya.

—¿Por ti? Merece la pena ser cursi. Y me quedo corto. De nuevo.

Me deshago. Me deshago por dentro en un charco de amor y ni siquiera lo sabe.

Zac me besa y, para mí, estoy en el mejor lugar del mundo. Del universo. De todas las partículas habidas y por haber, existentes en esta vida.

Mierda. Joder.

Sí que lo amo.

Bajo los pies de la cabina y mi propio cuerpo se inclina sobre él. Queriendo más cercanía. Más contacto. Más de él.

—En realidad me encanta que seas cursi —confieso contra sus labios.

Y antes de que pueda pararme a pensar en lo que estoy haciendo, me incorporo en el asiento y paso hacia el suyo. Zac se acomoda cuando me siento sobre él, dejándome hueco. Echa hacia atrás el asiento y paso cada pierna a un lado de las suyas. Rodeo su cuello con mis brazos y me inclino para seguir besándolo. Lo último que quiero es terminar con esto.

Lo que necesito es más.

—Lo sabía —susurra contra mis labios.

Y cuando me separo para mirarlo, lo justo como para que nuestros ojos se encuentren pero las narices casi se choquen, él está sonriendo con un brillo travieso, aunque sus pupilas se han agrandado.

—¿Qué sabías? —repito, perdida, borracha de mis propios sentimientos.

—Que te gusto.

Me río, y las vibraciones al sacudirme sobre él hacen que sus ojos se vuelvan más oscuros. Es el contacto y cómo me muevo, tocando en especial esa zona donde nuestros cuerpos se unen.

Las manos de Zac se agarran con fuerza a mis muslos, remarcando que él también se ha dado cuenta. Y me aprieta más fuerte contra él.

—Elisabeth… —susurra.

Y yo me fundo en esos labios. Porque ahora mismo es mejor dejar de hablar.

Solo quiero sentirlo.

Me derrito en nuestro beso, en el contacto, en cómo sus manos suben y bajan por mis piernas, y se meten debajo de mi falda.

Hasta que el calor abrasante se adhiere a mí y, sin que él lo pida, me quito la camiseta.

Zac me observa cegado por el deseo. Parpadea, con sus pupilas oscuras y la respiración igual de acelerada que nuestros corazones.

—¿Estás segura? —pregunta.

Entiendo sus dudas. Aquí. En este aparcamiento. En el coche… Pero sí. Quiero. Lo quiero a él. Ahora.

El deseo ha escalado hasta nublarme y no me importa.

En respuesta, me aprieto contra él y escucho cómo jadea. Sus dedos se clavan en mi trasero por debajo de la falda y creo que voy a implosionar.

Hundo las manos por debajo de su camiseta. Mis dedos se deslizan por su piel suave y firme. Jadea cuando rozo la cinturilla de sus pantalones, y subo más arriba. Acaricio su estómago, su pecho, y levanto la prenda, separándome de él lo justo para sacársela por la cabeza.

Una de sus manos se cuela bajo mi ropa interior, tomándome del trasero y apretando.

—Más… —susurro.

Lo entiende con rapidez, y se inclina sobre mí. Apoyo la espalda en el volante mientras su rostro abandona el mío para reptar por mi clavícula y llegar a mi pecho. Aparta la suave tela de mi sujetador y sus labios no tardan en posarse sobre mi piel.

—Ah…

Cierro los ojos y jadeo mientras las sensaciones se arremolinan en mi interior. La piel me arde y, cuando la boca de Zac me atrapa el pezón, creo que voy a derretirme allí mismo.

Sus dedos llegan un poco más lejos, casi a mi intimidad, pero no es suficiente.

Se aparta cuando me muevo, inclinándome aún más sobre él. Lo beso, porque… Mierda. Necesito hacerlo. Necesito sentirle.

Nuestros dientes chocan, pero él logra capturar mi labio y me deja un pequeño mordisco. Bajo nosotros, intento alcanzar la cremallera de sus pantalones, pero, cuando consigo bajarlos, la situación hace que sea complicado quitárselos.

—Mierda. Joder —se queja—. Espera un momento.

Tiene la respiración más agitada que yo, y me pregunto cómo es posible si mi corazón late como si acabara de correr una maratón.

Me río cuando me doy cuenta de lo que está haciendo. Echa el asiento hacia atrás, dándonos más espacio; aunque, probablemente, no el suficiente. Es incómodo. Hay miles de sitios donde podríamos hacer esto, como su casa. Pero no se trata del lugar, sino del momento. Y el nuestro es este.

—Ahora mucho mejor.

Se baja el pantalón lo justo y, cuando vuelvo a sentarme sobre él, puedo sentirle preparado. Solo la débil barrera de mi ropa interior empapada nos separa. Cuando Zac posa la mano sobre ella, pienso que la va a apartar, pero no tiene esa idea. En vez de eso, sus dedos se deslizan por mi muslo. Contengo la respiración cuando se cuelan debajo de la tela y llegan a mi piel húmeda.

—¿Qué tal así? —pregunta con voz grave.

Abro la boca para responder, pero entonces me roza el clítoris y un estallido de electricidad me recorre. Zac me besa el cuello, acariciándome con sus labios.

—¿Elisabeth? —repite cuando no contesto.

Pero se está riendo. Noto las vibraciones de su risa contra mi cuello. Me está volviendo loca y lo sabe.

—Más —jadeo.

Y él cumple. Uno de los dedos tantea la zona, y cuando muevo las caderas acepta la señal y entra, mientras su pulgar no se aparta de mi clítoris. Mis caderas se mueven y clavo las uñas en sus hombros.

Las ventanas del coche se han empañado y juro que pensaba que eso solo ocurría en las películas, que era una exageración.

Mis músculos se contraen, extasiados, pero entonces Zac aparta la mano. Esta vez sí hace a un lado la ropa interior y se aleja de mi cuello para mirarme a los ojos. Puedo ver la pregunta en ellos, y la forma en que contesto es tomando la iniciativa.

Me hundo en él, despacio. Se muerde el labio inferior y puedo ver cómo se contiene para no moverse mientras me deja tiempo para adaptarme. Cuando estoy completa y totalmente llena por él, me inclino y lo beso.

—Me encantas —susurro contra sus labios.

Él sonríe.

—Tú también me encantas, Elisabeth.

Comienzo a moverme, al principio despacio, adaptándome al espacio, pero pronto voy cada vez más rápido. Zac me toma de las caderas, ayudándome y siguiendo el ritmo. El coche se mueve a nuestro ritmo y el tiempo corre rápido.

Los cristales están más empañados y la postura está haciendo que la fricción aumente por momentos. Cuando sus labios bajan de vuelta a mi cuello, sé que no aguantaré mucho.

—Zac —gimo su nombre.

Me muerde el hombro. Un mordisco suave, de esos que no dejan marca, pero es suficiente para que el orgasmo me alcance y me atraviese por completo.

Vuelve a buscar mis labios y ahoga el gemido que se escapa de ellos con un beso.

Cuando termina estoy mareada y respiro de forma entrecortada, pero continúo moviéndome. Apenas unos minutos más, hasta que la expresión de Zac cambia.

La sorpresa me alcanza cuando en un movimiento rápido me aparta, pero entonces veo como se cubre con el calzoncillo, sus ojos se cierran y se corre fuera.

Porque hemos sido un poco idiotas, pero ahora mismo no puedo pensar en ello.

Me quedo sentada sobre él, con mis brazos envolviendo su cuello y nuestros pechos agitándose con brusquedad.

Zac abre los ojos.

—Eso ha sido… —comienza a decir.

Pero no encuentra palabras. Lo entiendo. Yo tampoco las encuentro.

Me desplomo sobre él. Tiene la piel perlada en sudor, al igual que yo. Se me pega el pelo al rostro y apoyo la mejilla sobre su hombro. Si me concentro, puedo escuchar el latido de su corazón, palpitando cerca del mío.

Sus dedos pasean por mi espalda, me acarician, y me permito cerrar los ojos unos segundos.

Porque aquí, con él, me siento tranquila. Me siento feliz. Me siento…

Enamorada.

Presente

No contesto a Zac esa noche. Y tampoco lo hago al día siguiente.

Sin embargo, no puedo sacármelo de la cabeza; en especial al lado de Sophia. Aunque todo el mundo dice que somos como dos gotas de agua, en realidad se parece mucho a su padre. Tiene sus ojos, su mirada. Al volver a verlo no he podido evitar fijarme.

¿Me estaría diciendo la verdad? ¿No leyó mi mensaje?

Soy consciente de que no tiene necesidad de mentirme. Aun así, me parece demasiado irreal. Si es cierto, todo lo que creía sobre él hasta ahora es mentira. Si es sincero… Ni siquiera puedo pararme a imaginar cómo sería nuestra vida ahora si hubiese visto el mensaje.

No lo asimilo.

Todavía sigo dándole vueltas al tema el lunes siguiente, tras dejar a Sophia en la escuela e ir a la cafetería. Emy ya no está conmigo y su madre no es muy charlatana. Se pasa todo el tiempo encerrada en el obrador, cocinando.

Aun así, tengo un mensaje de ella en el teléfono esa mañana.

> **Emy**
> Suerte con tu primer día sola en la cafetería. ¡Lo vas a hacer genial! Nos vemos cuando vaya a darte el cambio de turno 😜.

Sonrío a la pantalla del teléfono y lo guardo en el bolsillo trasero de los pantalones. Los primeros clientes no tardan en llegar y debo ponerme a preparar cafés. Por lo menos el trabajo me mantiene ocupada, aunque no consigo alejar del todo la mente de los problemas.

En especial cuando, tras una hora abiertos, Nicholas aparece en el local.

—Buenos días, Beth. ¿Cómo estás?

Coloco la última taza limpia en su sitio y me vuelvo hacia él con una sonrisa nerviosa.

—Aquí, trabajando —trato de sonar bromista, pero creo que no lo consigo—. ¿Qué te apetece tomar?

—Venía a buscar un par de cafés para llevar. Hoy tenemos mucho trabajo en el hotel —me explica—. Vamos a comenzar unas reformas y me urge que todo esté terminado antes de la temporada alta.

Asiento con la cabeza y le doy la espalda mientras me dirijo hacia la cafetera. El sábado no lo vi cuando nos fuimos del bar, pero estoy bastante segura de que estuvo con Zac. Son primos. Probablemente habían quedado para tomar algo.

No quiero iniciar la conversación, pero de todos modos Nick lo hace.

—El otro día no pudimos despedirnos. ¿Te marchaste temprano del bar?

Asiento con la cabeza, todavía de espaldas. ¿Hasta dónde sabe sobre lo que sucedió con Zac?

—Estaba cansada —miento a medias.

—¿Pudiste pensar en mi propuesta de la cita?

Me vuelvo hacia él con los dos vasos de cartón en la mano cargados de café humeante.

—¿Sigues queriendo salir conmigo?

«¿Sigues queriendo después de todo?».

—Por supuesto —asiente, pero su sonrisa se tambalea cuando frunzo un poco el ceño—. A ver, entiendo que pueda ser un poco… delicado, porque tuviste algo con mi primo. Pero eso es agua pasada, dijiste, ¿no? Los dos erais unos críos, y ahora cada uno tiene su vida.

No sabe nada.

Solo por si acaso, presiono:

—Vi a Zac el sábado, en el bar.

Nick se rasca la coronilla, pensativo.

—Sí, quedamos a tomar unas cervezas. Está acostumbrado a otro tipo de bares, los de la gran ciudad y esas cosas. También se marchó pronto.

No contesto. Sigo pensativa. ¿Por qué Zac no le diría nada?

Mientras Nick pasa una tarjeta de crédito para pagar, le cobro, suspiro y decido ir con parte de la verdad por delante:

—No es por Zac, Nicholas. No sé si aceptar una cita contigo porque... Tengo una hija. Hemos regresado al pueblo y temo que puedan ser muchos cambios para ella. Ahora mismo necesito centrarme en trabajar, ganar algo de dinero y ver si creo una vida aquí con ella.

«Y para mí».

Una parte de mí esperaba que su reacción confirmase que ya sabía de la existencia de Sophia. Eso significaría que su primo se lo habría contado y, por ende, que mentía sobre el mensaje.

Pero no es así. Sencillamente asiente con la cabeza y pregunta:

—¿Cómo se llama?

—Sophia.

—Es un nombre muy bonito.

Se lo puse por mi madre, pero esa es otra historia de la que no quiero hablar en estos momentos. Nick se aclara la garganta y prosigue:

—Entiendo que seas cuidadosa, y no sirve de nada que te prometa que soy un buen tipo. Esperaré lo que necesites, porque esa propuesta de cita sigue en pie.

Me guiña un ojo y mi corazón da un saltito. Después se despide con la mano y se aleja de la cafetería. Justo cuando la puerta de la calle se cierra, Emilia sale del mostrador.

—Es un buen chico, y buen partido. Deberías aceptar la cita, niña.

No me lo puedo creer. Esta señora no da conversación, pero las escucha todas.

—Sophia...

—Sophia lo entenderá —me interrumpe con templanza—. Ya no estás sola, es hora de que sigas con tu vida.

Y después de eso regresa al obrador.

Suspiro y me apoyo en la barra. El teléfono me vibra en el bolsillo y, cuando lo saco, me encuentro un mensaje de mi hermano brillando en la pantalla.

Jaden
¿Es cierto lo que me ha contado papá?
¿Vas a reformar la casa vieja?

Las noticias vuelan.

Queda poco para el cambio de turno con Emy cuando los problemas vuelven a alcanzarme. Mi padre no puede ir a por Sophia, así que estoy pendiente de que llegue mi amiga para salir corriendo a por mi hija. No me gustaría que se quedara esperando en la escuela, viendo cómo los demás compañeros se van y ella se queda sola.

La puerta se abre y pienso emocionada que es mi amiga, que ha podido llegar antes. Pero me equivoco. Es Zac.

Contengo la respiración mientras su mirada me busca hasta que nuestros ojos se encuentran. Lleva un nuevo traje y, aunque su barba está más larga que el sábado, continúa perfectamente arreglada, igual que su pelo.

La cafetería está vacía y Emilia ha salido hace un buen rato. Su turno comienza de madrugada y solo regresa cuando estamos a punto de cerrar o si hay muchos pedidos de pasteles.

—Hola, Beth.

—Hola, Zac.

Se acerca a la barra y siento el corazón latir con fuerza. No sé cómo narices es posible, pero estoy segura de que es más alto que hace seis años.

—No has contestado a mis mensajes —me dice.

«Ironías de la vida», pienso.

—Por favor, solo quiero hablar contigo. Parece que ha habido un malentendido y…

La puerta vuelve a abrirse y una pareja entra riendo. Los conozco, vienen todas las tardes y siempre se piden lo mismo.

—¿Os pongo lo de siempre, chicos?

Ellos asienten y agradezco haber sido salvada.

—Beth…

—Estoy trabajando, Zac.

No dice nada mientras comienzo a preparar la bebida de los chicos, pero tampoco deja de mirarme. Sé que en su interior se debate entre continuar o no, porque siempre ha respetado el trabajo.

Al final parece que le pueden las ganas.

—Te prometo que nunca recibí ningún mensaje tuyo —comienza a decir, pero en un tono tan bajo que solo yo puedo escucharlo—. Después del que te envié aquella noche antes de irme del pueblo, no supe más de ti. Semanas más tarde perdí el teléfono y cambié de número.

La taza de café resbala de mi mano y cae sobre la encimera. No se rompe, pero el líquido oscuro se esparce por ella.

Suelto una pequeña maldición y agarro un trapo para limpiar.

«¿Perdió el teléfono?».

Me muerdo el labio inferior y termino de preparar los cafés de los clientes.

No dice nada mientras salgo de la barra y llevo el pedido a la mesa. Justo en ese momento aparece Emy. Tiene las mejillas encendidas y el pelo revuelto, como si hubiese corrido para llegar al local.

—¡Ya estoy aquí! Había atasco a la salida de la universidad, pero me he dado toda la prisa posible y…

Su voz se apaga en cuanto se da cuenta de la presencia de Zac. Él saluda con un pequeño movimiento de la cabeza y Emy se vuelve hacia mí. Espero a que llegue a su lado para susurrar:

—¿Qué hace aquí? ¿Sabe lo de…?

—Tengo que irme, luego te explico todo —la interrumpo con prisas antes de que diga algo que no pueda controlar.

Me quito el delantal y agarro mis cosas. Emy me observa conmocionada, pero solo me mira mientras me despido.

Tal como esperaba, Zac me sigue fuera de la cafetería. El viento frío me da de golpe en el rostro, trayéndome un poco de vitalidad.

Todavía estoy procesando que perdió el móvil. Eso explicaría no solo que no leyera el mensaje, sino que no viera las llamadas.

Puede que de verdad no supiera que estaba embarazada.

M-I-E-R-D-A.

—Regresé al pueblo el verano siguiente, pero ya no estabas —dice Zac cuando los dos nos quedamos parados delante de las ventanas de la cafetería—. Y tampoco el siguiente.

—Me marché a Nueva York —explico.

En mi cabeza siguen retumbando sus palabras: «Semanas después perdí el teléfono y cambié de número».

—¿Qué decía el mensaje, Beth?

Da un paso hacia mí y no puedo alejarme. Aunque en mi mente pienso que lo mejor es poner distancia, una parte de mí me traiciona y grita que quiere volver a sentir lo que es estar a su lado. En sus brazos es donde más segura me sentí.

Pero eso es el pasado.

—¿Querrías volver a intentarlo? —presiona.

Y parece… ¿esperanzado?

Alguien pica el cristal a nuestro lado. Al volverme vemos a Emy. Tiene el teléfono móvil en la mano y me señala la hora en la pantalla. Asiento, agradecida.

—Tengo que irme, Zac, pero…

—Está bien, quedemos para hablar.

—¿Cuándo te viene bien?

Comienzo a pensar de manera acelerada en mi semana. Esta tarde sería un buen día, pero necesito un poco más de tiempo para aclarar mis ideas. Mañana también me parece precipitado, y esta semana tengo tutoría con la profesora de Sophia para hablar sobre su adaptación al colegio.

—Veo que tienes prisa de verdad, no paras quieta —dice tras mi silencio—. Esperaré tu llamada, entonces.

Siempre me pongo nerviosa porque no me gusta llegar tarde. Me parece increíble que todavía lo recuerde.

—De acuerdo.

Nos quedamos allí unos segundos más. ¿Qué corresponde ahora? ¿Nos damos la mano para sellar un trato? ¿Un abrazo?

Al final me doy la vuelta y me alejo corriendo hacia el coche. Tengo demasiado en lo que pensar.

Las cosas han cambiado completamente. Han dado un giro de ciento ochenta grados. Porque si Zac no sabía nada sobre Sophia, si no me abandonó, si no me dejó tirada…

Significaría que mi hija sí tenía un padre.

Y que ahora yo debo contarle la verdad.

Contársela a los dos.

Mi vida, tal y como la conocía, está a punto de cambiar.

Catorce

ZAC

Respira.

Inspira.

Respira.

Inspira.

Agarro las mancuernas y comienzo una nueva serie de Snatch. Si la meditación no funciona, al menos trataré de relajarme y despejar la cabeza con el ejercicio.

Debo ser paciente. Si he podido esperar seis años hasta encontrarnos de nuevo, puedo esperar unos días más. Al menos hasta que Beth considere que puede perdonarme.

Tiene que ser por no luchar más por ella. Está enfadada porque fui un gilipollas y la dejé ir. Pero no cometeré el mismo error dos veces.

Quince

BETH

—Es hora de cenar.

Me vuelvo hacia mi padre desde lo alto de la escalera. Estoy cansada, me duele la espalda y los brazos, y me doy cuenta de que pintar las paredes de una casa vieja no va a ser tan fácil como imaginaba. Y tampoco barato, en especial si hago una reforma íntegra.

Aunque los suelos estén en buen estado, necesitan una capa de barniz. Apenas tengo pintura para hacerme cargo del salón y de la entrada, y el tiempo que me va a llevar es demasiado.

Pero no me doy por vencida. Daré un lavado de cara a Villa Celeste y convenceré a mi padre de no venderla.

—Ahora voy, quiero terminar con este trozo de pared.

—Es mucho trabajo para ti sola.

—¿Quieres participar en la reforma? —pregunto con tono divertido, porque ya sé la respuesta.

—O podríamos contratar a alguien.

Suspiro y bajo de la escalera para quedar a su altura, aunque mi padre es más alto que yo. Dejo la brocha junto al bote de pintura y me vuelvo hacia él.

—Papá, no tengo dinero para comprar un coche, menos aún para contratar a alguien que haga la reforma.

—En realidad uno de los dos problemas tiene solución.

—Lo siento, pero no voy a ceder. No quiero que vendas la casa.

Algo parecido a una sonrisa tira de sus labios y eso me desconcierta.

—Lo sé, no me refería a ese problema. Hablaba del coche. Me han contratado para construir los muebles de la habitación principal en el hotel del pueblo y además me han pagado la mitad por adelantado. Tendré mucho trabajo las siguientes semanas, pero pagan bien.

Al momento pienso en Nicholas. ¿Esto habrá sido previo a la conversación que tuvimos por la mañana? Se me ablanda el corazón.

—Me parece genial, papá, pero es tu dinero.

—Lo sé. Y quiero que lo emplees para comprarte un coche en el que puedas llevar de forma segura a mi nieta. Uno que, cuando decidas dar el paso, te lleve a la universidad también.

Es una oferta tentadora. Debería negarme, pero me gana el egoísmo. Si acepto, quizá pueda pagarle a plazos.

—No es negociable —sentencia al cabo de unos segundos—. Mañana iremos a ver coches.

—Supongo que debo darte las gracias.

—Es lo correcto, sí. Pero hay algo más, ¿verdad?

—Todavía no sé si me quedaré aquí. Primero voy a arreglar Villa Celeste y después…

—Te apoyaré en lo que decidas, Beth.

—¿Por qué ahora? —No puedo evitar preguntar—. ¿Por qué ahora me apoyas y me cuidas?

—Me equivoqué, debí hacerlo antes. Pero nunca es tarde para cambiar.

—Ella me odiaba.

Ni siquiera hace falta que diga su nombre para que sepa que hablo de su exmujer. Mi madrastra me hizo la vida imposible desde el momento en el que se enteró de mi embarazo.

—No lo hacía. Quizá no os llevaseis bien, y Rebeca tenía un temperamento muy duro, pero…

—La escogiste a ella por encima de mí, papá. De mí, que soy tu hija.

Como madre, no puedo imaginarme elegir a nadie por encima de Sophia. Es mi vida.

Mi padre, a quien no le gusta discutir, solo suspira y con voz calmada contesta:

—Siento que lo vieras así, cariño. Pero tú ya eras una adulta, con tu propia hija. No podría haberte obligado a que te quedaras. Ni antes ni ahora. Eras mayor como para tomar tus decisiones.

—Pero querías más Rebeca, ¿verdad?

—Era un amor diferente. Sé que algún día lo entenderás.

No dice nada más. Se da la vuelta y me deja allí sola, en Villa Celeste.

Siento mucha rabia, tanto hacia él por no haberle perdonado del todo, por lo que sucedió, como hacia mí. Porque no estoy aquí para sanar mis heridas con él, sino por Sophia. Egoístamente acepto su ayuda sin saber si algún día lo perdonaré, porque quiero darle una buena vida a mi hija.

Eso también me hace sentir culpable.

Y, la verdad, creo que se equivoca: jamás entenderé por qué lo hizo.

Nicholas

El próximo primer domingo de mes celebramos un *brunch* para madres e hijas en el hotel. ¿Qué te parece venir con Sophia?

—Deberías ir.

Le arrebato el teléfono a Emy de las manos. Ni siquiera sé para qué le he pedido opinión, su respuesta era obvia.

Estamos sentadas a una mesa de la cafetería. Ha llegado con tiempo para el cambio de turno, pero como no hay clientes nos hemos sentado a compartir un trozo de la tarta de almendras que ha preparado su madre. Va a ser una nueva incorporación a la carta de pasteles. Y está buenísima.

—No sé si será buena idea… Es el primo de Zac.

—¿Y? No tienes que parar tu vida porque él haya vuelto.

Me revuelvo incómoda en el asiento y al final termino por contarle mis sospechas.

—Creo que Zac nunca supo que estaba embarazada.

Emy abre los ojos como platos y comienzo a hablarle de la conversación del día anterior, y cómo tiene sentido porque nunca preguntó por el bebé ni si llegué a tenerlo.

—O, por otro lado, puede que solo quiera aferrarme a la idea que tenía de él antes de que me rompiese el corazón, porque era un buen chico y jamás me imaginé que me dejaría tirada —concluyo.

Mi amiga guarda silencio, pero ha dejado de comer pastel. Se queda pensativa unos largos segundos antes de afirmar:

—De acuerdo, tienes que hablar con este chico sí o sí y preguntarle directamente.

—Pero ¿y si de verdad no lo sabe? Tengo que medir mis palabras. Uno no puede dar una noticia de ese calibre así como así. «Oye, Zac. Tú no lo sabes, pero en el mensaje que te envié y nunca leíste te decía que estaba embarazada. Por cierto, tuve al bebé. Es una niña de casi cinco años y se llama Sophia. ¡Sorpresa!».

Emy se ríe y, aunque la situación es más estresante que divertida, yo también acabo por sonreír y relajarme un poco. Está bien tener alguien con quien hablar todas estas cosas.

—Bueno, en algún momento tendrás que decírselo, no importa cómo —señala—. Además, ¡yo tampoco me quiero quedar con la duda!

—No hables de mi vida como si fuera una novela.

—Lo es. Y actualmente es mi novela favorita. Mucho más interesante que mis clases de la universidad.

Sacudo la cabeza, pero nuestras risas cesan cuando la puerta se abre y entra un nuevo cliente.

Es Zac.

Otra vez.

Y, de nuevo, mi corazón se acelera a pasos agigantados.

Me pongo de pie al instante y camino hacia él, pero antes de que llegue a su lado levanta la palma de la mano en son de paz y dice:

—No vengo a molestar, me han encargado recoger un pedido para el hotel de mi primo.

Oh. Es cierto. Nick llamó para encargar unos pastelitos para la cena de unos clientes que celebran un cumpleaños.

Asiento y voy detrás de la barra a por ellos. Emilia los ha dejado preparados junto con otra tarta de almendras para mi padre. Sin mediar palabra los paso sobre la encimera y él extiende la tarjeta para pagar.

Espero a que haga algún comentario sobre cómo no he respondido a su mensaje, ni le he llamado, ni he concertado esa cita prometida para hablar.

Pero no lo hace.

Es como si se hubiese colocado una máscara de calma y serenidad, aunque soy consciente de que no me quita los ojos de encima.

—Gracias, Beth.

La forma en la que dice mi nombre hace que me cosquilleen las palmas y se me enciendan las mejillas. Me parece atisbar una sonrisa tirando de sus labios cuando nota mi reacción.

Después se da la vuelta y sale del local. Estoy a punto de girarme cuando otra figura aparece en la calle. Mi hija.

Con la respiración contenida espero a que se crucen y pasen de largo, pero no lo hacen. Zac se para y Sophia lo saluda con una sonrisa. Él se agacha, le dice algo y ella sonríe. Después Zac se aleja, Sophi abre la puerta del local y mi padre llega corriendo a su lado con la mochila.

—¡Hola, mamá! —grita mientras llega hacia mí.

Miro por la ventana, pero Zac ya no está.

En mi mente guardo la imagen de ellos dos interactuando. La primera vez en mi vida que los he visto juntos. No solo lo he imaginado.

Juntos.

Y han hablado.

Mi padre se acerca a Emy, que tiene unos apuntes de la universidad al lado del pastel y comienza a hablar con ella. Mientras, yo me agacho al lado de mi hija.

—Ardillita, ¿acabas de saludar a un hombre, justo antes de entrar a la cafetería?

Sophia sacude la cabeza y el corazón me da un vuelco.

—¿De qué lo conoces?

—De la tienda, cuando estaba con el abuelo le tiré hela... —De pronto se queda callada y abre los ojos con fuerza—. Jolines, le pedí que no te lo contara y ahora soy yo quien mete la pata.

—Sophia, no debes tener secretos conmigo. Soy tu madre, voy a protegerte y cuidarte.

—Perdona, mamá. Le tiré helado de chocolate en la ropa.

—¿Le conocías de antes?

Ella sacude la cabeza de forma negativa, y entonces su mirada se vuelve todavía más asustadiza.

—No debo hablar con desconocidos, ¿verdad?

Suspiro y le acaricio la mejilla. No quiero asustarla. Si su mundo no ha cambiado suficiente ya, ahora lo va a hacer mucho más.

—No, ardillita. Es mejor que no.

Estoy atónita. Zac y Sophia ya se han conocido y ninguno de los dos sabe quién es la otra persona.

—¿Puedo comer un poco de pastel? —pregunta mi hija.

—Claro, cariño.

Le sirvo una ración a ella y otra a mi padre antes de que vayamos los tres al concesionario a por mi nuevo coche.

Mientras ellos comen, busco mi teléfono y el nuevo número de contacto de Zac. Emy tiene razón: no importa cómo hable con él, pero debo hacerlo. Tiene derecho a saber que tiene una hija, y Sophia... Ella tiene derecho a conocer a su padre.

Beth
Este viernes por la tarde. En tu casa. Tengo algo importante que decirte. ¿Te parece bien?

Zac
Estoy deseándolo, Ojos Grandes.

Me muerdo el labio inferior y trato de ignorar lo rápido que me va el corazón. Ahí está de nuevo. Ese apodo. Mi apodo.

Solo espero no equivocarme con él, porque una vez le cuente todo ya no podré dar marcha atrás.

Dieciséis

BETH

Al día siguiente salgo casi corriendo del trabajo para ir a la reunión con la profesora de Sophia. Hemos tenido bastante trabajo y apenas he podido comer un pastelito como almuerzo, así que me rugen las tripas. Pero ya tendré tiempo de comer cuando regrese a casa.

Estoy nerviosa porque hemos pasado por muchos cambios y todo este ambiente es nuevo para Sophi; aun así, su maestra me asegura que se está adaptando muy bien. Muestra mucho interés por la lectura y todos los niños de la clase la han aceptado sin problemas y la consideran una más. Es un alivio.

—Es una niña muy madura para su edad, y muy responsable —termina por decir antes de que nos despidamos—. Presta atención a todos los detalles.

No estoy segura de si pretende halagarme o está buscando más información. O quizá solo sean imaginaciones mías, porque no considero especialmente positiva la madurez de Sophia. Ella es así por las circunstancias. Ha tenido que crecer a grandes pasos, y eso me entristece.

—Muchas gracias, Sophia también está muy contenta con la escuela —respondo para zanjar la conversación.

No me siento todavía lista para expresar mis preocupaciones con la maestra. Por el momento, estoy feliz de que ella se haya adaptado bien al nuevo entorno.

Salimos de la escuela y caminamos tomadas de la mano por la calle. No he movido el coche porque nunca hay dónde aparcar cerca del colegio a la hora de la salida, así que tenemos que andar un poco y atravesar el parque para llegar a donde lo dejé por la mañana. Todavía sigo conduciendo el de mi padre, no me entregan el mío hasta el lunes.

De pronto Sophia deja de caminar y tira de mi mano con fuerza.

—¡Mamá, mamá! Allí están Anne y Marco. ¿Puedo ir a jugar con ellos?

Sigo la dirección en la que señala. Hay dos niños en los columpios del parque.

El estómago me ruge, pero exceptuando en la escuela, no pasa más tiempo con niños de su edad. Nuestra casa está a las afueras del pueblo y no hay vecinos con hijos pequeños cerca.

—Cinco minutos, ¿de acuerdo?

—¡Sí! —exclama.

Y luego se va corriendo. La veo acercarse a sus amigos y rápidamente uno de ellos se baja del columpio para dejar que ella se suba y la empuja. Sophia se ríe y charlan. Desde donde estoy no puedo escucharlos, pero sí hay algo que noto: felicidad.

De manera inconsciente me llevo una mano al pecho, la pongo sobre el corazón y respiro hondo.

Quizá sí he hecho bien en venir aquí.

Me quedo allí quieta viendo cómo juega. Cómo se ríe. Cómo aprende a relacionarse y a compartir tiempo con niños de su edad.

Estoy bastante segura de que ya han pasado los cinco minutos, por eso no me sorprende cuando se aleja de ellos y corre hace mí. Sin embargo, se desabrocha la cazadora y todavía sin llegar del todo, grita:

—¡Mamá, tengo calor! ¿Puedes tomar mi chaqueta?

Pero no espera respuesta. Sophia, que siempre es obediente, tranquila y escucha a los mayores…, por primera vez tiene tanta prisa y emoción por regresar con sus amigos que solo me lanza la prenda sin fijarse siquiera si la he agarrado, y se vuelve a ir corriendo hacia el parque.

Y es justo tal y como tiene que ser.

Estoy disfrutando de este momento, de verla crecer y ser feliz y despreocupada, cuando escucho a alguien a mi espalda.

—¿Te ha llamado «mamá»?

Me sobresalto, pero no es solo por el susto. Es por la voz. Reconozco esa voz.

Zac.

Me vuelvo hacia él despacio, con la respiración contenida. Está quieto a mi lado. Lleva un traje verde, con la camisa blanca que se le pega a los músculos. La americana recogida sobre el hombro, pero la deja caer y me mira con una expresión indescifrable. Aun así, creo reconocer la sorpresa.

Esta vez no hay marcha atrás.

—Sí —respondo al cabo de unos segundos—. Lo ha hecho.

—Tienes una hija.

Ya no es una pregunta.

Trago saliva y lanzo una mirada rápida al parque. Sophia sigue jugando con sus amigas, ajena a mí.

Sin saber que su padre acaba de descubrir la verdad.

—Joder —reniega Zac—. Soy imbécil.

—¿Qué quie…?

—Te he estado insistiendo para quedar, pensando que… —Sacude la cabeza y se toma unos momentos para respirar—. No importa, está claro que me equivocaba.

—Creo que no te sigo.

Agarra mejor la americana, doblándola en su brazo, y se rasca la barba perfectamente recortada. Es guapísimo, incluso cuando se le forman arrugas alrededor de los ojos por no poder ocultar la inquietud.

—Has rehecho tu vida —susurra, y es como si las palabras le dañaran por dentro—. Es lógico, pero no lo vi venir. Ahora tienes pareja y una hija.

—No tengo pareja —corrijo casi al instante.

Y entonces me doy cuenta de lo que Zac está pensando en realidad: Sophia es hija de alguien más, alguien que conocí después de él.

No sabe que es su padre.

Trago saliva y entonces confieso:

—Zac, no hubo nadie después de ti.

—¿Y tu hija?

Miro hacia el parque, hacia Sophia.

Mierda. Tenemos que hablar. Tenemos una conversación pendiente porque le debo explicaciones, y él a mí. Pero no aquí. No en un sitio público y con Sophia tan cerca.

—Hablaremos de esto mañana, ¿de acuerdo? —le pido.

Frunce el ceño, pero sus ojos verdes no tardan en abandonar los míos. Miran hacia el parque, hacia Sophia..., y de pronto algo hace clic. La comprensión, la sorpresa, se apodera de su rostro y, cuando me hace la siguiente pregunta, sé que ya lo sabe.

Se vuelve para mirarme y puedo notar las emociones mezclándose en sus ojos. La sorpresa, la rabia, el asombro, el no poder creérselo...

Entonces abre la boca para hablar, pero no le salen las palabras.

—Zac... —comienzo a decir.

Finalmente habla.

—¿Cuántos años tiene?

Bum, bum... El corazón me late fuerte. El pulso se me acelera.

—Mañana te lo contaré todo —casi suplico.

Sus ojos verdes se vuelven vidriosos, pero no llora.

—¿Cuántos años tiene? —repite un poco más alto.

No hay nadie a nuestro alrededor y cuando da un paso para acercarse más a mí, no me muevo. Puedo percibir el olor de su colonia, la misma que usaba hace años. Me recuerda a libertad. Al mar. A nuestras citas en la playa.

—No me contestaste al mensaje. —Las palabras salen casi sin aliento—. Ni a mis llamadas.

—No recibí ningún mensaje, Beth. Créeme, por favor.

Ninguno de los dos alza la voz.

Pero ambos estamos al límite, gritando por dentro.

Zac cierra los ojos durante unos segundos y se inclina sobre mí, creo que sin querer. Aprieta los labios, toma aire y vuelve a abrirlos.

Sus ojos verdes me atrapan, como tantas veces hicieron en el pasado.

Bum, bum…

—Cumple cinco en tres meses.

—Seis —repite.

Y sé que está haciendo los cálculos. Y que sus cálculos le acaban de confirmar lo que ya sabe.

—¡Mamá!

Giro el rostro al escuchar la voz de mi hija mientras él da un paso hacia atrás. El aire es más pesado cuando se aleja. ¿No debería ser al revés?

—Mañana —le repito sin mirarle, porque Sophia está corriendo hacia nosotros.

Han pasado más de cinco minutos. Y ella siempre es responsable con el tiempo.

—Por favor —repito, notando la presión crecer en el pecho—. No sabe nada. No sabe quién eres.

Zac no dice nada y, cuando Sophia llega hasta nosotros, deja de correr, pierde un poco la sonrisa y luego ladea la cabeza al mirarlo.

—Hola otra vez —le saluda.

—Hola otra vez —repite Zac.

Y se agacha para quedar a su lado.

Contengo la presión que siento en el pecho y las repentinas ganas de llorar. De verlos a ambos juntos. De ver cómo Sophia sonríe a su padre.

—Tienes unos ojos muy bonitos —comenta Zac.

—Gracias. Mamá dice que son iguales a los de mi papá.

—Ah, ¿sí? ¿Y dónde está ahora tu padre?

Sophia se encoge de hombros y yo quiero vomitar.

—No lo sé. No lo conozco.

Zac aprieta los labios y asiente. Cuando se vuelve a poner de pie, a mi altura, me mira y no soporto la presión. No puedo con sus ojos verdes, sabiendo la verdad.

Coloco una mano sobre el hombro de mi hija para llamar su atención.

—Lo siento, pero nos tenemos que ir. Vamos, Sophia. Ponte la chaqueta.

—Te llamas Sophia —repite él.

Ella asiente, pero no le da más importancia y mete las mangas por la chaqueta que sostengo para ella. El corazón me late tan rápido que creo que me va a estallar.

Le subo la cremallera y se aleja unos pasos para despedirse con la mano de sus amigos.

—Mañana —susurro, esperando que solo él me escuche—. En tu casa, por la tarde.

No asiente, pero tampoco presiona. Sophia vuelve a mi lado, me toma de la mano y se despide con la otra de Zac.

—¡Adiós!

Él esboza una sonrisa suave.

—Hasta pronto, Sophia.

No me vuelvo mientras avanzamos por el parque. Soy consciente de que camino más rápido de lo normal, pero mi hija no se queja. En su lugar, pregunta:

—Mamá, entonces ¿ese señor no es un extraño?

—No, ardillita. Él es…

Dejo las palabras en el aire mientras avanzamos por el parque, pero no encuentro las adecuadas, así que simplemente contesto:

—Él era un amigo de mamá.

Y Sophia no hace más preguntas.

Paso el resto de la tarde sumida en mis propios pensamientos. Ni siquiera terminar de pintar las paredes de la sala de Villa

Celeste consigue distraerme. Ni el baño de agua caliente que tomo mientras mi padre le lee un cuento a Sophia antes de dormir.

Zac no me ha escrito ni me ha llamado.

No puedo evitar preguntarme cómo estará. Porque le creo.

Joder. Mierda. Claro que le creo. Nadie puede fingir una reacción así.

Se acaba de enterar de que tiene una hija, pero no solo eso: se ha perdido sus primeros casi seis años de vida, y no volverán nunca. No los recuperará.

Llaman a la puerta del baño y escucho a mi padre.

—Beth, ¿estás ahí? Sophia quiere un beso de buenas noches.

El agua ya está casi fría y si sigo aquí, me pondré mala.

—¡Ahora salgo! —respondo.

Y me sumerjo al completo bajo el agua. Dejo que todo a mi alrededor se apague y cierro los ojos mientras contengo la respiración. Solo unos segundos. Solo un momento. Que todo deje de moverse. Que el mundo no gire tan rápido.

«Y esto ¿dónde nos deja a nosotros?».

La pregunta rebota en el fondo de mi cabeza. La idea… El hecho de que Zac no me dejó. De que igual lo nuestro no estaba tan roto como pensaba.

Pero ignoro ese interrogante.

Salgo del agua, me envuelvo en un albornoz y enrollo el pelo en una toalla. La luz de la mesita de la que había sido mi habitación y ahora es la de Sophia está encendida. Ella me espera abrazando un peluche.

—Mañana el abuelo te irá a recoger al cole, ¿de acuerdo, ardillita? —le aviso.

Asiente con una sonrisa feliz. Quiere mucho a su abuelo.

La doy un beso enorme y sonoro en la mejilla y después la arropo, dejando espacio para el peluche.

—Buenas noches, Sophia.

Comienzo a alejarme, pero ella me llama.

—Oye, mamá, ¿sabías que va a haber un desayuno de hijas y mamás el sábado?

No tengo que pensar mucho para darme cuenta de que habla del *brunch* al que me invitó Nick. Me había olvidado de él y, la verdad, ahora mismo no sé si ir es lo más acertado. Primero tengo que hablar con Zac.

—Ah, ¿sí? ¿Cómo lo sabes?

—Anne va a ir con su mamá y su abuela.

—¿Y tú tienes ganas?

—Sí, ¡me encantaría! —exclama muy alto.

Miro su carita de felicidad y me doy cuenta de que no está bien por mi parte privarla de más momentos alegres en su vida, todo por no haber gestionado yo bien la mía.

Hablaré con Zac, lo haré mañana como prometí, y el sábado llevaré a mi hija a pasar una mañana divertida, juntas y con más niños.

—Iba a ser una sorpresa, pero… justo ayer un amigo me invitó a ir contigo.

—¿Fue Emy?

Sacudo la cabeza, porque es la única amiga que tengo en el pueblo y que ella conoce.

—Se llama Nick, y es el dueño del hotel donde se va a hacer.

—¿Es el señor que vimos hoy en el parque?

Parpadeo varias veces seguidas. Ella no sabe su nombre… No sabe el nombre de su padre.

Le aparto el pelo del rostro y respondo.

—No, ardillita. Ese hombre se llama Zac.

—¿Y te gusta?

La pregunta me toma por sorpresa, pero cuando miro a Sophia ella se está riendo con picardía y se le han encendido las mejillas. ¿De dónde saca estas cosas?

—¿Por qué lo dices?

—Estabas colorada cuando hablabas con él. Y le mirabas mucho.

Y yo que pensaba que más bien me había quedado pálida del susto… No respondo, solo me agacho para darle un beso de esquimal rozando nuestras narices.

—Buenas noches, ardillita. Ahora toca dormir.

—Buenas noches, mamá.

Salgo de la habitación y entrecierro la puerta, dejando una rendija. Camino de puntillas por el pasillo, procurando no hacer ruido, aunque ella no está dormida todavía. Una vez en mi cuarto tomo el ordenador y el disco duro.

Todo lo que Zac se ha perdido y nunca podrá recuperar.

Diecisiete

BETH

Últimamente vuelvo a hacerme aficionada al no dormir. No puedo dejar de pensar en Zac, en Sophia, en todo lo que ha cambiado de la noche a la mañana.

Me despido de mi padre y Sophia mientras desayunan porque no voy a llevarme el coche. Mi padre va a acercarla al colegio y a recogerla. Cuando le he contado que tengo un asunto que resolver, no ha insistido para que le dé más información, pero sé que está preocupado. He sido incapaz de ocultar el nerviosismo.

—Llámame si tienes cualquier problema, Beth —me avisa.

Después de tantos años sola cuidando a mi hija, se me hace extraño que haya alguien más preocupándose por mí. Creo que llegué a olvidar que yo también era la hija de alguien.

Atiendo a los clientes con torpeza, lo cual no es normal en mí. Aunque lleve pocos días en este puesto, he estado años trabajando en hostelería. Pero cada vez me es más difícil no pensar en mis problemas.

Apenas una hora después de abrir, Nicholas aparece en la cafetería. Viste su sonrisa radiante y ganadora, y su presencia impone tanto que las chicas que están desayunando en un rincón levantan los ojos de la mesa para mirarlo.

—Buenos días, Beth.

—Hola, Nick. ¿Te pongo un café para llevar?

Siempre me pide lo mismo y empiezo a aprendérmelo.

—Por favor. Y también un pastelito de canela.

—Hecho.

Preparo la cafetera mientras él me mira sin perder la sonrisa, ajeno a como los ojos de las otras dos chicas están en él.

—Mi padre me dijo que le encargaste el trabajo de construir los muebles para la reforma del hotel —le comento tras unos segundos—. Quería agradecerte que pensaras en él.

—No tienes que agradecer nada, Beth. Tu padre es de los mejores carpinteros que conozco. Además, se trata de un hotel familiar, y nadie mejor que un local para hacerse cargo.

Asiento con una sonrisa, pero esta desaparece en cuanto la puerta de la cafetería se abre de nuevo. El pulso se me acelera y respiro hondo mientras mis ojos se encuentran con otros verdes intensos.

—Llegas antes de tiempo, primo —exclama Nick, girándose hacia él—. ¿Quieres un café para llevar?

Zac apenas asiente, todavía con los ojos clavados en mí. Aparto la mirada para concentrarme en Nick, que me dice:

—Pon otro café y un pastelito de canela para mi primo, por favor. Hoy tenemos una larga mañana por delante.

—¿Mucho trabajo? —pregunto con tono ligero, aunque creo que me tiembla la voz. Zac termina de acercarse a Nick y yo me giro para preparar el pedido. Tengo que agarrar con fuerza las tazas de papel o siento que se me caerán.

—Estamos inmersos en la reforma del hotel. Una parte tiene que seguir abierta, como el spa y las habitaciones de la planta baja. Vamos a organizar presupuestos y tiempos.

Nick no parece saber nada acerca de las últimas noticias. Meto los pastelitos y el café en una bolsa de papel y la coloco frente a ellos. Cuando aparto un poco los ojos de su sonrisa, Zac sigue allí. Serio. Mirándome.

—Espero que os sea leve —digo a modo de despedida.

Y me riño casi al instante. «¿Espero que os sea leve? ¿Qué clase de respuesta tonta es esa?».

Pero Nick se ríe y deja un billete para pagar los cafés y pastelitos de los dos. Cuando voy a pasarle la vuelta, hace un gesto con la mano indicando que me lo quede.

—Por cierto, ¿al final vendrás al *brunch* del domingo? —pregunta.

—Eh…, sí. Sí, iré. Sophia está entusiasmada.

Percibo un movimiento por detrás de él, pero soy incapaz de mirar a Zac.

—Genial, así me la presentas.

Me guiña un ojo y yo me pongo todavía más nerviosa. Después se despide y camina hacia la puerta, pero solo lo hace él.

—Ahora te alcanzo —dice Zac.

Durante unos segundos la sonrisa de Nick se tambalea. Sus ojos pasan entre los dos, pero al final asiente y se va de la cafetería.

Las chicas de la mesa siguen mirándonos, o más bien al hombre que hay frente a mí. Sí, yo también me lo comería con los ojos si no estuviese tan nerviosa.

Su postura rígida cambia y parece que sus hombros se relajan bajo el traje gris que lleva. Se inclina sobre la barra y, en un tono que solo yo puedo escuchar, pregunta:

—¿Sigue en pie lo de esta tarde?

—En cuanto salga de mi turno iré a tu casa. ¿Estarás?

Asiente con la cabeza y, cuando parece que se va a alejar, no puedo evitar preguntar:

—¿No le has dicho nada a Nick sobre… ella?

—Primero necesito aclarar contigo qué ha pasado.

Zac sale de la cafetería y, cuando la puerta se cierra tras él, suelto el aire que no me había dado cuenta de que estaba conteniendo.

Una parte de mí tiene ganas de que llegue el final del turno y poder por fin hablar las cosas. Y la otra…

La otra está totalmente aterrada.

La casa de la familia de Zac está en la otra punta del pueblo, muy lejos de la mía. Me lleva treinta minutos llegar caminando a ella, aunque en parte es porque mi ritmo se ha ralentizado a cada paso que me encontraba más cerca. Emy se ofreció a llevarme cuando llegó a darme el relevo, pero me negué.

Una buena caminata siempre ayuda a aclarar las ideas.

La entrada es más grande que toda mi casa y mi jardín. Mientras avanzo por el camino que lleva a la puerta principal, la presión me crece en el pecho. El edificio se alza imponente ante mí, con sus ventanas grandes, paredes altas y enredaderas que suben por la piedra. A pesar de llevar tiempo sin vivir en él, se nota cuidado. Hay una casita que pertenece al ama de llaves en el jardín trasero y estoy segura de que alguien viene a ocuparse del jardín por lo menos una vez al mes.

Subo los tres escalones de piedra del porche y tomo aire antes de llamar a la puerta. Pero lo hago rápido, sin darme tiempo a pensarlo dos veces y arrepentirme. Hay que quitar la tirita de golpe.

Zac la abre apenas un segundo después y estoy bastante segura de que estaba esperando al otro lado. Eso hace crecer mis nervios. Me ha visto llegar.

—Hola —saludo con timidez.

—Hola, Beth —repite, con un tono que está entre serio y nervioso—. Adelante, pasa.

Zac siempre ha sabido guardar las formas, pero muchas veces se escuda bajo una fachada de seriedad para esconder que está nervioso. Me pregunto si le sucede en estos momentos. Al final es humano. Es imposible que no se inquiete ante la conversación que vamos a tener.

Lo sigo hacia la sala, aunque conozco de sobra esta casa. Pasé mucho tiempo aquí, a solas con él, aquel verano. Las paredes están más vacías y faltan algunos muebles, lo que hace que el lugar parezca todavía más grande. Está claro que aquí no vive nadie.

Antes de entrar en la habitación, me pregunta:

—¿Quieres algo de beber? ¿Vino? ¿Un refresco? ¿Agua?

—Un poco de agua estaría bien.

Asiente y se aleja en dirección a la cocina. No puedo evitar recordar que la última vez que estuve aquí salí llorando. Dimos por finalizado todo lo que construimos ese verano.

Y ahora, seis años después, ¿por dónde comienzo?

Los nervios vuelven a sobrecogerme y cambio de opinión respecto a la bebida. Necesito un poco de valentía, aunque sea fingida. Así que me giro sobre los talones y sigo el mismo camino de Zac hacia la cocina.

—Pensándolo mejor, no me vendría mal un vaso de vino —comento al acercarme.

Lo encuentro con un vaso de agua en la mano, pero sobre la encimera hay una botella de vino abierta y una copa a medio llenar. Está claro que él ha tenido la misma idea que yo antes de mi llegada.

—Por supuesto —responde.

Abre una de las puertas y saca una copa de cristal. Me quedo quieta en la entrada de la cocina mientras veo como la posa en la isla que hay en el centro de la cocina. Después toma la otra copa y la botella, y hace lo mismo.

—Por favor, siéntate.

Con pasos lentos, me muevo hasta la silla alta que hay frente a la isla, frente a él. La cocina ha sido reformada desde la última vez que estuve. Es bastante nueva, en tonos blancos y brillantes. La nevera es distinta y han cambiado el fuego, la campana y el horno. Incluso las sillas en las que nos sentamos son diferentes.

Zac me sirve una copa y comienzo a tomarla mientras él se rellena la suya. La balancea unos segundos entre los dedos y da un sorbo.

Estamos en silencio, y no sé cómo comenzar. ¿Debería decir algo? En mi nerviosismo me balanceo sobre el taburete y entrelazo los pies, destrozándome las zapatillas.

Al final Zac posa la copa y, finalmente, dice:

—Necesito que me cuentes todo.

—No sé ni por dónde empezar —confieso.

Y me siento bien. Hubo una vez en que hablar con él era… demasiado fácil. Y Zac me ayuda a trazar el pie de la conversación y preguntar:

—¿Cuándo me escribiste el mensaje?

Sé qué decir, pero sigue siendo difícil.

Me revuelvo incómoda en el sitio y tomo otro sorbo de vino.

La mano de Zac se mueve sobre la encimera y la cruza hasta alcanzar la que tengo posada en ella. Cuando me toca, siento que la piel se me incendia. Al mirarlo, sus ojos son de un profundo color verde, como los de Sophia cuando está preocupada.

—Beth, te prometo que nunca recibí ese mensaje. Perdí el móvil en una fiesta al poco tiempo de llegar a Los Ángeles y… —Su frase queda en el aire, y cierra los ojos unos segundos mientras suspira—. Regresé al verano siguiente, y al siguiente, pero no te encontré. Imaginé que habías pasado página y… que se había acabado de verdad.

¿Lo nuestro?

Por alguna razón, eso sí tengo claro que se terminó.

—Me mudé del pueblo poco antes del verano. Dejé la universidad al enterarme de que estaba embarazada y regresé a casa, pero mi madrastra me estaba haciendo la vida imposible. Después de una pelea, me mude con Sophia a Nueva York. Hemos estado viviendo allí, solas, hasta hace unas semanas.

Zac asiente. Él sabe que nunca tuve buena relación con mi madrastra.

—¿Por qué has decidido regresar al pueblo?

—Rebecca y mi padre lo dejaron. Él me llamó queriendo recuperar el contacto y yo decidí darle una segunda oportunidad. No porque piense que se la merece, pero sí por Sophia. Ser madre soltera en Nueva York es difícil, más si trabajas en hostelería como yo. Venir aquí me da la oportunidad de ofrecerle un hogar, un ambiente más tranquilo, y quizá en el futuro retomar mis estudios.

Zac se mantiene serio. Después asiente, toma un sorbo de vino y se queda pensativo.

Mierda. Lo conozco (conocía) suficiente como para saber que algo no le parece correcto.

—¿Qué? —replico con brusquedad.

Luego tomo un sorbo más de vino porque está claro que el estrés me afecta al ánimo. No debería hablarle así. Pero Zac no se altera, solo contesta:

—Lo has dicho como si lo tuvieras ensayado.

—He pensado en ello muchas veces —admito—. Ya no puedo dejarme llevar como antes, Zac. Ahora tengo una hija.

—Tenemos —me corrige.

Su respuesta me crea un sentimiento de emoción y a la vez de pesar que no puedo controlar.

Es bueno, pero también malo.

Es distinto.

—Y tú, ¿por qué estás en el pueblo? —Cambio de tema.

Su turno de tomar un sorbo rápido.

—Negocios —responde escuetamente—. Ya sabes que mi familia tiene hoteles, y el de Nick es de ellos.

—Has venido por la reforma —intuyo.

Unos segundos más de silencio, un sorbo más, y los dos nos terminamos la copa. Zac sirve una más y vuelve a hablar:

—Por favor, quiero conocer a Sophia.

Ya lo suponía. Es lo mínimo que cabe esperar. Es lo que yo querría hacer si me enterara de que tengo una hija años después.

Es lo que siempre hubiese querido de él.

—Por supuesto. Es tu hija, y ella se merece un padre. Pero primero necesito contarle quién eres. Ha sufrido muchos cambios en los últimos días: nueva casa, nuevo colegio, nuevos amigos… Se está adaptando bien, pero…

«Me da miedo que todo esto le pase factura en el futuro».

—Lo entiendo —dice—. Haremos las cosas bien.

Él siempre hacía las cosas bien. Quizá por eso me dolió tanto pensar que me abandonaba. Porque no lo vi venir.

Asiento, y en mi cabeza empiezo a idear todos los planes en los que él y Sophia puedan interactuar bien para que nuestra hija se sienta segura.

«Nuestra hija.

»No estás lista para compartirla», grita una voz dentro de mí, pero la hago callar.

Esto es por ella, no por mí. Y ser madre debería ser el menor acto de egoísmo del mundo.

Zac posa la copa con un poco más de fuerza, haciendo que el cristal chirríe en el mármol de la isla.

—Entonces ¿me crees?

Sé que pregunta por el mensaje. Por la «excusa».

—No tienes razón para mentirme, Zac. En realidad, nunca quise creer que me habías dejado tirada. No era la imagen que tenía de ti, pero tampoco sabes cómo una persona puede sorprenderte para mal. Al fin y al cabo, no terminamos bien aquel verano.

Cuando no contesta, una duda repentina me asalta. Algo en lo que no había caído:

—¿Me crees tú a mí cuando digo que te escribí?

Zac asiente sin dudarlo, sin tomarse siquiera unos segundos.

Más silencio después. Esta conversación no ha sido fácil y todavía nos queda mucho más que hablar.

—Se llama Sophia, como tu madre —murmura.

—Se lo puse en su honor. Estábamos muy unidas.

Cuando me enteré de que estaba embarazada, se me cayó el mundo encima. Estaba sola, Zac no me contestaba, y mi compañera de habitación se cambió de carrera ese año. La situación me superó y dejé la carrera. Nunca en mi vida había echado tanto de menos a mi madre, y a la vez jamás me había sentido tan conectada a ella como en esos días.

Me meto la mano en la chaqueta y doy otro sorbo apurado a la copa. Cuando la saco, poso sobre la isla el *pen drive* que guardé anoche.

—¿Qué es esto?

Es obvio que se trata de un *pen drive*. Pregunta por su contenido.

—Son fotos y vídeos de Sophi, desde cuando estuve embarazada de ella hasta hace poco. Pensé que igual… querrías ver cómo era de bebé.

—Gracias.

Al hablar parece sincero, y lo creo. Nuestros dedos vuelven a rozarse cuando lo toma y no puedo evitar recordar aquella época en la que estar con él solo hacía las cosas más fáciles. Más felices.

Termino la copa y él casi vacía la suya al mismo tiempo.

—Debería irme —admito.

No he estado mucho tiempo, pero tengo una hija y muchas cosas que asimilar.

Zac se pone de pie casi tan rápido como yo.

—Déjame llevarte a casa.

No opongo resistencia a su oferta, sobre todo porque hay una parte idiota, tonta y poco precavida de mí que solo quiere seguir pasando tiempo a su lado. Una parte que no sabe ponerle el punto final a lo que tuvimos y que no admite que el tiempo ha pasado y esto es el futuro.

Zac enjuaga las copas y me acompaña a la salida. Se coloca la chaqueta, coge las llaves de un cuenco en la entrada y me abre la puerta de casa.

Ya ha oscurecido cuando salimos.

Su coche está aparcado bajo una lona, en un lateral de la casa. Lo bordea y, al desbloquearlo, me abre la puerta del copiloto.

Mierda. Nunca fue el chico malo. Siempre fue esa persona detallista, educada y perfecta que me encantaba.

Mi templanza flaquea y antes de entrar en el coche me vuelvo hacia él. Su rostro está tan cerca que necesito parpadear y retroceder unos segundos antes de hablar.

—Hablaré con ella. De verdad —le prometo—. Tiene derecho a conocerte.

Creo fervientemente en mis palabras. A pesar de mis miedos, Sophia tiene derecho a conocer a su padre. Y él, de conocerla a ella.

Los ojos de Zac brillan en agradecimiento y me da la sensación de que se inclina un poco más sobre mí.

—Ojalá las cosas hubiesen sido distintas, Beth.

Trago saliva al notarlo tan cerca. Su aroma vuelve a invadirme y mis recuerdos viajan a aquella época en que besarlo era tan fácil y común como respirar. Era feliz, y no era consciente de ello.

—Supongo que no podemos cambiarlas.

Trago saliva y sus ojos viajan a mis labios. Los aprieto hasta formar una fina línea y finalmente entro en el coche.

Zac tarda unos segundos en reaccionar, pero cierra la puerta del copiloto. Después rodea el vehículo y toma asiento ante el volante.

Me lleva a casa en silencio. No hace falta preguntar dónde vivo. Apaga el motor. Las luces de la planta baja están encendidas; me pregunto si mi padre estará preparando la cena para las dos.

—Beth —me llama Zac cuando pongo la mano en la manija de la puerta—. Gracias por entenderlo.

Con él, las cosas son tan fáciles…

No sé qué contestar, así que me inclino hacia él y le doy un beso en la mejilla. Me observa con los labios entreabiertos y sin ocultar la sorpresa.

—Dame solo unos días para que pueda hablar con ella, ¿vale? Quiero que sepa que eres su padre.

Un cosquilleo me recorre al decir esas palabras.

«Su padre».

Zac asiente, y salgo del coche sin mirar atrás. Aunque me arrepintiese, sé que esto es lo que debo hacer. Lo que Sophia se merece.

Y, como dijo él…

«Ojalá las cosas hubiesen sido distintas».

Ni siquiera puedo imaginar cómo sería mi vida ahora.

Dieciocho

BETH

Mi padre está asomado a la ventana de casa cuando regreso. Puedo ver cómo se mueve detrás del cristal y, al entrar, simula estar leyendo un libro en su butaca; aunque sé que lo terminó anoche.

—Ya has regresado —comenta cuando llego a la sala mientras cierra el libro y lo deja a un lado—. Sophia está jugando en la habitación.

Tiene un feo corte en la mano que se hizo la otra mañana fabricando los muebles. Nunca entro a su taller, en el garaje, pero sé que se ha tomado el pedido en serio. Trabaja cada mañana para poder echarme una mano con Sophia por la tarde.

—Voy a saludarla y prepararé algo de cenar, ¿de acuerdo?

Cruzo el pasillo en dirección a las escaleras, pero él sale de la sala y pregunta a mi espalda:

—El coche en el que has venido no es el de Emy, ¿me equivoco?

Me quedo congelada con un pie en el primer escalón. Sé a dónde lleva esta conversación, y también que no puedo evitarla. Aunque es casi seguro que mi padre no se imagina quién conducía realmente el coche.

—No, no era Emy —contesto con suavidad.

Él no añade más y yo subo las escaleras para ver a Sophia. Está tumbada en la cama, rodeada de peluches y mirando un libro con la etiqueta de la biblioteca del pueblo en el lomo. Tengo bastante claro que mi padre la ha llevado allí tras buscarla.

—Hola, ardillita. ¿Qué tal en el colegio?

—¡Mamá! —exclama dejando el libro a un lado—. ¡Hoy hemos creado volcanes de arena!

Me siento a su lado en la cama y juntas hablamos un rato mientras me relata lo divertido que ha sido el día de escuela. Siempre le ha gustado ir, está en esa etapa en la que todavía es divertido, pero no puedo evitar darme cuenta de que aquí se encuentra incluso más emocionada. Tal vez sea que continúa con el entusiasmo provocado por la novedad. Llevamos un par de semanas aquí, pero no nos hemos acostumbrado a estar en este lugar.

—Entonces ¿todo bien en el colegio?

Su sonrisa decae un poco, pero debo haberlo imaginado después del largo día, porque asiente con fuerza con la cabeza y toma el libro para volver a leer.

—Voy a preparar la cena, ¿te apetecen macarrones con queso?

—Mis favoritos.

Le doy un beso en la coronilla y la dejo leyendo. Mi padre ya está en la cocina cuando llego, sirviéndose un vaso de agua. No va a dejar pasar la conversación sobre quién me trajo a casa en coche, por lo que decido intervenir primero.

Me siento en una de las sillas de la mesa y suspiro:

—Papá, tengo que hablar contigo.

Su expresión se vuelve totalmente seria. Deja el vaso sobre la encimera y toma asiento a mi lado.

—Está bien —dice con tono preocupado—. Suéltalo.

—¿Por qué me pones esa cara?

—La última vez que me dijiste eso, era para hablarme de Sophia.

«Es decir, estaba embarazada».

—No tengo ni siquiera novio. Así que tranquilo, no es eso.

—Tampoco se necesita un novio para quedarse embarazada.

—¡Papá!

—Está bien, lo siento. Dime.

Tomo aire profundamente. Jamás le hablé de Zac. Sabía que ese verano estaba viéndome con un chico, pero nunca se lo presenté. Nuestra relación no era secreta, sino más bien privada.

—No hay forma de decir esto, así que…

Las palabras no me salen; se quedan atragantadas en mi garganta y una parte de mí se siente como hace seis años, cuando le tuve que decir que estaba embarazada.

Mientras trato de relajarme, él frunce más el ceño. Lo estoy preocupando.

«Vamos, Beth. Va a ser más fácil hablar con él que con Sophia».

—El padre de Sophia ha regresado —digo, tan rápido que pienso que no me ha escuchado.

Pero lo ha hecho. Su ceño se relaja, aunque sigue serio.

—¿El chico que te abandonó?

Aprieto los labios y mis manos se entrelazan con nerviosismo bajo la mesa.

—Resulta que no me dejó tirada. No vio mis mensajes. Perdió el móvil.

—¿Y tú le crees?

—Sí.

—Elisabeth…

Su tono no es de enfadado ni de advertencia. Es de preocupación. Él no conoce a Zac, solo mi versión, y sabe lo mal que lo pasé en ese momento. Mi mejor amiga se había cambiado de carrera, me había enterado de que estaba embarazada y el chico del que me había enamorado no contestaba a mis llamadas.

Fueron él y Jaden quienes condujeron hasta mi residencia universitaria y me trajeron de vuelta a casa.

—No es fácil, pero deberías haber visto su cara. No tenía ni la más mínima idea de que tiene una hija, ¿vale?

—¿Y si te miente?

—Me arriesgaré entonces. Sophia se merece conocer a su padre si él de verdad tiene interés en ella.

Esto último me sale en un tono muy serio y, quizá, algo borde. Mi padre aprieta los labios y posa las manos entrelazadas sobre la mesa. Apoya la frente en ellas durante unos segundos y yo me remuevo nerviosa en la silla. Sé que la decisión es mía y que estoy haciendo lo correcto, pero también me gustaría contar con su apoyo.

Tras lo que me parecen unos segundos eternos, suspira y vuelve a sentarse erguido.

—De acuerdo. Pero esto lo hacemos por Sophia, no por él. Él no os merece.

—¿Lo hacemos? —repito.

Me ignora.

—Si os hace daño, el mínimo que sea, le echamos del pueblo.

—Bueno, no vive aquí desde hace mucho tiempo, así que eso será sencillo.

—Elisabeth, hija, ¿quién es?

Una muy buena pregunta que, después de todo este tiempo, por fin voy a contestar.

—Se llama Zachary, de la familia Grimani. No sé si los conoces…

Voy bajando la voz a medida que hablo porque a juzgar por la expresión de mi padre, los conoce.

—¿El pequeño? —pregunta.

—Sí. Es primo de Nick, el dueño del hotel.

—Sé quién es —admite mi padre—. Parecía un buen chico…

Niega con la cabeza, como si estuviese defraudado.

—Papá, es un buen chico.

—Te dejó sola y embarazada.

—No sabía que estaba embarazada.

Mi padre gruñe unas palabras que no logro entender, se levanta de la mesa y se va. Pero todavía me queda lo más difícil: hablar con Sophia.

Lo bueno de las mañanas de sábado es que son más tranquilas. Emy se encarga de la cafetería los sábados por la mañana y su madre trabaja los domingos. Los fines de semana deberían ser los más ajetreados, pero abren solo las horas punta, y para mí es un alivio poder disfrutar de estos días con mi hija.

Como estoy hecha a madrugar y últimamente dormir no parece ser lo mío, aprovecho el haberme levantado con los primeros rayos del sol para continuar con la reforma de la casa. Necesito cambiar los rodapiés y barnizar unos cuantos muebles. Por no mencionar que debería tirar todo lo que hay en la cocina y comprar una nueva, pero eso va a ser más complicado. Y caro.

Al final, Villa Celeste me va a traer más dolores de cabeza de los que imaginaba. Por no mencionar que la casa necesita una gran mano de pintura por fuera.

Cuando vuelvo a casa, Sophia ya está levantada. Mi padre le ha preparado un plato de huevos revueltos y está comiendo en la mesa de la cocina, todavía en pijama y con el pelo despeinado, mientras él da sorbos a su café.

—Buenos días, ardillita.

—Buenos días, mamá.

Le doy un beso en la coronilla y me sirvo mi propio café. Mi padre aprovecha mi regreso para ir a trabajar al taller y avanzar en el encargo de Nick.

Una vez me siento al lado de Sophia, decido que tampoco podemos dejar esto para más tarde.

—Tengo que hablar contigo, ardillita.

No sé si es mi tono preocupado o que estoy demasiado seria, pero la expresión de Sophia cambia totalmente. Abre muchísimo los ojos y de pronto parece asustada.

—No quise tirarle el vaso de agua a Marco. ¡Él se rio de mi diadema!

—Marco, ¿tu amigo?

—No, ya no es mi amigo, y tampoco lo es de Anne. ¡Se rio de mi coletero!

Dejo el café a un lado y le aparto un mechón de pelo del rostro. Sus rizos se enredan y me percato de que necesito llevarla a la peluquería. A ella le gusta llevar el pelo largo, pero hay que sanearlo o se le llena de nudos con facilidad.

—Cielo, ¿qué ha pasado?

—Que es un tonto y no somos amigas de los tontos.

Tomo su silla y la giro para que quede cara a mí, pero cruza los brazos enfadada.

—Nadie es tonto aquí, y las personas inteligentes hablan de sus problemas. ¿Qué ha pasado?

—Se rio del ratón de mi diadema. Dijo que las niñas guapas no llevaban ratones.

Mierda. Entiendo que esté enfadada, pero me trago mis pensamientos y sigo con la conversación.

—¿Y tú que dijiste?

—Que era idiota y lo empujé.

—¡Sophia! —exclamo.

Eso tuvo que pasar ayer, porque la profesora no me contó nada en la reunión. Y mi padre tampoco. Ni siquiera me hace falta preguntar por qué nadie me ha hablado de lo sucedido, ya que Sophia añade:

—El abuelo me dijo que la próxima vez lo empuje más fuerte.

—¡¿Cómo…?!

No termino la frase, asustada. ¡Pensaba que estaba encajando muy bien en el colegio! Además, anoche no me contó lo sucedido.

Sophia descruza los brazos al ver mi expresión y me posa una manita en el antebrazo.

—No pasa nada, mamá. Lo he pensado mucho y el lunes hablaré con Marco.

—Ah, ¿sí?

—Le voy a decir que me hizo daño con sus palabras, y que no quiero ser amiga de quien me haga daño. O me pide perdón, ¡o lo vuelvo a empujar!

—Mejor no empujes, ardillita.

No tengo muy claro si estar orgullosa de ella o preocupada. Sobre todo porque no acepta ni promete no empujar más. En vez de eso se baja de la silla, la vuelve a colocar bien y se sienta para terminar el desayuno.

Todo esto me ha hecho olvidar el punto principal de la conversación, pero espero a que termine el plato antes de volver a sacar el tema. Cuando lo hace, me inclino hacia ella y digo:

—No era de Marco de quien quería hablar contigo, cariño.

—Ah, ¿no?

—¿Te acuerdas del hombre que vimos en el parque el otro día? El del helado del supermercado.

—Sí. El que era tu amigo, pero ya no.

—Ardillita… Él es algo más que mi amigo.

—¿Es mi papá?

«Mierda».

—¿Cómo…? —Las palabras no salen y me atraganto. Necesito toser para recuperar la voz—. Sí, cielo. Es tu papá.

—Lo sabía.

—¿Cómo?

—Me dijiste que mi papá era de aquí, y lo he conocido aquí. Además, sus ojos son como los míos.

Se los señala, como si fuese lo más obvio del mundo.

Tomo aire, aunque esto está siendo bastante más fácil de lo que imaginaba.

—El caso, cielo, es que me equivoqué. Tu papá no sabía que yo… No sabía que tú existías.

Decir esas palabras me cuesta esfuerzo y me duele, pero Sophia me mira como si no fuese consciente del gran error que cometí: no esforzame más en tratar de contactarle.

En vez de eso, me observa con sorpresa.

—¿No?

Niego con la cabeza y me armo de valor para continuar.

—Pero ahora sí lo sabe y quiere conocerte. ¿A ti te gustaría conocerlo a él?

Aprieta los labios y durante unos segundos parece pensativa.

—No lo sé.

—No tienes que hacer nada que no quieras, Sophi.

—¿A ti te gustaría que lo conociera?

Me rompe el corazón la pregunta. Ni siquiera tiene seis años. ¿Qué hace pensando en mí, en lo que quiero o en lo que no? Debería pensar solo en ella.

—Quiero que hagas lo que más feliz te haga. Si te apetece conocerle, podemos ir juntos un día a merendar.

—Eso sería divertido —admite—. Me gusta.

Le revuelvo el pelo y ella se ríe. Se levanta para llevar el plato al fregadero, pero al regresar, su rostro ha perdido parte de la sonrisa. Ahora parece preocupada.

—¿Qué sucede, Sophia?

Al cabo de un tiempo, pregunta:

—¿Crees que le gustaré, mamá?

La tomo de la mano y la acerco a mí hasta que puedo abrazarla, hasta que puedo hacerla sentir protegida.

—Cielo, ya le encantas —susurro en su oído—. Te lo prometo.

Elisabeth
Sophia quiere conocerte.

Diecinueve

NICK

Nick
¿Quedamos para tomar algo? Necesito desconectar un poco de la reforma.

Zac
Tengo cosas que hacer. Cuando termine te llamo.

Sé que mi primo está estresado con el hotel y el *brunch* que prepara para el domingo. Mis padres están muy contentos de cómo lleva la dirección, y hay veces en las que pienso que quizá lo habrían preferido como hijo.

Por eso aún no les he hablado de Sophia, aunque lo haré pronto.

Igual que haré con Nick.

Nuestra relación se ha enfriado en los últimos años por la distancia, pero al volver aquí es como si el tiempo no hubiese pasado. Al menos, así me hace sentir. Cuando lo mío con Beth se terminó y tuve que volver a Los Ángeles, fue él quien estuvo allí, apoyándome. No me dejó solo e hizo lo posible por sacarme de casa y animarme. Esas cosas no se olvidan.

Pero hoy tengo un plan muy importante. Quizá el más importante hasta el momento: voy a conocer oficialmente a mi hija.

Beth me ha escrito por la mañana para decirme que le ha contado todo a Sophia. Y esta misma tarde vamos a tener una cita en el parque. El plan es sencillo: hacer un pícnic y almorzar unos bocadillos. Me dijo que no me preocupara de nada más que de estar allí, pero estoy nervioso. Los niños nunca han sido mi fuerte; y aunque me llevo muy bien con mis sobrinos, ellos apenas me ven unas horas. Los niños ensucian, corren, gritan, son imprevisibles. Todo lo que no me gusta.

Pero es mi hija, joder. Quiero conocerla.

Pienso en parar en la juguetería del pueblo y comprarle un regalo, pero estoy lleno de dudas. ¿Le gustarán los juegos de mesa? ¿Preferirá interactivos o más relajados? ¿Le dejan utilizar pantallas? ¿Y los peluches?

Al final paro en la cafetería y compro una de las tartas de Emilia. Me atiende Emy, y a juzgar por las miradas que me lanza, ya sabe cuál es el plan, pero no dice nada aparte de:

—La tarta de chocolate es la favorita de Sophia.

Así que esa es la que me llevo.

Cuando llego al parque, con la bolsa de la cafetería en la mano, me sudan las palmas. Las veo a lo lejos y Beth me saluda con la mano antes de agacharse para decirle algo a Sophia al oído. Lleva una cesta de mimbre colgando del brazo.

Carraspeo nervioso, pero aguanto la compostura mientras me acerco.

Joder. Odio estar así.

Siempre soy capaz de gestionar las situaciones, pero esta se escapa a mi control.

Cuando llego a su lado Sophia balancea la cabeza y saluda:

—Hola.

—Hola —contesto.

—Mamá ha preparado sándwiches de jamón y queso. ¿Te gustan?

—Claro. Muchas gracias, Beth.

La miro y juro que cada vez está más guapa. Necesito volver a carraspear y aprieto con los dedos sudorosos las asas de la bolsa.

—He traído tarta de chocolate. Emy me dijo que es tu favorita.

—¡Sí! —exclama Sophia—. ¿A quién no le gusta el chocolate?

Beth asiente con una pequeña sonrisa y posa la cesta en el suelo. De ella saca una toalla grande donde entramos perfectamente los tres. La ayudo a extenderla y Sophia no tarda en sentarse. Tomo asiento a su lado y observo nervioso mientras Beth va sacando todo de la cesta y la niña me mira con ojos curiosos.

Me hice una lista de temas de conversación en casa, antes de salir. Miles de preguntas que tenía para ellas. Quiero saber de su vida en Nueva York, sus amigos, cómo lleva haberse mudado al pueblo… Pero no me sale ninguna.

Sin embargo, me preocupo demasiado. Sophia me sorprende siendo muy habladora, y es ella quien hace las preguntas.

—¿Cuál es tu color favorito?

—El azul.

—El mío el rosa. ¿Y tu comida favorita?

—Las patatas fritas.

—¡A mí también me gustan! Aunque mucho más los macarrones con queso. Mi madre prepara los mejores.

—Sí, la verdad que los macarrones con queso de tu madre están muy buenos.

No puedo evitar mirar a Beth mientras recuerdo las veces que los cocinó para mí aquel verano, en casa de mis padres. Al principio me negaba a comerlos porque siempre me parecieron algo asqueroso, pero ella tenía razón: el queso hacía que todo supiera mejor.

Su mirada se encuentra con la mía y no puedo evitar sonreír. Me da la sensación de que se le encienden suavemente las mejillas, pero aparta los ojos y continúa preparando la mesa de pícnic.

—Mi princesa favorita es Mulán, ¿y la tuya?

—Eh… ¿Blancanieves?

En realidad, no soy mucho de princesas Disney, así que solo digo una al azar. Sophia parece decepcionada.

—¿Y a qué te gusta jugar? En clase de gimnasia estamos aprendiendo hockey.

—¿En serio? —interviene Beth, curiosa—. No me habías dicho nada.

—Es que no me gusta —admite arrugando la nariz con desagrado—. Pero lo votamos y era lo que la mayoría quería.

Vuelve a mirarme y no sé qué contestar. No tengo mucho tiempo libre para jugar a nada, solo un par de horas a la semana para hacer deporte.

—Supongo que me gusta el *crossfit* —digo tras unos segundos.

—¿Qué es eso?

El tiempo pasa muy rápido. Sophia está llena de energía, no deja de hablar en ningún momento. Parece cómoda a mi lado, aunque se mantiene más pegada a su madre.

Cuando termina el trozo de pastel y Beth le limpia las manos y la boca con una toallita húmeda, pide permiso para ir a los columpios que hay cerca.

—Está bien, pero primero recogemos el pícnic, ¿de acuerdo?

Entre todos guardamos los restos en la cesta y luego nos acercamos a los columpios. Beth quiere poder tenerla vigilada mientras juega y, aunque este es un pueblo pequeño, puedo entenderla.

Sophia saluda a una niña nada más llegar y noto como algunas personas nos lanzan miradas curiosas. Estoy seguro de que Elisabeth también se da cuenta.

—Tengo la sensación de que dentro de unos días todo el pueblo sabrá que eres su padre —comenta.

Y me mira.

Está analizando mi expresión.

—Me parece bien —admito.

No sé si la respuesta le gusta. No deja entrever ninguna emoción.

Es imposible no darse cuenta de lo cambiada que está. Sigue siendo igual de preciosa e irradia esa energía y carisma que me atrapó. Pero es mucho más seria y calmada. Es como si hubiese perdido la rebeldía de aquel verano.

—Nunca le dijimos a nadie que estuvimos juntos, y después de que me... Después de pensar que me habías abandonado —se corrige—, tampoco se lo conté a nadie. Quería borrarte de mi vida y de mis recuerdos.

«Espero que no lo consiguieras».

—Lo entiendo, Beth. Pero ahora estoy aquí y quiero conocer a Sophia. Quiero ser parte de vuestras vidas.

Se estremece, aunque es un movimiento casi imperceptible.

—Emy y mi padre ya saben quién eres.

—A mí me gustaría hablarle a mi familia de Sophia.

Se toma unos segundos para contestar mientras sus ojos vuelven a buscar a nuestra hija.

«Mierda. Nuestra hija».

—Por supuesto. Tienes el derecho a hacerlo, pero...

—¿Pero...? —repito.

Toma aire y, tras unos segundos, deja de mirar a Sophia y se vuelve para encararme. De nuevo adopta una expresión muy seria.

—Y luego, ¿qué más? ¿Cuáles son tus planes, Zac?

Es una buena pregunta. Una que, por mucho que me guste tener todo controlado, no puedo responder aún.

Jamás he sido de dejarme llevar. Solo sucedió una vez: el verano que pasé con ella. Ahora siento que todo se me escapa de las manos. Sigo asimilando que tengo una hija.

—Vives en Los Ángeles, o al menos eso es lo último que sé —aclara Beth—. Y nosotras acabamos de mudarnos aquí. ¿Vas a dejar que Sophia te conozca estos días y luego regresarás a tu casa?

—No lo sé —admito. Y me doy cuenta de que es verdad.

Beth abre la boca como si fuera a decir algo más, pero la cierra. Algo más pasa por sus ojos, un sentimiento diferente. Miedo.

—Nosotras vamos a quedarnos aquí —susurra tan bajo que me cuesta entenderla—. Las dos.

La realización de lo que realmente piensa me explota en la cara como una jarra de agua fría: teme que se la quite. Piensa que, ahora que he descubierto su existencia, quiera los derechos de Sophia y pretenda llevármela a Los Ángeles.

El corazón me da un vuelco y tomo sus manos sin pensar. Son suaves, cálidas y pequeñitas. Como las recordaba.

Beth mira nuestras manos unidas con sorpresa, y de nuevo a mí.

—Quiero arreglar todo lo que pasó. Quiero estar aquí para ti y para Sophia. Y quiero ser el padre de mi hija.

Sé que no fue culpa mía no haber visto su mensaje, pero en cierto modo me siento como si lo fuera. Porque debí haberla buscado más. Me di por vencido con demasiada facilidad.

Pero ya no soy así.

Beth me observa con la boca entreabierta y yo me fijo en sus labios. Creo que lo hago durante más tiempo del debido, porque ella se sonroja y aparta las manos con rapidez.

—Está bien, te creo —responde.

No añade nada más, pero, por el momento, me sirve.

Lo he dicho en serio. Ahora mismo estoy muy confuso, pero si de algo estoy seguro es que quiero conocer a Sophia.

Que no volveré a Los Ángeles, al menos por el momento.

Y que si hay la más mínima posibilidad… quiero recuperar a Beth.

Veinte

BETH

Sophia se despierta el domingo a las cinco de la madrugada. Me cuesta mucho trabajo convencerla de que el *brunch* no empieza hasta las once y de que todavía nos queda tiempo, pero al final se mete conmigo en la cama y consigo que vuelva a dormirse. Por lo menos hasta las nueve.

Hacía años que no descansaba tanto tiempo. Y, en realidad, echo de menos dormir con ella. En Nueva York dormíamos juntas y me ha sorprendido lo rápido que se ha hecho a tener su propia habitación. Esta es la primera vez desde entonces que descansa conmigo, y ha sido por circunstancias especiales.

Prácticamente salta del coche cuando aparcamos frente al hotel, pero me espera para cruzar la carretera. Su amiga Anne llega a la vez y las dos comienzan a hablar mientras saludo a su madre y a su abuela. Las conozco de vista, porque son del pueblo de toda la vida. La madre tiene unos cinco años más que yo. La mujer mayor también estaba en el parque ayer, mirándome mientras hablaba con Zac.

—Buenos días —las saludo con una sonrisa educada—. Soy Elisabeth, la madre de Sophia.

—Charlotte —se presenta la mujer, estrechando mi mano—. Y ella es mi madre, Clarisa.

Avanzamos por la entrada de piedra hacia el hotel mientras las niñas hablan y se ríen emocionadas unos pasos más allá.

—Nuestras hijas parecen haber congeniado muy bien. Anne no deja de hablar de Sophia.

—Sí, Sophia también me habla mucho de Anne.

—Hasta se han aliado contra el pobre Marco —añade con una sonrisa divertida—. Espero que mi hija no lleve a la tuya por el mal camino.

«Más bien al revés. Fue Sophia quien empujó al niño al final».

Aunque se ríe, su madre permanece bastante seria y no deja de mirarme. Eso me provoca un poco de incomodidad, pero justo en ese momento entramos en el recibidor del hotel y veo a Nick a lo lejos, saludando a las personas a medida que van entrando.

En cuanto sus ojos se encuentran con los míos, no los aparta.

Las dos mujeres con las que estaba hablando continúan caminando más allá de las escaleras que llevan al piso de arriba y las niñas se sientan. Nosotras no tardamos en llegar y pararnos tras ellas.

Me sorprende notar un leve olor a pintura.

Fuera del hotel, en el jardín, no había ninguna señal de las obras que están haciendo, pero en la entrada he podido ver cajas y más suciedad que de costumbre. Un hombre vestido con ropa deportiva llena de pintura baja de los pisos superiores.

Nick sigue la dirección de mi mirada.

—Les he pedido que no hicieran mucho ruido hoy, así que se están dedicando a pintar las habitaciones y los pasillos —explica, y me parece notar un pequeño tic en el ojo por el estrés, pero enseguida amplía la sonrisa y vuelve a mirarme—. Me alegra que hayáis podido venir.

—No nos lo perderíamos por nada del mundo. Sophia se moría de ganas, ¿verdad, ardillita?

—¡Sí!

Nick se agacha hasta quedar a la altura de las niñas.

—Espero que os divirtáis hoy, señoritas. Y que os guste el chocolate, ¡porque tenemos una fuente con cascada!

Sophia y Anne se vuelven hacia nosotras con los ojos como platos.

—¡Mamá, mamá! —exclama mi hija sin contener el entusiasmo—. ¿Lo has oído? ¡Tienen una fuente de chocolate!

Aprieto los labios reprimiendo una sonrisa y me vuelvo hacia Nick.

—No sabes lo que has hecho —bromeo.

Nos guiña un ojo y hace un gesto con el brazo invitándonos a pasar. Seguimos el camino de las otras dos mujeres y enseguida empiezo a escuchar el ruido de cubiertos y voces, además de apreciar un olor dulce, mucho mejor que el de la pintura.

Dos grandes puertas están abiertas, y dan paso a lo que parece el restaurante del hotel. Es grande, con las mesas a un lado, cerca de las ventanas, y un impresionante despliegue de comida al estilo bufet libre.

Al final del todo, la fuente.

—¡Mamá, la fuente! —me llama Sophia, tirando de mi vestido—. ¿Puedo?

—¿Y si primero pruebas algo más? Aquí hay mucha comida, no solo chocolate.

No quiero que desayune solo azúcar, aunque sé que es capaz, pero luego le dolerá el estómago. Por fortuna asiente despacio y sus ojos vuelven a pasearse por las mesas.

Me siento con Charlotte y Clarisa, porque la idea es que Sophi esté con su amiga. Las niñas se levantan rápidamente a por platos y dejamos que vayan solas. Un camarero se acerca a tomarnos nota.

—Para mí un café, por favor —pido.

—Es mejor que pruebes las mimosas, aquí las hacen increíbles —me corrige Charlotte.

Niego con la cabeza, porque luego tengo que conducir. A los pocos segundos de alejarse el camarero, su madre me habla por primera vez.

—Eres la hija del carpintero, ¿verdad?

No sé si es el tono, la forma con la que me mira o simplemente su expresión, pero algo no me gusta de esta mujer, y me remuevo incómoda en la silla.

—Conocí a tu madre —informa sin dejar que responda—. Era una buena mujer. Una lástima su pérdida.

—Sí, una lástima.

—Estuviste fuera del pueblo un tiempo, ¿me equivoco? ¿Cómo es que has regresado?

Bueno, la pregunta del millón.

—Mamá, no seas cotilla —le riñe su hija.

El camarero regresa con sus mimosas y mi café, y su madre parece ignorarla.

Miro a las niñas, que están metiendo un panecito en la tostadora. Parece que se manejan bien.

—Estuve en Nueva York con Sophia, pero la vida en el pueblo es mucho más tranquila para una hija pequeña.

—¿Y el padre de la niña? Escuché que fuiste madre soltera.

—¡Mamá! —exclama Charlotte, esta vez más fuerte.

—¿Qué problema tienes? —replica su madre—. Todo el pueblo lo sabe. Además, ayer la vi con el hijo pequeño de los Grimani. Él también ha vuelto hace poco al pueblo.

Charlotte niega con la cabeza y da un sorbo largo a su mimosa mientras mira a su madre con enfado. No contenta con eso, la señora continúa:

—Si no lo es, todavía estás a tiempo de encontrar un buen marido. Una chica joven como tú, y con una hija, no debería ir sola por la vida.

—Por Dios, mamá —resopla Charlotte, claramente enfadada—. Que no estamos en el siglo quince.

—Si me disculpáis, voy a por algo de comer —interrumpo, poniéndome de pie.

No quiero saber nada más de esta conversación. Si le dijera lo que pienso a esta señora, lo mismo me echan del hotel, y no quiero problemas.

Mi idea era llevarme bien con la madre de Anne, y de hecho parece muy agradable, pero esta señora… Quizá no lo haga con maldad, pero no soporto tanta intromisión en mi vida. Y menos ese tipo de pensamientos. Lo bueno de vivir en Nueva York era que, si nadie te conocía, nadie te juzgaba.

Me había olvidado de lo que implicaba vivir en el pueblo. Aunque, en realidad, es probable que pronto todo el mundo sepa que Zac es el padre de Sophia.

Cuando regreso a la mesa con mi plato de comida, Clarisa no vuelve a hacerme preguntas, pero tampoco mira a su hija. Las he visto discutir mientras me servía el desayuno y tengo bastante claro que estaba reprendiéndola por las preguntas.

A partir de ahí la conversación es mucho más amena. Hablamos de la escuela y de una función que los niños harán para la llegada del verano. Por lo visto la preparan todos los años, antes de finalizar el curso.

—Anne cumplirá seis años pronto y estamos preparándole una fiesta en casa —me dice Charlotte tras un par de mimosas—. Nos encantaría que Sophia viniera.

Las niñas no pierden detalle.

—¡Sí, por favor! —exclama Anne.

—¿Puedo ir, mamá?

—Claro, ardillita.

Estoy muy contenta de que tenga una amiga… aunque su abuela sea una idiota entrometida.

Las niñas no dejan de reír, como casi todas las que hay en el *brunch*, y a nadie parece incomodarle que hagan ruido, lo cual me encanta. Ellas continúan levantándose una y otra vez a servirse distintos pastelitos y parecen divertirse mucho juntas.

En una de esas ocasiones, cuando Clarisa va con ellas, Charlotte aprovecha para disculparse.

—Perdón por lo que te ha dicho mi madre, Elisabeth. A veces ni siquiera yo la soporto.

—No te preocupes, Charlotte. Tú no tienes que pedirme perdón. Y por favor, llámame Beth.

—Antes no se metía tanto en la vida privada de los demás, pero desde que sabe que… —Se queda callada unos segundos y lanza una mirada rápida hacia las niñas. Después baja un poco la voz y continúa—. Sabe que he iniciado el proceso de divorcio, y no deja de lanzarme indirectas acerca de lo disconforme que está con mi decisión de las peores formas posibles.

—Lo siento mucho, Charlotte.

—Estoy mejor sola que con un hombre que me engaña, esa es la realidad. —Suspira, aunque veo un destello de tristeza en su mirada. Tiene el corazón roto.

Lo sopeso unos segundos antes de contestar, pero al igual que imagino que su divorcio no es un secreto, aunque no lo grite a los tres vientos, esto tampoco lo es. Tarde o temprano todos lo sabrán. Así que confieso:

—Tú madre tenía razón en una cosa. Me vio con Zac en el parque ayer porque él es el padre de Sophia.

Charlotte asiente despacio. Decírselo en voz alta a alguien que no es ni una amiga ni mi padre sienta bien. Porque ya no es un secreto que deba llevar conmigo. Ahora se sabe.

—No lo conozco mucho, iba unos cursos por debajo y se mudó del pueblo hace tiempo. Pero por lo que he escuchado, no parece un mal chico.

—Supongo que no.

Las niñas regresan con los platos llenos, pero Sophia parece intranquila.

—Mamá, tengo que ir al baño.

—Claro, vamos. —Me apresuro a levantarme de la silla y me despido de Charlotte—. Ahora volvemos.

Cuando pasamos cerca de un camarero, pregunto por el servicio y nos manda a la recepción principal. Sophia sabe ir sola, pero prefiero acompañarla al menos hasta la puerta y cerciorarme de que el servicio está limpio y es seguro.

Espero fuera a que termine y le recuerdo lavarse las manos. Cuando salimos, al pasar por la recepción, Nick está hablando con unos obreros. Se despide y vuelve a mostrar una sonrisa en cuanto nos ve.

—¿Qué tal, chicas? ¿Lo estáis pasando bien?

—¡Todavía no he probado la fuente de chocolate! —exclama Sophia.

En su defensa, Charlotte y yo les hemos estado convenciendo de probar otras cosas antes de que se sumerjan completamente en el dulce.

Nick pierde su sonrisa durante unos segundos y finge una expresión de circunstancias mientras dice:

—Espero que podamos solucionar eso muy pronto, señorita.

Sophia solo asiente con la cabeza y no puedo evitar sonreír complacida. La inocencia infantil. Estoy segura de que ahora correrá directa a la fuente de chocolate y ya no podré hacer nada por evitarlo.

—Si luego queréis quedaros un rato más, podría enseñaros el hotel —comenta Nick con tono ligero—. O dar un paseo por los alrededores.

Pero sus ojos vuelan hacia los míos y puedo ver un brillo en ellos. Está volviendo a pedirme una cita. Pero, si antes no lo tenía claro, ahora mucho menos. Intuyo que Zac no le ha dicho nada aún.

—Le prometí a mi padre que pasaríamos la tarde los tres juntos —miento. En realidad, mi idea era avanzar un poco más en la reforma de Villa Celeste.

La sonrisa de Nick decae, como he visto que sucede bastante a menudo cuando los planes no salen como quiere, aunque lo entiendo.

—¿Y otro día? —insiste—. Han cambiado muchas cosas en el pueblo desde que te marchaste.

Me debato entre aceptar y darle una oportunidad o buscar una buena excusa para decir que no, cuando sus ojos se mueven algo más allá de nosotras. Me vuelvo con curiosidad y encuentro a Zac atravesando el hall con paso decidido y la mirada puesta en los tres.

—¿Vienes a echar una mano con el *brunch*, primo? —pregunta Nick.

Su tono es bastante menos amistoso que el de hace unos segundos.

Zac no responde, y Sophia me suelta la mano para tomar la suya y tirar de ella, llamando su atención.

—¿Sabías que hay una fuente de chocolate? ¡Como el pastel del pícnic!

—¿El pastel del pícnic? —repite Nick.

Sophia no tarda en volverse hacia él.

—Sí, ayer fuimos de pícnic y él trajo pastel de chocolate.

No suelta la mano de Zac y puedo ver como él aprieta los labios. Esto no era lo que planeaba. Estoy a punto de intervenir cuando él se agacha para quedar a la altura de la niña. Suaviza la expresión y dice:

—Sophia, tengo que hablar con Nick. ¿Y si nos vemos más tarde?

Ella asiente y regresa conmigo, pero por alguna razón la respuesta no parece gustar a Nick, que frunce el ceño y pregunta:

—¿Fuisteis juntos de pícnic?

Sophia responde con toda la inocencia del mundo:

—Claro. Es mi papá.

Pasan largos segundos antes de que Nick reaccione. Abre la boca, pero la vuelve a cerrar al momento. Mira a Sophia, después a Zac, y frunce el ceño.

—¿Tu hija? ¿Desde cuándo tienes una hija?

Por su tono parece que le estuviera recriminando algo. Sacude la cabeza y luego toma aire mientras yo abrazo de forma protectora a Sophia. Esta no es una conversación que ella deba escuchar.

—Desde hace casi seis años —responde Zac.

—Nosotras vamos a regresar al *brunch*, ¿de acuerdo, cielo?

Miro a mi hija que asiente confundida y lanzo una mirada rápida a los dos chicos antes de alejarnos. Aun así, mientras entramos a la zona del restaurante, me da tiempo a escuchar a Zac decir:

—Me he enterado esta semana, no sabía que…

La puerta se cierra y por mucho que quiera formar parte de esa charla, no quiero que Sophia la escuche. Zac sabrá gestionar la situación con su primo solo.

Siento como tiran de mi mano y bajo la mirada hacia mi hija.

—Mamá, ¿puedo ir ya a la fuente de chocolate?

—Claro, ardillita. Ve.

La veo prácticamente correr hacia la fuente, sorteando a un par de personas, y reunirse allí con su amiga Anne. Regreso a la mesa con Charlotte, ignorando a su madre, que no deja de lanzarnos miradas.

—¿Todo bien? —pregunta la chica.

Ha debido notar mi expresión preocupada, pero, por mucho que mire hacia la puerta, ni Nick ni Zac entran por ella. Así que tomo aire, me obligo a poner una sonrisa en la cara y miento:

—Todo perfecto.

Charlotte no parece creerme. Como madre, entiende lo que es fingir una sonrisa para enmascarar la preocupación, para que nuestras hijas no se enteren. Por debajo de la mesa posa la mano sobre mi pierna y presiona con suavidad.

—Si un día quieres salir a tomar un café, quedar con las niñas, o hablar, aquí me tienes, ¿vale?

Asiento, agradecida, y no volvemos a hablar de ellos. Nuestras hijas regresan con un plato lleno de frutas bañadas en chocolate, y me recuerdo que es por ella por quien hago todo esto. Cualquier momento difícil merecerá la pena si sigo viendo su sonrisa.

Nunca pensé que podría querer tanto a alguien.

Veintiuno

ZAC

—Entonces, aclárame una cosa: ¿ni siquiera Alex lo sabe?

Niego con la cabeza y Nick da un sorbo a su cerveza, pensativo. Él y mi hermano han sido mis únicos amigos de verdad en la vida.

Estamos en el bar del hotel, que parece un lugar totalmente distinto sin las mesas y la decoración del *brunch*. Después de enterarse de que Sophia es mi hija, Nick se molestó porque no le hubiese dicho nada, pero hoy parece más receptivo.

—Tenía pensado hablar con todos este domingo, pero te lo tomaste tan mal…

No es que sea culpa de Nick. Debería habérselo dicho ya a todos, a mis padres, a mi hermano y a él, pero no lo hice y se enteró de la peor manera. Sé que, si no me doy prisa, mis padres acabarán también por saberlo, aunque sus principales lazos con el pueblo en estos momentos sean Nick y el hotel.

Pero sé que él no les dirá nada.

—Ya, lo siento por eso, primo, pero… Joder. Una hija. ¿Y no sabías nada?

Sacudo la cabeza para negar.

—Fue en aquella época, al volver a la universidad. Me robaron el móvil y debió ser entonces cuando Beth me escribió.

—¿Y las redes sociales?

—Sabes que no las uso.

Mi primo se queda en silencio y parece tener la cabeza en otras cosas, pero, al cabo de unos segundos, pregunta:

—¿Y qué vas a hacer?

—Es bastante obvio, ¿no? Quiero conocer a Sophia.

—¿Y tu vida?

—¿Mi vida?

—Tu trabajo. Los Ángeles. Tus padres. Tu…

—Sí, ya sé a qué te refieres —le interrumpo.

Es lo mismo por lo que preguntó Beth, pero todavía no lo tengo claro.

—¿Y bien? —insiste.

—Por el momento me quedaré aquí.

—¿Y Beth?

—¿Qué quieres decir?

—Me dijiste que no estabas interesado en ella y la he pedido salir dos veces. Joder, ¿sabes lo estúpido que me siento al saber que ella me rechazaba porque eres el padre de su hija y además mi primo?

No estoy seguro de que esa sea la única razón, pero me muerdo la lengua. Igual me equivoco. Beth está muy cambiada, y si bien hace seis años no hubiese pensado que Nick le interesaría, ahora no puedo decirlo con confianza.

—Ahora que sabes que tienes una hija con ella, ¿quieres volver a intentarlo?

—Eso no está en mis manos.

—Ya, lo sé. Pero ¿quieres?

—¿Por qué lo preguntas?

Me pongo demasiado a la defensiva y eso provoca que mi primo frunza el ceño y replique enfadado:

—Joder, pues porque me interesa, ya lo sabes. No pienso pelear contigo por una mujer, pero estaría bien saber tus intenciones.

Su interés en Beth, sin apenas conocerla, no me sorprende. Era guapa hace seis años y lo es ahora. Es la clase de persona que cuanto más la conoces, más te gusta. Más te atrapa.

Puedo entender por qué Nick quiere salir con ella, y eso…

Me revuelve las entrañas.

Imaginármela con ella. Con Sophia.

Es mi primo, mi amigo, pero…

No.

Sin embargo, no contesto. Estoy demasiado ocupado tratando de gestionar la fuerza de estas nuevas emociones que me incitan a gritar y a lanzarme sobre Nicholas, a pesar de ser una persona tan importante para mí.

«Respira, Zac. Tú controlas la situación».

—Si te gustase de verdad ya me habrías dicho algo —murmura Nick, y sacude la cabeza mientras da otro sorbo a la cerveza.

«Respira, Zac».

Deja el vaso sobre la mesa y me mira.

—Te apoyaré en todo, primo, pero aclárate. Esto es algo serio.

Mientras Nick se termina la cerveza, comienza a vibrar mi teléfono en el bolsillo. Pienso que es del trabajo, pero me sorprendo al encontrar el nombre de Beth en la pantalla. Al contestar y llevármelo al oído, pregunto extrañado:

—¿Beth?

Mi primo me mira, pero me doy la vuelta.

—Hola, ¿Zac? —Suena apurada—. ¿Te llamo en mal momento?

—No, tranquila. ¿Ha pasado algo?

—Pues… en realidad no, pero quería pedirte un favor. Hoy tenía que ir a recoger mi coche nuevo al concesionario después del trabajo, pero Sophia sale justo a esa hora de la escuela y mi padre no puede ir a reco…

—Yo iré a por Sophia —respondo tan rápido que interrumpo su frase—. Solo dime a qué hora.

—Sale a las tres y media. —Parece insegura, y puedo escuchar su respiración agitada al otro lado de la línea, junto al sonido de voces. Debe estar en la cafetería trabajando—. ¿Estás seguro? Puedo pedir que me dejen salir antes o llamar e ir otro día y…

—Iré yo —replico—. No hay ningún problema.

«Además, quiero pasar más tiempo con Sophia. Quiero conocerla».

—Genial. Llamaré a la escuela para avisar. Muchas gracias, Zac.

—Soy su padre. No tienes que agradecérmelo. Es mi deber también.

—Gracias —repite—. Si hace bueno, llévala un rato al parque, y a las cinco nos vemos en Emilia's Coffee, para llevarla a casa.

—Puedo acercarla yo.

—¿Tienes sillita para el coche? —Silencio—. Eso imaginaba. Sophia no puede montar sin una silla para niños.

—Tienes razón. Entonces compraré una.

Algo extraño sucede. Una risa.

Beth se ríe al otro lado del teléfono.

No lo entiendo. No es una broma.

—Eso estaría bien —añade ante mi confusión—. Voy a colgar para llamar al colegio, pero cualquier cosa, ponte en contacto, ¿de acuerdo? Estaré atenta.

—Sin problema.

La llamada se corta y a mi lado Nick finge mirar su propio teléfono.

Va a ser la primera vez que esté a solas con mi hija.

Hay muchas familias a la hora de recoger a los niños. Varias personas me lanzan miradas indiscretas, pero cuadro los hombros y miro hacia la puerta de salida, esperando a Sophia. Esta será para siempre la primera vez que recojo a mi hija en el colegio.

Los niños comienzan a salir. Parece que van por edades, porque primero son los más pequeños; corren hacia los adultos que esperan con los brazos abiertos.

Tardo en encontrar a Sophia, pero, cuando lo hago, siento una sensación extraña de alivio. Ella no parece verme y saludo con la mano. Se queda quieta en la puerta con los ojos entornados buscando entre la gente.

Buscando a su madre.

Caigo en ese momento de que Beth no ha podido avisarla de que iría yo a recogerla. Comienzo a caminar más cerca de la entrada cuando una maestra llega a su lado. Coloca una mano sobre el hombro de Sophia antes de agacharse y señalar en mi dirección. Cuando por fin me ve, una sonrisa igual a la de su madre decora su rostro y corre hacia mí.

El corazón me da un vuelco y carraspeo para calmarlo.

No funciona.

—¿Has venido a por mí? —pregunta cuando llega a mi lado, aunque más bien parece que grite.

—Tu mamá me llamó. No podía venir, pero espero que no te importe que en su lugar haya venido yo.

Sophia niega con la cabeza sin perder la sonrisa.

—Estoy bien contigo —admite.

Me doy cuenta de que no me ha abrazado como han hecho los demás niños con sus padres, pero entiendo que eso es pedir mucho. Ni siquiera sé si yo mismo estoy preparado.

Tomo la mochila de su espalda y, cuando la coloco al hombro, Sophia extiende la mano abierta hacia mí. Entiendo el gesto enseguida y entrelazamos los dedos antes de comenzar a alejarnos de la escuela, hacia el parque.

—¿Te veré más veces ahora, Zac? —pregunta con curiosidad.

—Creo que sí. ¿Te gusta la idea?

—*Sip.*

Sonrío. Casi sin querer.

Más bien queriendo.

Y mi hija y yo vamos al parque.

—¿Cómo se llaman mis primos?

—Nathan y Gabriel.

—¿Y cuántos años tienen?

—Cinco y tres.

—¡Qué pequeños! —exclama, lo que es gracioso porque ella ni siquiera ha cumplido cinco—. No sabía que tenía primos. ¿Podré conocerlos?

—Seguro que sí. Tus tíos y tus abuelos querrán conocerte.

De pronto me imagino a mis padres sabiendo de Sophia. Es una conversación que aún tengo pendiente, pero que no pasará de esta noche.

Hemos estado en el parque durante una hora hasta que pidió la merienda, pero yo no tenía nada de comer. Ni siquiera agua. Soy el peor padre del mundo, porque tampoco estoy acostumbrado a estar con niños.

Como he quedado con Beth en reunirnos en Emilia's Coffee, vamos allí a comprar un pastel; y de paso un café.

Al abrir la puerta me encuentro con que Beth ya está allí, aunque todavía no es la hora. Está apoyada en la barra, hablando con Emy. Su expresión se mantiene seria, pero cambia en cuanto escucha una sola palabra:

—¡Mamá!

Su sonrisa aparece incluso antes de ver a Sophia. Ha reconocido su voz sin siquiera mirar, como si tuviera ese superpoder. Se agacha para recibirla en un abrazo fuerte y yo me acerco a ella, con la mochila al hombro.

—¿Te lo has pasado bien hoy, ardillita?

—Zac ha venido a buscarme al cole y hemos ido al parque.

—Me alegro mucho —responde revolviéndola el pelo.

Se pone de pie y gesticula un «gracias» hacia mí. Mis ojos, de nuevo, paran durante demasiados segundos en sus labios.

—Sophia tiene hambre y quería comprarle algo para merendar. ¿Te parece bien un pastelito?

Beth asiente y va a abrir la boca para hablar, pero se queda callada en el último momento. En vez de eso mira a Emy, que nos observa sin ningún disimulo, y luego a mí otra vez. Me hace un gesto con la cara que no entiendo, hasta que vuelve a gesticular con la boca:

—Pide lo que quieras.

Ahí lo entiendo. Me da el espacio para que pida por Sophia.

—Pues… —dudo, y luego miro a mi hija—. ¿Qué te gustaría merendar?

—¡Pastel de chocolate! —exclama con energía y un pequeño salto.

Miro a Beth, justo a tiempo para darme cuenta de que es mala idea.

Mierda. Yo también quería chocolate.

—¿Y qué tal un sándwich de jamón? —pruebo—. Los hacen muy ricos.

Y estoy seguro de que son más sanos.

—Yo quiero pastel…

Vuelvo a mirar a Beth. Se está mordiendo el labio inferior y sé que lo hace para evitar no reír. Recuerdo que lo hacía mucho cuando…

«Zachary. No es el momento».

Tanto ella como Emy están muy atentas a mi respuesta, y yo trato de pensar rápido. Hasta que se me ocurre algo:

—Vaya, ¿seguro que no quieres? Porque me apetecía compartir contigo uno de esos sándwiches.

Sophia duda.

—¿De verdad?

—Sí.

—Vale. Pues un sándwich… ¡y un chocolate con leche!

Lo último me pilla despistado, pero, al mirar de nuevo a Beth, ella está asintiendo y Sophia acaba contenta con el resultado.

Hago el pedido y voy a la mesa con ella mientras su madre se queda hablando un poco más con Emy. Después es quien nos trae la merienda y se sienta a nuestro lado.

—Al final no me han dado el coche —confiesa tras unos segundos de ver a Sophia pelearse con el sándwich—. Me van a hacer esperar una semana más…

—Menudos impresentables.

Ella asiente y compartimos una pequeña sonrisa.

—Gracias por ir a por Sophia hoy. Me has salvado.

—Puedo ir todas las veces que quieras —replico, y una idea rápida se forma en mi cabeza—. De hecho, puedo ir a recogerla siempre.

—Yo…

Parece dudar.

—¿Me acompañas a por un poco de agua?

Entiendo el mensaje enseguida y dejamos a Sophia merendando mientras acompaño a Beth al final de la barra, donde nadie nos escucha, a excepción de su amiga Emy de forma ocasional; una de las tantas veces que decide que el cristal del final de la barra está sucio.

—Estoy todavía haciéndome a la idea de que ahora estás en nuestras vidas, Zac.

—Lo entiendo.

—No, no lo entiendes. Lo dices porque no quieres molestar, que te conozco. Pero hasta hace apenas unos días no contaba contigo en mi vida. Pensaba que no querías estar en ella, y ahora…

—¿Descubriste que no era así?

—Ahora me da la sensación de que es todo lo contrario. Quieres involucrarte.

—Es así —prometo.

—Me cuesta dejar a Sophia con alguien más que no sea yo. Me costó mucho dejarla con mi padre, y las niñeras que la han cuidado han sido de mucha confianza.

Pero yo no soy de confianza. No hace falta que lo diga, lo veo en sus ojos. Es natural, hace seis años que no hablamos, pero…

Duele.

—Puedes dejarla conmigo, Beth.

—Lo sé.

Nos quedamos en silencio, mirándonos. En la mesa Sophia continúa merendando, y yo no sé qué más decir para lograr que Beth confíe en mí. Entiendo que esto está siendo difícil para ella, pero también para mí.

Joder, tengo una hija, y me he perdido casi los cinco primeros años de su vida. Ahora mismo solo quiero conocerla y recuperar el tiempo perdido, que no se sienta como una extraña conmigo. Quiero tiempo. Quiero más.

Pero tengo que respetar el espacio y las decisiones de Beth. Entiendo por qué, pero es una mierda.

—Está bien, me vendría genial si la recogieras del colegio todas las tardes.

—Gracias —suspiro, aliviado.

Beth aprieta los labios en una fina línea, pero al final se relaja y esboza una sonrisa.

Vamos por buen camino.

—Tendrás que comprar una sillita para el coche —comenta.

—Eso dalo por hecho. ¿Y si vamos ahora, cuando termine de merendar Sophia?

Después de eso regreso junto a mi hija; mientras, ella aprovecha para hablar un rato con Emy. Tras la merienda cumplo lo prometido y nos acercamos a la única tienda de productos infantiles del pueblo para comprar una sillita. La dependienta no dice nada, pero nos mira llena de curiosidad.

Poco a poco, todo el mundo va a acabar enterándose de que soy su padre. Y tarde o temprano eso incluirá a mi familia.

Ya con la sillita en el coche, dejo a Sophia y Beth en su casa. A lo lejos me fijo en que las ventanas de Villa Celeste están abiertas. La casona lleva años cerrada y eso me llama la atención, pero no pregunto.

Cuando regreso a casa, me sirvo una copa de vino y la tomo despacio, preparándome para la conversación que estoy a punto de tener.

Agarro el teléfono y marco el número de mis padres.

—¿Hola? —contesta una voz de mujer.

—Buenas noches, mamá. ¿Está papá por ahí?

—Tiene cena de negocios. ¿Por qué? ¿Ha pasado algo con el nuevo hotel?

—No realmente…, pero tenía que hablar con vosotros.

De pronto su tono cambia por completo. Está enfadada.

—Es imposible que hayas podido cometer un error en tan poco tiempo, Zachary. Te pedimos algo muy sencillo y, de hecho, a estas alturas deberías haber vuelto. ¡Tenemos más asuntos que resolver aquí, en Los Ángeles! Cuando tu padre vuelva, haremos una reuni…

—Mamá, no te llamo para hablar de negocios —interrumpo, llevándome los dedos a los ojos y frotándolos. De repente se me ha levantado dolor de cabeza—. Tengo algo que contarte.

Unos segundos de silencio y…

—¿Qué has hecho, Zachary?

Por esto he tardado tanto en llamar. Se me quitan las ganas de darle la noticia, pero tarde o temprano se enterarán. Así que me trago mis sentimientos, como tantas veces he aprendido a hacer con ellos, y sencillamente contesto:

—Tengo una hija, y se llama Sophia.

Veintidós

BETH

Zac cumple su palabra y durante los siguientes días se encarga de recoger a Sophia del colegio. Una parte de mí está nerviosa porque no puedo vigilarlos en todo momento, pero otra también se alegra de que mi hija por fin pueda disfrutar de su padre.

Ha hecho buen tiempo y él la lleva al parque y a merendar. Después la acerca a casa en coche. Allí nos saludamos e intercambiamos un par de palabras cordiales, pero nada más. No es como hace seis años.

Al final tengo que entender que Zac ha vuelto a nuestras vidas para ser el padre de Sophia, no para involucrarse en la mía.

Ha cambiado bastante, y no solo físicamente. Se le ve un hombre adulto y maduro, mucho más serio de lo que era.

—Necesito salir y despejarme, es eso —sentencia Emy, y golpea la mesa con el puño.

Ladeo la cabeza con una sonrisa y doy un sorbo a mi café. Desde que Zac recoge a Sophia y pasa tiempo con ella cada tarde, puedo quedarme después del trabajo un rato para hablar con Emy y ponernos al día. Lo bueno de ser un negocio familiar es que su madre no se enfada por vernos hablar, y a esas horas no hay muchos clientes.

—Estudiar y trabajar al mismo tiempo es agotador —suspira, y esconde la cabeza entre los brazos—. Quiero un año sabático, viajando por el mundo y disfrutando de la vida... Pero por el momento me conformo con que mi amiga me acompañe este sábado al concierto de Michael.

—¿Así es como me preguntas si me apetece salir este sábado?

—O más bien te aviso de que vas a hacerlo.

Me guiña un ojo y mi sonrisa crece. Primero tengo que hablar con mi padre para que se quede con Sophia, pero creo que no habrá problema. Lleva toda la semana quejándose de que ya casi no ve a su nieta y de querer pasar más tiempo juntos.

—Empiezo a sospechar que te gusta mucho ese cantante.

—¿Michael? Bueno, sí, hace una música genial. ¿No lo has escuchado?

—No hablo solo de su música.

—¿Qué insinúas…?

Se queda callada y abre mucho los ojos. Con horror. Parece un cervatillo asustado. Después sacude con fuerza la cabeza.

—Para nada. No es mi tipo. Además, apenas he hablado con él alguna vez.

—Oh, entonces igual a quien quieres ver es al segurata de la puerta. ¿Cómo se llamaba?

—¿Luca?

Tarda muy poco en responder y yo asiento con orgullo, aunque su expresión se transforma enseguida en un ceño fruncido.

—Sí, ese.

—Para nada. Estás loca. Antes de que me gustase Luca… ¡Me como los posos del café tras un día entero de trabajo!

—Tampoco hace falta que lo hagas —me burlo.

Pero he dado en el clavo. Sé que le gusta, aunque difícilmente Emy lo va a aceptar.

Una pareja entra a la cafetería y Emy abandona la mesa para atenderla. Tomo el teléfono para asegurarme que todo va bien y veo que hay un mensaje de audio de Zac. Al pulsar para escucharlo, oigo la voz de Sophia.

«Hola, mamá. ¿Podemos cenar hoy en casa de Zac? Dice que puede enseñarme a preparar pizza casera».

Decido que es mejor llamar por teléfono, aunque por norma general prefiero escribir mensajes. Zac contesta al tercer tono:

—Buenas tardes, Beth —saluda con un ligero tono divertido.

—Así que vais a preparar pizza.

—Eso es. Sophia dijo que le apetecía cenar pizza, y resulta que tengo una receta muy buena.

—Por favor, no me digas que es esa pizza *fit* de nuevo.

Aquel verano Zac me enseñó una receta *fitness* en la que sustituía el pan de la pizza por verdura. De acuerdo, no estaba horrible, pero tampoco me convenció.

Recordando el momento, él también se ríe desde el otro lado de la línea.

—Es pizza normal, lo prometo. De hecho, vamos a ir ahora a comprar los ingredientes y luego a hacer la mesa para que pueda fermentar.

—Si ya estáis camino a la tienda, ¿por qué pedís permiso primero?

—*Touché* —acepta—. Entonces ¿vienes a cenar?

—Me encantaría —y me doy cuenta al decirlo que es verdad—. Tengo que hacer unos recados, pero en cuanto termine, iré para allá.

—¿Necesitas que te pase a buscar?

—No te preocupes. Vosotros encargaos de la pizza, yo puedo ir andando.

Cómo no, hasta la semana que viene seguiré sin coche, y sin tener que recoger a Sophia me sabe mal quitarle el suyo a mi padre.

—Se me olvidó comentarte..., también prepararemos pastel. En el colegio han estado viendo cómo son las recetas y a Sophia uno le ha llamado la atención.

—Déjame adivinar: es de chocolate.

—Bingo.

Emy regresa a mi lado y me mira con curiosidad.

—La consientes mucho. —Me río, aunque supongo que es natural—. Nos vemos dentro de un rato, pero por favor, no la dejes salirse con la suya y comprar también zumo. Mejor que beba agua.

—Sí, señora. Te has vuelto muy estricta.

—Me he vuelto madre —replico.

Y lo que hasta ahora había sido una conversación relajada y hasta graciosa con Zac, en un instante se vuelve tensa. La respuesta me ha salido sola, y me arrepiento en cuanto las palabras salen de mi boca.

—Quiero decir que yo… Ya sabes. Tengo que vigilar que se alimente de forma saludable.

Zac carraspea al otro lado de la línea.

—Lo sé, por supuesto. No te preocupes. Avísame si necesitas que vaya a por ti al final, ¿de acuerdo?

—De acuerdo. Gracias, Zac.

Y cuelgo.

De repente me siento fatal. Además, porque Zac tiene razón. Cuando me conoció, yo no era igual que ahora. Me encantaba la aventura, salir hasta tarde, hacer escapadas fuera del pueblo. Lo último en lo que pensaba era si me pasaba tomando azúcar.

Emy me mira, pero no dice nada. Voy a bloquear la pantalla del teléfono hasta que me doy cuenta de que hay otro mensaje.

> **Charlotte**
> Sábado que viene a las 12.00 h. Cumpleaños de Anne. En el jardín de casa. Si no tienes planes y te apetece quedarte, estás invitada.

Sophia se muere de ganas por ir a la fiesta de su amiga. Incluso ha comenzado a hablar de su cumpleaños y preguntar qué vamos a hacer para celebrarlo, aunque queden unos meses hasta mayo.

Pienso en Charlotte y en lo agradable que fue conmigo en el *brunch*. A pesar de sonreír, lo está pasando bastante mal con el divorcio y el engaño de su marido.

Quizá a todas nos vendría bien relajarnos un rato y salir.

—Oye, Emy, ¿te parece bien si le digo a una amiga que se venga el sábado?

—Por mí, cuantas más, mejor.

—Es la madre de una compañera del cole de Sophia. Se llama Charlotte y no está pasando por un buen momento.

—Lo dicho: cuantas más, mejor.

Sonrío agradecida. Emy es una persona muy abierta y parece dispuesta a socializar con todo el mundo. Aun así, no he visto a ningún amigo o compañero de la universidad pasar por aquí.

Al final, todos guardamos secretos y arrastramos problemas. Y aunque los cubramos con una falsa sonrisa, no podemos huir para siempre de ellos.

Me muero de hambre cuando llego a la casa de Zac. He pasado la mañana haciendo recados para la reforma en Villa Celeste y, al no tener coche todavía, no he dejado de caminar de un lado a otro. La idea de cenar pizza jamás me había parecido tan apetecible.

Cuando Zac abre la puerta, parece un hombre totalmente distinto. Ya no lleva su traje impecable, sino que lo ha cambiado por ropa cómoda de estar por casa y lleva puesto un delantal oscuro manchado de harina.

Mis ojos se detienen más tiempo del que deberían en su cuerpo. Debería ser ilegal que a alguien le quedase tan bien un atuendo así. Cuando vuelvo a alzar la mirada hacia su rostro, está sonriendo. Se me encienden las mejillas al pensar que se ha dado cuenta.

—Llegas justo a tiempo —comenta con alegría.

Siento mariposas en el estómago.

Justo en ese momento, Sophia aparece por detrás. En su caso, tiene harina incluso en el pelo.

—¡Mamá! ¡Estamos haciendo pizza!

Zac se hace a un lado y mi hija salta a mis brazos. Me envuelve con sus brazos mientras me da un beso sonoro en la mejilla y pasamos al interior.

Antes de llegar a la cocina ya puedo oler la cena, y mis tripas rugen con hambre. Sophia se ríe en mis brazos.

—Tu estómago gruñe pidiendo pizza —se burla.

Zac nos lanza una mirada cálida y las mariposas parecen volver a aletear en mi estómago.

«Para, Beth. No es lo que piensas».

Las cosas ya están lo bastante complicadas como para volverlas más difíciles haciéndome ilusiones. Hay que dejar los sentimientos fuera.

En medio de la isla de la cocina hay una masa de pizza extendida. Tiene tomate, y una cuchara con la misma salsa mancha la encimera. Dejo a Sophia en el suelo y se acerca a la cena.

—Acabamos de meter la primera al horno, pero estábamos decidiendo de qué hacer la segunda.

—¡De queso! —exclama Sophi.

—Pero la primera ya lleva cuatro quesos distintos. —Niega con la cabeza Zac—. Quizá deberíamos probar con otro ingrediente.

La niña hace un mohín y yo me tapo la boca para que no me vean reír.

—¿Qué tal algo de jamón? ¿O champiñones?

—Bueno…, pero también queso.

Es de ideas fijas, pero aceptamos.

Dejo el bolso sobre una silla, me lavo las manos, y junto con Zac y Sophia terminamos la segunda pizza. No puedo evitar sacar fotografías mentales de este momento. Me parece irreal.

Si alguien nos viese desde fuera, pensaría que somos una familia... Me emociona y entristece a partes iguales, porque es algo que nunca he podido darle a Sophia. Y también algo que nunca he podido disfrutar.

—¡Se quema la pizza! —exclama Zac de pronto.

Corre a través de la cocina, con el delantal ahora también manchado de tomate, y abre el horno. Sale una pequeña humareda de dentro, pero, cuando saca la pizza del interior, apenas se han chamuscado un poco los bordes.

—Vaya, tendremos que tirarla —murmura con un gesto de tristeza mientras la posa sobre la encimera.

Me acerco a él y observo bien la comida.

—¿Qué dices? Quitamos lo quemado y listo, se puede comer.

—El sabor a quemado estará por todos lados.

—No me seas tiquismiquis —me burlo, y rebusco en los cajones en busca de unas tijeras—. Esto lo arreglo yo enseguida.

—Eso, mamá —me apoya Sophia—. La comida no se tira.

Él nos mira impotente durante unos segundos más, hasta que se da cuenta de que no va a ganar. Ya se me había olvidado lo delicado que era con la comida.

Me acerca unos platos y comienzo a cortar la pizza en trozos irregulares para sortear lo quemado. La apariencia no es la mejor, pero lo que importa es el sabor.

Después nos sentamos a la mesa con tres vasos de zumo de melocotón mientras la siguiente pizza se hace en el horno. Esta vez con temporizador.

—¡Delicioso! —exclama Sophia mientras estira el queso de su porción.

A Zac le cuesta dar el primer bocado. No puedo evitar mirarlo de refilón y morderme el labio para no reír. Si las miradas hablasen, la suya diría que no quiere probar la pizza. Todavía queda alguna miga quemada.

Sin embargo, acaba por tomar aire y, como si fuese un esfuerzo enorme, pega un mordisco.

—¿Y bien? —pregunto, burlona—. ¿Cómo está?

Continúa masticando y puedo notar que tengo razón y le ha gustado, pero no va a admitirlo.

—Pasable —dice al cabo de unos segundos.

—Si no la quieres, me la puedo comer yo —interviene Sophia.

Ya no aguanto más la risa.

—Gracias, pero creo que podré acabar con mi trozo —refunfuña Zac.

Sacamos la siguiente pizza, pero Sophia y yo estamos llenas, así que es Zac quien prácticamente la termina. Cuando me doy cuenta, Sophi tiene la cabeza apoyada en la mesa y está bostezando.

—¿Estás cansada, ardillita?

Asiente y cierra los ojos unos segundos. Ha sido una semana excitante pero larga.

—Vamos, os acerco a casa en coche de un momento —comenta Zac.

Empieza a ponerse de pie, pero yo miro la cocina. Está hecha un desastre. Hay platos sucios, harina por la encimera y el suelo, vasos, cubiertos… No voy a dejar que se encargue de recoger él solo.

—¿Y si nos esperas en la sala mientras Zac y yo recogemos esto?

Sophia asiente y se levanta despacio de la silla. Hemos cenado en la isla de la cocina y las banquetas no tienen respaldo, así que pega un pequeño salto y llega al suelo. Se aleja perezosamente hasta la sala, arrastrando los pies. Está realmente cansada.

—Esta noche va a dormirse rapidísimo —comento.

Me vuelvo hacia Zac, pero él me está mirando a mí. Mi sonrisa decae con nerviosismo cuando me doy cuenta. Aprieto los labios y baja los ojos hacia esa zona de mi rostro. Las mariposas se revuelven y el calor aumenta.

—Estás manchada de tomate —dice de pronto.

—¿Dónde?

Avergonzada tomo una servilleta de papel, pero, cuando voy a limpiarme, Zac se inclina sobre la mesa. Me quedo totalmente inmóvil, casi sin respirar, cuando sus dedos me rozan la piel.

—Aquí.

Siento cosquillas mientras su pulgar pasa por la comisura de mis labios. Creo que mi corazón va a salir disparado del pecho.

Estamos cerca y puedo notar su respiración mezclándose con la mía. Sus ojos ya no miran mi boca, han regresado a los míos.

Si me inclinara unos centímetros, podría…

Zac abre la boca para hablar, pero me aparto de golpe y, con voz extremadamente aguda, digo:

—Vamos, te ayudo a limpiar este desastre.

No dice nada. En silencio recogemos todo; mientras, mi cabeza no deja de darle vueltas a lo que acaba de pasar. ¿Iba a besarme?

No. No creo.

Y aunque fuese así, ahora mismo es el momento de establecer un vínculo entre él y Sophia.

«No te hagas ilusiones y sé realista».

Guardo el último plato en el lavavajillas y, al incorporarme y cerrar la tapa, me encuentro con él a apenas unos pasos de mí. Me aclaro la garganta porque no quiero que la situación sea tensa y digo:

—Ha sido una noche entretenida, ¿no?

Mierda. Me siento como quien habla del tiempo.

Una leve sonrisa asoma de los labios de Zac.

—Me gustaría tener días como este más a menudo.

—¿Cenando pizza con Sophia?

—Pasando tiempo los tres juntos —me corrige.

Da un paso hacia mí, haciendo desaparecer más la distancia, y mi corazón vuelve a acelerarse. Me gusta tenerlo cerca y mi cuerpo lo sabe. No puedo dejar de mirarlo mientras recuerdo la sensación de sus dedos cerca de mi boca. El calor crece en mi interior.

—Si hubiese sabido que estabas embarazada, todo hubiese sido distinto.

—¿Habrías regresado? —pregunto, aunque mi voz es casi un susurro.

—Por supuesto.

La seguridad con la que dice esas palabras, sosteniendo mi mirada, me quiebra. Me tiemblan las piernas y necesito sujetarme a la encimera.

Es lo que siempre quise escuchar.

—Nunca debí irme, Beth. Debí haber luchado más por nosotros.

Bum, bum. Bum, bum.

No me creo estar escuchando esto. Hasta que añade:

—Estaba locamente enamorado de ti.

«Estaba».

Puedo oír como se rompe mi corazón y cada fragmento de él cae al vacío. Por eso no debo hacerme ilusiones.

Como yo, está pensando en qué hubiese sido de nosotros si las cosas hubiesen sido distintas. Solo era eso. El pasado. Lo que perdimos.

Pero ya no sirve de nada lamentarse de algo que no cambiará. La realidad es esta, por mucho que duela, y debemos trabajar con ella.

—Sophia es tu hija —digo tratando de sonar segura—. Si quieres pasar más tiempo con ella, me parece bien. Ya lo sabes.

—Quiero pasar tiempo con las dos.

Bum, bum.

«Corazón, ¿quieres parar de una vez? No es lo que crees».

No contesto, y Zac insiste:

—¿Y si vamos a la playa?

—¿La playa? Todavía no es verano.

—Podemos ir a pasear, tomar un pastel, pasar el día... ¿Qué dices?

—Pues...

He quedado para salir con Charlotte y Emy el sábado, y estoy a punto de negarme cuando insiste:

—El domingo. Os recojo a Sophia y a ti sobre las once.

¿A quién quiero engañar? En realidad, la idea de pasar tiempo a su lado es algo que quiero.

—Está bien, el domingo podemos ir a la playa. Siempre que no llueva.

La sonrisa tira de sus labios y asiente.

—Me parece perfecto.

Volvemos a quedarnos en silencio, solo mirándonos el uno al otro. Podría fundirme en sus ojos y eso da miedo.

—Voy a por Sophia. Como se haya dormido, luego va a costar que pille el sueño.

No dice nada, pero se hace a un lado para que pase. Tal como predije, Sophia está dormida y Zac tiene que llevarla en brazos hasta el coche. Se va despertando a medida que la sienta en la sillita y, para cuando llegamos a casa de mi padre, ya está despierta. A ver cómo se duerme ahora.

—Gracias por la cena, Zac —dice mientras la ayudo a desabrocharse—. Tengo ganas de hacer más pizza otro día.

—O podríamos ir a la playa —propone lanzándome una mirada rápida.

—¡Sí! ¡Me gustaría ir a nadar!

—Ardillita, todavía hace mucho frío para nadar.

—Pues a caminar por la orilla —replica.

No se puede pelear contra ella.

—Gracias por acercarnos, Zac. Con suerte la semana que viene me darán el coche y no tendrás que hacerlo.

—Es una pena, porque era una excusa para pasar más tiempo juntos.

Me guiña un ojo y de nuevo mi corazón vuelve a hacerlo.

«Tun-tun».

¡Maldita sea!

Nos despedimos de él y entramos en casa. Mi padre está leyendo en la sala, pero aparta el libro en cuanto Sophia se lanza corriendo a sus brazos.

—¡Hemos vuelto, abuelo!

Mientras le cuenta lo que hemos cenado, me preparo un té y lo dejo reposar. Llevo a Sophia a lavarse los dientes y ponerse el pijama, pero, cuando voy a leerle el cuento, mi padre toma mi lugar para que pueda beberme la infusión.

Reflexiono en el día que hemos pasado, en lo feliz que he visto a Sophia. Se lo merece.

Ahora, lo principal es ver cómo evoluciona todo. Ni siquiera sé qué hará Zac, o como podrá mantener una relación con su hija cuando regrese a Los Ángeles. También tengo que pensar en cómo terminar de arreglar Villa Celeste, y si cuando pase el verano retomaré la universidad. No sé si seré capaz de trabajar, cuidar de Sophia y estudiar al mismo tiempo. Son demasiadas preocupaciones como para que, de todas ellas, mi estúpido cerebro se centre en «¿iba a besarme?».

Como mi padre no baja cuando termino el té, subo a ver si Sophia le ha engañado y le ha hecho leer más libros. Sin embargo, me quedo quieta a mitad de la escalera.

No está leyéndole un libro. Está cantando.

Termino de subir los escalones despacio y al llegar a la puerta de la habitación me asomo. Está sentado en el suelo, a los pies de la cama. La canción no es de cuna, es de un cantante de hace unos cuantos años.

Siento una presión en el pecho. Él me cantaba esas mismas canciones cuando era pequeña.

En silencio, me alejo de la habitación mientras la presión se expande y se convierte en una agradable y reconfortante sensación, como si una herida estuviese sanando.

Como si volviese a sentirme en casa.

Veintitrés

BETH

Estaba un poco preocupada sobre cómo conectarían Charlotte y Emy por la diferencia de edad, ya que se llevan ocho años, pero enseguida me doy cuenta de que no tengo nada de lo que preocuparme.

Quedamos en casa de Charlotte, donde nos invita a tomar una copa antes de salir. Su hija se acaba de dormir y la niñera está a punto de llegar. Se ha puesto un conjunto de pantalón y blusa muy bonito y lleva el pelo castaño recogido en una elegante coleta alta, pero no deja de fruncir el ceño mientras mira la hora.

—Le dije que fuera puntual, no sé por qué se retrasa.

—No te preocupes, vamos a salir a tomar algo —interviene Emy—. No tenemos prisa.

Le sonríe, y Charlotte toma aire despacio antes de relajar el rostro. Estamos sentadas en el sofá de su casa. Es bastante más grande y elegante que la mía. De lejos se ve que no han tenido problemas económicos.

—Lo siento, es solo que… Estoy nerviosa —confiesa—. Hace mucho que no salgo a un bar con amigas. Me he pasado por lo menos dos horas delante del armario pensando en qué ponerme.

—Oh, ¡es como si fuésemos a una primera cita! —exclama Emy.

Charlotte se ríe y luego entrechocan los vasos de cristal, pero la alegría no dura demasiado.

—En realidad esta noche le tocaba a mi marid… a mi exmarido —se corrige— cuidar de Anne. Curiosamente le salió un viaje de negocios cuando le comenté que esta noche saldría con unas amigas.

—¡No!

—Pero no iba a cancelar por eso. Le dije que no había problema y contraté a la niñera.

—Hiciste bien. —Le doy la razón mientras asiento con la cabeza—. Además, todas las madres necesitamos alguna noche libre y recordar que, aparte de mamás, también seguimos siendo personas y merecemos nuestros momentos de desconexión.

Charlotte se encoge de hombros, pero no parece muy convencida. Emy vuelve a alzar la copa entre las dos y exclama:

—Por los momentos de desconexión. Esta noche no ha hecho más que comenzar, chicas.

Poco después, por fin llega la canguro.

—No estás en la lista, no sé si debo dejarte pasar.

—Corta el rollo, Luca. Vivimos en un maldito pueblo, aquí no hay listas de espera.

El chico se cruza de brazos y alza las cejas.

Oh, oh. Tengo el presentimiento de que, si no ponemos el freno, esto va a ir para largo.

—No sabía que habías conseguido trabajo de portero en el pub. ¿Qué pasa, Emilia? ¿La cafetería no es suficiente?

—Vuelve a llamarme Emilia y te comes mis zapatillas.

Emy da un paso hacia delante y del susto la tomo de los brazos para frenarla, aunque no tira mucho. Sin embargo, es suficiente para que Luca haga un pequeño amago de apartarse, aunque luego trata de disimular y cuadra los hombros.

¿En serio? Si no me río es porque de verdad tiene el poder de dejarnos pasar o no.

—¿Me amenazas? Así seguro que no te ganas un pase.

—Venga, Luca —intervengo, poniéndome un poco más seria—. Por una noche que tenemos libre…

—Eso —añade Charlotte poniéndose a nuestro lado—. No sabes lo que es tener una niña de cinco años.

—Está bien, haré la vista gorda. Pero solo por vosotras.

No puedo evitar resoplar por la tontería que ha dicho, pero luego Luca guiña el ojo a Emy y ella parece estar a punto de volver a lanzarse sobre él, así que la agarro con más fuerza y tiro de ella hacia el interior del local.

Como cada día que toca el grupo de Michael, está a reventar. Conseguimos llegar hasta la barra y sentarnos en unas sillas para pedir. Una vez llegan los cócteles, me vuelvo hacia Emy y pregunto:

—¿Qué narices ha pasado entre vosotros dos?

—No sé de qué hablas. —Finge demencia.

—El último fin de semana que estuve aquí contigo se notaba que teníais un pique, pero no os llevabais mal.

—Pues ahora parece que os odiáis —interviene Charlotte antes de dar un buen sorbo con la pajita.

Se ha bebido media copa en un parpadeo.

—Son imaginaciones vuestras.

—¿No será que...? —comienzo a decir mientras me inclino hacia ella, pero Emy me hace callar levantando el dedo índice y señalándome.

—Ni se te ocurra insinuar lo que creo que vas a insinuar otra vez. No me gusta. Sencillamente no nos llevamos bien. El fin de semana pasado vino a desayunar a la cafetería y me estuvo molestando, como siempre. Es solo eso. Esa es la razón por la que no quiero verlo.

—Ajá —murmura Charlotte, y da otro sorbo a la bebida.

Ella tampoco se lo cree.

No volvemos a tocar el tema mientras terminamos nuestras bebidas y pedimos otra ronda. Las conversaciones van fluyendo, desde la universidad de Emy a la fiesta de cumpleaños que Charlotte prepara a Anne para el fin de semana siguiente. Cuando Michael por fin sale al escenario, dejamos la barra para acercarnos más a ver el espectáculo, como casi todos los clientes del bar.

Emy mira cada poco tiempo hacia la puerta en lugar de al grupo y me muerdo el labio para no mencionar a Luca, aunque estoy bastante segura de que es a él a quien espera ver.

Estamos bailando y disfrutando de la música cuando noto que alguien me toca el hombro. Al girarme encuentro un rostro familiar y sonriente. Es Nick.

—¿Bailas conmigo? —pregunta elevando la voz por encima de la música.

Dudo durante unos segundos y sin querer mis ojos examinan a las personas que hay a nuestro alrededor.

No puedo mentirme a mí misma. Estoy buscando a Zac. Pero no lo veo por ningún lado.

—¡Hola, Nick! —saluda Emy a mi lado.

Charlotte también hace un gesto con la mano y le sonríe mientras él les devuelve el gesto.

—Yo también he venido con unos amigos —comenta, y sus ojos se mueven hacia la barra—. Pero se han quedado tomando algo.

Veo un pequeño grupo formado por dos hombres y una mujer, pero ninguno es Zac.

De pronto siento como me toman de la mano y al volverme Nick hace el amago de acercarme a él. No ha perdido la sonrisa en ningún momento.

Cruzo una mirada rápida con Emy y Charlotte, que tienen una expresión divertida, y al final acepto bailar. La música es movida y la canción muy alegre. Y Nick es amable.

Me hace girar y me toma de las dos manos para levantarlas sobre nuestras cabezas mientras saltamos. Es básicamente como estaba bailando antes con las chicas. Hasta que la canción da paso a una balada. Y Nick no me suelta. Me acerca más a él y aunque pienso que debería alejarme, no lo hago. ¿Se sentirá rechazado si me aparto o si le digo que ya no quiero bailar?

Mientras sopeso qué hacer y el sentimiento de euforia comienza a desaparecer, él me acerca todavía más, hasta que nuestras cinturas chocan. Puedo oler su colonia.

—Estás preciosa esta noche, Beth —dice en mi oído.

De pronto estoy nerviosa, pero no en el buen sentido. Él suelta mis manos y me agarra de la cadera y por inercia las mías se posan sobre su pecho.

No sé qué estoy haciendo. Hace años que no estoy así de cerca con un chico. Cuando tuve oportunidad de iniciar algo en el pasado, prácticamente huyeron al enterarse de que tenía una hija, y después dejé de lado el tema de las citas.

Mi respiración comienza a acelerarse.

—¿Estás bien? —pregunta Nick al notarlo—. ¿Quieres quizá tomar un poco el aire?

Sin embargo, cuando alzo el rostro para mirarlo a los ojos, me doy cuenta de que me está malinterpretando. Su sonrisa ha adquirido un matiz seductor y le brillan los ojos.

—Yo… No. Creo que necesito agua.

—Claro, vamos.

Estoy a punto de decirle que iré con mis amigas, pero él se aleja y de manera automática me toma de la mano otra vez. Me vuelvo hacia Emy y Charlotte, que están bailando cerca y me lanzan una mirada rápida.

La sonrisa de Emy decae en cuanto se da cuenta de mi expresión, pero Nick tira de mí y me guía hacia la barra. Tomo asiento en uno de los taburetes altos y Nick llama al camarero.

Emy y Charlotte llegan en ese momento a nuestro lado.

—Madre mía, ¡qué sed! —dice una de ellas apoyándose en mi hombro.

—¡Muchísima! ¿Nos tomamos otra copa?

Nick nos mira y su sonrisa empieza a ceder, pero no mucho.

—Claro. Yo invito, señoritas.

Mientras ellas piden al camarero que se acerca, los ojos de Nick se alejan un segundo. Veo que saluda al grupo de amigos que señaló antes, pero entonces me doy cuenta de que hay alguien más; alguien que no estaba allí cuando miré la primera vez.

Zac.

Nuestras miradas coinciden durante unos segundos y él es el primero en apartarla. Da un sorbo a su cerveza y se vuelve para hablar con la mujer.

¿Cuánto tiempo lleva aquí?

El camarero coloca un botellín de agua y doy un sorbo mientras Nick vuelve a iniciar conversación.

—Entonces ¿también te gusta la música de Michael?

Asiento con la cabeza mientras Emy responde con bastante más entusiasmo y mis ojos vuelven a irse hacia Zac. Sigue hablando con la mujer, pero se vuelve a mirarme.

Me giro con rapidez, esperando que no me haya pillado. Pero ¿no estaba haciendo él lo mismo?

De nuevo, lo miro, y nuestros ojos se encuentran.

Hasta que siento unos dedos rozando mi mejilla y al volverme encuentro a Nick colocándome el pelo tras la oreja.

—¿Todo bien? —pregunta.

—Yo… Ahora vuelvo.

Sin esperar respuesta me levanto del taburete y camino directa hacia Zac, que sigue mirándome. Sus ojos bajan durante unos segundos más allá de mi rostro, hacia mi cuerpo. Comienzo a sentir unas condenadas mariposas en el estómago y mi piel se calienta.

El grupo de amigos está hablando detrás de él, pero les da la espalda cuando llego a su lado.

—Hola —saludo.

—Hola.

Aprieto los labios y sus ojos viajan hacia esa parte de mi rostro. Sin querer, recuerdo cómo era besarlo y el calor crece todavía más.

—Sophia está con mi padre —comento tras unos segundos de silencio.

—Lo imaginé.

—Había quedado con mis amigas para salir.

—Igual que yo —asiente, y da otro sorbo a su cerveza.

Se me hace muy extraño verlo tomando eso en lugar de vino.

—Volveré a casa pronto, para estar listas a tiempo e ir a la playa mañana.

De pronto Zac frunce el ceño. Después sacude la cabeza, deja la cerveza a un lado y dice:

—Oye, Beth. No te estoy juzgando porque hayas venido a un bar con tus amigas. Yo también lo he hecho. Y aunque sepa que soy padre desde hace poco, eso no me quita ningún deber de cara a Sophia.

Trago saliva y no respondo, porque sus palabras me revuelven por dentro. Ni siquiera me había dado cuenta de que estaba tratando de excusarme hasta que lo ha señalado.

—Me parece genial que salgas con tus amigas —insiste—. Si un día tu padre no puede cuidarla, siempre puedes hablar conmigo para que me encargue. O incluso aunque él pueda. Es mi hija.

Sus palabras hacen que las mariposas aleteen en mi estómago.

Es mi hija.

—Gracias, Zac.

—No tienes que dármelas.

Un amago de sonrisa tira de sus labios y esas condenadas mariposas se agitan con furia. Cuando sonríe, es como si se quitara años de encima y volviese a ser aquel chico del que me enamoré en verano.

Ninguno de los dos dice nada más. Solo nos quedamos allí, mirándonos, sonriéndonos. Y de alguna forma, no es nada incómodo. Podría perderme en la profundidad de sus ojos verdes para siempre.

—Debería volver con mis amigas —digo al cabo de un tiempo.

—Sí, Nick está esperando.

Me giro y lo veo mirándonos. Cuando vuelvo a enfrentar a Zac, me pregunto si está celoso. Y la idea me gusta.

Descarto esa clase de sentimientos con rapidez y me despido de él antes de regresar con las chicas. Por suerte, ya se han dado cuenta de que no quiero estar a solas con Nick, así que Emy se encarga de despacharlo rápido.

—Bueno, Nick. Muchas gracias por la bebida. ¡Nosotras nos volvemos a la pista! A ver si nos vemos pronto.

Él se queda un poco descolocado, pero solo observa en silencio como Emy me toma de la mano y me arrastra a la pista seguidas por Charlotte.

Cuando llegamos formamos un corrillo. Aquí la música suena bastante alta, y Emy se inclina hacia mí para hablar:

—Necesito preguntártelo. A ti quien te gusta es el buenorro millonetis, ¿verdad?

—¿Buenorro millonetis? —pregunto, totalmente desconcertada—. ¿Estás hablando de Zac?

Jamás se me habría ocurrido esa definición para él.

—Hasta sabes a quién me refería —puntualiza con un chasquido de lengua—. Es obvio que te gusta.

No respondo, pero, aunque no le dé la razón, tengo la sensación de que ya ha obtenido su respuesta.

Pasamos la siguiente hora disfrutando del espectáculo, hasta que Michael termina y se despide de su público. Me explican que tras los conciertos suele salir a tomar algo a la barra y siempre tiene mucha gente a su alrededor. Estamos sopesando si quedarnos o no cuando la expresión de Charlotte cambia por completo. Se ha puesto pálida.

—Oh, mierda —maldice.

—¿Qué sucede? —pregunto, preocupada.

—Es él. Mi ex. Está aquí.

—Pero ¿no tenía un viaje de negocios?

Tanto Emy como yo seguimos la dirección de su mirada, pero no soy capaz de reconocer a quién está observando.

—Ya ves, una de sus tantas excusas. Por favor, ignorémosle. Hagamos como si no le hubiésemos visto.

—¿Quieres que vayamos a otro sitio? —propongo.

—Yo me muero por una hamburguesa —añade Emy.

—Me parece una idea genial.

Nos alejamos de la pista de baile sorteando a la gente y caminamos hacia la salida. La música va quedando más alejada a medida que llegamos, pero, antes de alcanzar nuestro destino, un hombre nos alcanza; el marido de Charlotte.

Puedo sentir como mi amiga se tensa a nuestro lado mientras frenamos en seco en el momento que él se interpone en nuestro camino.

—Vaya, Charlotte. Es una sorpresa encontrarte aquí. ¿No estabas cuidando a Anne?

—¿Y tú no estabas en un viaje de negocios?

—He vuelto antes.

—Claro que sí…

Intenta ignorarlo y pasar frente a él, pero el hombre se coloca delante y se lo impide. Es tan grande como un armario.

—Deberías estar en casa con tu hija, cuidándola —le espeta.

Y me empieza a hervir la sangre. Por suerte, Charlotte también está enfadada y no se queda callada.

—Te recuerdo que hoy te tocaba a ti cuidarla.

¡Zasca!

Por desgracia, a este sinvergüenza no le gusta que le dejen en evidencia.

—¿Dónde está Anne?

—En casa, con una niñera.

—¿Qué clase de mala madre eres que la dejas con una desconocida para salir a beber?

Cada palabra de este hombre parece un puñal lanzado al corazón de mi amiga, pero ella mantiene la expresión seria y decidida.

Emy se aleja y camina directa hacia la puerta, pero apenas le puedo prestar atención.

—¿Qué clase de padre eres que te inventas un viaje en el último momento y la dejas plantada? Habíais quedado en ir al cine.

—Este no es lugar para hablarlo. Vayamos a nuestra casa.

—No es nuestra, y ya no eres bien recibido allí.

—A mí no me vengas con tonterías de las tuyas. Es mi casa, es mi hija, y tú eres mi mujer.

Con cada palabra ha alzado más la voz y se ha inclinado sobre Charlotte. Estoy francamente sorprendida de que no haya retrocedido, porque este hombre da miedo. Me pone los pelos de punta.

—¿Qué está pasando aquí?

Me vuelvo hacia la voz imponente que se ha alzado sobre la discusión. Me encuentro a Luca caminando hacia nosotras, seguido de cerca de Emy. Ha salido a avisarle.

—Estoy hablando con mi mujer.

—Exmujer —corrige Charlotte con voz altiva.

—Caballero, será mejor que salga del local.

Por unos segundos creo que el hombre no va a hacer caso y seguirá peleando, como ha hecho con Charlotte. Sin embargo, a Luca sí parece escucharlo y, aunque a regañadientes, acepta. Lanza una última mirada a nuestra amiga y sale del local con pasos fuertes.

Nada más cerrarse la puerta, Charlotte se derrumba. Puedo escuchar el sollozo que escapa de sus labios y me acerco a ella para sostenerla. La abrazo y noto que tiembla.

—Voy a salir para asegurarme de que se ha ido —informa Luca.

—Te acompaño —dice Emy.

Froto mi mano contra la espalda de Charlotte. No sé qué decir para consolarla, pero por cómo se aferra a mí, me da la sensación de que ahora mismo lo que necesita es este abrazo.

Cuando alzo el rostro, veo que Zac viene hacia nosotras. Lleva una chaqueta colgada del brazo y tiene el ceño fruncido.

—Justo iba a irme a casa. Beth, ¿ha pasado algo? ¿Estáis bien?

—Un pequeño encontronazo, pero ya está arreglado.

—¿Necesitáis que os lleve a algún sitio?

Miro a Charlotte, a quien todavía tengo abrazada, y niego con la cabeza. Por mucho que la idea de pasar más tiempo con Zac revolucione a las mariposas de mi estómago, para mi amiga es un desconocido. Y estoy segura de que ahora mismo esa hamburguesa se la quiere tomar sola con Emy y conmigo.

—No hace falta, pero gracias. Nos vemos mañana, ¿vale?

Zac asiente con la cabeza y se aleja. Nosotras nos quedamos dentro hasta que Emy regresa pocos minutos después y avisa que el camino está despejado.

Vamos a por una hamburguesa, tal y como habíamos hablado. Charlotte parece relajarse mientras esperamos la comida y, aunque apenas prueba bocado, utilizamos ese tiempo juntas para desahogarnos. Cuando se va a casa, parece mucho más tranquila.

Yo también regreso a la mía. Sophia ya está dormida, aunque mi padre me ha esperado despierto, leyendo en la sala. Puedo ver que le pesan los ojos cuando me acerco a darle las buenas noches.

—¿Te lo has pasado bien?

—Ha sido una noche entretenida —respondo cuando encuentro las palabras adecuadas.

Él asiente y se pone de pie. Al pasar a mi lado se agacha y me da un beso en la mejilla, dejándome totalmente sorprendida. Él nunca ha sido de muchas muestras de afecto físico. Aun así, se estira y se aleja como si aquello fuese un gesto normal entre nosotros.

Me pregunto si tener a Sophia aquí le está cambiando.

Me doy una ducha y antes de ir a dormir me sorprendo al encontrar un mensaje en mi teléfono de hace al menos una hora.

Zac
Espero que hayas llegado bien a casa. Mañana a las once, ¿te viene bien?

Parpadeo mientras asimilo que me ha escrito, como lo haría cualquier amigo. Esta semana nos hemos acercado mucho más. Por Sophia.

¿Es así como será a partir de ahora? Vio los intentos de ligar de Nick y no dijo nada. No le importó. De hecho, él estuvo hablando con otra mujer. ¿Tal vez tuviese una cita? El pensamiento me revuelve el estómago y creo que mata a un par de mariposas.

> **Beth**
> Sí, ya llegué a casa. A las once estaremos listas.

La respuesta llega en apenas unos segundos. Ni siquiera se cumple el minuto, como si hubiese estado atento al teléfono.

> **Zac**
> Que descanses, Beth.

Veinticuatro

BETH

—¡A la playa!

Sophia entra gritando en el coche. Está tan emocionada por el viaje que no consigo atarla bien en la sillita, y al final Zac tiene que hacerlo. Con él, por lo que sea, se porta increíblemente bien. Empiezo a sospechar que puede llegar a convertirse en una niña de papá.

—Tenemos más de una hora de trayecto, ¿crees que aguantarás sin marearte?

—Sí, mamá. He desayunado bien.

Mueve las piernas y pega unas patadas al asiento delantero, pero Zac en lugar de enfadarse sonríe.

Mierda. Va a ser de esos padres que consienten.

Cierra la puerta y se vuelve hacia mí. Sus ojos se han arrugado porque continúa manteniendo la sonrisa y al final yo también cedo y elevo las comisuras de los labios.

—¿Lista para la excursión?

—Totalmente preparada —asiento.

No ha venido vestido de traje, lo cual es lógico porque vamos a la playa, pero me sorprende. Quizá porque, menos por la noche de las pizzas, estos días siempre llevaba uno. En vez de eso ha escogido unos pantalones vaqueros y un polo azul que se le ciñe al pecho. Recuerdo que dijo que le gusta el *crossfit* y me pregunto si es por eso por lo que tiene tanto músculo.

Me dispongo a rodear el coche para subirme en el lado del copiloto, pero algo capta mi atención a lo lejos. Mi padre ha salido de casa y se está acercando a nosotros. Apenas nos mira, pero está claro que quiere ver a Zac.

Cuando llega a nuestro lado, no puedo evitarlo más, así que me vuelvo hacia él y pregunto:

—¿Sales?

—Voy a comprar pintura a la tienda.

—¿Un domingo?

—Dijiste que te habías quedado sin pintura para seguir con la reforma de Villa Celeste —comenta y se encoge de hombros—. Al menos eso es algo en lo que puedo ayudarte.

—Me ayudas en mucho, como con Sophia.

—Cada día me necesitas un poco menos —refunfuña, y no me pasa inadvertido que mira a Zac.

Suspiro y me doy cuenta de que ha llegado el momento de hacer las presentaciones oficiales.

—Zac, él es mi padre. Papá, él es…

—Sí, ya nos conocemos —admite, y luego camina hacia Zac—. Me han dicho que vais a la playa.

—Así es.

—Espero que ninguna de las dos vuelva resfriada. No es época de playa.

—No se preocupe. Daremos un paseo y disfrutaremos del día.

Me resulta extraño escucharlo hablar con un tono tan formal, tanto como verlo vestido de una forma tan casual.

Mi padre no contesta, solo se le queda mirando y por un segundo pienso que yo debería intervenir. Ni siquiera se me había pasado por la cabeza cómo narices sería este primer encuentro entre ellos, pero parece tenso.

Cuando estoy a punto de decir algo, por fin vuelve a hablar:

—En fin, muchacho. Si algún día quieres venir a cenar a casa, estás invitado.

—Gracias, señor.

—No las des. Eres el padre de mi nieta.

Zac asiente, y mi padre se vuelve hacia el coche. Toca la ventana y saluda a Sophia con una gran sonrisa, y se aleja de nosotros.

Intercambiamos una mirada fugaz y entramos en el coche.

—Habéis tardado mucho —se queja Sophia, mirándonos con enfado—. ¡Quiero ir a la playa!

Me sorprende tanto verla siendo tan exigente, acostumbrada como estoy a que sea una niña paciente y tranquila, que ni puedo enfadarme. Para empezar, porque es lo justo. Ha estado un largo rato sola en el coche.

—Lo siento, ardillita. Estábamos despidiéndonos del abuelo.

—Bueno… —Suspira con dramatismo, alargando la vocal final—. Os perdono, ¡pero luego me compráis un pastel!

—Eso está hecho —promete Zac.

Me vuelvo hacia él mientras arranca el motor y alzo las cejas. ¡De ninguna manera puede dejarse gobernar por una niña de cinco años! Pero entonces él me guiña un ojo y el estómago me da un vuelco, así que decido no pelear. En especial cuando añade:

—Y si te parece bien, compraremos otro a tu mamá para que no se ponga celosa.

¿Celosa yo?

—¡Sí! —exclama Sophia.

Y el viaje comienza.

Paramos dos veces en el trayecto hacia la playa. Una para que Sophia vaya al baño y otra porque se marea. Cuando llegamos ya es la hora de comer y Zac nos sorprende con una reserva en un restaurante a pie de playa.

Las mariposas de mi estómago amenazan con volver a aletear cuando se da cuenta del detalle, y es que estamos en la misma playa a la que tantas veces fuimos juntos aquel verano. Ha reservado en el mismo restaurante donde tantas veces nos planteamos comer, pero nunca teníamos reserva y en verano estaba lleno.

Pedimos macarrones para Sophia, que es lo único que quiere comer, y nosotros compartimos marisco. Allí, sentados los tres a una mesa, charlando, comiendo y riendo, las mariposas sí llegan a aparecer. Pero no solo por Zac, sino por todo. Por esta situación.

Los tres juntos almorzando y pasando un día «en familia».

Porque para todos los que nos miren, eso es lo que somos.

Decido apartar de mi mente ese pensamiento; nada más lejos de la realidad, nuestra vida no es así. Solo disfruto. La Beth de mañana se preocupará de reparar el corazón roto por sus fantasías. Ahora, todo esto es algo con lo que solo soñé.

Cuando terminamos bajamos a la playa. Dejamos los zapatos en el coche de Zac, que está aparcado cerca, y él se remanga los pantalones. Nosotras llevamos un vestido y chaqueta, porque el viento es frío, y ella no tarda en llenárselo de arena; aunque respeta el agua. Sobre todo, tras comprobar de su propia mano lo fría que está.

—Zac, ¡haz un castillo de arena conmigo!

Me siento cerca, en la parte seca, mientras veo como ellos juegan construyendo una especie de cadena montañosa con la arena. Ríen y hablan, y me encanta observarlos. Saco unas cuantas fotos y el corazón me late alegre.

Después de un rato, Zac se aleja y camina a mi lado. Sophia se queda tranquila y continúa con su castillo. En la playa no hay mucha más gente. Algunos están paseando solos o con perros, pero estamos casi solos.

Me ato el pelo con una goma para que el viento no lo revuelva más, ya que es más fuerte cerca de la orilla, y Zac se sienta a mi lado. Se inclina hacia atrás y apoya las manos en la arena. Ambos observamos a Sophia jugar.

—Entonces ¿qué es eso que decía tu padre de estar reformando Villa Celeste? —dice al cabo de un rato.

Por supuesto, él conoce la casa. Se la enseñé aquel verano y le hablé de lo importante que era para mí. Aunque tardo un momento en darme cuenta de por qué lo pregunta. Mi padre lo mencionó antes.

—No diría exactamente reformar, más bien dando una pequeña mano de pintura, limpiando y…, bueno, adecentándola para vivir.

—Vamos, lo que se dice reformar.

—Supongo que sí. —Me encojo de hombros.

—¿Tienes pensado vivir allí?

—No lo sé. Quiero decir, aún queda mucho trabajo y no sé si lo lograré. Los suelos están bien y la madera necesita un barniz, pero también hace falta renovar baños y cocina, quizá el tejado, y a saber cuántas cosas más.

—Pero ¿quieres vivir en ella? Eso has dicho.

—Nunca lo había pensado realmente, pero mi padre habló de venderla y… No sé, algo se me removió por dentro. Pertenecía a mi madre y no quiero que nadie más se la quede.

Me vuelvo hacia Zac. Parece pensativo.

—Tiene potencial.

—Y muchos gastos —admito.

—Puedo echarte una mano, si quieres. Sé que estudiaste diseño de interiores, pero yo terminé arquitectura y podría echarte una mano. Además, soy un manitas.

—Gracias, pero no tienes por qué hacerlo.

—Lo sé. El problema es que quiero hacerlo. Además, eso me ayudaría a pasar más tiempo contigo.

Las mariposas saltan. Baten alas. Les da un subidón de azúcar. Y yo las mando callar diciendo que es por Sophia, porque así puede estar más cerca de ella.

—Nunca terminé la carrera, en realidad —me sincero, aunque no ha preguntado. Pero, por alguna razón, quiero contárselo—. Cuando volví a la facultad tras el verano y me vi sola en la universidad y embarazada, regresé a casa de mi padre. Después de eso, al nacer mi hija, no me vi con fuerzas para regresar. La relación se… desgastó, entre mi padre y yo, y acabé buscándome la vida fuera con Sophi.

Zac guarda silencio. Tiene el ceño fruncido y sus labios se han convertido en una fina línea. Al final, de entre todo lo que esperaba, pregunta:

—¿Cuánto te queda para terminarla?

—Tres cuatrimestres. Año y medio, más o menos.

—¿Y te gustaría regresar? ¿Te haría feliz?

Abro la boca para contestar, y automáticamente la cierro. Nadie me había preguntado eso. Mi padre y mi hermano me apoyan para que vuelva, pero nunca quisieron saber si es porque a mí me interesa hacerlo.

Desde hace años, en realidad, nadie me pregunta qué es lo que yo quiero. Qué me haría feliz. Porque tengo una hija, y mi felicidad ha pasado a segundo plano.

—No es una opción —respondo tras unos segundos de duda—. No con Sophia.

—No es eso lo que te he preguntado.

Guardo silencio y miro a mi hija aplastar con el pie una de las montañas de arena. Zac continúa:

—Si quieres hacerlo, sí es una opción. Entiendo perfectamente que ha sido difícil y que has pasado por mucho, más de lo que puedo imaginar. Pero ahora estoy yo y necesito que lo entiendas. Ya no estás sola. Sophia también es mi hija. Quiero implicarme en su vida y eso significa hacerlo también en la tuya.

Me vuelvo hacia él, pero no sé qué contestar. Una parte de mí desea creerle.

—Para que mi hija sea feliz, su madre también debe serlo —añade.

Las emociones se arremolinan en mi interior. Quiero aceptar su ayuda, y también quiero abrazarlo.

Pero algo en mi interior no me deja. Es ese miedo. El hecho de que he aprendido a estar sola con mi hija. A que ninguna dependamos de nadie. Volver a casa con mi padre ha sido una decisión sopesada, ha llevado tiempo y todavía me estoy adaptando a ella.

Así que vuelvo a cambiar drásticamente de tema y pregunto:

—¿Le has hablado a tu familia de Sophia?

Zac aprieta los labios y se le elevan las comisuras.

—Están como locos. Mi hermano quiere fotos, mis sobrinos me han pedido que se la presente y mis padres…

No termina la frase y me preocupo. Nunca ha tenido lo que se dice una relación ideal con ellos, porque jamás sintió ser capaz de cumplir sus altas expectativas. Me pregunto si sigue siendo igual y, a juzgar por cómo se tambalea su sonrisa, puedo imaginar la respuesta.

Ha vivido toda su vida pensando que es el bala perdida de la familia, a la sombra de su hermano. Pero jamás se lo ha echado en cara porque Alexander no piensa igual que sus padres. Cuidaba mucho de él.

—¿Todo bien con ellos?

Zac sacude la cabeza, como si apartase un pensamiento desagradable, y asiente.

—También quieren conocer a Sophia…

—¿Pero?

Le cuesta responder, así que tomo su mano y la aprieto, sujetándola entre mis dedos. Por fin suspira y dice:

—Digamos que no les ha sorprendido que haya sido tan irresponsable como para dejar embarazada a una chica durante la universidad.

Puedo notar que le desagrada repetir esas palabras.

—Mi madrastra decía lo mismo —me sincero—. Ella fue quien me incitó a trabajar al mes de nacer Sophia, porque un bebé necesita mucho dinero.

La expresión de Zac se endurece, pero yo solo suspiro.

—En eso le doy razón, al menos. Había muchos gastos y era obligación mía hacerme cargo, no de ellos.

—¿Por eso te fuiste?

Sacudo la cabeza.

—Podía aguantarlo, y también que no quisiera ayudarme a cuidarla, porque no tenía por qué hacerlo. Pero siempre se molestaba cuando mi padre o Jaden trataban de echarme una mano y hacer de niñeros. Siempre se quejaba de que Sophia lloraba, Sophia gastaba muchos pañales, Sophia necesitaba atención, Sophia gastaba mucho… Peleábamos todo el tiempo y no aguanté más. Una de las dos tenía que salir de esa casa, y yo fui la primera en dar el paso.

—Pero no siguen juntos, ¿verdad?

—Se separaron el año pasado. En ese momento mi padre me buscó y retomamos el contacto. Ahora está siendo un gran abuelo para Sophia.

Zac está mirando a nuestra hija. Sus ojos parecen seguirla casi sin querer, con una mezcla de ternura y orgullo. Pero me escucha, y lo recalca cuando su mano se mueve sobre la arena hacia la mía. Queda tan cerca que nuestros meñiques casi se tocan.

—Durante mucho tiempo pensé en ti como un chico irresponsable que me dejó sola —comento sin querer.

Zac solo asiente y me lanza una mirada fugaz.

—No podemos cambiar el pasado, Beth. Pero sí vivir el presente y trabajar en mejorar el futuro. Y el mío solo me lo imagino con vosotras.

Asiento y mi mano se mueve más cerca de la suya. Nuestros dedos meñiques se entrelazan y se vuelve hacia mí en cuanto eso pasa. Tiene el pelo revuelto, lo que le resta su habitual seriedad.

Y me encanta.

—¿De verdad quieres formar parte de nuestra vida e implicarte con Sophia? —pregunto.

—Te lo prometo.

El corazón me da un vuelco porque lo conozco o, por lo menos, conocí al chico que fue. El que de verdad era. El que me enamoró.

—¿Y cuando vuelvas a Los Ángeles? —añado.

Zac se inclina más sobre mí. Puedo notar su aliento en mi rostro cuando contesta:

—¿Y si no vuelvo?

«Mariposas, traicioneras. Ahí estáis. Dando guerra.

»Y dejando que me enamore de nuevo de él».

Quiero besarlo.

Maldita sea, necesito hacerlo, y tengo la sensación de que él también quiere. Sus ojos bajan unos segundos a mis labios. El corazón me late frenético en el pecho. Y mientras sus dedos bailan cerca de mi pierna.

Quiero que me toque.

Necesito que lo haga.

Todavía recuerdo lo que era sentirlo cerca. Y lo quiero de nuevo.

—Beth, yo… —comienza a decir mientras se acerca más.

Entrecierro los ojos, porque de perdidos al río, y yo estoy completamente perdida en lo que me hace sentir.

Hasta que a lo lejos escucho un grito.

Angustiada al reconocer a Sophia, abro los ojos de par en par y me aparto mientras busco frenéticamente el lugar del que procede la voz. Zac tarda en reaccionar, pero también se aleja.

Cuando por fin localizo a mi hija, veo que se está acercando a nosotros corriendo, feliz, y rebozada en arena.

No era un grito de miedo, sino de alegría.

Dejo escapar el aire contenido y cuando llega a nuestro lado pregunta:

—¿Vamos a por pastel?

Zac y yo nos miramos. Ni siquiera sabe el momento que acaba de interrumpir. Solo está feliz de estar aquí, en la playa, con sus padres. Disfrutando de este repentino cambio de la vida.

Y, para qué mentir, yo también.

—Por supuesto —responde su padre al cabo de unos segundos—. Me muero de hambre.

Se pone de pie sin sacudirse la arena y se frota el estómago en un gesto forzado. Sophia se pega a él y le toma de la mano.

—Entonces ¡vamos!

Yo también me incorporo y no puedo evitar sonreír mientras nos alejamos de la playa.

Hoy está siendo un día perfecto.

Tan despacio como los días malos transcurren, los buenos vuelan. Y antes de que pueda darme cuenta estamos en el coche volviendo a casa.

Después de un pastel para merendar y una parada en el camino para la cena, Sophia se duerme en el coche. Veo cómo Zac la observa por el pequeño espejo que hay sobre el retrovisor, el que le deja ver la sillita para niños donde ella está… y sonríe.

Me cuesta tanto acostumbrarme a esto que a veces pienso que se trata de un sueño.

Ella se despierta poco antes de llegar a casa, estirándose en la sillita. Ha llenado todo de arena, pero a ninguno parece importarnos. Se lo ha pasado en grande.

Zac aparca lo más cerca posible de casa. Puedo ver las luces de la sala encendidas. Estoy segura de que mi padre está despierto.

Se desabrocha el cinturón y sale del coche para ayudar a su hija a salir. Ella se estira con cansancio cuando sus pies tocan el suelo.

—Se ha acabado el viaje, Sophi.

—Me lo he pasado muy bien —comenta con voz somnolienta.

—Y yo. Me muero por repetir.

—Buenas noches, papá.

Mi mundo se detiene, y a juzgar por la expresión en los ojos de Zac, el suyo también lo hace. Sophia sonríe con ganas y le da un fuerte abrazo. Él tarda en responder, pero cuando lo hace la levanta del suelo y la estrecha entre sus brazos tan fuerte que ella se queja entre risas.

Al bajarla me mira y me agacho para quedar a su altura.

—¿Vas a casa con el abuelo, ardillita? Enseguida voy yo.

—Sí, mamá.

Espero a que desaparezca y me vuelvo hacia Zac. Sigue con la expresión atónita, pero puedo ver que le brillan los ojos. Cuando se encuentra con mi mirada, pestañea varias veces y, en un susurro, dice:

—Me ha llamado papá.

—Lo ha hecho —asiento.

—Ha sido increíble.

—Espera a que te desgaste el nombre —me burlo.

Pero en realidad estoy a punto de llorar.

No lo creo.

Lo ha llamado «papá».

—¿Puedo seguir yendo a buscarla al colegio por las tardes esta semana? —pregunta Zac tras unos segundos.

—En realidad me vendría muy bien, porque mañana tengo que ir a por el coche y…

Mis palabras se cortan cuando Zac me toma de la mano y, de la nada, me estrecha contra él y me abraza. Tardo unos segundos en darme cuenta de que este hombre, que me saca una cabeza y me dobla el tamaño, que siempre guarda sus sentimientos…, está temblando.

—Gracias por darme esta segunda oportunidad.

Me alejo de él, lo suficiente para poder mirarlo a la cara, y susurro:

—Nunca debiste necesitarla.

Con los ojos brillantes sonríe, y mi mundo tiembla. Durante unos segundos vuelvo a sentirme como horas antes, en la playa, y pienso que me va a besar. Pero no lo hace.

Su expresión se relaja, carraspea y me suelta. El frío parece invadirme cuando se aleja.

—Debería regresar a casa. Tengo mucho que asimilar.

—Por supuesto —asiento, y doy un paso hacia atrás—. ¿Le digo a Sophia que mañana vas a buscarla al cole?

—Por favor.

Me despido torpemente con la mano y me giro para caminar hacia la casa, resistiendo las ganas de volverme y mirarlo.

Cuando llego Sophia está sentada en la encimera de la cocina con un vaso de agua, contándole a su abuelo lo bien que se lo ha pasado en la playa. Mi padre intercambia una mirada rápida conmigo, pero sonríe. Le gusta la idea.

Después de una buena ducha que elimina toda la arena, le doy las buenas noches en la cama. Estoy a punto de preguntarle qué cuento quiere leer cuando dice:

—Hoy le he dicho papá.

Su voz estremece mi corazón. Es apenas un pequeño hilo, suave, tímida. Se está escondiendo la boca bajo la sábana.

—¿Y qué tal? —pregunto, procurando sonar desenfadada.

Se lo piensa unos segundos.

—Me ha gustado. Quería hacerlo antes.

—A él también le ha gustado, ardillita.

—¿Lo dices de verdad?

Me inclino sobre ella y la beso varias veces la mejilla. Sophia se retuerce y ríe. Entonces le susurro:

—Le has hecho llorar de la emoción.

Cuando me aparto, acaricio su mejilla y su sonrisa se calma.

—Me cae bien mi papá. Es simpático.

—Sí, lo es.

Y entonces hace una petición que me sorprende.

—Mamá, ¿le puedes decir al abuelo que suba a cantarme canciones?

—¿Lo prefieres a un cuento?

Asiente con la cabeza, y supongo que no se puede luchar contra los gustos de una niña. En especial de una que se ha pasado el día corriendo por la playa y a quien le pesan los párpados. Cuando bajo a decírselo a mi padre, tarda medio segundo en dejar el libro y subir con su nieta. Al poco tiempo puedo escuchar la melodía desde los pies de la escalera.

Es como si la vida, poco a poco, fuese poniendo todo en su lugar.

Veinticinco

BETH

Jaden
No importa lo que pase con la casa, hermanita.
Mamá no está en ella, sino en nuestros recuerdos.

La semana siguiente Zac cumple su palabra y sigue encargándose de Sophia por las tardes. Puedo ver cómo su relación se vuelve cada vez más cercana, y aunque me gusta y me hace feliz, una parte de mí tiene miedo.

Soy egoísta. Ella y yo siempre hemos estado solas y ahora siento que tengo que compartirla. Procuro poner en palabras esas emociones para entenderlas y poder luchar contra ellas, porque sé que está mal, pero no puedo evitar sentirlas.

También me han entregado por fin el coche. Ahora es más fácil ir a recoger a Sophia y llevarla al colegio. Me da más libertad incluso para detalles tontos como hacer la compra o poder ir donde quiera sin tener que depender de nadie.

Es viernes por la tarde y estoy barnizando unos muebles en Villa Celeste después de haber visitado la tienda de bricolaje. Zac llega con Sophia. Después del cole han pasado la tarde dando un paseo por el pueblo y como prometió la ha llevado a elegir el regalo para el cumple de Anne, que es el sábado. Por el momento, se está encargando bien de los detalles.

—¡Hemos comprado un juego de colores enorme! —exclama Sophia, sin ni siquiera saludar, mientras corre hacia mí.

Lleva en las manos un paquete envuelto en un papel de vivos colores y no tropieza por muy poco con un mueble hay en mitad del pasillo. Deberían haber ido primero a dejarlo en casa, pero me trago mis palabras porque puedo ver que está emocionada.

—Ah, ¿sí?

Me pongo de pie y dejo con cuidado la brocha y el barniz para no mancharla.

—Sé que le va a encantar porque dibuja muy bien. Me ha dicho que en su casa hay cuadros pintados por ella.

—Entonces seguro que le gusta.

Sophia deja el paquete en el suelo, que debe resultarle pesado, y Zac termina de llegar a nuestro lado. Vuelve a llevar traje, pero esta vez los pantalones parecen de una tela bastante más cómoda y no se ha puesto corbata. No puedo imaginármelo vestido tan arreglado y corriendo detrás de Sophia.

—Ha sido toda una odisea, pero después de visitar tres tiendas y conducir hasta el centro comercial de las afueras, lo hemos conseguido —me explica.

—¿Qué es una *osidea*? —pregunta Sophia.

Se me escapa una risa porque, aunque sepa muchas palabras para su edad, hay algunas que todavía se le escapan.

—Odisea, ardillita —repito—. Quiere decir que os ha costado mucho encontrar el regalo perfecto.

Ella parece pensativa unos segundos y al fin asiente.

—¡Pero lo logramos! Y ahora me muero de hambre.

—Creo que tu abuelo está preparando alitas de pollo marinadas para cenar. ¿Quieres ir a ver cuánto le queda?

Ella asiente y toma de nuevo su regalo, pero cuando está a punto de salir se vuelve hacia Zac y dice:

—Papá, ¿te quedas a cenar?

Él abre la boca para contestar, pero se queda callado. Después me mira y me encojo de hombros. Es decisión suya.

—Quizá es mejor que pidamos permiso a tu abuelo, a ver si me deja —responde tras unos segundos de duda.

Y tiene razón.

—Entonces te quedas, ¡el abuelo siempre hace mucha comida! No como mamá.

¡Pero bueno! ¿Y ese ataque gratuito?

Zac se ríe y yo niego con la cabeza. Toma el regalo de las manos de Sophi y juntos salen de Villa Celeste. No pasan ni cinco minutos cuando él regresa, solo y sin paquete.

—Parece que en media horita estará lista la cena —me avisa, y entiendo que va a quedarse.

—¿Y Sophia?

—Está ayudando a tu padre a terminar de prepararlo todo. Dice que le gusta más como cocina él.

—Ya le vale… —me quejo, pero sonrío.

Zac observa con curiosidad la estancia. Estamos en la sala, que es la más grande y luminosa. La chimenea la tengo tapada para que no se ensucie; las ventanas abiertas, aunque debería cambiarlas; las paredes pintadas ya dan otro aspecto y he limpiado todo a conciencia. Ahora no huele tanto a cerrado, solo al barniz que estoy aplicando a los muebles.

—¿Te importa si echo un vistazo a la reforma?

—Adelante. Te sorprenderás con la cocina, parece congelada en el tiempo. En el siglo diecinueve casi.

Me guiña un ojo, y no creo que sepa el brinco que pega mi corazón. Después desaparece y escucho como camina por la casa. Primero se dirige hacia la cocina y después explora el resto de las habitaciones, hasta que sube por las escaleras.

Termino de barnizar el mueble y al poco tiempo regresa. Lleva las manos en los bolsillos y continúa observando la casa.

—Tiene más potencial del que recuerdo. Si se cambian las puertas y las ventanas y se trata el suelo, puede quedar espectacular.

Eso por no mencionar la reforma necesaria en los baños y la cocina, y que la mayoría del mobiliario es muy antiguo.

—Supongo que eso es bueno. Así, si no consigo arreglarla para vivir, mi padre podrá sacar bastante dinero del comprador.

—Pensé que no querías que la vendiera.

—Y no quiero, pero también tengo que ser realista. Después de ver lo mucho que me está costando arreglarla, tanto en tiempo como en dinero, puedo entender mejor por qué quiere hacerlo.

Pienso en el mensaje de Jaden, que ignoré a propósito. Porque tiene razón.

Además, la casa es demasiado grande para la idea tonta de que Sophia y yo viviéramos solas. No solo arreglarla lleva mucho trabajo, mantenerla también lo hará. Quizá esté mejor en otras manos, unas que le den una nueva vida y la llenen de historias nuevas.

—Sigo manteniendo mi oferta de ayudarte. Conozco proveedores que pueden dejarnos lo que necesitemos a buen precio.

¿Dejarnos? ¿A los dos?

Acepto el dinero cuando se trata de Sophia, porque es su hija, pero para esta casa es cosa mía.

—Me lo pensaré —replico con la mayor cordialidad posible.

Zac mira por la ventana, la que da hacia las praderas que se extienden a lo lejos. El sol se está poniendo y la verdad es que la vista es maravillosa.

Me acerco a él. A su lado parezco sacada de un basurero. Llevo un pantalón de chándal viejo que está desteñido y con manchas de pintura, y una camiseta de publicidad que me queda enorme, además del pelo mal atado en un moño.

Él está impecable con su traje.

—Beth, necesito preguntarte una cosa.

Su tono es serio y ha bajado la voz. Aunque sigue mirando por la ventana, me pone nerviosa.

—Dime.

—Sé que no debería meterme, que es tu vida, y puedes ignorarme si quieres.

—Zac, me estás asustando —trato de bromear, pero mi risa sale nerviosa.

Finalmente se vuelve para mirarme y por un momento me pierdo en sus ojos.

—¿Hay algo entre Nick y tú?

La pregunta es tan inesperada que tardo unos cuantos segundos en procesarla.

—¿Perdón?

Zac aprieta los labios y se remueve incómodo. Aparta la mirada hacia la ventana un instante, toma aire y se vuelve otra vez hacia mí.

—Sé que le gustas, y que quiere pedirte salir.

Continúa serio, y no puedo leer ninguna expresión en su rostro. Es como si se hubiese puesto una máscara. No sonríe, pero tampoco parece enfadado. Ni siquiera curioso, aunque es obvio que lo está porque me ha preguntado.

«¿Y celoso?», dice una vocecita esperanzada.

—¿A ti no te importa que me lo pida? —comento tratando de sonar tranquila.

—No es mi decisión.

Nada. Ni un solo cambio en su rostro.

Hasta que me doy cuenta de lo que sucede.

—Pero es tu primo y crees que sería incómodo.

Silencio. Vuelve a apretar los labios. Vuelve a mirar por la ventana.

—Algo así —susurra de forma casi imperceptible.

—No lo sé, Zac. No me lo he planteado. Tengo otras preocupaciones más importantes que salir con hombres.

Mi respuesta es dura y directa porque, por alguna razón, me he enfadado.

«Porque acaba de dejarme claro que no es por celos.

»Es decir, que no siente nada».

—Claro, lo entiendo —carraspea—. Perdona.

Nos quedamos en completo silencio, observando al sol esconderse a lo lejos. No tengo ni idea de qué estará pasando por su cabeza, pero por la mía no deja de repetirse la conversación.

Me gusta Zac. Me sigue pareciendo un hombre atractivo y buena persona. Es respetuoso, amable y divertido de una forma un tanto peculiar. Pero, en especial, me parece buen padre.

Quizá me he hecho tanto a la idea de lo que la gente pinta como una familia feliz que he visto señales donde no las había.

—¡Ya está la cena!

Me vuelvo sobresaltada hacia Sophia, que acaba de llegar a Villa Celeste. Ni siquiera la he escuchado acercarse.

Lleva puesto el pijama con unas zapatillas deportivas. Imagino que mi padre le ha hecho cambiarse y luego calzarse para cruzar el terreno entre las casas.

Ajena a nuestras emociones, sonríe y camina directa hacia nosotros. Primero entrelaza su mano con la de Zac y luego busca la mía con la otra.

—¡Hemos preparado muchísimas patatas fritas! —exclama—. Tu comida favorita, papá.

Lo miro, pero él solo sonríe a Sophia de una forma que me parece sospechosamente forzada, ya que no le llega a los ojos. Me trago mis sentimientos y yo también sonrío a mi hija, aunque no me cuesta mucho porque la veo muy feliz.

Juntos salimos de la casa y vamos a la de mi padre para cenar. Al final debo acostumbrarme a que Zac estará para siempre en mi vida, aunque quizá no de la forma en la que me gustaría.

Veintiséis

BETH

Llegamos pronto al cumpleaños de Anne para ayudar a Charlotte a prepararlo todo. Dejo a Sophia jugando junto a su amiga en la habitación y sigo a la abuela, que me mira por encima del hombro, hacia la cocina. Allí me encuentro con Emy y Charlotte. Están cortando sándwiches y preparando platos con picoteo.

Todavía queda una hora para que el resto de los invitados llegue, pero aquí ya parecen casi listos.

—¿En qué puedo echar una mano?

—Hay que preparar limonada.

Asiento y me coloco frente a una tabla con limones y un exprimidor manual que Charlotte me señala. La abuela se pasea por la cocina y echa un vistazo a una tarta enorme que hay en la nevera. Después nos lanza una mirada rápida y sale de la cocina. Por las ventanas podemos ver que ha ido al jardín trasero, donde hay un hinchable y globos.

Charlotte deja escapar un suspiro.

—Está molesta porque no he querido gastar dinero en contratar un animador.

—No te preocupes, con nosotras aquí no va a hacer falta ninguno —comenta Emy con una sonrisa.

—El padre de Anne dijo que se encargaría de eso, pero en el último momento cambió de idea y tampoco quiere pasar dinero para pagar la fiesta.

—Qué hijo de…

—Solo lamento que esté utilizando a nuestra hija para hacerme daño. —Suspira—. Mañana vendrá a por ella y pasarán el día juntos, pero en estos momentos solo espero que cumpla y no la deje tirada como otras veces.

Dejo un momento los limones y me acerco a ella para darle un pequeño abrazo. La noto más sensible de lo normal, pero lo entiendo. Es el cumpleaños de su hija, un día que hasta hace poco preparaban y disfrutaban en familia. Ahora no solo tiene que afrontar su propio sufrimiento, también debe preocuparse de que no dañen a Anne.

—Además está el tema de esa mujer… —musita.

—¿Con la que te engañó?

Lanzo una mirada rápida a Emy y ella se encoge de hombros. Ha sido un poco brusca, pero Charlotte no parece ofenderse. Solo asiente con la cabeza y continúa:

—Creo que siguen viéndose, y no dejo de preguntarme si mañana también la va a llevar.

—Pues menudo cerdo si lo hace —comenta con molestia Emy—. Después de cómo se comportó contigo, no debería.

—No son solo celos o enfado, no me malinterpretéis. Es el hecho de que yo no la conozco, no sé cómo es, y va a estar cerca de mi hija.

Asiento con suavidad, creo que puedo entenderla. Charlotte toma aire y me aparto de ella mientras se estira y trata de borrar los sentimientos negativos con una sonrisa.

—Es un día feliz, mi niña cumple cinco años —dice—. Y pensar que un día como hoy hace cinco años sufrí treinta horas de parto y acabé con un desgarro… Tardé meses en recuperarme.

Emy arruga la nariz en un gesto feo mientras yo contesto:

—Treinta y cinco y terminé con una cesárea. Aún se nota la marca.

—Y eso sin mencionar las estrías.

—O que te cambia el cuerpo muchísimo. Tardé años en aceptar mis nuevas tetas.

—¿Y el ombligo? Yo ahora digo que el mío está triste.

—Mierda, no pienso tener hijos —sentencia Emy mientras nos reímos—. Si ya lo tenía claro hace dos minutos, ahora más.

Con el ánimo un poco más alegre, terminamos de preparar los bocadillos y Charlotte me enseña una bandeja de pastelitos que Emy ha traído de la cafetería hechos por su madre. Cuando los primeros invitados comienzan a llegar, mandamos bajar a las niñas, ponemos música y comienza la fiesta.

Se escuchan chillidos y risas de los niños sin parar. Emy resulta ser muy buena con ellos. Corre todo el tiempo y no parece cansarse. Hasta los convence para jugar al escondite. Muchos padres se han ido tranquilos después de ver a sus hijos contentos.

—Debería haberla contratado a ella como animadora —bromea Charlotte.

Asiento divertida y tomo el teléfono para ver si hay noticias de Zac. Me sorprendo al encontrar un mensaje suyo de hace varios minutos.

> **Zac**
> Acabo de salir de la reunión. Ahora voy a la fiesta.

Le enseño el mensaje a mi amiga y ella me mira con una sonrisa traviesa.

—Veo que la relación avanza.

—Está siendo buen padre para Sophia, al menos por el momento —admito.

—Eso está bien. Y contigo, ¿qué tal?

Dudo unos segundos.

—Somos amigos.

—¿Solo amigos?

Me da un pequeño codazo juguetón y sacudo la cabeza.

—Solo amigos.

Charlotte no parece muy convencida, pero no insiste. Los invitados ya casi han terminado con todos los bocadillos y las patatas. Cuando Emy pasa corriendo a nuestro lado mientras cuatro niños la persiguen, suspira y me dice:

—Creo que ya va siendo hora de soplar las velas. Ahora vengo.

Nuestras hijas están jugando en una zona del jardín preparada con todo tipo de utensilios para pintar. Sophi tenía razón al decir que a Anne le encanta el dibujo. Ya ha abierto su regalo y lo están disfrutando juntas.

Ellas se dan cuenta de que las miro y las dos me sonríen y saludan. Decido acercarme a ellas cuando los ojos de mi hija se mueven un poco más allá de mí. Me vuelvo y lo veo, pero no solo yo. Varias personas se vuelven hacia él, y es que es inevitable.

Zac acaba de llegar a la fiesta. Vuelve a llevar un traje impecable que le queda perfecto. Va quitándose la chaqueta mientras camina hacia nosotras y juro que, en un determinado momento, es como si lo viese a cámara lenta.

No puedo ser la única en notarlo. El pelo rubio se le revuelve con una leve brisa y sonríe, lo cual hace que sea todavía más atractivo.

—¡Papá! —exclama Sophia, y luego se vuelve hacia Anne para añadir—: Él es mi papá.

Después se va corriendo a los brazos de Zac, ajena a como su amiga ha perdido la sonrisa. Sé que Sophia no lo ha hecho a malas. Ella solo está feliz de tener un padre después de cinco años sin conocerlo, y desconoce la situación por la que está pasando Anne.

Me acerco a la niña, que sigue mirándolos, y me agacho para quedar a su altura.

—Tu mamá ha dicho que ya es hora de sacar la tarta —le digo con la sonrisa más dulce que tengo—. ¿Tienes ganas de soplar las velas?

No puedo evitar acariciarle la mejilla. Ahora mismo creo que necesita un abrazo. Ella asiente y toma mi mano para ir a la cocina en busca de Charlotte. La encontramos colocando las velas y la decoración sobre el pastel.

—¿Estás lista para pedir un deseo? —le pregunta al vernos.

—¿Puedo pedir que papá venga a mi cumple?

La sonrisa de Charlotte tambalea y durante unos segundos se vuelve hacia mí.

—Oh, cariño, ven aquí.

Anne suelta mi mano y camina hacia su madre. Me alejo para darles un poco de intimidad, pero escucho la conversación mientras salgo de la cocina.

—A papá le encantaría estar aquí hoy, pero no ha podido venir. Por eso mañana pasaréis el día juntos y será muy divertido, verás. Podrás contarle todo sobre la fiesta.

—¿Y si no viene?

—Va a hacer todo lo posible por estar aquí.

Cuando regreso al jardín, siento una presión en el pecho por Anne y por Charlotte. En contraposición, me encuentro a Sophia tomada de la mano de su padre, sonriendo de oreja a oreja.

—Al final pudiste venir —le digo a Zac.

Él asiente, pero se mantiene serio. De hecho, tiene el ceño levemente fruncido cuando pregunta:

—¿Todo bien?

Me doy cuenta de que la preocupación sigue en mi rostro. Sacudo la cabeza y sonrío antes de contestar:

—He llevado a Anne con su madre. Van a sacar la tarta.

Justo en ese momento salen las dos al jardín. Caminan despacio, Charlotte con la tarta en las manos y cinco velas encendidas. Los niños se dan cuenta rápido y corren hacia ella, por lo que me acerco a imponer orden.

Entre Emy, Zac y un par de madres que se han quedado conseguimos que los niños se reúnan alrededor de Anne y la tarta. Todos le cantan el cumpleaños feliz y ella parece un poco más contenta.

Mientras reparten trozos del pastel, Zac vuelve a preguntar:

—¿De verdad está todo bien?

—Sí, no te preocupes. No es por mí. Son asuntos personales de Charlotte.

—Lo entiendo —asiente.

Y mientras, yo solo pienso si estaba preocupado por mí.

Cuando los niños están tomando la tarta, me acerco a mi amiga.

—¿Te ha confirmado que vendrá mañana a por Anne? —pregunto al recordar la conversación.

Charlotte niega con la cabeza, con los ojos puestos en su hija.

—No, aunque eso ella no lo sabe. Quizá no debería mentirle…, pero a ella siempre le voy a hablar bien de su padre. Aparte de lo que me haya hecho, sigue siendo su padre.

Me acerca un trozo de tarta con una sonrisa triste, y luego continúa repartiendo. Su lenguaje corporal me dice claramente que no quiere hablar más del tema. Regreso junto a Zac, que observa cómo Sophia come y charla sentada al lado de su amiga.

—¿Quieres un poco? —le pregunto, ofreciendo tarta.

—Nunca digo que no al chocolate —replica.

Sujeta el plato de papel y con la cucharilla de plástico come un primer bocado. Sé que no debería, pero mis ojos siguen el trayecto del trozo de tarta hasta su boca y se quedan hipnotizados con ellos.

Tengo un serio problema.

Zac carraspea y yo aparto con rapidez la mirada.

Mierda.

Seguro que se ha dado cuenta.

—Sophia se ha puesto muy contenta de que hayas venido —comento con la necesidad imperiosa de hablar de algo; lo que sea.

—Dije que vendría, y cumplo mis promesas.

Ahora sé que lo hace.

—Venga, abre la boca.

—¿Cómo…?

Me vuelvo hacia él, pero mi pregunta queda en el aire cuando veo que está llevando la cucharilla hacia mi boca.

—Creo recordar que también te encantaba el chocolate. Vamos, abre la boca.

Debería negarme, pero no puedo. No cuando sonríe con picardía.

Cedo y dejo que me dé de comer, lo que debería ser un gesto amigable, ¿verdad? Pero, de alguna forma, se siente íntimo. Intenso. En especial cuando Zac no deja de mirarme a los ojos y a la boca.

El aire se espesa en torno a nosotros y soy la primera en apartar los ojos. En ese momento me doy cuenta de que a nuestro alrededor varias personas nos están mirando.

Como si fuera ajeno a todo, Zac sigue comiendo como si tal cosa. Pasan un par de segundos hasta que propone de la nada:

—¿Y si venís a casa a cenar?

—Después de todo lo que ha comido, no sé si Sophia tendrá hueco para la cena.

—O a ver una película.

—Claro, seguro que le apetece —admito.

—¿Y a ti?

—¿A mí?

—¿Te apetece a ti venir a mi casa a… ver una película?

Mis mejillas se tiñen de rojo por el repentino calor que me inunda. Aunque estoy segura de que en este contexto «ver una película» significa literalmente «ver una película», no puedo evitar pensar en un doble sentido. La comisura de los labios de Zac se eleva en una sonrisa divertida. Es un gesto casi imperceptible y hace que me pregunte si está pensando lo mismo.

—Sí, claro —respondo con voz ronca—. Me apetece ver una película.

—Noche de cine, entonces —asiente él.

Y se termina el trozo de tarta.

—Voy a por más, ¿quieres? Me la he comido entera.

Asiento con la cabeza y aprovecho el momento en el que me quedo sola para recordar cómo se respiraba con normalidad.

Él me afecta.

Me afecta mucho.

Cada vez tengo un poco menos claro si seré capaz de llevar esta extraña relación de copaternidad a su lado y seguir siendo solo amigos.

Veintisiete

BETH

—¿Qué película queréis ver?

—¡*Mulán!*

Sabía la respuesta antes de que Zac preguntase. Sophia se empeña en ver la película siempre que puede.

—Mi padre no le deja ver mucho la televisión —le explico a Zac, porque no entiende cómo es posible que esté tan emocionada por una película.

—¿Perdona? —repite, consternado.

—No le gusta mucho la tecnología. Tiene teléfono solo para poder hablar con mi hermano, ya que está en la universidad.

—Ver un poco de televisión tampoco es tan malo.

—¡Eso digo yo! —exclama Sophia.

Niego con la cabeza, pero no puedo pelear contra ellos. Tal como predije, Sophia no tiene nada de hambre, pero está impaciente con el plan. La dejamos viendo *Mulán* mientras Zac se ofrece a cocinar algo para los dos.

—¿Qué te parece un risoto de setas? Es bastante rápido.

—¿Lo es?

Me guiña un ojo y me aletea el corazón, pero trato de ignorarlo. Saca una sartén de un mueble y después el resto de los ingredientes. Me siento un poco torpe viendo cómo lo prepara todo, quedándome quieta, así que me acerco de nuevo a él.

—¿Puedo ayudar en algo?

—Si quieres, hay que cortar setas.

Saca un paquete de setas frescas que parecen muy caras y las coloca sobre una tabla. Me muestra cómo cortarlas y él comienza a picar ajo.

Cocinamos juntos, y en mi cabeza no dejo de tener *flashbacks* de las veces que hicimos esto mismo aquel verano. Una vez pensé que sería imposible volver a verlo. Volver a estar con él. Volver a sentirme así.

Nunca digas nunca.

Mientras se termina de cocer el arroz, me acerco a ver cómo está Sophia. Se ha tumbado de lado en el sofá y está agarrándose la oreja derecha. Cuando hace eso suele ser señal de que tiene mucho sueño, aunque ahora mismo no lo parece, porque sus ojos están abiertos de par en par mirando fijamente la televisión.

—¿Estás bien, ardillita?

No contesta, ni siquiera me mira. Solo asiente con la cabeza. Increíble lo que consigue una tele.

—Si necesitas cualquier cosa, estamos en la cocina.

Vuelve a asentir y regreso a la cocina, donde Zac está revolviendo el risoto.

—La televisión ha absorbido a Sophia —comento con burla—. Ni siquiera ha tenido la decencia de mirarme cuando he ido a verla.

Se ríe y toma una cuchara del cajón. Camino hacia él y prueba algo de arroz.

—Huele increíble —admito.

—Ven, pruébalo, a ver cómo está.

Me ofrece la cuchara y dudo unos segundos. Es la segunda vez en el día que me da de comer.

«¿Y qué? No significa nada».

Abro la boca y él sopla una vez más la cuchara para enfriar la comida antes de dármela a probar.

—¿Y bien? —pregunta mientras saboreo—. ¿Hay que añadir más agua?

—Está increíble —murmuro aún con los ojos cerrados—. ¿Cuándo aprendiste a cocinar así?

Cuando los abro lo atrapo mirándome los labios, pero enseguida aparta los ojos y se vuelve hacia la sartén.

—Al independizarme. Ya sabes que siempre he sido muy… particular para comer.

—Es una buena palabra para describirte —me burlo, y luego caigo en lo que ha dicho—. ¿Ya no vives con tus padres en Los Ángeles?

Me doy cuenta de que es una pregunta tonta en cuanto la hago. Es un hombre adulto, con trabajo y carrera. Durante los años de estudios estuvo viviendo en la casa de su familia, pero era obvio que se independizaría algún día.

—Tengo mi propio apartamento en Los Ángeles —me explica—. Lo compré al año de empezar a trabajar y casi lo he terminado de pagar.

—Vaya. Eso está muy bien. Te felicito.

De nuevo me siento como una idiota. «¿Te felicito? Genial, Beth».

Aunque en realidad lo hago. Yo no he sido capaz de lograr comprar nada. Ha habido meses en los que me ha costado incluso pagar el alquiler, aunque estoy orgullosa de todo lo que he conseguido sola y con esfuerzo, aunque…

Ojalá la vida no fuese tan difícil.

—Si un día queréis ir a conocerlo, estáis más que invitadas. Tengo espacio de sobra.

Con esa sencilla frase, me recuerda que su vida no está aquí, en el pueblo. Está en Los Ángeles, donde se ha comprado el apartamento. Donde trabaja. Y que es muy factible que acabe por irse.

Nota mi cambio de expresión y su sonrisa decae.

—Por supuesto, solo era una idea y…

—¿Comemos? —le interrumpo—. Me muero de hambre.

Asiente, y mientras coloco un par de platos y los cubiertos, él saca una botella de vino blanco de la nevera. La descorcha y lo sirve en dos copas altas, y luego nos sirve la comida.

A pesar de la luz de los flexos y del sonido de fondo de la televisión, el ambiente me parece íntimo, incluso romántico. Y cuando brindo con él y me sonríe, una sensación agradable y cálida se extiende por mi cuerpo.

Hablamos un poco de su vida en Los Ángeles. Me cuenta cómo se enamoró a primera vista de su apartamento de dos habitaciones, cerca de la playa. Del trabajo reformando los hoteles de sus padres, de cómo se alejó de Nick estos años, pero ahora que está en el pueblo parece que han reconectado.

Y yo le hablo de la vida de Sophia y de la mía en estos años, en especial de nuestra etapa de Nueva York. De Gia, la amiga que tuve que dejar después de haber encajado tan bien y que fue la mejor niñera que tuvo nuestra hija. He hablado con ella últimamente y, aunque está un poco estresada porque compagina sus estudios de maestra con un trabajo de *nanny*, también es más feliz que nunca. Ha encontrado su vocación y disfruta de la vida. ¡Además, su hermano va a casarse!

—Ojalá pueda ir a la boda, porque me han invitado.

—Si tienes ganas de ir, seguro que podemos encontrar la forma.

Vuelve a guiñarme un ojo, un gesto que empieza a hacerse cotidiano entre nosotros, pero no por ello dejan de revolotear mariposas en mi estómago.

No se me pasa por alto que ha hablado en plural, y sé por qué lo hace: por Sophia. Quiere seguir en nuestras vidas y, aunque me encanta, freno las ilusiones antes de que salten solas.

El futuro siempre es incierto.

Una vez que nuestros platos están vacíos, el estómago lleno y la botella vino casi terminada, Zac se aclara la garganta, me mira a los ojos y dice:

—Quería darte las gracias por hacer este esfuerzo, Beth.

—¿Venir a cenar risoto? Con lo rico que está, me sacrifico todas las veces que quieras.

Se ríe, pero luego toma un sorbo de la copa y contesta:

—Quería decir con Sophia. Entiendo que debe ser difícil. La has criado tú sola todo este tiempo, pensando que yo me había desentendido. Y ahora que volvemos a encontrarnos, no solo has creído y confiado en mí. Te estás adaptando a darme la oportunidad de conocerla, a dejarnos espacio para crear una relación y… a separarte de ella.

Vacío la copa porque no sé qué contestar. Me ha leído tan bien que sabe cómo me siento.

—Eres una mujer increíble. Y muy fuerte. Me admira ver en lo que te has convertido.

Por fin me atrevo a devolverle la mirada, y entonces susurra:

—Te admiro, Beth.

El corazón se me para, pero cuando vuelve a latir lo hace a mil por hora. Zac me sostiene la mirada y parece sincero.

Los segundos pasan y, tras recordar cómo se respira, murmuro:

—Gracias.

Las comisuras de sus labios se elevan y no puedo evitar mirarlo. Creo que me he sonrojado y…

Mi corazón aletea al notar cómo me mira. Cómo me hace sentir.

Su mano cruza la mesa y antes de que me dé cuenta ha tomado la mía. El pulso se me acelera y creo que puede notarlo.

—Debería ir con Sophia —murmuro casi sin voz, y me aclaro la garganta—. La película ya habrá terminado.

Me pongo de pie nerviosa, rompiendo el contacto visual y casi tirando la silla. Zac no dice nada, solo asiente, y yo camino veloz a la sala.

Sé que no estoy actuando correctamente. Ni siquiera como una adulta, pero…

Mierda.

Estoy nerviosa, ¿de acuerdo?

No entiendo nada. No sé qué es lo que Zac quiere, lo que piensa, lo que… desea. No más allá de crear una relación padre e hija con Sophia.

Y aunque lo más lógico sería hablar las cosas…

Me da miedo.

Me aterra el preguntar y obtener una respuesta que no deseo.

Así que guardo silencio mientras trato de calmar a mi atolondrado corazón y repaso una a una nuestras interacciones, templando mis nervios lo más que puedo.

Cuando llego a la sala, Sophia tiene los ojos cerrados y está completamente dormida.

Me agacho a su lado, en el sofá, y noto que Zac llega a mi lado.

—Ardillita, hay que ir a casa —susurro mientras la sacudo.

—No quiero —reniega con los ojos cerrados.

Está muy cansada. Aprieto los labios y voy a volver a probar cuando Zac dice:

—¿Y si os quedáis a dormir?

—¿Aquí?

Lo miro. Después miro a Sophia, pero no hace ningún gesto. Parece dormir de nuevo.

Me da pena despertarla para meterla al coche y que luego se desvele, pero… ¿quedarnos a dormir? Es demasiado.

—Aquí hay varias habitaciones de invitados —continúa Zac—. Vienen a limpiar dos veces por semana, sé que han cambiado las sábanas.

Sigo dudando, pero al girar el rostro y mirarlo… Algo se rompe por dentro. Él de verdad quiere que nos quedemos y no tengo corazón para luchar contra ello. Contra el deseo de los dos.

—Está bien, nos quedaremos esta noche.

Además, tras tomar unas copas de vino, ¿no es mejor evitar conducir? Solo estoy siendo responsable, ¿verdad?

Mientras la película termina, me ausento para avisar a mi padre. Sé por su tono de voz que la idea no le hace mucha gracia, pero también que no va a discutir conmigo.

Cuando regreso Sophia sigue igual de dormida. Le hago un gesto a Zac, que está sentado en el suelo a los pies del sofá, y se levanta al momento. La toma entre sus brazos. Nuestra hija parece más pequeña sostenida por él.

Se acurruca en su pecho y él la levanta como si no pesara nada. Lo sigo mientras atravesamos la estancia y luego a través de las escaleras hacia el piso superior. Entramos en una habitación que, tal como ha dicho, parece limpia. La cama es enorme para una niña y Sophia frunce el ceño cuando Zac la arropa con las sábanas.

—Está frío —se queja, pero no abre los ojos.

Me agacho a su lado y le doy un beso en la frente.

—Hoy dormimos en casa de papá —susurro en su oído—. ¿Te parece bien?

No contesta. Está muy cansada.

Me pongo de pie y, despacio, Zac y yo caminamos hacia la puerta. Una vez allí nos quedamos quietos y, aunque ninguno dice nada, ambos observamos a nuestra hija desde el umbral. Me abrazo a mí misma hasta que noto su mano sobre mi hombro y me atrae contra su pecho.

No puedo quejarme, y mucho menos negarme a mí misma que me encanta la sensación de calidez de su pecho cerca de mi cuerpo.

—Gracias por acceder, Beth.

Él siempre tan correcto.

Cierra la puerta, aunque en el último momento se lo impido y la dejamos entreabierta. Sophia no suele despertarse durante la noche, pero si lo hace será en un espacio que no reconoce y puede que se asuste.

—Hay que dejar la luz del pasillo encendida, para que no tenga miedo.

Zac asiente y regresamos a la cocina. Recogemos los platos y metemos todo en el lavavajillas. Después saca dos copas de helado de chocolate de la nevera.

Comemos juntos en silencio en la cocina. Me parece increíble lo mucho que ha avanzado nuestra relación estos días y de un modo… tan natural.

—Estaba pensando… —Empieza a decir al cabo de un rato.

—¿Ajá?

—Sophia podría tener aquí una habitación para ella, si te parece bien.

Me quedo helada con la cuchara a medio camino de mi boca. Finalmente confieso:

—No sé si es buena idea.

—Podríais quedaros siempre que quisierais. Sin presiones.

Creo que sé por qué lo dice. Puedo entenderlo. Sophia es su hija. Yo misma quiero pasar la mayor parte de mi tiempo posible con ella. Pero a la vez sé por qué no estoy convencida. Siempre hemos sido nosotras dos. No sé si él se irá a Los Ángeles ni cómo lo haremos.

Zac se levanta de la mesa y la rodea para llegar a mi lado. Me obligo a alzar los ojos hacia él y mirarlo. Se inclina sobre mí y me toma las manos, apretándolas con las suyas, que son cálidas.

—Beth, te prometo que no quiero quitarte a tu hija.

—Nuestra hija, Zac —le corrijo—. Ese es el problema.

—No lo veo un problema.

Niego con la cabeza.

—Si tú vuelves a Los Ángeles y yo me quiero quedar aquí, ¿qué vamos a hacer?

Es todo demasiado complicado.

—Te lo he dicho. Me estoy planteando quedarme.

—Pero tu vida, tu trabajo, tu apartamento… están allí.

—¿Y? Vosotras estáis aquí. Eso es más importante.

Lo dice como si todo fuese demasiado sencillo, cuando no lo es.

—Han pasado casi seis años —susurro, y aparto las manos y la mirada—. Es mucho tiempo.

Pero Zac se inclina más y me toma la barbilla para hacer que nuestros ojos vuelvan a conectar.

—Estoy de acuerdo. Es demasiado tiempo sin conocer a mi hija. Sin disfrutar de sus años.

El corazón me late con fuerza. Creo que voy a hiperventilar.

Y él está cerca.

Muy cerca… de mis labios.

—Es demasiado tiempo lejos de ti.

Si me moviese un poco ahora, tan solo unos centímetros, nuestros labios se rozarían.

Y los suyos se mueven y dicen:

—Quiero besarte.

Mi corazón se vuelve loco y las mariposas se desesperan. Pensaría que estoy soñando si no fuera por las fuertes emociones que me recorren.

—Llevo deseando besarte desde el primer momento en que nos hemos vuelto a ver. ¿Qué digo? Incluso antes.

Bum, bum.

—Zachary…

—Dime si puedo, Beth —ruega en un susurro ronco.

Quiero que lo haga, pero…

No me atrevo.

—¿Y si esto no sale bien?

Me suelta la barbilla y apoya las manos a ambos lados de mi silla, encarcelándome entre sus brazos. Lejos de ponerme nerviosa, solo siento la atracción. Las ganas. La necesidad de besarlo.

Decir que sí sería tan fácil…, aunque luego las cosas se complicarían.

Miro a Zac, pero no contesta. No tiene ninguna respuesta a mi pregunta y es que, al final, no es seguro que las cosas puedan salir bien si volvemos a intentarlo. Recuerdo las discusiones y el dolor de perderlo, pero también los buenos momentos.

—Beth —susurra mi nombre.

Su rostro está más cerca del mío, y nuestras narices se rozan. Sé que debería decir algo. Debería apartarme. Pero no lo hago.

Y antes de que me dé tiempo a replicar, me besa.

Me quedo congelada en el tiempo. En el momento. En el instante. En él.

Es como si el tiempo volviese al pasado, y a la vez estuviese anclado en el presente.

Mi corazón late con fuerza, la respiración se traba y Zac está ahí. Sosteniéndome.

Abrazándome.

Besándome.

No puedo respirar, siento que me quedo sin aire. Él me besa y antes de que me dé cuenta, estoy respondiendo.

Mis brazos se entrelazan tras su cuello mientras me fundo en sus labios. Siento cómo me rodea con las manos y me inclino en la silla, pero no me caigo. Él me sujeta y se inclina.

—Yo no… —susurro.

Pero mis palabras quedan congeladas en el aire cuando uno de sus dedos se cuela bajo la cinturilla de mis vaqueros.

Quiero que me toque más.

Mucho más.

Las manos de Zac tantean bajo mi blusa, y aunque debería apartarme, hago todo lo contrario. Me inclino hacia atrás y llega a mi sujetador. Me roza el pezón por encima de la tela y gimo.

Su boca me tapa la respiración, apaga el suspiro y me atrapa.

—Joder, Beth —jadea en mi boca.

Algo me dice que ahí debo parar…, pero no puedo.

Sus dedos me agarran el trasero. Noto su erección contra mi intimidad y eso me encanta.

Mierda. Quiero más.

Me recorre la piel de la espalda haciendo que me estremezca, hasta llegar al cierre del sujetador. Jadeo cuando me besa bajo la oreja y lo desabrocha.

—Quiero hacerte de todo —susurra en mi oído a la par que deja besos suaves sobre la piel—. Quiero hacerte mía.

Cierro las piernas alrededor de su cintura con fuerza.

Yo también quiero.

Deseo hacerlo mío.

Sus labios pasan de mi cuello a mi mandíbula. A mi mejilla. A mis labios.

—Beth —susurra.

Es como una droga.

Las manos suben y acarician. Después bajan y entran en mi pantalón mientras yo hundo los dedos en su cabello.

Es esto.

Es vida.

Es él.

Otra vez.

Y me encanta.

—Me encantas —susurra Zac.

Y todo es tan perfecto que… parece ensayado.

—Beth… —musita mientras besa mi mandíbula.

Sus dedos entran bajo mi ropa interior, un lugar que hace mucho tiempo que nadie toca.

—Eli…

Pero sus palabras quedan en el aire en el mismo momento en que muevo los dedos con fuerza sobre su pecho y hago el amago de apartarlo.

Se queda aturdido un momento, pero tras unos segundos parpadea y pregunta:

—¿Me he pasado?

Sacudo la cabeza. Tengo la mente aturullada y el cuerpo incendiado por él. Necesito un momento aunque sea para pensar con claridad. No puedo dejarme llevar.

—No sé si estoy preparada —confieso.

—Lo entiendo.

—Han pasado muchos años desde la última vez y ahora tenemos una hija.

Si algo sale mal, no podemos volver a alejarnos sin más.

Zac me sigue tocando. Sus manos han bajado a mi cintura y con los dedos me está sujetando. Cada vez que los mueve un poco siento descargas de energía.

—Quizá por ella deberíamos intentarlo —propone.

Niego con la cabeza mientras noto una espina clavarse en el corazón. Las cosas no funcionan así. No vuelves con tu ex por un hijo. Vuelves porque sientes algo.

Puedo ver en sus ojos como algo se rompe con mi respuesta. Sus dedos se deslizan fuera de mi blusa y se quedan en la silla.

—Está bien —susurra, y estamos tan cerca que nuestras respiraciones se entremezclan—. Lo entiendo.

Guardamos silencio y los segundos pesan entre nosotros. Al final es Zac quien vuelve a hablar.

Aunque no nos hemos apartado.

Aunque no hemos dejado de mirarnos.

Mis labios han dicho no, pero la tensión existente entre ambos es tan clara que podría tocarse. La llama ha empezado a calentarse con el beso, y el fuego no se ha terminado de apagar al romperlo.

—¿Quieres una habitación o prefieres dormir con Sophia?

—Dormiré con Sophia —respondo.

Tomo aire y decido mantenerme firme en mi decisión. Trato de moverme para levantarme de la silla, pero no puedo. Sus piernas retienen las mías y cuando me remuevo su dureza se aprieta contra mí.

Mierda.

Joder.

Me desea.

Y mentiría si dijera que yo a él no.

Me quedo quieta tras rozarlo con las caderas. Sus manos siguen en mi cintura y las mías en sus hombros. Alzo la mirada y me encuentro con la suya.

—Beth… —susurra.

Y perdiendo totalmente la cordura, la palabra y mi fuerza de voluntad… Soy yo quien lo besa.

Veintiocho

BETH

Zac no tarda en reaccionar. Sus manos se enganchan alrededor de mi trasero y tira de nuestros cuerpos hasta unirlos más. Vuelvo a sentir el calor de su boca, de sus caricias. Y mientras mi piel estalla en llamas, en mi cabeza tiene el efecto contrario y todas las preocupaciones parecen apagarse.

Me fundo en sus labios y hago lo que sé que no debería: me dejo llevar.

Sus dedos vuelven a colarse bajo mi blusa y acarician mi espalda desnuda. Los tirantes del sujetador se han resbalado por los hombros y la tela ha caído. Sin dejar de besarme ahora, sus manos llegan a mi pecho sin ninguna barrera de por medio. Jadeo cuando se topan con el pezón duro y lo pellizcan.

—Zac… —Se me escapa su nombre de los labios con un hilo de voz.

Gruñe contra mi boca antes de abandonarla y comienza a esparcir besos por mi mandíbula hasta llegar a mi cuello. Pero no se para ahí.

Aparta las manos y las lleva a los botones de la blusa. Uno a uno los va desabrochando y la tela suave cae por mis hombros y brazos, igual que los tirantes. Al final Zac la empuja y acaba en el suelo.

Después se aleja de mí para observarme, y el calor llena mis mejillas. De manera inconscientemente llevo las manos sobre mi pecho y cruzo los brazos para taparme. Hace mucho que nadie me ve desnuda.

Él me observa, confundido, y me aclaro la voz para hablar, aunque titubeo:

—Yo… Mi cuerpo ha cambiado mucho desde la última vez.

No soy la misma. Aunque siempre tuve algún complejo, ya no es como hace seis años. No es lo que él recuerda.

Pero entonces Zac me toma de las muñecas y con suavidad tira de mí, obligándome a que ceda y le muestre mi desnudez. Sus ojos me recorren, ávidos, y un calor diferente comienza a apoderarse de mis mejillas. Cuando vuelve a mirarme, sus pupilas llenan casi todo el espacio del iris.

—Tu cuerpo es perfecto, Beth. Tú eres perfecta.

Sé que eso no es cierto, pero no importa. No son sus palabras, sino la forma en que me mira cuando lo dice. Los ojos cargados de deseo y la voz rasposa.

Todo en él grita que me desea.

No me suelta las muñecas cuando baja la boca a mi piel. Primero a mis hombros y después sigue por mi clavícula. Llega a mi pecho y lo besa con suavidad. Sin darme cuenta me inclino hacia atrás cuando sus dientes atrapan mi pezón y lo mordisquean. Me suelta una de las muñecas para agarrarlo y alza la mirada hacia mí.

—Eres preciosa —dice.

Como si supiera las palabras exactas que necesito escuchar para lograr calmar mis nervios. Ojalá librarse de los complejos fuese tan fácil.

Sigue bajando y sus labios llegan a mi ombligo. Me suelta de la otra muñeca y contengo el aire al notar como desabrocha el botón de los vaqueros. Una vez baja la cremallera, su boca sigue la misma dirección.

Hacia la cicatriz de la cesárea, todavía visible.

Sé que la ha notado porque se aparta y luego pasa las yemas de los dedos con suavidad por mi piel, trazando el mismo camino que dejó el bisturí.

No dice nada, solo acaricia, y vuelve a besar esa zona. Me arden los ojos y parpadeo para alejar las lágrimas que de pronto los anegan.

Alza los suyos y me mira, y por un segundo creo que me va a preguntar si estoy segura. Ojalá no lo haga, porque la respuesta no le va a gustar. Pero a mí tampoco y, si no lo digo en voz alta, puede que logre ignorarla.

Pero no habla. Solo me observa, como dándome tiempo a cambiar de opinión.

Después vuelve a incorporarse. Sin dejar de mirarme, se desabrocha los botones de la camisa y se la quita. Puedo ver los músculos trabajados que intuía bajo la tela.

Se inclina sobre mi cuerpo, cubriéndolo con el suyo, y nuestras bocas vuelven a unirse. Me besa con ganas, con fuerza. Me besa como si pudiera recuperar todo ese tiempo perdido en tan solo unos segundos.

Sus manos se cuelan con mucha más facilidad dentro de mis pantalones, pero cuando atraviesa la barrera de la ropa interior vuelvo a colocar las manos sobre el pecho y lo aparto. Esta vez lo hago con más suavidad.

—Espera... —jadeo bajo su mirada desconcertada—. Aquí no.

Tarda unos segundos en comprender qué quiero decir, pero cuando lo hace asiente y, antes de que pueda protestar, me levanta de la silla tomándome por el trasero.

Le rodeo el cuello con los brazos y envuelvo las piernas alrededor de sus caderas para sujetarme. Una sonrisa traviesa aparece en sus labios cuando estamos así de cerca.

—¿Qué te hace tanta gracia? —pregunto al notar que me contagia su sonrisa.

—Que estás a punto de ser mía.

Me aprieta contra él y jadea. Segundos después cruza la cocina conmigo en brazos como si no le pesara nada. Subimos las escaleras al primer piso en silencio y me lleva a su habitación.

Ya había estado aquí antes, hace años. Conozco las paredes pintadas de azul y la cama enorme que hay junto a la ventana. Recuerdo el escritorio de caoba oscuro y el espejo gigante al lado del armario. No ha cambiado nada, pero apenas me da tiempo a fijarme antes de que Zac cierre la puerta y me deje en la cama. Tan pronto como mi espalda roza el colchón, vuelve a colocarse sobre mí.

Besa mi pecho, mi estómago y regresa a la cicatriz. Se me cierran los ojos cuando toma mis pantalones y tira de ellos, con lo que consigue que se bajen y llevarse la ropa interior en un solo movimiento; después la lanza a un lado en el suelo.

Cuando lo miro, parece una visión de otro mundo. Algo que nunca imaginé que volvería a suceder. Lo veo sin camisa mientras se desabrocha los pantalones, aunque sus ojos están clavados en mí, como si fuese lo único importante de toda la habitación.

Al quitarse la ropa, puedo ver que está listo.

Toma un paquete brillante de la mesita y lo deja cerca antes de cubrirme con su cuerpo. Me recorre con las manos y me besa, procurando hacerme sentir cómoda.

—¿Así está bien? —pregunta cuando sus dedos tantean por mi muslo.

—Sí —jadeo.

Se mueven un poco más.

—¿Y así?

—También.

Llegan a mi pubis y me cuesta respirar.

—¿Y ahora?

Ni siquiera puedo contestar. Solo asiento y cierro los ojos. Justo en ese momento, sus dedos alcanzan mi intimidad y me besa.

Me deshago en sus labios mientras me frota el clítoris. No puedo evitar removerme bajo su contacto. Hacia tanto tiempo que no creo que aguante mucho.

—Zachary…

Uno de sus dedos tantea mi entrada y cuando no opongo resistencia, lo mete en mi interior. Estoy más mojada de lo que pensaba y no tarda en añadir uno más.

—Joder, Beth —gruñe contra mis labios—. Eres perfecta.

No sé si lo dice porque sabe lo bien que me hace sentir, pero funciona. Bombea en mi interior sin dejar de frotarme el clítoris, cada vez un poco más rápido. Sus dedos se curvan sobre el punto exacto y no aguanto más.

Ahoga mi gemido con un beso, y recuerdo entonces que no debemos hacer ruido. Él aguanta, sin dejar de moverse en mi interior y besándome, hasta que mi cuerpo se relaja. Después mueve los labios sobre mi oído y susurra:

—He soñado tantas veces con este momento…

Tengo la respiración agitada y no puedo contestar. Ha sido mejor de lo que esperaba, y… no suficiente. Necesito más.

Necesito sentirlo.

Extiendo el brazo y tomo el envoltorio que ha dejado a un lado. Desgarro el papel y cuando se lo paso me encuentro una sonrisa traviesa y las cejas alzadas.

—Como desees —susurra.

Se coloca el preservativo y se tumba sobre mí. Mi cuerpo está más que preparado para recibirlo. Mi respiración se acelera cuando lo noto entre mis piernas y nuestra intimidad se roza.

Zac apoya los codos a ambos lados de mi cara y me aparta el cabello de la frente húmeda. Me muevo casi sin querer y comienza a entrar. Su miembro penetra despacio, abriéndose paso con delicadeza, hasta llenarme al completo. Hasta hacerme sentir viva.

—Dijiste que sería tuya.

—Así es.

Aprieto los labios y su mirada baja unos segundos a ellos.

—No voy a ser tuya, Zachary.

Sus ojos llamean sobre los míos.

—Te equivocas, Elisabeth —replica con voz grave, utilizando también mi nombre completo—. Ahora mismo lo eres.

Mueve las caderas, saliendo y entrando de mí, esta vez un poco más fuerte. Me muerdo el labio inferior por las sensaciones.

—Justo…

Sale.

—Ahora…

Entra.

—Eres…

Sale.

—Mía.

El gemido se escapa de mis labios mientras los movimientos de Zac se hacen cada vez más rápidos y profundos. Me aferro a sus hombros y clavo las uñas.

Solo puedo escuchar nuestros jadeos y el sonido de los cuerpos al fundirse en uno. Inclino la cabeza hacia atrás, sintiendo cómo el orgasmo se aproxima de nuevo. Zac me besa el cuello y sus dientes me rozan la piel sensible. La mordisquea. Creo que va a dejarme marca, pero ahora mismo no me importa.

Quiero más.

—Más —dicen mis labios.

Hace lo que le pido y ya no aguanto más. A los pocos segundos exploto, volviendo a necesitar sus labios para acallar mi orgasmo. Antes de que yo termine, él también alcanza el suyo y soy yo quien se encarga de sostenerlo.

Cuando termina, no sale de mí al momento. Se queda parado unos segundos, observándome con los ojos brillantes. Me acaricia la mejilla y me da un beso suave en los labios. Después se aparta y cae de espaldas con un jadeo, pero antes de que pueda pensar o decir nada, me atrapa y me atrae contra su pecho, que se mueve arrítmicamente por el esfuerzo.

Cierro los ojos y trato de relajarme bajo su abrazo mientras recupero la tranquilidad.

Pero no puedo.

Mis músculos se tensan y mi mente, más despierta y despejada que nunca, empieza a darse cuenta de lo que he hecho.

De todo lo que me he saltado.

Miro a Zac, pero él tiene los ojos cerrados y una expresión relajada en el rostro. Como si notara que lo observo, abre los ojos y sonríe con calidad. Me siento una persona horrible, así que me fuerzo a devolverle la sonrisa, a poner una de fingida paz, como he hecho tantas otras veces en mi vida.

Después bajo la mirada y me concentro en respirar. Y en no pensar.

No dice nada y tras largos segundos su corazón se relaja y la respiración se vuelve acompasada. Creo que se ha dormido, pero espero unos minutos más por si acaso antes de salir de la cama.

Agarro una camiseta que tiene doblada en el escritorio, que me queda enorme, y la ropa interior. Cruzo el pasillo hacia la habitación donde está Sophia, pero la encuentro durmiendo plácidamente.

Pienso en quedarme allí, con ella. Y luego me pregunto qué pensará Zac si se despierta y no me ve allí. De todos modos, ya he metido la pata hasta el fondo. ¿Qué puede ser peor que acostarte con tu ex?

Así que regreso y en silencio tomo una esquinita del colchón. Pienso que me va a costar mucho conciliar el sueño, pero de alguna forma escuchar las respiraciones acompasadas de Zac me relaja. Antes de que me dé cuenta, la luz del sol ha llenado la habitación y escucho la voz de Sophia, llamándome a gritos.

—¡Mamá! ¡Mamá! Mamá, ¿dónde estás?

Abro los ojos de par en par, cegada de primeras por la fuerte luz que se cuela por las ventanas y me indica que ya es de día.

—¡Mamá! —grita Sophia.

Está llorando. No del todo, pero sí a punto de entrar en pánico. Reconozco ese tono de voz.

De pronto me encuentro totalmente lúcida y me dispongo a salir corriendo de la cama, pero unos brazos me lo impiden. Tardo un par de segundos en darme cuenta de que se trata de

Zac, que está abrazándome, y los recuerdos de la noche anterior regresan con fuerza a mi cabeza.

—¡Mami!

Mierda. Ella casi nunca me llama así.

Me libro de los brazos de Zac sin miramientos, y en ese momento él también comienza a despertarse. Trato de salir de la cama, pero voy tan apresurada que mis piernas se enredan entre las sábanas y por poco caigo de bruces al suelo.

—¿Qué está pa...? —comienza a preguntar Zac, pero se queda callado cuando la respuesta llega con un nuevo grito de nuestra hija.

—Ahora vuelvo —me giro para decirle.

Y lo encuentro totalmente desnudo y medio destapado en la cama.

No tengo tiempo para sentir vergüenza. Por suerte yo sí estoy vestida con la camiseta que le robé la noche anterior, y me apresuro a salir de la habitación.

—¡Ya voy, Sophia! —exclamo.

—¿Mamá?

Sigo la dirección de la voz y me doy cuenta de que está en las escaleras. La encuentro justo a medio camino hacia el piso inferior. Tiene los ojos rojos y las mejillas encendidas, pero no ha roto a llorar.

—Perdona, ardillita. Me quedé dormida.

Ella misma se gira y recorre de vuelta las escaleras hacia el primer piso. Cuando llega a mi lado me abraza y se le escapa un gemido.

—No sabía dónde estaba y no te encontraba.

—Lo sé, lo siento. Estamos en casa de Zac.

—Sí, he reconocido la entrada.

Con sus deditos señala hacia el final de las escaleras.

—Siento que te hayas asustado, ardillita.

—Ya estoy mejor —admite ella.

Sonrío con dulzura y le aparto el cabello de la cara. Solo ha sido un susto.

Entonces los ojos de Sophia captan algo detrás de mí y se inclina para ver mejor. Al girarme encuentro a Zac saliendo de la habitación y caminando hacia nosotras. Lleva puestos unos pantalones largos de pijama que…

Van a juego con la camiseta que le he robado.

—Buenos días, ¿va todo bien?

—Sí, solo se desorientó porque no sabía dónde estaba.

—¿Desorientar es asustar? —pregunta Sophia.

—Quiere decir que no sabías dónde estabas.

Ella asiente y luego mira a Zac, que termina de llegar hacia nosotras.

—Papá, ¿esa habitación es ahora mi habitación en tu casa?

Miro alarmada al aludido, que parece igual de sorprendido que yo por la pregunta. Tras pensarlo un rato, responde:

—Solo si tú quieres, Sophia.

—El color de las paredes es muy feo.

—Puedes cambiarlo sin problemas —propone—. Pero, mientras tanto, ¿y si bajamos a desayunar?

—¡Sí! Quiero tortitas.

Me levanto, y Sophia toma la mano que su padre le ofrece. Cuando la toma, frunce el ceño y entonces pregunta:

—¿Habéis dormido juntos?

Ay, Dios mío.

Me gusta seguir la política de no mentir a Sophia, más bien contarle la información adaptada a su edad, pero… Esto no puede saberlo. Incluso si para ella dormir es algo tan inocente como solo dormir.

—Lleváis el mismo pijama —puntualiza cuando no respondemos.

Entro en pánico y miro a Zac pidiendo ayuda. Él parece tan alarmado como yo. Hasta que de pronto, la expresión de Sophia cambia. Frunce el ceño y parece realmente… ¿enfadada?

—¿Por qué has dormido con él y no conmigo? —exige, alzando la voz.

Me agacho a su lado dándome cuenta del error. En Nueva York compartíamos habitación, era nuestro momento. A su lado me sentía en paz, sentía que la protegía. Entiendo que pueda sentirse dolida porque no he ido con ella. Debería haberlo hecho.

—Lo siento, ardillita. Yo… Fue sin querer. Me quedé dormida.

Aunque me ahorro entrar en detalles de cómo me dormí.

—¡Es mi mamá! —exclama volviéndose hacia Zac.

Y antes de que pueda pararla, se acerca a él y le empuja.

A ver, tiene cuatro años y diez meses. Por mucha fuerza que emplee, apenas consigue mover a su padre del sitio; es más la sorpresa ante su reacción. Sophia siempre ha sido cautelosa. No es una niña que se enfade con facilidad y tampoco es celosa, pero…

Supongo que siempre me ha tenido solo para ella.

—Sophia, espera. ¿Crees que está bien que empujes a tu padre?

Ella me mira mientras Zac parpadea, todavía sorprendido. No borra la expresión de enfado de su cara, pero sí inclina el rostro levemente arrepentida.

—No, no está bien —responde con un hilo de voz.

Y es que me preocupa porque no es a primera vez que lo hace. Ya empujó a Marco cuando se burló de su diadema.

—¿Estás enfadada con él porque dormí en su habitación?

Tras unos segundos, niega con la cabeza.

—¿Y conmigo?

Tarda un poco más en pensar, y creo que va a asentir, pero vuelve a negar.

—¿Quizá estás triste porque no dormimos juntas, y cuando te has despertado te has visto sola en una habitación que no conoces?

Esta vez, Sophia asiente.

—Ardillita, está bien si te has sentido mal. Yo también me pongo triste cuando nos separamos. Pero es mejor que arreglemos las cosas hablando que empujando a la gente, ¿de acuerdo?

Vuelve a asentir, todavía con la cabeza gacha. Al final, sin que le diga nada, se vuelve hacia Zac y dice:

—Lo siento, papá. No debí empujarte.

—Está bien, Sophi. Te perdono.

Se agacha para quedar a su altura y ella le da un abrazo. Cuando se levanta, la toma entre sus brazos y por fin la expresión de la niña se relaja.

—¡Venga! ¡Vamos a preparar esas tortitas! Me muero de hambre.

Una sonrisa aparece en el rostro de Sophia, que me mira y luego asiente.

—¡Puedo tocar el techo! —exclama mientras eleva las manitas.

Pero los techos son tan altos en esta casa que incluso así le cuesta llegar.

—Venga, ¡a desayunar! —exclama Zac.

Me guiña un ojo al pasar a mi lado y agradezco en silencio su intervención. Con cuidado bajan las escaleras, todavía con la niña en brazos, y los sigo de cerca hasta la cocina.

—Mamá, ¿por qué está tu blusa en el suelo? —se burla Sophia al llegar.

Me doy cuenta tarde de a qué se refiere. Y es que no solo está mi blusa, también la camisa de Zac y mi sujetador. Tal y como los dejamos anoche.

Corro a recogerlo todo mientras mi hija se ríe y a Zac se le encienden las mejillas.

La inocencia de un niño es adorable, porque no sabe qué es lo que ha pasado aquí en realidad.

¿Y nosotros?

Nosotros somos un desastre.

Veintinueve

BETH

Entre Zac y yo conseguimos preparar un gran banquete de tortitas. Resulta que tanto a él como a Sophia les entusiasma comerlas con mermelada de fresa y me sorprendo a mí misma sonriendo cuando se dan cuenta del detalle.

Después nos cambiamos y nos arreglamos para pasar por casa de mi padre antes de ir al colegio. Aquí no tenemos ni cepillos de dientes ni la mochila de la escuela. Además, yo tengo que ir a trabajar. Menos mal que Sophia se ha despertado muy temprano.

Estoy esperando a que termine en el baño antes de salir cuando veo el momento de hablar con Zac. Es la primera vez que estamos a solas desde anoche, y por muy pocas ganas que tenga de tener esta conversación, sé que debo hacerlo.

Me acerco a él en la entrada de la casa y, sin más miramientos, lo suelto:

—Tenemos que hablar de lo que ha pasado.

Asiente con la cabeza y se reclina contra la pared mientras cruza los brazos en el pecho. Siempre que alguien hace eso no puedo evitar recordar que se trata de un acto de protección, o al menos eso leí una vez.

—Adelante.

Me pongo nerviosa y las palabras no salen.

«Sé sincera, Beth. Dile cómo te sientes».

—No sé cómo hacerlo con Sophia —confieso por fin—. Creo que… no quiero que se entere de esto.

Con torpeza, lo señalo a él y luego a mí, y vuelve a asentir.

—¿Por si se lo toma a mal?

Sacudo la cabeza. Tengo la impresión de que sería todo lo contrario.

—Por si no funciona. No quiero que se haga ilusiones.

Ahora es su turno de guardar silencio. Parece pensativo. Al final descruza los brazos y asiente.

—Quieres ir despacio.

—Supongo que sí.

Se separa de la pared y da un paso hacia mí. Ni siquiera me molesto en retroceder. Por alguna estúpida razón, a mi cuerpo le encanta estar lo más cerca posible de él.

—Ya salimos una vez en secreto, Beth. Preferiría gritar a los cuatro vientos que estamos juntos, que somos... un nuevo nosotros, pero entiendo por qué te sientes así.

«Un nuevo nosotros». Me gusta como suena.

—Es por Sophia —insisto.

Al menos mi mente se mantiene cuerda.

—Ya —susurra, pero no parece convencido.

No da tiempo a seguir la conversación porque nuestra hija sale del baño y se acerca, feliz.

—¡Estoy lista! —exclama—. Y me he lavado las manos.

—Muy bien, ardillita. ¿Le dices hasta luego a Zac?

—Papi, ¿vendrás a buscarme esta tarde?

—Claro que sí.

Se agacha a su lado y Sophia le da un fuerte abrazo y un beso sonoro en la mejilla. Después se aleja con el rostro arrugado.

—Auu, pinchas. Tienes que *afedizarte*.

—Afeitarte —corrijo con suavidad, y luego me río—. Pero sí, tienes razón. Pinchas.

Mi risa dura unos segundos más, hasta que me doy cuenta de por qué yo también sé esa información. Sophia no se da cuenta, pero Zac sí y alza las cejas con diversión.

—Lo tendré en cuenta para la próxima vez —responde mirándome solo a mí.

Las mejillas me arden y tomo la mano de Sophia antes de girarme para salir de la casa.

—En fin, nos tenemos que ir —me despido—. ¡Hasta pronto!

«¡Corre, corre, corre!».

Con el corazón acelerado, monto a Sophia en el coche y pongo rumbo a la casa de mi padre. Sin querer, esta noche ha vuelto a ser una de las importantes en mi vida; un punto de inflexión, donde todo puede volver a cambiar.

Pero ¿estaré haciendo lo correcto?

Pasamos por casa casi corriendo para lavarnos los dientes y prepararnos para la escuela y el trabajo. Encontramos a mi padre con su café en la cocina, y aunque saluda a Sophia con una sonrisa, a mí me mira perspicaz.

—Buenos días, papá.

Suelta un pequeño gruñido y baja la taza de café. No tengo muy claro si está enfadado porque hayamos pasado la noche fuera o resentido.

—¿Habéis desayunado? —pregunta.

—¡Hemos hecho tortitas! Papá y yo las hemos comido con mermelada.

—Mañana te las preparo yo —promete—. Ya verás, me salen muy bien.

—¡De acuerdo!

Madre mía. Noto resquemor.

—¿Y pudiste descansar bien, Sophia?

Ella asiente con la cabeza, pero luego se le borra la sonrisa y mi padre frunce el ceño.

—Sí, pero me asusté porque no conocía la habitación y las paredes eran muy feas.

—Ardillita, está bien si no te gustan, pero no digas que algo es feo.

—Y tú ¿descansaste bien, Beth?

Pero es Sophia quien contesta:

—Sí, mamá durmió con papá.

Mierda.

—No es lo que piensas —me apresuro a decir.

Solo que sí es lo que piensa.

—Está bien, eres una mujer adulta. Solo quiero que tengas cuidado.

No sé si está hablando de asuntos del corazón o se refiere a otro tipo de cuidado. En concreto al que llevó a Sophia a estar aquí.

Me percato de que mis mejillas se tiñen todavía más de rojo y miro hacia otro lado.

—Venga, ardillita. Hay que ir al cole.

Por primera vez en mucho tiempo, tengo la sensación de que mi vida está moviéndose a toda velocidad. Tanto irme de casa como regresar al pueblo fueron cambios bruscos, pero sopesados con tiempo. Sin embargo, ahora todo se me está escapando de las manos.

Treinta

BETH

Zac continúa pasando las tardes con Sophia, y cuando la voy a recoger hablamos. Siempre es amable y me pregunta por el trabajo y la reforma de la casa. Me ha pasado los contactos que prometió y me ha asegurado que me harán buen precio en los materiales.

No ha vuelto a sacar el tema de lo que sucedió esa noche, y yo tampoco.

Trato de continuar con esta nueva rutina. Por la mañana llevo a Sophia a la escuela y voy a trabajar. Como un sándwich con Emy en el cambio de turno para ponernos al día, y a veces Charlotte también se pasa, así que me escaqueo para charlar con ella. Tras el trabajo voy a Villa Celeste para continuar con los arreglos, y a la tarde Zac acerca a Sophia a casa o voy a buscarla yo a la suya.

Normalmente las mañanas son tranquilas en Emilia's Coffee, pero hoy ha llegado una excursión para disfrutar del balneario del hotel de Nick y él les ha recomendado el local, por lo que se ha llenado de gente y no tengo un respiro. Además, Emilia ha tenido que salir a entregar unas tartas y me he quedado sola.

Por eso mismo no me doy cuenta de que me han llamado al teléfono hace un rato. Cuando veo las llamadas perdidas, han pasado quince minutos desde la primera.

Me alerto porque reconozco el número como un teléfono del pueblo. Estoy a punto de llamar cuando vuelve a sonar y contesto.

—¿Hablo con Elisabeth Wilson?

—Sí, soy yo.

—Llamo de la escuela, por su hija Sophia.

Un escalofrío me recorre.

—¿Está bien? —pregunto, de forma apresurada.

—Creemos que tiene fiebre. Ahora mismo está en la enfermería, pero sería conveniente llevarla al médico. ¿Podría venir a recogerla?

—Por supuesto, ahora mismo voy.

Cuelgo y me guardo el teléfono en el bolsillo, pero al levantar la mirada la realidad me golpea con fuerza: estoy sola en la cafetería, que se encuentra abarrotada de gente.

Mi instinto me dice que eche a todos y cierre, porque no sé cuándo regresará Emilia, y Sophia me necesita. Pero también sé que eso estaría mal. Si estuviese vacía podría salir, pero no así.

Una mujer levanta la mano para llamarme.

—Un segundo, ahora voy —le pido.

Y tecleo frenéticamente en mi teléfono en busca de un contacto específico.

—¿Sí?

—Hola, Zac. ¿Es un mal momento?

—Para ti nunca lo es.

¿Eso ha sido un intento de coqueteo? Pero no tengo tiempo para analizarlo. Hay un problema un poco más urgente.

—Me acaban de llamar del colegio. Sophia tiene fiebre y han pedido que vaya a recogerla, pero ahora mismo tenemos muchísimo trabajo en la cafetería y además estoy sola.

Antes de que pueda hacer la pregunta, Zac se apresura a decir:

—Ahora mismo voy a por ella.

Escucho a través del teléfono el arrastrar de una silla y una voz de fondo pregunta a dónde se dirige.

—Lo siento, en otro momento continuamos, es una emergencia familiar —le dice Zac a esa persona.

—Oye, si no puedes, no pasa nada. Yo…

—Ya estoy de camino —me interrumpe tras escuchar un sonido parecido a una puerta cerrándose—. ¿Tienes algún documento en casa de tu padre que deba recoger para llevarla al médico?

—Pues… En realidad, creo que son anginas. Anne enfermó poco después de su cumpleaños y ya sabes que están todo el día juntas. Pensaba llevarla al salir del trabajo.

—Puedo encargarme también de eso.

—¿Estás seguro?

Aunque, en realidad, quien no lo está soy yo. Me siento la peor madre del mundo.

Mi hija está enferma y me necesita. Debería echar a los clientes y cerrar el local para llevarla yo misma. Mi obligación es estar con ella en el médico y cuidarla.

—Por supuesto. Te mantendré informada.

Detiene sus pasos y oigo como desbloquea el coche.

—Yo… —balbuceo, todavía con dudas.

—Avisa al colegio que voy de camino, ¿de acuerdo? Llego en cinco minutos.

—Está bien. Gracias, Zac.

—Sabes que no es nada que debas agradecer.

Y luego cuelga.

No me quedo del todo tranquila, pero la mujer de antes me llama de nuevo y debo volver al trabajo. Me tomo un momento después para avisar en el colegio de que irá su padre. Cada poco tiempo miro hacia la puerta, pero Emilia no regresa. De quien sí tengo noticias es de Zac, que, cumpliendo con su promesa, me envía mensajes cada poco tiempo.

Zac
Ya estoy con Sophia. Le duele la garganta, así que iremos al médico directamente.

Zac
Acabamos de llegar. Enseguida nos atienden.

Zac
Sophia te manda un beso. No te preocupes, Beth, que te conozco. Está bien y tranquila conmigo.

Zac
Ya pasamos.

A los pocos minutos me llama. Lanzo un vistazo rápido a los clientes, que parecen distraídos charlando y disfrutando de sus pasteles, y atiendo la llamada.

—¿Sí?

—Hola, mami —saluda Sophia con una voz más suave de lo normal.

—¡Hola, ardillita! ¿Cómo estás?

—Me duele la garganta. El médico ha dicho que la tengo inflada.

—Inflamada —corrige Zac—. Estamos yendo a la farmacia para comprar el jarabe que le ha recetado y luego la llevaré a casa. Efectivamente, tiene anginas.

—Pero ¿vamos a tu casa o a casa del abuelo? —pregunta Sophia.

Y es que Zac tardó literalmente menos de un día en cambiar el color de la habitación «fea» a un rosa claro que escogió con Sophia. Al día siguiente había decorado con mariposas azules las paredes y cambiado los muebles por unos de su edad.

Desde entonces, Sophia ha comenzado a hablar como si tuviera dos casas: la de papá y la del abuelo.

Sobra decir que a mi padre no le hace nada de gracia. Creo que siente que le están arrebatando a su nieta, y lo entiendo.

—¿Dónde quieres ir? —pregunto cuando Zac no responde.

Sophia se toma unos segundos.

—A casa de papá, que tiene muchos dibujos en la tele.

No puedo evitar reír. Que tenga humor de ver la tele es buena señal. Además, apenas pasa tiempo con las pantallas, así que podemos concederle permiso ahora que está enferma.

—Está bien, ardillita. Yo iré enseguida. ¿Te apetece algo para comer?

Escucho una especie de queja y es Zac quien contesta.

—Dice que no tiene hambre, pero voy a prepararle una sopa de pollo, que seguro que le viene bien.

—De acuerdo, gracias.

—¿Qué hemos dicho de las gracias, Beth? —se burla.

Pongo los ojos en blanco, aunque no me ve. Justo en ese momento Emilia regresa al café y me despido de ellos.

—Tengo que colgar, pero iré para allá en cuanto pueda.

—Adiós, mamá.

Guardo el teléfono mientras Emilia se acerca. Ladea el rostro y por su expresión puedo ver que sabe que algo va mal.

—¿Hay algún problema?

Mira hacia los clientes, que siguen charlando alegremente, y de nuevo a mí.

—Me han llamado del colegio. Sophia está enferma.

—Vaya, pobre niña. Imagino que tienes que irte, por supuesto. No te preocupes, la familia es lo primero.

—En realidad Zac ya está con ella. Como estaba aquí sola lo llamé, y se ha encargado de ir a buscarla y llevarla al médico. Tiene anginas.

Emilia asiente despacio y noto un cambio en su mirada, además del amago de una sonrisa.

—Eso está bien, es su obligación como padre —sentencia—. De todos modos, no te preocupes por la cafetería y ve con tu hija, cariño.

—¿Estás segura?

—He levantado de la nada esta cafetería. Puedo encargarme de estos clientes perfectamente.

Me guiña un ojo y respiro aliviada. Aunque sé que Sophia está bien, necesito verla con mis propios ojos y cuidarla. Cuando estábamos en Nueva York enfermaba mucho, pero no ha vuelto a ponerse mala desde que llegamos al pueblo. Eso no significa que pueda despreocuparme.

Dejo el delantal, tomo mi bolso y salgo a toda prisa del local. Mi nuevo coche está aparcado cerca. Todavía no me hecho a conducirlo. Se acelera más de lo que esperaba y, aunque no suelo correr, me ayuda a llegar rápido al destino. Hoy sí necesito estar pronto.

Aparco el coche pegado al de Zac y salgo casi corriendo. Él me abre al segundo toque. Lleva unos pantalones de traje, una camisa desabotonada y el cabello revuelto.

—Está en la sala —me informa mientras se hace a un lado para dejarme pasar—. Viendo la televisión y con un buen vaso de zumo.

—¿Zumo? —repito mientras paso a su lado.

Sé muy bien dónde se encuentra la sala, por lo que me adelanto y él me sigue.

—Es lo único que quería beber, y pensé que mejor eso que nada.

Asiento con la cabeza y llego hasta la habitación.

—Hola, Sophia —saludo cuando la veo.

Sigue usando la misma ropa que esta mañana. Un conjunto deportivo y cómodo, el pelo recogido en dos trenzas, que ya están casi deshechas, y sin calcetines. Cuando me escucha, me busca con la mirada y sonríe.

—Hola, mami. Estoy viendo *Mulán*.

—¿Cómo te encuentras, ardillita?

—Bien, pero el jarabe sabe muy mal.

Hace un mohín con la boca y lo encuentro adorable.

—El doctor te dijo que era importante para ponerte buena —replica Zac, llegando a mi lado—. ¿A que ahora te encuentras mejor?

—No —miente.

Y lo sé porque se cruza de brazos.

Me vuelvo hacia Zac y los dos compartimos una mirada de circunstancias. Sonreímos, y Sophia añade:

—Quiero espaguetis con tomate.

Alzo las cejas, sorprendida. Cada día que pasa, Sophia parece estar más consentida. Antes, ni siquiera enferma exigía así las cosas. Siempre preguntaba si podía comer cierta comida, y jamás se olvidaba del por favor.

—Depende —corrijo con rapidez.

Y ella enseguida lo entiende, porque se vuelve en el sofá para mirarnos y pregunta:

—¿Puedo comer espaguetis con tomate, por favor?

Asiento y me vuelvo hacia Zac, ya que es su casa. Suspira y dice:

—Iba a hacer una sopa, pero supongo que al final serán espaguetis. ¿Solo con tomate?

—¡Y salchichas! —exclama Sophia.

—Pero no tengo salchichas.

—Puedo salir un momento a por ellas.

Nuestra hija asiente enérgicamente con la cabeza y los dos sabemos que ella ha ganado. Está enferma, así que le daremos de comer lo que pida.

Le doy un beso en la frente para de paso controlar que no tenga mucha fiebre, y salimos de la sala. Tengo todavía las llaves del coche en la mano, así que las balanceo delante de nuestras caras.

—Voy al super a por salchichas. ¿Necesitas algo más?

Niega con la cabeza, pero en el último momento se arrepiente.

—Tomate. No tengo salsa de tomate de la que le gusta a ella.

Para algunas cosas, Sophia es muy exquisita. Asiento y me despido de él mientras salgo para ir al supermercado.

Es curioso cómo minutos antes he llegado atacada de los nervios, y ahora estoy más tranquila.

Porque no solo he visto a Sophia. Me he dado cuenta de cómo la cuida Zac y…

Está en buenas manos.

Está con su padre.

Treinta y uno

BETH

Cuando vuelvo del supermercado a la casa y Zac abre, escucho la risa de Sophia.

—¿Se encuentra mejor? —pregunto.

Él toma la bolsa del supermercado y asiente con la cabeza.

—Parece que la medicina para la fiebre empieza a hacer efecto. Incluso ha dicho que tiene un poco de hambre.

A medida que lo sigo por el pasillo, escucho más voces, pero suenan lejanas, como si vinieran de la televisión. Sin embargo, es imposible porque están manteniendo una conversación con Sophia.

—¿En serio? Yo tengo toda la colección de libros —dice una voz de niño.

—Qué envidia. La mayoría los leo de la biblioteca —responde mi hija.

Lanzo una mirada interrogativa a Zac y él sonríe con suavidad mientras me hace un gesto para que lo siga hacia la sala.

—Mi hermano me llamó, resulta que uno de sus hijos también está enfermo en casa y… los hemos presentado.

Cuando entro en la estancia me encuentro a Sophia tumbada en el sofá. Entre sus manos tiene el teléfono de Zac, y se está riendo. Al escucharme llegar se gira.

—Mi mamá ya está aquí, ¿quieres conocerla?

Y sin esperar respuesta se incorpora en el sofá y gira el teléfono hacia mí, de forma que me enfoca y yo también puedo ver la pantalla. Un niño de aproximadamente su edad se encuentra al otro lado. Viste un pijama de estrellitas.

—Mamá, él es mi primo Nathan. Nathan, ella es mi mamá.

—Eh... Hola, Nathan —saludo.

A Nathan no le da tiempo a responder. Vuelve a girar el teléfono hacia ella y continúan hablando.

—Pero, a ver... Si se fueran de aventura a la isla del queso, los pies les olerían fatal. Necesitarían zapatos especiales.

Parpadeo, confundida por la escena y también por la conversación; porque, cuando el niño responde, lo hace con un tono serio.

—Eso no es así, porque el queso en realidad huele bien. Además, es un ratón, ¡le encanta!

Me vuelvo hacia Zac, que está sonriendo de oreja a oreja.

—Sophia, vamos a hacer algo de comer, ¿te parece? —le avisa.

Ella apenas asiente con la cabeza. Está enfrascada en un gran debate sobre ratones ficticios y olores de queso.

Zac me hace un gesto con la cabeza y lo sigo resignada hacia la cocina. Una vez allí, me habla mientras coloca la bolsa con la comida.

—Espero que no te importe. Hace tiempo que le hablé a mi familia de ella, y mis sobrinos estaban como locos por conocerla.

—¿Cuántos años tienen?

—Nathan cinco. Es más pequeño que Sophia por unos meses. Y el pequeño, Gabriel, tiene tres años.

Asiento con la cabeza y guardo silencio mientras observo como guarda la comida y saca una olla para hacer la pasta. Zac malinterpreta mi silencio, porque tras llenar la olla de agua se gira de nuevo hacia mí y pregunta:

—¿Te ha molestado que les presentara a Sophia? Pensaba que...

—Para nada —interrumpo, y sacudo la cabeza de lado a lado con fuerza—. Me gusta la idea de que tenga primos.

Yo no tuve, o al menos no con los que me llevase bien. Y Jaden era demasiado pequeño como para jugar con él. Más bien me tocaba cuidarlo.

Zac eleva las comisuras de los labios en una suave sonrisa.

—Me gustaría que algún día se conocieran en persona, pero me da la sensación de que tendría que ir yo a por mis sobrinos. Mi hermano no hace más que trabajar.

—O podemos ir nosotras a verlos a Los Ángeles —propongo sin pensar.

Las palabras han llegado con rapidez a mis labios y, cuando las suelto, me doy cuenta de que es demasiado tarde para retirarlas. En especial al notar el brillo en los ojos de Zac.

—¿Lo harías?

Me muerdo el labio inferior y sus ojos bajan hacia ese punto en mi rostro. Ni siquiera disimula y se queda varios segundos mirándolo. Cuando su mirada regresa a la mía, puedo jurar que sus pupilas se han dilatado.

—Claro —contesto, pero mi voz suena ronca y necesito aclararme la garganta—. No estaría mal una visita.

¿Soy yo o hace más calor en esta cocina? Debe ser por el agua que ha puesto a hervir.

Da un paso hacia mí y de pronto soy consciente de que me estoy clavando la barra de la cocina en la espalda, aunque tampoco retrocedo.

—Eso me haría muy feliz.

—Solo pienso en lo mejor para Sophia.

Asiente despacio y sus ojos vuelven a bajar hacia mis labios. De pronto no puedo evitar recordar esa noche. Recordar cómo me besó, cómo me acarició y todo lo que me hizo sentir.

Mi memoria ya no tiene que viajar a más de seis años en el pasado, y ahora todo parece más vívido.

—Podríamos organizar un viaje, los tres juntos.

—¿Como una excursión? —trato de bromear.

Pero mi risa es nerviosa porque Zac se ha aproximado todavía más a mí. Baja el rostro y nuestras respiraciones se entremezclan. Siento cosquillas en los labios, que quieren volver a besarlo; y en mis manos, que se agarran con fuerza a la barra para contener la tentación de tocarlo.

—Sí, eso mismo —asiente—. Una excursión en familia.

«Familia».

Las mariposas revolotean en mi estómago cuando lo escuchan.

«Pero ¿por qué? Si no lo somos».

Su rostro baja un poco más y, cuando muevo el mío, nuestros labios casi se rozan. Tengo el pulso acelerado. Si me pongo de puntillas, solo unos centímetros, podría besarlo.

Quiero besarlo.

—Debería preparar la comida —susurra Zac.

Con cada palabra, sus labios vuelven a rozar los míos.

—Sí —suspiro—, deberías.

Cierro los ojos y durante unos segundos, noto la presión de nuestras bocas unidas. Pero dura muy poco, porque apenas un parpadeo después él se ha alejado.

Me agarro todavía con más fuerza mientras él se da la vuelta y se concentra en la olla de agua hirviendo, donde añade la pasta.

El corazón me late con desesperación. Siento calor en el vientre, en todo mi cuerpo en realidad. Las ganas de besarlo se han quedado ahí, y duelen con fuerza.

No, con necesidad.

Él no dice nada y yo tampoco lo hago. Me quedo allí, observando cómo se mueve por la cocina y prepara la comida, mientras trato de poner mis pensamientos en orden.

Hace suficiente comida como para alimentarnos a los tres. La sirve en tres platos y, cuando voy a tomar uno, me frena.

—Espera, toma.

Se mete las manos en el bolsillo del traje y me entrega una llave. La miro confundida y él explica:

—Es la llave de esta casa. Solo vivo yo y, dado que Sophia pasa bastante tiempo aquí, he pensado que deberías tenerla.

No sé qué decir.

—Esta casa estará abierta para ti siempre que quieras.

Cierro los dedos alrededor de la llave. Aquel verano nunca me dio una, aunque pasaba aquí muchos días. Pero supongo que ahora es distinto, porque tenemos una hija, ¿verdad?

No hay ninguna otra razón.

No tiene nada que ver con *un nuevo nosotros.*

Ni con la palabra… *familia.*

—Papá, estoy cansada. No quiero caminar.

¡Pero bueno! Alzo las cejas, escéptica, en cuanto escucho las palabras de Sophia una vez dejamos los coches en la entrada. Zac nos ha traído hasta la casa de mi padre y, cuando me acerco a ellos, eso es lo primero que oigo.

Ha mejorado muchísimo durante la tarde. Ya no tiene fiebre y el hambre ha regresado. Se ríe, habla y parece animada, aunque sigue enferma. Emilia me ha dado libre el día siguiente para cuidarla, ya que Zac tiene asuntos de negocios esa mañana, pero se encargará de cuidarla en cuanto tenga un hueco. Es todo un alivio saber que cuentas con alguien, si soy sincera.

—¿Te llevo en brazos?

—¡Sí!

Y así de fácil, Zac ha caído en la trampa. Pero antes de hacerlo, se vuelve hacia mí unos segundos y me guiña un ojo.

No ha caído, solo aprovecha el momento padre e hija.

Guardo silencio mientras la toma en brazos y Sophia le rodea el cuello con sus bracitos. Cierra la puerta del coche con un golpe de cadera y la carga a través del camino de entrada hacia la casa.

No puedo describir con palabras qué es lo que siento mientras Zac lleva a nuestra hija en sus brazos y ella descansa la cabeza sobre su hombro con los ojos cerrados. Un mechón de pelo rizado cae sobre su frente, cubriendo su rostro. Él la mira con una sonrisa y la acomoda, ya que se le deslizan los brazos. Igual sí que estaba cansada.

Y la imagen…, la idea que me da…

Me encanta y me duele a partes iguales.

Mi padre abre la puerta de entrada poco antes de que lleguemos. Se hace a un lado para dejarnos pasar.

Guío a Zac a través de la casa hasta la habitación de Sophia. Ella se queja cuando la dejamos en la cama, pero apenas puede abrir los ojos. No ha dormido nada en todo el día, entre ver la televisión y hablar con sus primos, y estar enferma te consume al final.

—Quiero una canción —se queja.

—¿Una canción? —repite, confuso.

—Ahora va, ardillita.

Sin darme cuenta tomo la mano de Zac y tiro de él para sacarlo de la habitación mientras me llevo un dedo a los labios para pedir silencio.

—Quiere que mi padre venga a cantarle —explico.

Zac no lo entiende, lo veo en sus ojos, pero no pregunta. Solamente me sigue hasta el piso inferior, donde mi padre finge leer su novela. Sé que lo hace porque alza la cabeza nada más pisamos el último escalón.

—Sophia quiere una canción —digo—. O varias.

Él asiente, pero sus ojos se posan en un punto en concreto. En las manos de Zac y en las mías, que siguen unidas.

Lo suelto como si ardiese y me niego a mirarlo; quizá porque mi piel sí que lo hace allá donde nos hemos tocado.

Papá se pone de pie y pasa a nuestro lado golpeando el brazo de Zac antes de subir las escaleras. Le hago un gesto para que me siga y ambos vamos a la cocina.

—¿Quieres un té?

—No, gracias —replica—. ¿Tu padre me odia?

La pregunta es tan directa que por poco me río de la sorpresa e incomodidad.

—No lo hace.

—Pues disimula muy bien.

Evito mirarlo mientras me preparo mi propio té. No es que mi padre le odie, nunca me ha dado esa sensación, pero sí creo que le tiene cierto… resentimiento. En especial desde que

Sophia ha preferido pasar más tiempo con su padre que con su abuelo.

—Me ha gustado tenerla hoy en casa.

—Y a ella estar allí.

—Beth, yo…

Me muevo entre las mesas, nerviosa. No sé si es su mirada. Su presencia. Él.

Pero estoy nerviosa.

Carraspea y espera mientras preparo el agua caliente y la taza.

—¿Dijiste de verdad que vendrías a conocer a mis padres? —pregunta.

Me vuelvo hacia él con los labios apretados.

—Dije que Sophia debería conocerlos, y que iríamos juntas. Comprenderás que no quiera que viaje tan lejos sin mí.

Él asiente.

—Por supuesto, pero… ¿querrías estar tú también cuando conozca a mis padres?

—¿Es importante para ti? —se me escapa.

Sé que para Sophia lo es, pero es lógico. Puedo entenderlo. ¿Y para Zac? Me cuesta mucho leerle. Sus padres siempre se lo han puesto complicado y pensaría que como niño rico querría complacerlos, pero no es así. Quiere que lo amen por lo que es y nada más.

Tampoco son unos padres tan horribles, pero… no son lo que alguien esperaría de ellos.

—Un poco —confiesa tras largos segundos, y sé que eso le ha llevado mucho trabajo emocional—. Aunque más importante es que conozca a mi hermano y a mis sobrinos.

Las comisuras de mis labios se elevan. Eso me lo esperaba.

—Por ellos, claro que quiero ir a Los Ángeles con Sophia. Por como hablabas siempre de tu hermano, debe ser una gran persona.

—Bueno, depende de la época de idiotez de su vida donde le pilles —bromea—. Una vez trató de meterme la cara en el retrete…

—Y te dijo que si aguantabas diez segundos podrías ver a tus verdaderos padres salir del agua y conceder deseos —termino por él—. Me lo contaste.

La sonrisa de Zac crece y mi mundo se ilumina.

Es increíble.

—Gracias, Beth —dice de pronto.

—¿Por qué? —Frunzo el ceño.

—Por darme esta oportunidad.

Se acerca más a mí y, antes de que me dé cuenta, me toma de la barbilla. Dejo que me alce el rostro para ver sus ojos y todo mi interior se remueve.

—No he hecho nada especial —jadeo.

—Has hecho mucho —replica—. Me has dado una razón para esforzarme. Y me has dejado conocerla.

—¿A Sophia? —pregunto.

El corazón me late desenfrenado, y no entiendo mucho. ¿Una razón para esforzarse?

—Y a ti. Esto. Eres increíble, Beth.

Su rostro baja más y, finalmente, me roza los labios. Mis ojos se cierran y solo puedo escuchar el latido acelerado mientras la boca de Zac presiona contra la mía. Me suelta la barbilla cuando se da cuenta de que acepto el beso y me rodea la cintura con las manos, atrayéndome hacia él.

Despacio, profundiza el beso y siento cada movimiento como una caricia. No está siendo brusco ni pasional; pero a veces eso es mucho mejor. Eso es lo que necesitas.

Zac me besa y es como si me demostrara sus sentimientos con cada toque. Me aferro a él y lo abrazo, atrayéndolo más cerca. Cuando el beso se termina, no nos separamos. Su frente descansa sobre la mía y nuestras respiraciones se entremezclan. Todavía tiene los ojos cerrados.

—Nunca te he olvidado —susurra.

El corazón me sigue latiendo con fuerza. Mis manos se han deslizado sobre su pecho y puedo notar que el suyo está igual.

—Ni siquiera he intentado olvidarte, Beth.

Una sonrisa triste tira de sus labios, como si estuviera recordando.

—¿Por qué? —pregunto.

—No quería. Y tampoco me arrepiento.

Separa el rostro, pero solo lo justo para poder mirarme a los ojos.

—Te quiero, Beth. Sigo enamorado de ti. Llevo más de seis años enamorado de ti.

Quiero creerle, aunque una vocecita en mi interior dice que es imposible mantener la llama del amor cuando no ha habido contacto.

Quiero creerle porque, a pesar de que yo dejé de estar enamorada de él, he vuelto a caer. Solo que esta vez lo he hecho con miedo.

Zac me mira y creo que espera una respuesta, pero no puedo dársela. Mis labios no se mueven y la voz se queda atrapada en la garganta. No puedo decírselo. Al menos, no todavía.

Al final, sus manos se deslizan de mi cintura y me suelta mientras retrocede. Aunque no se muestra herido, no puedo evitar pensar que quizá lo esté y esto solo sea una máscara. Si sigue siendo como el Zac que conocí, acaba de hacer un gran esfuerzo por expresar sus sentimientos.

—Debería irme a casa. Mañana me cuentas como sigue Sophia, ¿de acuerdo?

Asiento con la cabeza y me quedo en la cocina, observando cómo se da la vuelta y sale de casa.

No me muevo durante los siguientes minutos, ni siquiera cuando mi padre baja y me informa de que Sophia ya está dormida. Se sienta en una de las sillas de la cocina y me mira. Siento el silencio tenso sobre nosotros, como una capa de frío que se expande sobre mi piel. Estoy por hacer algo, irme de allí, cuando de la nada me pregunta:

—¿Volverás a echar todo tu futuro por tierra por su culpa?

—¿Perdón?

—La universidad —explica—. Dijiste que primero querías asentarte aquí, y ya lo has hecho. Tienes un trabajo estable, y Sophia se está adaptando.

—No entiendo a dónde quieres llegar.

—Ese chico no va a quedarse a vivir en el pueblo. Ha venido por negocios, y se irá, como se marchó hace años.

—Eso no lo sabes —replico.

Y ahí es cuando me doy cuenta de que, en realidad, estoy esperanzada.

Deseo creer en sus palabras, cuando dijo que quizá podría vivir aquí.

Y me doy cuenta de lo tonta que he sido.

Mi padre carraspea y suaviza la voz antes de volver a hablar.

—Estoy preocupado, Beth. Te estás enamorando de él.

Quiero contestar que es mentira, pero… mentiría.

—¿Y si me corresponde? —pregunto en su lugar.

—Entonces asegúrate de que, hagas lo que hagas, te estés poniendo a ti en primer lugar y no a él. Lucha por tu estabilidad y tu futuro. Termina la carrera, no por tener estudios, sino porque era lo que siempre deseaste. Eres una chica muy trabajadora y es hora de que el esfuerzo se te recompense.

Se pone de pie y camina hacia mí. Coloca las manos sobre mis hombros y añade:

—Si al final decides intentarlo una vez más con él, te apoyaré, porque lo entiendo. Es el padre de tu hija. Pero, si le sigues hasta el otro lado del país, por lo menos que sea porque es lo que tú deseas de verdad, y no lo que él quiere.

—Zac no me ha pedido que le siga hasta Los Ángeles —replico.

Un brillo de tristeza cruza los ojos de mi padre y, antes de irse de la cocina, susurra:

—Por ahora.

Treinta y dos

ZAC

Quizá hablé demasiado rápido.

Creo que la he asustado.

—La comida está muy rica.

Sophia sonríe y se mete un trozo de *nugget* en la boca. Está muchísimo mejor, pero tanto Beth como yo preferimos que no vaya al colegio todavía. Esta mañana hemos preparado juntos los *nuggets* caseros que está comiendo, ya que no me fío nada de la basura que puedan llevar los precocinados.

También me está sirviendo para crear un lazo mayor con mi hija. Me parece increíble lo natural que me suenan ahora estas palabras: «mi hija».

Hace apenas unas semanas fue todo un shock enterarme de que había sido padre, y ahora…

—Más kétchup, por favor.

Sophia espera a que añada algo más de salsa a su plato y unta una patata. Siempre pide las cosas con un «por favor» y un «gracias». Es muy educada. Beth la está criando muy bien.

«Sigo enamorado de ti. Llevo más de seis años enamorado de ti».

La he cagado. Seguro. No contestó y no hemos vuelto a sacar el tema.

Estoy seguro de que siente algo por mí, pero no igual de intenso que yo. He querido acelerar las cosas después de prometerme que iría despacio y ahora…

No puedo volver a perderla.

A perderlas.

El teléfono móvil comienza a vibrar en el bolsillo y, cuando lo saco, me encuentro el nombre de mi primo.

—Es de mala educación contestar al teléfono en la mesa, papá —me regaña Sophia.

—Solo esta vez —prometo—. Es mi primo.

—Bueno, en ese caso está bien.

Y se mete otra patata con kétchup en la boca, manchándose la mejilla. Sonrío y le acerco una servilleta antes de contestar a mi primo.

—Hola, Nick. ¿Qué pasa?

—¿Te apetece salir a tomar algo esta tarde?

Miro a Sophia y sé de inmediato cuál es la respuesta. No es «no puedo», más bien es «no quiero».

—Lo siento, estoy con Sophia. Está enferma y se queda conmigo.

Se ha mostrado bastante receptivo con el hecho de que tenga una hija, aunque me da la sensación de que nos hemos vuelto a distanciar desde entonces. Supongo que para él también está siendo extraño. Íbamos a pasar más tiempo juntos durante mis días aquí, pero, aunque se hayan alargado, apenas quedamos.

Resulta que la vida tenía otros planes para mí y, tras superar la sorpresa inicial, estoy bastante contento con ellos.

—Vaya. ¿Y te apetece si voy a tu casa y nos tomamos unas cervezas allí? Hace mucho que no hablamos.

—Mejor sin cerveza —pido.

No mientras esté encargado de cuidar a Sophia. Además, ya he salido a tomar «unas» cervezas con Nick antes. Sé lo rápido que puede descontrolarse con la bebida y no quiero eso alrededor de mi hija.

Me percato en ese momento de cómo nuestras diferencias vuelven a crecer.

—Está bien —contesta al cabo de unos segundos—. Esta tarde te llamo antes de ir.

Cuando cuelgo el teléfono, Sophia me observa con curiosidad. Ladea la cabeza y me explico:

—Mi primo Nick va a pasarse esta tarde por casa, ¿te parece bien?

Se encoge de hombros y toma un *nugget* con los dedos. No sé ni por qué le he puesto cubiertos, si prefiere comerlo todo con las manos.

—Lo conozco, ¿verdad? Es el hombre del hotel.

A veces me sorprende la perspicacia de esta niña.

—Eso es. Es mi primo.

Sophia aprieta los labios y sé que está pensando en decir algo.

—¿Qué sucede, cariño?

—No sé si me gusta tu primo.

—¿Y eso?

—Porque a él le gusta mamá.

Mierda.

—¿Y tú como lo sabes?

—Porque se nota.

No dice nada más y termina de comer su plato en silencio. Cuando recojo todo y la acerco una copa de helado de chocolate, vuelve a hablar.

—Ojalá mamá y tú vivierais juntos, papá.

«Lo mismo opino, Sophia».

—¿Te gustaría? —pregunto en su lugar.

Pero frunce el ceño.

—Bueno, no del todo.

—Y eso ¿por qué?

—Tendría que dejar al abuelo, pero creo que lo entendería… ¡O podrías mudarte con nosotras y vivir con él también!

Parece tan emocionada por la idea que no sé cómo decirle que esa en concreto no me apasiona.

—Te llevas bien con tu abuelo, ¿verdad? —Decido evadir la pregunta con otra.

—Sí. Me canta canciones para dormir y me hace comida rica. ¿Voy a conocer un día a mis otros abuelos?

—¿A mis padres?

—¡Claro! —Se ríe con inocencia.

—Sí, pronto los conocerás —respondo.

Aunque en el fondo tengo dudas. Sé que quieren conocerla, pero todavía no sé si estoy listo. No sé si entenderán la decisión que he tomado y, lo que es peor, no sé si la aceptarán.

Nick viene a casa poco después. Trae un regalo para Sophia, aunque no era necesario. Se trata de un puzle y ella comienza a armarlo en la mesita. Es un poco complicado para su edad y la ayudamos con los bordes, pero al poco tiempo pide continuar sola. Lo ve como un reto.

—¿Tienes un refresco o algo? —pregunta Nick—. Me muero de sed.

Nos vamos a la cocina y le saco una de las últimas latas de refresco que quedan. Las compré por Sophia, ya que no me gusta beber esas cosas.

Sentados a la mesa, Nick da un sorbo y lanza la pregunta:

—Entonces, Beth…

—¿Qué pasa con Beth?

—No sé. Dímelo tú. ¿Cómo van las cosas con ellas?

—Van —respondo, escuetamente.

Niega con la cabeza y se sienta más erguido en la silla antes de mirarme con seriedad.

—Sé que me dijiste que podía intentarlo con ella y que era su decisión, pero… No está bien.

Aprieto los labios y no respondo. Desvió la mirada con incomodidad, pero Nick insiste.

—Es la madre de tu hija. Además, apenas la conozco. Parece una buena chica, pero no quiero ser quien se interponga entre vosotros.

Nunca le dije a Nick que me gustaba Beth, que seguía enamorado de ella y que quería recuperarla. Pero supongo que algunos sentimientos son tan obvios que es imposible esconderlos. Y él se ha dado cuenta.

—Gracias, primo.

Las comisuras de sus labios se elevan en una sonrisa.

—Te gusta mucho, ¿eh?

—Sí —admito—. Llevo enamorado de ella seis años.

Decirlo así, en voz alta, con él, se siente… liberador. Como si me hubiese quitado un peso de encima.

Nick asiente, sin juzgarme.

—O más bien no la has superado en estos seis años, y ahora que os habéis reencontrado y has descubierto que tenéis una hija…

—Pero no sé si es recíproco.

—¿Por qué no?

Miro hacia la puerta, pero Sophia sigue en la sala, haciendo el puzle. Aun así bajo la voz a un susurro para confesar:

—Nos acostamos la semana pasada.

—Es decir, ¿tuvisteis sexo y me estás diciendo que no sabes si es recíproco?

—A veces el sexo puede ser solo eso. Sexo.

Nick parece indeciso y su sonrisa se ha borrado. Da otro sorbo al refresco mientras frunce el ceño, pensativo.

—No sé qué decirte, primo. No la conozco tanto como tú, pero te diría que, si te gusta, deberías lanzarte. No tienes nada que perder.

—Ojalá tengas razón.

Esas son mis palabras, pero no lo que realmente pienso.

Puedo perderla a ella. Si la asusto, si voy demasiado rápido…

—¿Se lo has dicho a tus padres? —pregunta Nick de pronto—. Que quieres regresar con Beth.

—No hasta estar totalmente seguro.

—Quieres evitar la discusión.

El ambiente se vuelve de repente tenso.

—Ya sabes qué es lo que piensan y lo que quieren —susurro.

—Claro que sí —replica sin ocultar su molestia—. Dinero, dinero y más dinero.

—No digas eso. Son buenas personas, pero…

—Les interesa más la pasta que su hijo. Vamos, los dos sabemos que pecan de elitistas.

—Pero siguen siendo mis padres.

—Y por eso deberías decirles lo que sientes. Dejando a un lado si Beth acepta salir contigo o no. Podrías comenzar con tu hermano, por ejemplo. Él seguro que te apoya.

Aunque jamás entrará en discordia con mis padres. Me quiere, pero sabe que no podemos contra ellos. Me duele reconocerlo, pero jamás se posicionaría a mi favor si la pelea es contra nuestros padres.

—Si no lo hace él, lo haré yo —insiste al ver mi duda.

Se inclina sobre mí y me aprieta el hombro con cariño, como si pudiese darme fuerzas. Y, si soy sincero, tiene razón. Debería zanjar todos los problemas con mis padres de una vez por todas, ser serio y confesarles la verdad.

Esa misma noche, tomo el teléfono y hablo con ellos.

El mayor error que podía cometer.

Treinta y tres

BETH

Estoy encargándome de las ventanas de la planta baja de Villa Celeste cuando mi teléfono comienza a vibrar. Pienso que será mi padre, que ha salido con Sophia a por un helado y al parque ahora que está mejor, pero es el grupo de mensajes que tengo con mis amigas.

Charlotte
¿Os animáis alguna a ir al spa el próximo fin de semana? Ya han terminado las reformas en esa zona del hotel.

Emy
¡Claro! Estoy a punto de comenzar exámenes y me va a venir genial desestresarme un poco.

Beth
¿Qué día y a qué hora? Para organizarme con Sophia.

Charlotte
No sé, ¿sábado por la mañana os viene bien? Anne estará con su padre todo el fin de semana, así que puedo a cualquier hora sin problemas.

Emy
¿Podría ser mejor el domingo? Los sábados hay más gente en la cafetería y mi madre me necesita.

Charlotte
Por mi ok.

Beth
Confirmo pronto, pero creo que no tendré problema.

Me apunto mentalmente hablar con mi padre y continúo con las ventanas. No estoy invirtiendo tanto tiempo en esta casa como pensé en un inicio, porque a veces la vida tiene otros planes para ti, y no todo se puede organizar. Al final vengo cuando puedo. Pero, poco a poco, todo empieza a tener forma.

Si no fuese por la cocina, los baños y los muebles antiguos, la planta baja ya sería habitable. Aunque eso tiene solución. Tengo ojeado el diseño de una famosa tienda europea para equipar esas zonas.

Continúo con mi trabajo, pero apenas pasan unos minutos cuando escucho ruidos. Primero es la puerta de entrada forzada para entrar, después pasos. Me pongo alerta casi al instante y tomo como arma lo primero que encuentro: un pincel.

Por suerte cuando avanzo por el pasillo descubro que el intruso no es ni más ni menos que Zac. Eleva las manos hacia arriba de forma dramática en cuanto me ve apuntarlo con el pincel.

—No es un atraco —dice sofocando una sonrisilla.

—Me asustaste —le acuso.

Baja las manos despacio.

—Perdona.

—¿Qué haces aquí?

—Pasaba cerca y pensé en parar a saludar.

Elevo las cejas casi sin querer. Vivimos a las afueras del pueblo, en la otra punta de la zona de su casa. Casi que veo imposible que «pasara por aquí».

—Genial. Pues ya ves, aquí estoy. Trabajando.

Asiente y mira a su alrededor.

—Te está quedando bonito.

—Gracias.

—¿Es pladur? —Señala a las ventanas.

Casi al instante comenzamos una conversación sobre la reforma, el tiempo, el trabajo… Y antes de que me dé cuenta, estoy enseñándole en el teléfono los nuevos muebles que he visto para la casa.

—Mira, esta es la cocina que he mirado —digo.

Guarda silencio.

—¿Y bien? —presiono.

—Parece bonita.

—¿Pero…?

—Barata.

«Ummm».

—¿Y eso es malo?

—No, solo que no va a durar mucho tiempo.

—Si la cuidas, sí.

Zac toma aire despacio y luego mira a su alrededor mientras señala con las manos abiertas.

—Esta casa es increíble. Espectacular. Podrías tirar la pared de la alacena y el aseo, y crear una cocina enorme, duradera y con mucha luz.

—Ya, pero eso puede costar más dinero que reformar la casa entera.

—¿Y si me dejas ayudarte? —propone.

No es la primera vez.

—¿Económicamente?

Asiente con la cabeza, pero yo niego casi al segundo.

—Gracias, Zac, pero no puedo aceptarlo. Si al final me quedo con esta casa, es mi proyecto.

«Mío y de Sophia. Para las dos».

Zac ladea la cabeza y da un paso hacia mí. Estamos en la sala de estar de la casa, rodeados de paredes recién pintadas.

—Eres la madre de mi hija —susurra.

Las mariposas se revuelven, pero las freno.

Realmente, no significa nada.

—Y por eso acepto lo que sea para Sophia —le digo—. Pero esta casa es mía.

Asiente despacio.

—Lo entiendo.

Dejo el teléfono sobre una mesa cercana y me abrazo a mí misma. Todavía no es de noche y, de hecho, cada vez hace más calor a medida que pasan los días. Así que frío no tengo.

Pero sí he sentido un escalofrío.

—¿Por qué has venido en realidad, Zac? —pregunto.

Cuando pienso que no va a responder…, lo hace.

—Quería verte.

El silencio se cierne sobre nosotros, pero no es incómodo. Mas bien reconfortante. Con él estoy… cómoda.

Los ojos de Zac están fijos en los míos y me siento atrapada, pero el corazón que late a toda velocidad en mi pecho está en paz. Se siente bien cuando él me mira.

Da un paso más y me toma las manos.

—¿Qué estamos haciendo, Beth?

Trago saliva.

—No lo sé.

Sus dedos se cierran sobre los míos y me atraen más cerca.

—Te quiero. Estoy totalmente enamorado de ti, y si me das una oportunidad, la aprovecharé.

Quiero creerlo, de verdad que quiero, pero… Aunque no sea su culpa, no puedo olvidar de golpe todos los años pasados. Cuando estábamos solas. Cuando no podía dejar que nadie se acercara.

—Quiero que estés en mi vida —insiste.

—Y yo quiero que estés en la mía —admito.

—Entonces ¿qué nos lo impide?

Segundos de silencio y…

—Sophia. Necesitamos ir más despacio, ver si funciona y… entonces sí.

—Va a funcionar.

«Ojalá».

—Pero ¿y si no?

—¿Tienes miedo?

—Sí. Claro que sí. ¿Por qué no lo tendría?

El brillo cruza los ojos de Zac y me doy cuenta de que mis palabras le han dolido, pero también le han hecho pensar. Suelta mis manos y da un paso hacia atrás. Sacude la cabeza y dice:

—Yo no quise que esto sucediera. Nunca supe que estabas embarazada.

Asiento, porque lo entiendo. Pero no es solo eso. Aunque no sea su culpa, ni la mía, esto es lo que tenemos. Y debemos aprender a vivir la vida con lo que hay.

Zac suspira y baja el rostro.

—Hubiese vuelto —susurra—. Da igual cómo acabamos, siempre he estado enamorado de ti. De haber sabido que estabas embarazada, hubiese vuelto corriendo.

—Lo sé. Al menos ahora, lo sé —insisto.

—Pero no es suficiente.

Sus ojos buscan los míos y siento cómo se resquebraja mi corazón.

—Entiéndeme, Zac. Hemos estado solas, las dos, mucho tiempo. He cambiado y crecido con ella.

—Lo has hecho —admite.

Lleva los ojos al techo, se pasa las manos por la cara y toma aire. Los dos estamos nerviosos, pero tratamos de mantener la calma y hablar. Las palabras son la forma más clara y difícil de hablar, de entendernos.

—¿Quieres tener algo conmigo? —dice por fin—. Con el tiempo, tú…

Aprieta los labios, sin encontrar la frase indicada. Al final lo hace y nuestras miradas se encuentran.

—¿Te gustaría que fuésemos una familia?

Una familia.

—Eso son palabras mayores, Zac…

Sus manos vuelven a las mías y me acercan a él. Podría derretirme en su mirada. En su sinceridad.

—Esperaré lo que haga falta, Beth.

—¿Y si es demasiado tiempo?

—No lo será —promete.

O me suena a promesa.

Antes de que pueda darme cuenta, mientras sus manos sostienen las mías, me besa.

Como siempre que eso sucede, todo a nuestro alrededor deja de existir. Mis temores se apagan, como si Zac pudiese absorber todo lo malo y rodearme de una sensación de paz y tranquilidad.

En el beso, sella la promesa silenciosa de esperar. Con él vuelve a decir que me quiere.

Y decido creerlo.

Se aparta unos segundos y apoya su frente contra la mía. Nuestras respiraciones se entremezclan, agitadas.

—Me encantas —susurra contra mis labios.

Después vuelve a besarme de nuevo. Solo que esta vez ya no es suave. Toma mi boca con ansia, con ardor. Y me encanta. Me fundo contra él; mientras sus manos sueltan las mías me envuelve la cintura. Me atrae hacia su propio cuerpo y sin dejar de besarnos nos tambaleamos hasta que choco con la pared de la sala. Mi propia cabeza se inclina hacia atrás y me aferro a él por la camiseta.

Las manos de Zac se mueven por encima de la ropa. Trazan las curvas de mi cintura, de mi cadera. Me aplasta contra la pared al tiempo que intenta acercarme a él. Aleja los labios, pero solo para pasearlos por mi mandíbula y llevarlos en un camino de suspiros hacia mi cuello. El aire comienza a calentarse a nuestro alrededor y siento que la chaqueta deportiva que me he puesto para limpiar me sobra.

—Zac… —susurro su nombre.

Y eso parece terminar de encenderlo.

Sus manos vuelven a subir, pero esta vez colándose debajo de mi chaqueta y de mi camiseta. Jadeo cuando las yemas de sus dedos acarician mi piel y la carne se me pone de gallina. ¿Cómo es posible que un contacto tan ínfimo pueda hacerme sentir así?

Recuerdo la otra noche.

Necesito más.

Como si me leyese los pensamientos, sus dedos llegan hasta el cierre de mi sujetador y juegan con él.

—Joder, Beth —habla contra mi cuello, provocándome escalofríos—. Dime que puedo.

—Yo…

Mi mente no funciona.

El calor me inunda.

Voy a volverme loca.

—Por favor —pide.

—Puedes —es lo único que logro decir con sentido.

Desabrocha mi sujetador al cabo de unos pocos segundos. Debajo de la ropa mis pechos quedan libres y él mueve las manos por mi cuerpo hacia ellos. Sabe dónde y cómo tocar.

Vuelve a besarme justo cuando llega al pezón y me muerde el labio inferior. Con su propio cuerpo aprieta contra el mío, haciendo que sienta palpitaciones en mi intimidad.

—Necesito verte desnuda —dice.

Pero no hace nada. Solo espera mientras me mira con los ojos ardiendo en deseo. Me doy cuenta de lo que busca y asiento con dificultad. Tengo la respiración acelerada.

En cuanto tiene mi permiso, toma la cremallera de la chaqueta y la baja. Deja que se deslice por mis brazos y, antes de que toque el suelo, se encarga de quitarme la camiseta. Levanto los brazos para que salga y la lanza lejos. Termina apartando los tirantes del sujetador, que se une al resto de las prendas que hay ya a nuestros pies.

Zac me mira, y el calor crece.

—Dios, Beth —blasfema.

Me toma del cuello, rodeándolo con la mano y vuelve a besarme. Después baja de nuevo, pero esta vez no posa los labios en el cuello. Pasa por mi clavícula, dejando un suave rastro a su paso que eriza mi piel.

Después va más abajo, por mi pecho. Mordisquea el pezón haciendo que se me corte la respiración, y continúa más. Se arrodilla ante mí cuando llega al estómago.

Mis pantalones son deportivos, cómodos para la tarea que tenía pendiente hoy, y apenas introduce los pulgares por el elástico, los baja sin problemas junto a la ropa interior.

Un leve deje de vergüenza me cubre las mejillas, pero desaparece en cuanto él me mira.

Todo en su rostro dice que me desea.

Es increíble la magia que puede lograr una sola mirada.

Me quita las zapatillas y con ello aparta el pantalón, dejándome total y completamente desnuda delante de él.

—Esto sí —dice, aunque su voz suena ronca.

Me agarra por los muslos y se acerca para dejar un beso suave en ellos. Después otro. Y otro más mientras asciende. El calor me nubla el pensamiento y agradezco estar apoyada contra la pared o no podría sostenerme.

Cierro los ojos mientras me centro en las sensaciones. En sus manos llegando a mi trasero, en su boca cerca de mi intimidad. Jadeo cuando pasa cerca, y luego sigue subiendo. Otra vez mi estómago, mi pecho, mi clavícula, mi cuello y mis labios. Cuando llega a ellos, me agarra debajo de la barbilla mientras su otra mano descansa en mi cadera. Me obliga a mirarlo y, con voz ronca y grave, dice:

—Así te quiero para mí, Beth.

Creo que voy a estallar.

Él me besa, sin soltarme el cuello. Bruto. Agresivo. Pasional. Justo lo que quiero y necesito en estos momentos. Mete una rodilla entre mis piernas y me tambaleo cuando me hace abrirlas. Segundos después, sus dedos recorren mi muslo y llegan a mi intimidad.

—Zac —jadeo en su boca.

Pienso que me va a tocar, pero regresa a mis muslos. Me está volviendo loca. Abro los ojos y a través de mis pestañas veo que se está riendo con maldad.

—¿Quieres que te toque, Beth?

No contesto. Cierro los ojos cuando sus dedos parecen rehacer el camino, pero vuelve a retirarlos.

—Pídemelo —exige.

No contesto, y su otra mano se desliza por mi mejilla. Me insta a volver a mirarlo y a encontrarme con sus ojos de un verde oscuro brillante.

—Dime lo que quieres —vuelve a exigir.

Trago saliva. Sus dedos están tan cerca…

—Quiero que me toques, Zac.

La sonrisa malvada crece de nuevo. Y cumple. Sus dedos se deslizan por mi humedad y las sensaciones me abruman. Sin darme cuenta, tiro de mis piernas, pero las mantiene abiertas con la rodilla.

Me besa el cuello y casi puedo sentir sus labios curvados con picardía mientras llega a mi clítoris y tiemblo.

—¿Qué tal así? —pregunta.

No puedo contestar. De mi boca sale un ruido, pero no llegan a ser palabras. Sigue frotando, y uno de sus dedos se acerca a mi entrada. Muevo las caderas por inercia y siento cosquillas en el cuello cuando se ríe.

—¿Y así? —vuelve a preguntar.

Introduce un dedo en mi interior, despacio, haciéndome sufrir con cada segundo mientras su pulgar no deja mi clítoris. Cuando lo saca, introduce otro más.

La mano de mi mejilla baja hacia mi pecho y lo acaricia mientras bombea en mi interior. El fuego crece con rapidez y estoy gimiendo su nombre, llegando casi al orgasmo antes de darme cuenta.

—Zac —sollozo.

—Córrete, Beth. Deja que te escuche.

Continúa moviéndose dentro y, tras unos segundos, el orgasmo finalmente me alcanza y estalla en mi interior.

Zac se queda unos segundos más pegado a mí. Sus besos pasan por mi cuello y llegan a mi boca. Después, se aleja despacio, asegurándose de que estoy bien. Tiene la respiración agitada, aunque no tanto como yo, y puedo ver su pantalón abultado.

—¿Tienes protección?

Asiente con la cabeza y suspiro agradecida. No estoy segura si todavía es pronto para contarle que, tras Sophia, me puse un implante.

Extiendo las manos hacia él para soltar el botón de sus pantalones. Se me enredan los dedos y, sin ocultar una pequeña risa, él mismo se encarga de desabrocharlos. Antes de quitárselos, saca un envoltorio plateado de la cartera. Después se lo coloca y vuelve a acorralarme contra la pared.

Pongo las manos en sus hombros y me agarra del trasero para levantarme. No deja de sorprenderme la facilidad con la que lo hace, como si no le pesara nada. Con la espalda apoyada en la pared, enredo las piernas alrededor de su cintura. Zac busca mi mirada y, cuando nuestros ojos se encuentran, presiona en mi entrada. Ya no hay rastro de su sonrisa traviesa.

Despacio, va adentrándose en mí. La sensación llena mucho más que sus dedos, y esta postura también hace que llegue a más. Una vez está completamente dentro, comienza a moverme. Sus caderas arremeten contra mí y mi espalda roza la pared, pero no siento molestia alguna.

Noto cómo me clava los dedos en el trasero mientras con sus brazos acompaña cada movimiento. Me abrazo a su cuello y me besa.

Con cada segundo que pasa y cada embestida, nuestras respiraciones vuelven a acelerarse. Lo siento en cada parte de mí, golpeando, haciéndome suya de nuevo.

—Mierda, Beth —vuelve a blasfemar.

Me baja al suelo después de varios minutos y antes de que pueda preguntar, me hace dar la vuelta. Apoyo las manos abiertas contra la pared y me hace abrir las piernas. Se agacha, colocándose detrás, y al poco tiempo vuelve a penetrarme. Llega a menos, pero la sensación es más fuerte.

Se dobla en mi espalda y una de sus manos se desliza por mi estómago y baja hacia mi clítoris. Tengo su boca cerca de mi oído y puedo escuchar sus gemidos mientras me acaricia.

Me siento rodeada por él. Las sensaciones se agolpan de nuevo en mi interior y el orgasmo se vuelve a construir.

Aparta el pelo sudoroso de mi cuello y baja los labios por él. Mordisquea la piel sensible bajo mi oreja y arremete con profundidad, llevándome al límite y al orgasmo, sin que él deje de moverse.

Cuando desaparece me tiemblan las piernas, pero él no ha terminado. Me agarra de las caderas con ambas manos y acelera el ritmo. Sus respiraciones se hacen más rápidas y los jadeos son cada vez más fuertes, hasta que llega el final. Su cuerpo tiembla detrás de mí cuando llega.

Nos quedamos en silencio durante al menos un minuto, tratando de calmar el ritmo de nuestros corazones. Zac se desliza fuera de mí y me tomo unos segundos más antes de darme la vuelta y separarme de la pared. Cuando lo hago, no tarda en volver a mi lado. Su rostro se acerca al mío mientras me rodea con los brazos, aún desnudos. Me roza la nariz con la suya y susurra:

—Te quiero, Beth.

Esta vez no espera a que yo responda. Me besa, suave y, cohibido, en los labios. Y me siento bien.

Ojalá todo fuera más fácil.

Ojalá solo tuviera que dejarme llevar y confiar de nuevo él.

Ojalá…

Treinta y cuatro

ZAC

—Pues despídeme, papá. Encontraré otro trabajo, pero esta es mi vida y haré lo que quiera.

Cuelgo la llamada, furioso. Aprieto el teléfono con tanta fuerza entre mis dedos que no me sorprendería romperlo.

Tengo que hablar con Beth, y tengo que contarle la verdad.

Aunque eso signifique arriesgarme a volver a perderla.

Treinta y cinco

BETH

Una cita de spa con las chicas era justo lo que necesitaba. Lo que todas necesitábamos.

Estamos sentadas en el jacuzzi, las burbujas masajean nuestros pies y nuestras espaldas después de una larga sesión por chorros calientes, fríos, el baño de vapor… Siento mis poros más limpios y los músculos relajados.

¿Lo mejor? La sensación de paz y tranquilidad. Hacía tiempo que no estaba tan relajada.

—Luego deberíamos ir a comer —propone Emy—. Tanto spa abre el apetito.

Charlotte se ríe dándole la razón.

—Además tenemos algo que celebrar —responde.

Emy y yo nos giramos hacia ella con expresión de sorpresa. No hace falta que preguntemos para que añada:

—Mi abogada me ha llamado esta semana. El padre de Anne por fin ha accedido a firmar los papeles del divorcio. Dentro de poco toda esta pesadilla se acabará.

Me inclino hacia ella y le doy un abrazo mientras Emy aplaude.

—Enhorabuena, Lottie. Esto deberíamos celebrarlo con una noche de chicas. ¿Qué tal el próximo sábado?

—Pero ¿tú no empezabas los exámenes? —me burlo.

Hace un ademán con la mano como para quitar peso al asunto y replica:

—Bah, una fiestecita nunca viene mal para desestresarse.

—Estudiar, es lo que tienes que hacer —insisto, aunque solo sea para molestarla.

Me lanza una mirada de enfado, pero rápido la sustituye por una sonrisa traviesa. Me espero lo peor cuando dice:

—Pareces demasiado feliz últimamente, ¿sabes? ¿Tendrá que ver con cierto hombre trajeado?

Me lo he ganado. Desde que les conté nuestra segunda aventura en Villa Celeste, no han dejado de sacar el tema.

—No sé de qué hablas.

—De que el sexo te ha vuelto más impertinente —traduce Charlotte, aunque las dos lo hemos entendido.

Pongo los ojos en blanco y se ríen, aunque yo también me acabo uniendo a sus risas.

Cuando decidí mudarme aquí, solo pensaba en Sophia. Quería darle una estabilidad que en la ciudad, sola, no podía. Quería una buena escuela, un ambiente tranquilo, darle la posibilidad de tener amigos a los que ver fuera de clase, pasar más tiempo con ella… Pero nunca pensé en las posibilidades que se abrirían para mí más allá de regresar a la universidad si todo salía bien. No imaginé que encontraría un trabajo agradable, mucho menos que tendría amigas. Charlotte, Emy y yo no podríamos ser más diferentes, pero las tres parecemos haber encajado como piezas de un puzle que, tras ser repartidas por el tiempo, volvían a unirse.

Emy es pura energía. Es alegre, despreocupada. Está llena de vitalidad y no parece tenerle miedo a nada… Excepto a sus sentimientos por el guapo segurata del bar.

Charlotte es más reservada, quizá porque está pasando por un mal momento. Es muy educada y tiene cuidado a la hora de escoger las palabras, pero es una persona increíble.

Y yo soy… un desastre.

Pero esta amistad que hemos creado me encanta.

Cuando salimos del spa reservamos mesa en el mismo restaurante del hotel. Nick está trabajando y nos invita a una botella de vino. Terminamos nuestra cita de chicas entre risas, con conversaciones despreocupadas que nos evaden del día a día y sintiéndonos muy felices.

Al salir pasamos por la recepción. Queremos agradecer la invitación a Nick, pero no está solo. Zac está allí. No me sorprende su presencia, pero sí darme cuenta de que están discutiendo. No gritan ni alzan la voz, pero su postura corporal y las expresiones lo dicen todo. Nick, que muestra bastante más las emociones, eleva las manos con frustración.

Después de eso Zac se da la vuelta y ahí es cuando nos ve. Las tres nos quedamos quietas en el sitio al verlos.

—¿Qué tal la comida, chicas? —pregunta Nick también al vernos, recuperando su tono cordial y educado.

—Muy bien —interviene Charlotte cuando nadie contesta avanzando hacia él—. Queríamos agradecerte el vino.

—Siempre es un placer con clientes amigables.

Le guiña un ojo, pero no estoy muy atenta a la conversación. Zac se acerca a mí con expresión seria. Siento que algo va mal, pero no puedo identificar qué. Después de acostarnos de nuevo, todo ha ido bien.

¿Se ha arrepentido de darme tiempo?

—Beth, necesito hablar contigo —pide en voz baja al llegar a mi lado—. En privado.

Se me forma un nudo en el estómago. ¿Y si va a volverse a casa? La última vez que tuvimos una conversación seria fue por eso… Miro a mis amigas y Charlotte pregunta:

—¿Te esperamos?

Niego con la cabeza y les hago un gesto para que se vayan.

—No os preocupéis, iré pronto a casa.

Después me vuelvo hacia Zac y lo sigo mientras señala hacia el despacho de Nick. Abre la puerta para que pase primero.

Hay varias estanterías llenas de carpetas y papeles. Un escritorio junto a la ventana con dos sillas delante y un ordenador de sobremesa encendido.

Me siento en una de las sillas, pero Zac se queda de pie.

—¿Qué sucede? —pregunto sintiendo un pinchazo de angustia.

—Tenemos que hablar.

—Sí, eso ya lo has dicho.

No pretendo ser desagradable, pero estoy nerviosa. La mente es maravillosa y aterradora al mismo tiempo. Me ha traído los recuerdos dolorosos del pasado y mi cuerpo ha reaccionado poniéndose alerta. ¿Por qué siempre pensamos lo peor?

Tomo aire para relajarme y, con un mejor tono, repito:

—Quiero decir, que te escucho.

Zac aprieta los labios. No está serio, está… tenso. Preocupado.

No sé qué es peor. Finalmente carraspea y, de todos los temas que han bailado en mi cabeza, habla de uno en el que no he pensado en absoluto.

—Se trata de Villa Celeste.

—¿La casa de mi familia?

Asiente.

—No te he dicho toda la verdad. Cuando vine aquí, al pueblo, debía controlar el hotel. Al final es propiedad de la cadena hotelera en la que mi familia ha invertido muchísimo dinero durante los últimos años.

Conozco la historia. Su hermano propuso la idea hace años y sus padres la apoyaron con los últimos ahorros que les quedaban. Su familia siempre ha tenido dinero, desde generaciones pasadas, pero una serie de malas inversiones les estaba llevando a la quiebra. Incluso se rumoreaba que venderían la casa.

Pero el hotel funcionó muy bien y poco a poco han ido comprando más hasta crear una cadena de hoteles de lujo en Estados Unidos.

—No solo me encargo de comprobar el estado de los inmuebles —prosigue Zac—, también de valorar la compra de nuevos edificios y las posibilidades que tienen.

Un escalofrío me recorre. Presiento que sé a dónde quiere llegar. Traga saliva y aparta la mirada. Mala señal. Él no se pone nervioso casi nunca.

—¿Qué tiene que ver Villa Celeste con todo esto, Zac? —pregunto.

Aunque creo que ya sé la respuesta.

—Teníamos un acuerdo de compra con tu padre. Si regresé al pueblo, fue para valorar la casa y concretarlo.

Me pongo de pie casi al momento, provocando que la silla chirríe cuando se desliza hacia atrás.

—No —niego—. Absolutamente no. Villa Celeste no puede convertirse en… una gran cadena.

Permanece quieto, mirándome sin alterarse. Ni siquiera alza la voz como yo para responder. Al contrario que yo, que aprieto los puños y siento como mi voz se rompe.

—La idea era hoteles rústicos, familiares, con encanto. No queríamos tirar la casa, solo remodelarla y adaptarla para…

—Me da igual —le interrumpo—. No podéis comprar Villa Celeste.

Mi tono se vuelve agudo cuando soy incapaz de contenerlo.

Zac asiente con la cabeza. Me enfada que parezca calmado, cuando antes era él quien estaba tenso. O, quizá, me he molestado tanto y mis sentimientos han aflorado tan fuerte que sus nervios son casi invisibles para mí.

—Lo sé, Beth. Entiendo lo importante que es para ti.

Un silencio tenso se crea entre nosotros. Todavía tengo los puños apretados y estoy enfadada. No sé si con él, con mi padre o con la vida.

Me siento como una estúpida. Estuvo ayudándome con la reforma de la casa cuando en realidad… ¿quería comprarla? ¿Era amabilidad o era interés?

—¿Por qué? —pregunto.

Pero no especifico. Tengo demasiados porqués sin responder.

—Tu padre la puso en venta y los míos la vieron, así de fácil.

—Ya no lo está —insisto.

—No es tan sencillo... Mis padres siguen presionando y ofreciendo más dinero.

—No es mi problema.

—Lo sé, pero recuerda que la escritura de la casa está a nombre de tu padre, no al tuyo o al de tu hermano.

—No la venderá.

Me tomo unos momentos para respirar porque mi corazón se ha acelerado por la adrenalina y por mi enfado.

Zac da un paso hacia mí, pero yo retrocedo y no insiste. Sus ojos están rogando comprensión cuando me mira.

—Beth, lo siento mucho. No pretendía que esto sucediera. Mi idea era venir aquí, comprobar el hotel, la casa, e irme. Pero luego te vi, descubrí que tengo una hija..., todo cambió.

—¿No vas a comprar la casa por Sophia?

Niega con la cabeza.

—No, lo que voy a hacer es intentar parar a mis padres para que abandonen su idea de comprar. Y la razón es que te quiero y que me importas. Y sé que esto te haría daño.

Una parte de mí le cree. No tendría por qué poner su palabra en duda.

No fue él quien me abandonó, nunca tuvo esa intención. Y desde que se enteró de la existencia de Sophia ha estado cumpliendo su papel de padre, dándome espacio y cuidando de ella. En realidad, nunca me ha mentido.

No debería dudar de él, ¿verdad?

Soy una maldita desconfiada.

—Supongo que debo dar las gracias —digo por fin.

Zac niega con la cabeza y suspira.

Da un paso hacia mí de nuevo, y esta vez no me alejo.

—Te lo dije, Beth. No voy a volver a hacerte daño nunca. Solo quiero que seas feliz.

Asiento y lo toma como una señal. Extiende el brazo y me toma de la mano. Sus dedos largos son cálidos entre los míos. Me gusta.

«¡No es el momento, estúpido corazón!».

Aparto la mano con un tirón suave y le explico:

—Necesito un poco de tiempo para pensar en ello.

«Tú siempre necesitas tiempo, Beth», me chilla la mente.

—Necesito también hablar con mi padre —aclaro.

—Lo entiendo.

Y él siempre me entiende.

A veces tengo la sensación de que yo solita hago que las cosas sean complicadas.

Me doy la vuelta para salir, pero Zac llega antes a la puerta y la abre para dejarme paso.

Es un buen chico.

Corrección: era un buen chico. Ahora es un buen hombre. Se ha ganado mi confianza y ¿a quién quiero engañar? También mi corazón.

No debo desconfiar. Se merece que le dé una oportunidad.

Me giro para decírselo, para explicarle cómo me siento y que le creo, pero encuentro que sus ojos están mirando a un punto más allá de mí.

Cuando me giro hacia la entrada del vestíbulo me doy cuenta de que, de hecho, está mirando a alguien.

Una chica alta, vestida con un traje pantalón entallado que le queda increíble, nos saluda desde la recepción.

En realidad, saluda a Zac.

Lo miro y él frunce el ceño. La mujer, sin embargo, suelta la maleta de viaje que lleva consigo y se aleja de la recepción caminando hacia nosotros. Su pelo oscuro, recogido en una coleta alta, se mueve con gracia sobre la espalda. Al llegar se quita las gafas de sol y puedo ver que tiene unos ojos azules increíbles.

—¡Sorpresa! —exclama con un acento que parece francés—. He venido a verte.

Me hago a un lado cuando casi me lleva por delante para abalanzarse sobre Zac y abrazarlo. Confundida y, para qué mentir, celosa, los observo mientras Nick aparece también en la recepción y se acerca a nosotros.

—Selene, ¿qué haces aquí?

La chica se aparta de él, que permanece totalmente quieto, mucho más tenso que hace unos minutos cuando me dijo que teníamos que hablar.

—Tus padres me dijeron que estabas teniendo unos problemas con el hotel, y pensé en venir a hacerte una visita. Este sitio es muy… refrescante.

Mira alrededor de la estancia como si fuese algo maravilloso. Y sí, el hotel está bien, pero no es tan genial.

—Hola, Selene —saluda Nick, interviniendo a mi lado—. No sabía que vendrías, ¿tienes ya habitación?

—Sí, tu empleada acaba de alojarme en la suite principal —responde con una sonrisa de oreja a oreja—. He venido por sorpresa.

—Ya veo… —asiente Nick—. ¿Qué te parece una copa de bienvenida y nos ponemos al día?

Hace un gesto con el brazo para invitarla a marchar, pero ella no le sigue. En vez de eso sus ojos se posan en mí, como si fuera la primera vez que me ve. Me siento profundamente observada y de alguna forma juzgada; en especial cuando dice:

—Y tú, ¿quién eres?

No es la pregunta, son las formas. Si no me conoce, quizá lo ideal sería presentarse primero y esperar a que yo hiciera lo mismo. Así que no me muerdo la lengua antes de replicar mordaz:

—Una amiga, ¿quién eres tú?

Ni corta ni perezosa, la chica mira hacia Zac y, cuando vuelve a mirarme, una sonrisa de satisfacción se ha dibujado en su cara.

—La futura mujer de Zachary.

Treinta y seis

BETH

Mis ojos vuelan tan rápido hacia Zac que podrían cortarle en dos. Si las miradas matasen…

—¿Ha dicho «futura mujer»? —repito, incrédula.

Zac abre la boca para contestar, pero Selene le interrumpe.

—No es…

—Futura del futuro próximo, además. Es probable que nos casemos en mayo del año que viene. Ya tengo echado el ojo a una masía increíble.

La rabia y la incredulidad borbotean a partes iguales en mi interior. Zac, por otro lado, no me quita los ojos de encima. Da un paso hacia delante y dice:

—No le hagas caso.

La chica pone una mano en su hombro, insistente, y se ríe. Nick, por otro lado, tiene una expresión de pánico.

—Amor, no digas esas cosas —dice la chica con suavidad—. Tenemos una relación abierta, pero no deberías confundirla si lo que quieres es ligar.

¿Perdona?

Me va a explotar la cabeza. ¿Qué narices está pasando? Miro a Zac buscando respuestas con frustración y enfado. Sin embargo, lo que dice es mucho peor:

—Es mejor que hablemos en otro lugar, Beth.

¿En otro lugar? Se me revuelve el estómago porque no está haciendo lo único que debería en estos momentos: negar las palabras de la chica.

—¿Beth? —repite Selene, y por fin parece perder la sonrisa mientras me mira—. ¿Tú eres esa Elisabeth?

La forma en que dice «tú» es insultante. De nuevo, no por las palabras, si no por el tono. Para rematarlo, se vuelve hacia Zac y agrega:

—¿Esta es la madre de tu hija?

Ya está. No aguanto más. Empiezo a sentirme profundamente humillada, cuando no he hecho nada malo.

Me giro y comienzo a salir del lugar, pero él me sigue. Me alcanza casi en la puerta. Detrás de él Nick se ha quedado agarrando a Selene.

Genial.

—Beth, espera —me pide Zac—. No es lo que parece.

—¿No vas a casarte con ella?

—Por supuesto que no —niega, y parece sincero, porque el enfado también sobresale en su expresión—. Son mis padres los que quieren que lo haga.

Su respuesta me da cierta tranquilidad, pero no estoy conforme del todo.

—Ha dicho que tenéis una relación abierta —presiono malhumorada.

—Teníamos.

—¿Hasta hace cuánto?

Silencio. Y después...

—Hasta que regresé al pueblo y te vi. Corté con ella en el mismo momento en que nos volvimos a encontrar.

Es decir, que estaba con ella hasta hace nada. Se iban a casar. Y no se le ocurrió comentármelo.

Debe saber qué pienso porque añade:

—Mis padres han debido de pedirle que venga para disuadirme de quedarme aquí.

—Quieren que vuelvas a casa —sentencio.

—Ya no tengo tan claro que Los Ángeles sea mi casa.

La cabeza me da vueltas.

Primero lo de Villa Celeste, ahora esto. Por el amor de Dios, ¡se iba a casar! Empiezo a marearme.

—Tengo que irme a casa, Zac.

—Beth… —susurra.

Pero no dice nada más. Al final me deja ir y, mientras me alejo hacia el coche, puedo escuchar como Selene lo llama entre risas.

Esto no era ni por asomo lo que esperaba.

—¡Bienvenido a casa, hermanito!

Doy un abrazo enorme a Jaden mientras deja caer la bolsa de tela con sus cosas en el suelo. Ha hecho un viaje en coche larguísimo para pasar la semana de vacaciones con nosotros, y la verdad es que me alegro mucho de volver a verlo.

—Gracias, hermanita.

Me revuelve el pelo, despeinándome, y yo lo aparto con un empujón suave y cariñoso. Sophia llega rápido a la entrada seguida de su abuelo. Jaden se agacha para quedar a su altura y la mira con asombro.

—Madre mía, Sophia. ¡Estás muy mayor!

—Lo sé. Voy a cumplir cinco años pronto.

Luego se acerca a su tío y le da un abrazo, dejando que la levante por los aires.

—¿Traes ropa para lavar en esa bolsa o solo vienes a terminar con la despensa? —pregunta mi padre con su peculiar bienvenida.

—Solo vengo por la comida, lo siento.

Se dan un abrazo corto y luego mi padre nos guía hacia la cocina, donde ha estado toda la tarde preparando un gran banquete de bienvenida. Hay pizza casera, la favorita de Jaden, y también tarta de queso.

—Me muero de hambre —comenta.

Pasamos la cena en familia, recordando anécdotas de cuando Jaden y yo éramos pequeños. Sophia está encantada de escucharlas, aunque acuchillo con los ojos a mi hermano cuando está a punto de narrar mis travesuras adolescentes.

También hablamos de mamá. Papá se queda en silencio mientras Jaden y yo recordamos cómo jugaba con nosotros y hacíamos galletas juntos. Aunque no lo diga, sé que la sigue echando de menos. Sus ojos se tiñen de tristeza, pero no es tan grande como lo fue en la época en que ella murió.

Tras la cena recogemos la cocina y Jaden juega un rato con Sophia. Cuando llega la hora de ir a dormir, mi padre se ofrece a cantarle unas canciones. Mi hermano toma un par de cervezas de la nevera y me hace un gesto para que lo siga hacia el porche.

Nos sentamos en las escaleras, casi a oscuras si no fuese por la luz del cielo, que está prácticamente despejado. La luna se encuentra en modo decreciente y las estrellas brillan a su alrededor.

—¿Tu sabías lo de Villa Celeste? —le pregunto.

Silencio. No necesito más confirmación.

—¿Por qué no me dijiste que papá ya había hablado con compradores?

Y que eran la familia de mi ex.

—Lo supe antes de que te contara sus intenciones de venderla, Beth. Ninguno pensamos que estarías interesada en la casa.

—¿Y no crees que debería estar informada de las decisiones que se toman sobre ella?

—Papá no quería disgustarte sobre el tema hasta que fuese algo seguro, pero entonces decidiste hacerte cargo de la reforma. Y después de enterarse de quién era Zac en realidad... Digamos que fue más difícil.

Quizá las cosas hubiesen sido distintas si me lo hubiese contado desde el comienzo. Cuando no digo nada, Jaden continúa:

—Ha estado lidiando con la familia de tu novio desde entonces. Son unos auténticos pesados y no dejan de llamar y mandar emails con ofertas.

De todo lo que dice, solo puedo contestar:

—No es mi novio. Es el padre de mi hija.

—Tengo entendido lo contrario. —Sonríe con picardía—. Papá me ha dicho que estáis volviendo a veros.

—Papá no sabe lo que pasa en mi vida.

—Quizá porque no se lo cuentas. Y a mí tampoco.

Arrugo la nariz, pero Jaden se inclina sobre mí y nuestros hombros chocan; y luego habla con voz más seria.

—Somos tu familia, Beth. Estamos aquí para apoyarte, incluso si metes la pata hasta el fondo y acabas asaltando una tienda de bañadores.

—¿Por qué narices asaltaría una tienda de bañadores?

—Era solo un ejemplo…

Da un sorbo a su cerveza y los dos nos quedamos mirando la noche estrellada. Al final, y tras pensarlo mucho, confieso:

—Zac y yo nos hemos acostado. Dos veces.

Cuando miro a Jaden, hace una mueca de asco.

—Mierda, no necesitaba saber eso.

—¿Cómo narices crees que nació Sophia? ¿Por el Espíritu Santo?

Le doy un codazo y el sacude la cabeza. Tiene las mejillas encendidas de la vergüenza.

—Entonces ¿estáis juntos?

Niego con la cabeza.

—Estábamos… teniendo algo.

—¿En pasado?

Se percata del detalle. Es el inteligente de los dos.

—Hasta que me enteré de que era él quien quería comprar Villa Celeste…

—Él no, su familia.

—… y de que estaba a punto de casarse.

Eso hace que Jaden me mire con los ojos abiertos como platos.

—¿Perdón?

Le cuento la historia y es entonces cuando me escucha con atención, sin bromear ni ponerse colorado de la vergüenza.

Cuando termino la historia, se queda un rato en silencio. No solo le he contado la parte de la no-tan-novia recién aparecida, también el avance de nuestra relación las últimas semanas: como es un buen padre con Sophia, sus promesas, que dice que me quiere… y creo que yo también a él.

—Entiendo que estés dolida, hermanita, pero… creo que estás siendo muy dura con él.

Genial. Es lo mismo que opina Charlotte. Emy no está tan segura.

Tomo un sorbo de mi cerveza en silencio, y Jaden continúa:

—Creo que no te fías de él porque lo has pasado muy mal. Antes eras más confiada con todo el mundo y mucho más extrovertida. Estos años te has vuelto más precavida, y al final no puedes dejar de recordar todo ese tiempo en el que pensabas que él te había abandonado. Sin querer, tu cuerpo aún recuerda ese dolor.

Medito sus palabras. Puede ser que tenga razón, ya dije que él es el hermano inteligente.

—Pero no fue así —continúa—. Aunque tu dolor sea real, lo que sucedió es que él no tenía ni idea. Para Zac, vosotros lo dejasteis y continuó con su vida. Después regresó al pueblo y se encontró de golpe con que tenía una hija de la que nunca había sabido.

—Podría haberme dicho la verdad sobre Villa Celeste o sobre Selene.

—Eso es cierto, pero igual no encontró el momento. Hizo lo correcto rompiendo el compromiso con ella, ¿no? Fue la chica quien se pensó que podrían seguir juntos.

—No lo sé… Supongo.

—No quiero defenderlo, porque es cierto que debió hablar contigo antes de decirte que te quería y que quería empezar de nuevo una vida contigo. Pero entiendo que sacar el tema iba a ser complicado.

Doy un sorbo a mi cerveza y pienso en Zac.

Me doy cuenta de que lo echo de menos.

—En definitiva —sentencia Jaden—. Lo hizo mal, pero no tan mal. Se le puede dar una segunda oportunidad, en especial con el estrés que ha tenido que estar sufriendo estas últimas semanas. ¿Te imaginas lo que es enterarte de un día para otro de que tienes una hija?

«Sí, creo que puedo hacerme a la idea…».

—Gracias por el consejo.

—No hay de qué. Ahora te toca a ti decidir si lo sigues.

Me guiña un ojo, y los dos terminamos nuestras cervezas mientras le pregunto por su vida en la universidad.

Cuando Sophia ya está dormida y Jaden se disculpa porque está cansado por el viaje, mi padre y yo nos quedamos a solas en el salón. Decido que también tengo que hablar con él. Me siento en el sofá y mi padre deja a un lado el libro que está leyendo.

—Papá, ¿por qué no me dijiste que Zac vino para comprar Villa Celeste?

Se toma unos segundos para responder. Al final suspira y dice:

—Porque no vino para comprarla, sino para formalizar el pago en nombre de la compañía de su familia.

—Papá, sabes lo que quiero decir.

Asiente con la cabeza.

—No te lo dije porque sabía que te enfadarías y porque pensé que le correspondía a él contártelo.

—Suena a que aprecias a Zac.

—Es un buen chico.

Alzo las cejas con incredulidad.

—¿De verdad lo crees? Porque hace nada me estabas previniendo sobre él. Avisabas que no se quedaría en el pueblo y que estuviese segura de mis elecciones.

—Y lo sigo haciendo. Que me parezca un buen chico, no quita que me preocupe.

—No te entiendo, papá. —Suspiro.

—Me preocupo porque mi hija eres tú, Beth. Es buena gente, pero eso no significa que no pueda hacerte daño. Lo que quiero es que tengas un futuro. Tanto con él como sin él. Quiero que mires por ti y por Sophia.

Sus palabras me conmueven. Hace unos años, cuando me fui de esta casa, pensaba que no le importaba. Era una cría que solo le había dado problemas y se interponía en su camino.

Y sí, sigo pensando que él lo hizo mal y debió ponerse de mi lado, pero también entiendo que solo aceptó mi decisión de irme porque ya era una adulta. Tal vez los dos podríamos haber hecho las cosas bien, pero llegados a este punto, no vale la pena ahogarse en el enfado.

Los errores del pasado nos deben servir para aprender, y no para guardar rencor y estropearnos el futuro.

Paro el coche delante de la puerta de la casa de Zac. Durante la semana mi padre ha sido quien ha ido a recoger a Sophia, así que apenas nos hemos visto. Tampoco me ha escrito, ni me ha llamado. Lo conozco y sé lo que eso significa: me está dando espacio.

Sophia esta noche de sábado se quedará con su padre, ya que mi hermano va a salir con Emy, Charlotte y conmigo. Él quiere una noche de fiesta antes de regresar a la universidad, pero sus amigos no están en el pueblo, así que nosotras le hemos organizado una.

Mi padre no puede cuidar a Sophia, pero me dijo que Zac, al enterarse, se ofreció a hacerlo.

Así que aquí me encuentro, parada delante de su casa, dispuesta a enfrentarlo. Tomo aire y bajo del coche. Sophia ya está sonriendo feliz por la pijamada en casa su padre. Lleva una mochila de Mulán con todas sus cosas y me ha dicho que cocinarán otra pizza casera.

—Mañana te contaré todo —promete, llena de ilusión.

—De acuerdo, ardillita.

Antes de que lleguemos a la puerta, Zac la abre. Dentro de la casa ya no lleva traje. Está vestido con ropa deportiva cómoda, y verlo en un ambiente tan... relajado, tan familiar, hace que las mariposas se me revuelvan en el estómago.

—¡Papi! —grita Sophia.

Suelta mi mano y corre hacia él, que se agacha para tomarla en brazos. La mochila de Mulán se zarandea de lado a lado en su espalda.

—¿Lista para la noche de pizzas?

—¡Preparadísima!

Chocan los puños y me sorprendo a mí misma sonriendo al verlos. Y también siento algo parecido a la envidia. No, un momento. Sin duda es envidia. Una parte de mí quiere mandar todos mis planes a la mierda y quedarse con ellos.

Todavía con Sophia en brazos, Zac se vuelve para mirarme y el calor me inunda. Las mariposas aletean nerviosas.

—Gracias por traerla, Beth.

Trago saliva.

—Mañana por la mañana vendré por ella, ¿de acuerdo?

—Por supuesto. Puedes venir cuando quieras.

Después se agacha para dejar a Sophia en el suelo y ella se acerca a mí para despedirse.

—Pásalo bien, ardillita.

—Gracias, mamá. Tú también con el tío Jaden y tus amigas.

Me da un beso fuerte en la mejilla y entra corriendo en la casa, dejándonos a Zac y a mí a solas en la puerta.

Cuando me vuelvo otra vez hacia él, está apoyado en el marco de la puerta y tiene los brazos cruzados. No puedo evitar pensar en lo increíblemente sexy que se ve así, con su ropa deportiva y el cabello revuelto.

—Yo... Tengo que irme —murmuro sin saber cómo despedirme adecuadamente.

Por lo más sagrado, hace apenas unos días estábamos teniendo sexo contra una pared, ¿y ahora no sé cómo decir adiós?

Zac se separa de la puerta y me llama:

—Beth, espera. Tengo que hablar contigo.

—Yo también —admito.

Lo he estado sopesando mucho y creo que Jaden tiene razón. Zac se merece la oportunidad.

—¿Qué te parece mañana, cuando venga por Sophia? —propongo. No quiero tener a las chicas esperando, pero también es una buena excusa para poner mis pensamientos en orden.

—Está bien, mañana hablamos —asiente.

Comienzo a alejarme, pero vuelve a llamarme.

—Y… Beth.

—¿Sí?

—Selene ya se ha ido. Le he dejado las cosas claras. Entre ella y yo no hay nada, y jamás la he querido.

Me quedo quieta a unos pasos de él, sin saber qué contestar a eso. Pero las mariposas de mi estómago aletean creyéndole.

—Ni de lejos he querido nunca a nadie como te quiero a ti —añade.

Y me voy de allí con el corazón un poco más calentito.

Mi hermano se integra muy bien con mi grupo de amigas, aunque tiene mejor afinidad con Emy. Al final, los dos son universitarios y no se llevan muchos años.

Charlotte debe volver a casa pronto porque ha contratado a una canguro, y aunque su madre aseguró que podía acercarse si sucedía cualquier imprevisto, prefiere regresar con Anne. Así que pasada cierta hora solo quedamos Emy, mi hermano y yo. Les dejo en la pista mientras voy a la barra a por un refresco. Conduzco y no estoy bebiendo nada, además de que mañana debo ir a recoger a mi hija y quiero estar bien.

En especial para hablar con Zac.

Estoy pidiendo mi bebida cuando alguien me llama desde lejos. Nick está allí, sentado con un grupo de amigos. Les dice algo y después se levanta para venir hacia mí.

—Hola, Beth —saluda cuando llega—. ¿Cómo estás?

En esta zona de la barra se puede hablar mucho mejor, la música no se escucha tan alto.

—Bien, ¿y tú? ¿Disfrutando del sábado?

—Algo así. Me dijo mi primo que hoy se quedaba con Sophia.

Asiento con la cabeza y lanzo una mirada hacia donde están Jaden y Emy.

—A mí me toca hacer de niñera de mi hermano pequeño —admito.

Me sirven la bebida y doy un largo trago. Tenía más sed de la que pensaba. Cuando termino, Nick sigue mirándome. Tengo la sensación de que no se ha acercado solo a saludar, y sus siguientes palabras me lo confirman.

—Oye, respecto a Zac… Él y Selene no tienen nada, puedo prometerlo.

—¿Cómo se conocieron? —pregunto con curiosidad.

—La familia de ella es dueña de otra gran cadena hotelera, pero su principal negocio está en Europa. Vino a Estados Unidos a estudiar un máster y los presentaron en una fiesta. Desde entonces los padres de mi primo han estado obsesionados con que acaben juntos. Fueron ellos quienes sugirieron la estúpida idea de la boda, aunque Zac siempre dijo que no quería casarse.

—Me molesta que no me haya dicho nada sobre ella —confieso—. Ni sobre la compra de Villa Celeste. Sé que no es exactamente una mentira, pero me siento como una tonta porque me lo haya ocultado todo mientras me decía que me quería.

—Y te quiere —sentencia Nick—. Créeme, conozco a mi primo y está totalmente enamorado de ti. Lo único que necesitáis es... hablar.

—Lo sé —admito.

Por eso acepté hablar con él mañana. Solo espero que esa conversación resulte bien. Pero Nick no lo sabe, y tampoco puede leerme la mente, así que se acerca un poco más a mí y presiona:

—Por favor, acepta hablar con él. Es importante.

—Lo sé, Nick.

—No, no lo sabes. Esta semana ha pasado algo...

—¿Que Selene ha venido y se ha ido? —me burlo.

Pero él no se ríe. Niega con la cabeza y se pasa la mano por el rostro como si estuviera estresado. Me sorprende que le afecte tanto.

—Zachary ha discutido con sus padres. Se ha enfadado mucho porque interfieran en su vida mandando a Selene aquí.

Parpadeo con sorpresa. No me había contado nada, pero también es cierto que esta semana no hemos hablado. Me siento un poco mal por él.

—Vaya... No tenía ni idea.

—No solo eso. Ha dejado el trabajo.

Eso sí que me sorprende.

—¿Perdón? Si es una empresa familiar.

—Y un trabajo. Un modo de atarle a ellos. Así que ha cortado por lo sano y les ha mandado a la mierda.

No sé ni qué decir. Tengo la repentina urgencia de ir corriendo a su casa y preguntarle, pero luego miro unos segundos hacia la pista donde están Emy y Jaden y sé que no puedo dejarlos solos.

—Se irá a Los Ángeles dentro de poco, pero solo un tiempo —continúa Nick—. Tiene que ir para resolver algunos asuntos del trabajo. Por eso tienes que hablar con él. No debes pensar que se marcha por Selene o porque se haya dado por vencido. Se marcha para regresar.

—¿Cuándo piensa irse?

—Imagino que esta semana.

El estómago me da un salto. Eso es casi ya. Y ¿cuántos días? ¿Cuándo volverá? Necesito hablar con él…

—¿Por qué me cuentas todo esto, Nick?

—Quiero lo mejor para mi primo. Siempre he querido solo eso.

Sacar a mi hermano y a Emy del bar es tarea casi imposible. Es increíble lo bien que han congeniado, pero al mismo tiempo me muero de miedo. Juntos han creado una bomba explosiva que se retroalimenta conforme pasa el tiempo. Justo por eso se han pasado con las copas.

—Venga, que estoy cansada —presiono mientras agarro a mi amiga del brazo y la arrastro a la salida.

—Está bien, está bien. Ya vamos.

—Lo que pasa es que quiere ir a ver a su amorcito —se burla Jaden—. A darse unos besitos.

—Y algo más que besitos también.

Emy consigue soltarse de mí, solo para colgarse del brazo de mi hermano y ambos lanzan besos al aire mientras se ríen como si esa fuese la mejor broma del mundo.

Tras unos cuantos empujones más consigo guiarlos hasta la salida. En parte tienen razón, quiero ir a ver a Zac y hablar con él. Necesito quitarme la espina, preguntarle si está bien. La pelea con sus padres ha debido de afectarle. Siempre se ha sentido poco valorado por ellos, pero también buscaba con desespero su cariño. No quiero ni imaginar lo difícil que ha podido ser para él alejarse de ellos.

«¿Por qué lo hiciste, Zac?».

Pero esperaré a mañana, ya que es tarde y Sophia estará durmiendo.

—Venga, ahora para el coche —les apremio.

Tiro de ellos fuera del local mientras sus brazos siguen entrelazados y continúan riéndose cuando escuchamos una voz cerca:

—¿Ya os marcháis?

Es Luca, el portero. También conocido como «el interés-enemigo romántico de Emy». Y ahora mismo estoy segura de que la está mirando con cierto toque de… ¿celos?

—Así es, buenas noches —responde ella.

Los ojos de Luca se posan en el brazo de mi amiga, entrelazado con el de mi hermano.

Sip, definitivamente son celos.

Emy tropieza y Jaden la sujeta. Parece que soporta el alcohol un poco mejor. Sin embargo, Luca se mueve veloz a su lado y la atrapa del otro lado para ayudarla a estabilizarse.

—Estoy bien —se queja—. Solo me he tropezado.

—¿Quieres que llame a un taxi?

Por alguna razón, eso molesta a mi amiga. Se suelta de ambos chicos y lo mira ofendida.

—¿Otra vez la maldita broma del taxi, Luca? ¡Solo fue una vez!

—De hecho, yo soy la conductora asignada esta noche —intervengo.

Pero ninguno me escucha.

—No es una broma, lo decía en serio. Solo pretendo que llegues bien a casa.

—Como si te importara.

Ahora el ofendido, o más bien dolido, es él.

—Joder, ¡pues claro que me importa, Emilia!

Esta situación está dando un giro muy rápido. Jaden intercambia una mirada curiosa conmigo y solo puedo encogerme de hombros.

—¡No me llames Emilia!

—Es tu nombre.

—No, Emy es como me llaman todos.

—Pues a mí me gusta Emilia.

Siento como si estuviese viendo un partido de tenis. Tanto Jaden como yo giramos la cabeza de uno a otro mientras se pasan la pelota.

Entonces Luca agrega:

—No me gusta llamarte como lo hacen todos.

Madre mía. ¿Quiere decir lo que creo que quiere decir? Pero Emy no lo entiende. Solo frunce el ceño, confusa.

—¿Sabes qué? Estoy harta. Me largo.

Se va a girar, pero todos escuchamos como Luca, aunque hable para el cuello de su camisa farfullando, dice:

—Claro que sí, vete con tu nuevo novio…

Emy se frena al momento y da dos pasos hacia él y lo enfrenta.

—¿Qué has dicho?

Pienso que Luca callará, pero solo repite:

—Que te vayas con tu nuevo novio. —Mira hacia Jaden, que alza las cejas al notar que se refieren a él—. No quiero tener nada más que ver con esto.

Pero, al final, Emy logra tener un momento de lucidez. Se da cuenta de lo que sucede, que mezclado con el alcohol, le hace no tener filtro.

—Espera, ¿estás celoso?

—Pues sí.

¿Lo acaba de admitir? Mi amiga parpadea sorprendida por la respuesta.

—¿Por qué?

—Yo diría que le gustas —interviene mi hermano, aunque nadie le ha preguntado.

—¿Te gusto?

De pronto, Emy parece serena del todo. Quien se vuelve nervioso ahora es Luca, que no contesta.

—Te gusto ¿sí o no? —insiste.

Mierda. A veces es intensa.

—Sí, me gustas —acepta finalmente Luca.

¡Qué sorpresa! Nótese el sarcasmo.

Emy se queda en silencio, no sé si procesando lo que acaba de suceder o admitiendo que a ella él también le gusta.

Pero no dice nada.

—Tengo que volver a trabajar…

Luca comienza a alejarse, pero Emy da un paso hacia delante y grita:

—¡Espera!

Él se vuelve y se cruza de brazos mientras espera.

—Tú… Tú también me gustas.

—Lo sé.

—¡Serás…!

—Mañana hablamos, Emilia —la interrumpe, con una renovada sonrisa de victoria en el rostro—. Cuando hayas descansado. Y entonces me dirás si aceptas tener una cita conmigo.

Emy se queda con la boca abierta, como si fuese a contestar, pero no dice nada. Al final la tomo del brazo y tiro de ella hacia el coche, porque la escena ya ha terminado y, por muy entretenida que haya sido, quiero volver a casa, dormir y que mañana sea un nuevo día. Por fortuna no opone resistencia y logro meter a Jaden y a ella en el coche y llevarlos a casa.

Ver a mi amiga y a Luca pelear y confesar que se quieren al mismo tiempo me ha hecho pensar. Zac me ha dicho varias veces que me quiere, pero yo he sido incapaz de responder lo mismo aunque en realidad lo sienta.

Cuando Emy ha admitido que Luca le gusta, he podido ver un brillo en los ojos del chico. Por mucho que haya respondido de manera prepotente, está claro que le ha aliviado oírlo. Y es que a veces, aunque pueda parecer obvio, necesitamos escuchar que nos quieren.

Zac merece saber lo que siento.

Treinta y siete

BETH

—¡Mamá!

Sophia corre a darme un gran abrazo de oso cuando llego a la casa. Todavía lleva puesto su pijama con lazos azules y tiene la boca manchada de chocolate.

—Hola, ardillita. ¿Has dormido bien?

Asiente con la cabeza sin esconder la emoción.

—Papá me ha hecho crepes con chocolate para desayunar. ¿Quieres? ¡Tenemos una montaña!

—Suena bien —asiento.

Miro a Zac, que me sonríe de pie junto a la puerta. Se hace a un lado mientras Sophia me toma la mano y paso dentro. Mi hija me lleva hacia la cocina y no tardo en percibir el olor dulzón del desayuno, acompañado de un leve aroma a café.

Me siento en una silla libre de la barra de la cocina, al lado de Sophia. Al poco tiempo Zac pone un plato lleno de crepes para mí.

—¿Quieres un café?

—Por favor —admito.

Los tres comenzamos a desayunar y lo cierto es que las crepes están deliciosas.

—Te aconsejo probarlas con mermelada de fresa —dice Zac—. Es como más me gustan.

Parte un trozo de la suya, que es de ese sabor, y lleva el tenedor hacia mi boca por encima de la barra. Acepto la comida y asiento al saborear el dulzor.

—No sabría decirte cuál es mejor —admito.

A mi lado, Sophia se ríe.

—¿Qué es tan divertido, ardillita?

—Esto.

—¿Esto?

—Los tres, aquí. Estamos desayunando juntos.

Vuelve a reírse y siento que una especie de espinita se me clava en el corazón al darme cuenta de a qué se refiere.

Familia.

Me vuelvo hacia Zac y él parece pensar lo mismo.

Sophia sigue comiendo, ajena a los sentimientos que acaba de remover en mi interior. El sentimiento de culpa que siempre he tenido por todo lo que no he podido darle.

—Cariño, sube a vestirte y a recoger las cosas, ¿de acuerdo? —le pido cuando terminamos el desayuno.

Ella asiente, y Zac y yo nos quedamos en la cocina. Comenzamos a recoger juntos en silencio los platos y, cuando nos rozamos al meterlos en el lavavajillas, mi piel cosquillea.

Me gusta. Más que eso, lo quiero. Todo lo que sentía por él en el pasado ha vuelto con fuerza en las últimas semanas. Pero no es por Sophia. Me mentiría a mí misma si dijera que solo estoy a su lado por ella. No es porque sea el padre de mi hija, es por la persona de la que me enamoré hace seis años. Una persona que sigue ahí, pero más madura. Y me gusta. Me encanta.

—Anoche me encontré con Nick en el bar —rompo el silencio.

Esta conversación tiene que darse en algún momento.

—Sí, me dijo que salía.

—¿Es cierto que peleaste con tus padres?

Zac mete la última taza en el lavavajillas y suspira. Lo cierra y se da la vuelta, se apoya en él y me enfrenta.

—Sí.

Se hace un silencio entre nosotros, pero ya no es tenso. Sin darme cuenta doy un paso hacia él y le tomo la mano.

—¿Estás bien?

De primeras hay sorpresa en su mirada, pero enseguida lo entiende. Sé que para él esto ha sido duro, incluso si los años han pasado y nos hemos separado. Hay cosas que no cambian… Y con la familia, suele ser así.

—Sí, creo que sí. He hecho lo que debía.

—Lo siento.

Una sonrisa triste tira de sus labios.

—No lo sientas. No tienes culpa de nada.

Aunque en parte siento que no es así. Una vocecilla en mi interior me dice que, si yo no hubiese aparecido en su vida, esto no hubiese pasado.

—Mis padres seguían insistiendo en que convenciera al tuyo de comprar la casa, y que volviera a intentarlo con Selene. Creo que en realidad nunca han pensado en mí.

Aprieto los dedos alrededor de los suyos, como si pudiera darle un poco del cariño que necesita con mi contacto. Alza los ojos y se encuentran con los míos. Entonces curva los labios en una suave sonrisa, pero está cargada de tristeza.

Me duele verlo así.

—Lo siento, Zac.

—Sigues pidiendo perdón por algo que no has hecho.

Su sonrisa crece un poco más, pero no llega a los ojos. Estoy segura de que, por mucho que hayan pasado los años, sigue sintiéndose triste por la dejadez de sus padres. Nunca ha perdido la esperanza de encontrar en ellos una pizca de amor, al menos una milésima parte de lo que él ha volcado en Sophia.

Al romper el contrato de trabajo con ellos, está despidiéndose de toda esperanza.

Y perder la esperanza… debe ser duro.

—¿Cuándo te vas? —pregunto.

—El martes a primera hora.

—¿Y sabes cuándo vuelves?

Silencio. Es la peor de las respuestas.

—Ya veo… —susurro, aunque no suelto su mano.

—Si todo va bien espero resolver las cosas en una semana. Si va mal…, quizá un poco más de tiempo.

—Está bien.

—¿Y si vienes conmigo? —dice de pronto.

Abro los ojos con sorpresa.

—¿Cómo?

—A Los Ángeles. ¿Has estado alguna vez?

—Eh… No.

—Ven conmigo, entonces —De pronto parece muy entusiasmado y me agarra la mano con fuerza—. Tengo un apartamento propio, con dos habitaciones. Puedes quedarte conmigo. Y tampoco hace falta que veas a mis padres, podrían ser… unas pequeñas vacaciones.

—Yo… Zac, no puedo. Tengo un trabajo.

—Pide unos días. Sé que no es algo tan fácil, pero estoy seguro de que Emilia te los concederá.

Puede que en su mente suene bien, pero es una completa locura.

¿Verdad?

—También tengo una hija. Sophia. No puedo dejarla aquí de un día para otro para… irme de vacaciones.

Su expresión cambia por completo y decae por unos segundos. Una hija no es un capricho. Es una responsabilidad.

Hasta que vuelve a sonreír y sus ojos brillan con emoción.

—Que venga con nosotros. Sería nuestro primer viaje en familia.

«Sería una locura».

—¿Por qué quieres que vayamos, Zac?

—Porque no puedo soportar la idea de separarme de vosotras, ni siquiera por una semana.

Lo dice tan rápido, tan de repente, tan sin pensar…

Tan desde el corazón.

Realmente quiere que vayamos. Y quiere que seamos esa familia.

Las mariposas de mi estómago aletean, mi corazón baila, la sangre se calienta en mi interior. Podrían salirme corazones en los ojos si fuese un dibujo animado.

—Está bien —acepto, aunque una parte de mí grita que debería callarme y pensármelo un poco más—. Voy a intentar ir.

—¿De verdad?

Asiento con la cabeza.

—Voy a intentar que vayamos las dos —repito, haciendo hincapié en «intentar»—. Aunque tienes que entender que necesito esos días de permiso en el trabajo, que Sophia tendrá que perder clases y que igual no encontramos billetes de avión, y…

—Gracias —me interrumpe.

De pronto, me rodea con sus brazos. Mis pies se levantan del suelo cuando me estrecha contra su pecho y me levanta. Y yo misma estoy devolviéndole el abrazo.

Aquí, con él, me siento bien. Me siento en paz.

—Zac…

—Te quiero.

Ahí está. Ha vuelto a decirlo. Me quiere.

«Mariposas, dejad de movernos, por favor.

»Corazón, late a un ritmo normal.

»No queremos volver a emocionarnos y…

»Es tarde, Beth.

»Sabes que has vuelto a enamorarte de él».

—¡Ya estoy lista!

Sophia entra en la cocina con una gran sonrisa y su mochila de Mulán a la espalda. Cuando nos mira, frunce el ceño con curiosidad y ladea la cabeza.

—¿Por qué os abrazáis?

Zac me suelta y aprieta los labios. No sabe qué contestar. No podemos decirle nada del viaje hasta que sea real.

—Porque estamos felices, ardillita —miento.

O ¿quizá no lo haga? Esto que siento ahora mismo se parece mucho a la felicidad.

—¡Yo también estoy feliz! —exclama Sophia.

Y luego corre hacia nosotros con los brazos extendidos. Cuando llega hasta nosotros, Zac la toma en brazos y la alza.

Ella pasa un brazo por su cuello y con el otro me atrae hacia ella.

Cuando me doy cuenta, los tres estamos compartiendo un gran abrazo. El primero en familia.

Por la tarde termino de hacer unos arreglos en la cocina de Villa Celeste. La planta baja casi está finalizada. Solo queda cambiar la cocina, el baño, poner muebles nuevos y un circuito de luz.

De acuerdo, no está casi finalizada. De hecho, también debería cambiar el suelo en lugar de barnizarlo, pero eso se me escapa del presupuesto. Igual que cambiar la cocina o el baño o amueblarla.

—Mamá, ¿por qué te gusta tanto esa casa?

Sophia me mira mientras come un helado que mi padre le ha dado. A veces le gusta acompañarme mientras reformo el lugar.

—Me trae buenos recuerdos —admito.

—¿Viviste allí?

—No, pero sí me gustaría hacerlo algún día. ¿Te gustaría a ti que nos mudásemos allí?

Aprieta los labios y esa expresión me recuerda tanto a su padre... Ahora que pasan tiempo juntos, que yo he vuelto a ver a Zac, que me he permitido pensar en él... Veo muchos parecidos.

—Sí, pero... ¿tú y yo? —pregunta por fin.

—Eso es.

Sophia se queda callada, casi puedo ver su mente trabajando en algo que no me está diciendo.

—Oye mamá, ¿puedo preguntarte una cosa? Pero no te enfades.

—Puedes preguntarme siempre lo que quieras, ardillita.

—¿Por qué solas? ¿Por qué no podemos mudarnos con papá?

Estaba preparada para cualquier clase de pregunta, lo prometo, pero no para esta.

—Ya nos hemos mudado con el abuelo, ¿por qué no con papá? —insiste.

Casi puedo escuchar como mi corazón se rompe. Aunque por fuera trato de mantener una expresión neutra, por dentro grito. De dolor.

Así de rápido, de fácil y sin querer, tu hija puede lograr que se te salten las lágrimas. Porque ella es lo más importante para mí en el mundo. Y aunque sé que estoy haciendo las cosas bien, o al menos intentándolo, no dejo de sentirme mal. Ella no entiende aún lo que es el amor romántico. Las decisiones de los adultos. La convivencia…

—¿Es lo que te gustaría, ardillita? —Me escucho preguntarle.

—Sí, pero solo si tú quisieras.

—¿Lo preguntas por eso, porque te gustaría?

Se toma unos segundos para responder, y después niega con la cabeza. Al instante parece confusa.

—Yo… Sí, sí me gustaría. Los niños de mi cole viven casi todos con su papá y su mamá, y Anne…

Guarda silencio. Ahora su semblante se ha vuelto serio.

No, serio no. Triste.

—Anne casi no ve a su papá, como me pasaba a mí. No quiero que eso vuelva a pasar.

—Ardillita, tu papá y tú vais a seguir viéndoos. Te lo prometo. Si no ha sido así hasta ahora es porque no sabía que tú existías.

—¿Por qué no se lo dijiste?

Una lágrima se escapa de sus ojos, y me doy cuenta ahí del error. Sophia, por muy inteligente que sea, ni siquiera tiene cinco años. Primero le conté que Zac se marchó y, como esa fue su realidad durante mucho tiempo, no hizo preguntas. Luego, cuando apareció, le expliqué que no sabía de su existencia. Pero nunca le dije por qué. Ni siquiera me planteé que se lo preguntara o que sacara sus propias conclusiones.

De tanto querer protegerla, la dejé en la ignorancia.

—Fue un error, ardillita. Yo pensé que se lo había dicho, pero él nunca leyó mi mensaje.

—¿Y después? ¿Qué pasó cuando lo volviste a intentar?

Pero no lo hice.

No volví a intentarlo.

Limpio sus lágrimas esperando que las mías no se derramen. Jamás pensé que esta conversación llegaría tan pronto.

Ni siquiera imaginé que llegaría.

—Lo siento mucho, Sophia —susurro.

Ella parpadea, aparta las lágrimas y su expresión cambia.

—No pasa nada, mami. Estoy bien.

Después se inclina sobre mí y me abraza. Me doy cuenta de que vuelve a ser mi niña tranquila y madura; esa que dejó atrás cuando llegamos a vivir aquí, porque había crecido más rápido de lo que necesitaba. Y me duele.

Me alejo de ella tras unos segundos y tomo su rostro entre las manos. Es mi deber protegerla a ella, no al revés.

—No vas a separarte de tu padre, ¿de acuerdo? Eso no pasará.

—Y tampoco de ti, mami. Te quiero.

Volvemos a abrazarnos y contengo lo que puedo las lágrimas, aunque alguna se me escapa.

Ahora lo tengo claro. Llevaré a Sophia conmigo a Los Ángeles. Haremos ese viaje con su padre.

No puedo ser yo quien la separe de él.

No de nuevo.

Treinta y ocho

BETH

Emy se encarga de contarle a Emilia lo del viaje antes de que pueda decirle nada el lunes, lo cual no es muy profesional; pero, cuando trabajas en un pequeño negocio familiar de tu pueblo, las cosas funcionan de forma diferente.

Emilia no parece tener ningún inconveniente en darme unos días. «Ya era hora de que tomases unos días de vacaciones, que la vida no está hecha para morir trabajando», fue lo que me dijo en una llamada.

Por eso mismo el lunes, cuando dejo a Sophia en el colegio, hablo un momento con su profesora y después con dirección, ya que necesito justificar sus faltas de asistencia. No parecen muy felices con la idea, pero creo que entienden la situación.

Después de eso, solo queda avisar a Zac.

Beth
Está resuelto, podemos ir contigo. Ahora tenemos que quedar para organizar bien el viaje.

Zac
A la tarde nos vemos. ¿Recogemos a Sophia del colegio y se lo contamos?

Beth
Me parece un plan perfecto.

Pensé que no lo vería hasta el viaje, pero esta misma mañana volvemos a coincidir. Nick ha vuelto a encargar unos pasteles a Emilia y me ha pedido que los acerque. A diferencia de la primera vez que entré en el hotel, ahora sé a dónde debo de ir y por quién debo preguntar.

—Vengo a ver a Nicholas, traigo un pedido —informo en recepción.

La chica asiente con la cabeza y no espero respuesta mientras voy a la oficina. Llamo a la puerta y espero a que me responda para entrar.

—¿Alguien ha pedido pasteles?

Nick alza la cabeza, deja el bolígrafo sobre los papeles y sonríe. Nunca le veo perder esa sonrisa. Estoy bastante segura de que le ha hecho ganar el corazón de muchas personas.

—Justo a tiempo. Tengo una reserva para una despedida de soltera y querían los mejores dulces del pueblo.

—Entonces llamaste al lugar indicado —bromeo—. ¿Dónde los dejo?

—Dame, los llevaré a cocina para que los coloquen en el catering.

Se levanta y bordea el escritorio para llegar a mi lado. Toma las bolsas de mi mano y me señala con la cabeza la puerta.

—Con cuidado, ¿eh? —le advierto—. Si algo se estropea antes de que lo coman los clientes, Emilia se enfadará mucho.

—Me aseguraré de que no les pase nada —promete.

Cuando salimos del despacho estoy por seguirle, pero entonces veo a Zac. Está en el mostrador de la entrada hablando con la chica de recepción. El corazón me aletea y decido que no hace falta esperar a la tarde para hablar del viaje. Podemos hacerlo ahora.

Me doy cuenta de que, en realidad, estoy deseando hacer ese viaje… en familia.

Pero antes de que pueda llamarlo, escucho una voz a lo lejos.

—Zac, cariño. ¿Estás bien?

Tanto Nick y yo como Zac, que no nos ha visto, nos volvemos hacia la escalera que lleva al piso superior. Selene baja a toda velocidad por ella y avanza hacia él con los brazos extendidos.

Me inclino sobre Nick sin disimular mi molestia. Por otro lado, Zac coloca las manos a ambos lados de los hombros de Selene y la aparta.

—¿Acaba de llamarle cariño? —pregunto.

Nick parece no saber dónde meterse y propone:

—¿Y si llevamos los pasteles a la cocina?

Sacudo la cabeza de lado a lado.

—No, gracias. Confío en que los entregues en buenas condiciones.

«Quiero ver cómo acaba esto».

—Selene, tenemos que hablar —dice Zac.

—¿Hablar? ¿De qué?

—¿Por qué has venido en realidad?

—Ya lo sabes. Tus padres me dijeron que estabas perdido y…

Zac vuelve a tomar sus muñecas, las baja y se aleja de ella. Después da un paso hacia atrás y siento como el corazón me late con fuerza al ver ese gesto.

A su lado él es un hombre frío, distante. Pone límites.

Y ni siquiera sabe que estoy viéndolo.

—Selene, que nos conocemos.

Ella se queda callada unos segundos y su exquisito rostro se arruga cuando frunce el ceño.

Joder, incluso así es guapa.

—En serio, Zac. No puedes cambiarme por ella.

«¿Perdón?».

Pero si yo me siento ofendida, la expresión de Zac es como si le hubiesen pegado un puñetazo en la cara.

—¿Cambiarte por ella? —repite.

—¿No es evidente? Es una pueblerina que te engatusa porque se quedó embarazada de ti. Solo quiere aprovecharse de tu apellido.

«Repito: ¿PERDÓN?».

A mi lado, Nick me pone una mano sobre el hombro. He dado un paso hacia delante para interrumpir, pero Zac ya está respondiéndole.

—No hables de lo que no conoces, Selene. Solo te hace parecer ignorante.

La ofensa puede leerse en el rostro de la mujer, que se cruza de brazos y frunce el ceño.

—Íbamos a casarnos —le recrimina—. Tú y yo.

Zac toma aire y suspira. Sé que está aguantándose el enfado. Lo conozco.

—Selene, lo siento. Sé que tuvimos algo, pero siempre dejamos claro que no queríamos nada serio. No solo yo, los dos.

—¿Qué pasa? ¿Folla mejor que yo?

Ojalá Zac respondiese que sí, pero él es más apaciguador y no le gusta el drama, así que solo responde:

—No quiero casarme contigo. Sabes que nunca quise.

—Eso no es cierto. Siempre te dio igual, que es distinto. Te casarías conmigo y aprenderías a quererme, y yo a quererte a ti.

Zac se aprieta el puente de la nariz, cansado.

—A quien quiero es a Beth.

—Yo soy mejor que ella.

—Y estoy seguro de que habrá gente que piense así, pero yo no. Porque para mí ella lo es todo.

El corazón me late con fuerza y sin querer me llevo la mano al pecho para contenerlo. A mi lado Nick me lanza una mirada de reojo, pero no dice nada.

—Lo siento, Selene.

—Oh, vete a la mierda, imbécil —le espeta, por fin perdiendo los papeles.

Vaya, no sabía que podía hablar así.

Bueno, en realidad no sé nada de ella. Ni quiero.

Aparte de que se iba a casar con el padre de mi hija.

Y que se ha acostado con él.

—Además, ya no estoy en el negocio familiar —agrega Zac—. He renunciado.

—¿Has renunciado?

—Así es. Ahora mismo no tengo empleo ni tampoco apellido.

Eso es bastante discutible, ya que no puedes liberarte de tu apellido con tanta facilidad, pero supongo que para la gente como Zac ese asunto es más delicado.

La expresión de Selene decae.

—Aún puedes arreglarlo, ¿no?

—¿Arreglarlo? —repite Zac—. No hay nada que deba arreglar, porque ahora todo está bien.

—¿Qué coño te has fumado? —le espeta, y debo decir que me sorprende su repentino cambio de expresión y de vocabulario—. Lo tenías todo.

—No tenía nada —niega él.

—¿Y todo lo haces por esa mujer?

—Vete, Selene. Sigue con tu vida.

—Por supuesto que lo haré.

Ella se gira y regresa hacia la escalera con paso firme y la barbilla elevada. Juraría que en ese momento se percata de que Nick y yo estamos allí, pero finge no vernos.

Quien sí lo hace es Zac. Primero sus ojos se abren con sorpresa, pero después toma aire y camina hacia nosotros. Al llegar, Nick le palmea el brazo.

—Bueno, primo. Esto ha salido mejor de lo que esperaba.

—¿En serio?

—Ya conoces a Selene. Pensé que te echaría toda la mierda posible encima.

Zac niega con la cabeza.

—Y estoy seguro de que lo hará. No ha terminado.

—¿Tanto le gustas? —me burlo.

Las comisuras de sus labios se elevan en una sonrisa, aunque no es completa.

—Lo único que le gusta de mí a Selene es mi apellido.

—¿Te acuerdas cuando intentó ligar con tu hermano? Y luego se enteró de que tenía mujer y un hijo.

—En serio, Nick. No lo entiendo. Hoy en día ser un Grimani no significa nada.

—Pero es que eres un Von Grimani. Tu bisabuelo era duque europeo, ¿no?

Alzo las cejas con sorpresa. Había escuchado el rumor, pero nunca pregunté. Ahora entiendo, aunque no comparto, el clasismo de sus padres. Siempre tuvieron ese aire de superioridad, pero pensé que se debía a que ambos venían de familias adineradas.

—O eso les encanta decir a mis padres —murmura Zac, y arruga la nariz. Después se vuelve hacia mí—. ¿Cómo es que estás aquí?

—Vine a repartir pasteles.

—Yo tenía que hablar de unos asuntos con Nick, sobre el hotel, antes de irme.

—De irnos —le corrijo.

Y entonces su sonrisa se ilumina. Me quedo prendada de sus ojos, de su dulzura. Me encanta este chico.

De pronto, alguien carraspea a nuestro lado.

—Yo debería llevar esto a cocina —comenta Nick, que finge incomodidad porque está sonriendo con la mirada—. ¿Y si hablamos del hotel un poco más tarde?

Zac asiente, y su primo ve el momento indicado para alejarse y dejarnos solos. Me muerdo el labio inferior y sus ojos bajan unos segundos hacia él. Es increíble las ganas constantes que tengo de besarlo.

Hace un gesto hacia el despacho y pregunta:

—¿Te parece bien si aprovechamos para preparar el viaje?

—Justo en eso estaba pensando.

Bueno, en eso… y en otras cosas, pero ahora pueden esperar. Y mientras Zac me abre la puerta para que pase, por fin dejo que las mariposas aleteen con libertad.

Esto, él, nosotros… Es lo que quiero.

Treinta y nueve

BETH

Sophia está emocionadísima con el viaje; tanto que la noche anterior no puede dormir y me lamento de habérselo contado. Nos toca madrugar para coger el avión, y aun así me mantiene despierta hasta casi la una de la madrugada.

Al otro lado del teléfono, Zac tampoco parece poder dormir.

Zac
¿Sigue despierta?

Beth
Parece que por fin se ha dormido, aunque no las tengo todas conmigo de que no se despierte en mitad de la noche.

Zac
Mañana estará agotada.

Beth
Y nosotros también. ¿Cómo es que sigues despierto?

Tarda unos segundos en contestar.

Zac
Estoy nervioso.

> **Beth**
> Yo también.

Quien no está tan feliz es mi padre, pero no porque le enfade que nos vayamos; es preocupación.

Cuando Sophia y yo ya estamos listas con nuestras maletas por la mañana, esperando a que vengan a recogernos, no puede evitar aconsejarme:

—Lleva siempre algo de dinero encima, no solo la tarjeta. Cuida dónde guardas el teléfono. Y cuando llegues a la casa de Zachary, mándame la ubicación.

—Sí, papá.

—Sí, abuelo —repite Sophia, aunque un poco más entusiasmada.

Me sorprende que tenga energías después de haber dormido tan pocas horas. Yo necesitaré un café doble o triple.

—Y si tienes cualquier problema, llámame —finaliza, tomándome de los hombros—. Me presentaré en Los Ángeles si hace falta.

Sonrío con suavidad porque al final todo esto es porque nos quiere.

—No te preocupes, papá. Además, solo estaremos fuera unos días.

Nuestros billetes, a diferencia del de Zac, tienen fecha de vuelta. No puedo sacar a Sophia del colegio y de su ambiente durante tanto tiempo, mucho menos si no sé qué nos encontraremos allí. Al final solo pierde el viernes de escuela; el domingo ya regresamos. Organizar el papeleo para marchar le tomó a Zac más tiempo del que esperaba.

—En unos días pueden pasar muchas cosas —me asegura.

Le doy un beso en la mejilla y, cuando me aparto, escucho como pitan desde fuera. Sophia agarra su mochila y sale corriendo de casa, despidiéndose con la mano de su abuelo, quien nos sigue y me ayuda con la maleta.

Fuera hay un coche aparcado, pero no es el de Zac. Él sale del sitio del copiloto y quien lo conduce es Nick.

—¿Preparados para una hora de viaje hasta el aeropuerto?

—¡Sí! —exclama Sophia.

Se lanza a los brazos de su padre y él me guiña un ojo. Guardamos las cosas en el maletero y finalmente Sophi se despide del abuelo con un abrazo.

—Llamaré en cuanto aterricemos —le prometo.

Asiente y luego se vuelve hacia Zac. Casi estoy segura de que va a advertirle de que nos cuide, pero solo mantiene la mirada unos segundos insistentemente largos y finalmente la aparta. Creo que podría considerarse una advertencia velada.

Tengo miedo de que Sophia se maree durante el viaje, pero lo aguanta bien. Ni siquiera pide hacer una parada para ir al baño, aunque ha ayudado que Nick pusiera a Taylor Swift todo el camino. Últimamente le gusta mucho y empieza a saberse las canciones.

Cuando llegamos al aeropuerto, nos despedimos de él y buscamos el mostrador de facturación y la puerta de embarque.

—¿Me estoy portando bien, mamá? —pregunta Sophia.

Me agacho a su lado y le coloco las hombreras de la mochila.

—Tú siempre te portas genial, ardillita.

Zac asiente a mi lado y luego propone:

—Me muerdo de hambre, vayamos a desayunar algo hasta que salga el avión.

Toma la mochila de Sophia y vamos a un restaurante algo concurrido. Nos deja sentadas a una mesa mientras va a por el pedido y no puedo evitar pensar que aquí, para todos estos desconocidos, volvemos a parecer una familia.

—¿Podré conocer a mis primos? —pregunta Sophia cuando Zac regresa.

—Mañana hemos quedado con ellos, sí.

—¿Y por qué no hoy?

Se me escapa una sonrisa. Tiene muchas ganas.

—Porque llegamos un poco tarde; ellos están en el colegio y es mejor que descansemos y tengamos energías para disfrutar juntos mañana.

Lo piensa durante unos segundos y al final admite:

—Está bien. Pero ¿y a los abuelos? ¿También los conoceré mañana?

Aunque ya sé la respuesta, porque lo he hablado con Zac, no puedo evitar sentirme nerviosa al escucharla.

—Sí. Mañana vamos a comer con ellos y los conocerás.

—Vale —dice con una sonrisa, que decae—. Espero caerles bien.

Zac deja el café en la mesa y se inclina sobre ella. Le acaricia la mejilla con ternura y susurra:

—Lo harás, Sophia. Es imposible que le caigas mal a alguien.

—Pero ¿y si con ellos no es así?

—Entonces es que son unos tontos, y será su problema.

—No puedes decir que tus padres son tontos, eso está mal —le riñe nuestra hija, pero por fin vuelve a sonreír.

Sophia continúa desayunando, y yo comparto una mirada angustiada con Zac. Bajo la mesa, él me toma la mano y la aprieta.

A los dos nos pone nerviosos este viaje. La relación con sus padres no está en el mejor momento. Acaba de dejar la empresa y a ellos no les gusta la decisión. Aun así, al enterarse de que Sophia y yo íbamos, pidieron conocer a su nieta.

Supongo que, al final, esto tendría que pasar. Mi hija tiene derecho a conocer a sus abuelos también, y la mejor forma es conmigo delante. Con sus dos padres delante. También estarán el hermano de Zac y su familia, así que el ambiente será distendido. Solo espero que salga bien. Nunca he hablado con ellos, más allá de servirles canapés en la boda, pero solo por cómo tratan a su propio hijo, ya me pone nerviosa lo que pueda suceder.

—Va a ser un viaje genial —comenta Sophia mientras da un mordisco a su galleta.

Sonrío un poco, queriendo liberar tensión, y Zac aprieta más fuerte mi mano. Estamos juntos en esto. Los tres. Claro que irá bien. Y si no, como dijo Zac…, son unos tontos y será su problema.

Llegamos a Los Ángeles muy cansados. El café del desayuno ya ha desaparecido, y solo Sophia ha podido dormir durante el vuelo, aunque apenas ha sido durante media hora. Estaba demasiado entusiasmada por volver a subir en un avión. Y, esta vez, sentada entre sus padres.

El apartamento de Zac se encuentra en uno de los últimos pisos de un edificio. Las ventanas son amplias y tiene bastante luz. No hay mucha decoración, y la habitación de invitados cuenta apenas con una cama pequeña, que Sophia enseguida se ha agenciado.

Dejamos nuestras cosas y aprovecho para lavarme la cara mientras Zac hace unas llamadas y Sophia curiosea por la casa.

—Va a salir bien, Beth —le digo al reflejo de mi espejo—. Tú intenta disfrutar.

Fuerzo una sonrisa, pero cada vez me cuesta más fingirla. Últimamente me he acostumbrado a sonreír de verdad.

Cuando salgo del baño, escucho a Zac discutiendo con alguien por el teléfono. Me asomo por la puerta de la habitación principal. Está de espaldas a mí y parece enfadado.

—… lo que diga mi contrato. Quiero esos papeles arreglados para la semana que viene. No, no voy a cambiar de opinión. Sí, eso mismo.

Se lleva la mano a la coronilla, frustrado.

—La agenda de clientes os la pasaré en cuanto tenga todo resuelto. ¿Por qué? Porque no es mi obligación, son mis clientes.

Me alejo despacio de la habitación y entrecierro la puerta para que Sophia no lo escuche gritar. Después regreso al espacio principal del apartamento para buscarla.

No es muy grande. Está formado por un salón comedor con vistas a la cocina, una terraza pequeña, y luego un pasillo que da a las dos habitaciones y el baño.

Encuentro a Sophia en la cocina. Está mirando con curiosidad una vinoteca repleta de botellas. Siendo esta la casa de Zac, no me sorprende.

—¿Qué te parece, ardillita? —pregunto al llegar a su lado.

—He abierto la nevera y no tiene comida —me dice en un susurro.

—Sophia, papá lleva viviendo en el pueblo muchos días —le explico—. Si tuviese comida se le habría puesto mala.

—Pues vamos a tener que hacer la compra.

—¿Y si cenamos fuera? —propone Zac, apareciendo en la cocina—. Me gustaría enseñaros mis lugares favoritos de la ciudad.

Se guarda el teléfono en el bolsillo de los vaqueros. Últimamente comienza a vestir ropa informal más a menudo. Supongo que no debe ser muy cómodo tomar un vuelo en traje.

—Quiero una hamburguesa —contesta Sophia tras una pausa—. Y muchas patatas fritas.

—Ardillita, ¿estás segura de que…?

—Vayamos a por hamburguesa, entonces —acepta Zac, y luego se vuelve para guiñarme un ojo—. Debemos aprovechar bien estas vacaciones.

Sacudo la cabeza, pero acepto que contra ellos dos voy a salir perdiendo.

Antes de aprovechar las energías que nos quedan para recorrer la ciudad, Zac saca unos juegos de sábanas y toallas limpias y abre las ventanas para ventilar el apartamento. Ha estado cerrado bastante tiempo, aunque el servicio de limpieza se ha pasado una vez por semana para mantener bien el lugar.

Después pedimos un taxi y comenzamos a hacer turismo. Nos va señalando lugares de la ciudad, y uno de los primeros en los que acabamos son los Canales.

—Te sientes como si estuvieras en Venecia —menciona.

El lugar es bonito y hay bastantes turistas, pero solo puedo creer en lo que dice.

—Nunca he estado en Italia —comento sin dejar de mirar a Sophia, que va unos pasos por delante de nosotros—. De hecho, nunca he salido de Estados Unidos.

—¿De verdad? —pregunta con sorpresa.

Asiento con la cabeza. Antes de la universidad no tenía mucho dinero para viajar y después… tuve una hija. Así que ni dinero ni tiempo para hacerlo.

—¿A cuántos sitios has viajado tú?

—Pues… he estado en México, en Brasil, República Dominicana… Cuando fui a Italia hicimos interraíl, así que visitamos varios países. Y hace un año visité Corea del Sur, aunque por trabajo. Mis padres se plantearon expandir la cadena hotelera allí, pero daba más problemas que beneficios y el proyecto se vino abajo.

—Zac… ¿qué vas a hacer ahora? Quiero decir, cuando ya no trabajes para la empresa de tus padres.

Se encoge de hombros y guarda silencio por unos segundos.

—Llevo un tiempo sopesando la idea de montar mi propio negocio.

—¿Tu propia cadena de hoteles?

Sacude la cabeza para negarlo.

—No exactamente. Al menos no como los de mis padres. Verás, la idea de Villa Celeste y de tener hostales más hogareños fue mía. Me gusta la idea de algo familiar, pequeño y acogedor, en vez de los grandes edificios en medio de las ciudades.

Me doy cuenta de que mi enfado por Villa Celeste ha desaparecido por completo cuando ni siquiera puedo enfadarme al escucharle hablar de ello.

—Suena bonito —admito por fin—. ¿Lo harás?

—Lo intentaré. Al fin y al cabo, tengo experiencia en el sector.

Después de ver los Canales, vamos al Muelle de Santa Mónica y acabamos cenando en una cadena que solo sirve dos tipos de hamburguesas junto con las patatas. Sophia termina con todo el kétchup de nuestra mesa y, si la dejamos, del local. Una pareja algo mayor, con un niño de un par de años más que Sophia, nos eleva el dedo pulgar en señal de apoyo cuando nos ve luchando con ella para que no se manche y… sonrío. Para ellos somos una familia. No debería hacerme tan feliz esa palabra, pero lo hace. Sé que le he dado a Sophia todo lo necesario y que me he esforzado. Sé que una familia no es necesariamente papá, mamá y los hijos. Ni mucho menos. Y estaríamos locos si pensásemos que eso es lo normal. Pero después de todo lo que hemos pasado, de lo que he deseado… Me gusta.

Cuando regresamos al apartamento de Zac, ya es de noche. A Sophi se le cierran los ojos y, en realidad, yo estoy como ella. Entre el viaje en avión, los minutos caminando porque «no está muy lejos» y los nervios, estoy deshecha.

—¿Dormirás bien aquí, ardillita? —le pregunto mientras la arropo con las sábanas limpias en la habitación de invitados de casa de Zac.

—Sí, mami.

Casi está dormida.

—Cuando te despiertes estaremos cerca, ¿de acuerdo?

—Sí.

Le doy un beso en la frente, pero ya está en los brazos de Morfeo. Entrecierro la puerta de la habitación y salgo. Cuando llego al cuarto principal, donde se encuentra Zac, está terminando de poner otro juego de sábanas limpias.

—Puedes dormir aquí —dice al notar mi presencia—. Yo dormiré en la habitación. Así cuando Sophia se despierte sabrá dónde encontrarte.

Me quedo parada en la entrada y murmuro:

—El apartamento es pequeño, Zac. No se perderá.

—También es verdad.

No lo ha entendido.

—¿Y si dormimos juntos?

—¿En la cama?

Asiento con la cabeza y doy un paso hacia él.

—Bueno, somos adultos —comienzo—. Y no sería la primera vez.

Alza las cejas y las baja al segundo. No pretendía hacerlo de forma pícara, aunque queda así.

—Quiero decir que no pasa nada —corrijo al instante—. Sophia sabe dónde está la habitación, y tú y yo somos adultos. No vamos a…

«¿Hacer nada?

»¿Hacernos ilusiones?».

Por suerte él parece entenderlo y me interrumpe:

—Me parece bien, podemos compartir la cama.

Aun así, detecto una sonrisilla petulante en su rostro.

Juntos cambiamos las sábanas y después me excuso para usar el baño y ponerme el pijama. Paso por la habitación de Sophia para comprobar que continúa dormida y me acerco a la cocina a por un vaso de agua.

Estoy nerviosa.

En realidad, solo he dormido con Zac una noche, y no fue planeado. Ahora me acostaré con él en la cama y después, ¿qué?

«No pasa nada, Beth», me digo a mí misma. Zac y yo estamos llevando muy bien la relación de copaternidad, o al menos todo lo bien que se puede.

Cuando regreso a la habitación, él no está. Me siento en un lado de la cama y apoyo la espalda en el cabecero mientras me cubro con las sábanas hasta la cintura. Juego con los dedos por puro nerviosismo.

Hasta que la puerta se abre.

Lleva puestos unos pantalones de pijama largos, no lleva la parte de arriba. Sus abdominales se pierden en la cinturilla, tiene el pelo revuelto y bosteza. Contengo el aire unos segundos mientras lo observo.

—¿Todo bien? —me pregunta.

Camina hacia mí y asiento, hasta que se queda quieto a apenas unos pasos de la cama.

—¿Y tú? —Frunzo el ceño—. ¿Todo bien?

—Sí, sí —contesta con rapidez, sacudiendo la cabeza, pero con una sonrisa traviesa en los labios—. Solo estaba pensando que… ese es mi lado.

—¿Tu lado?

—Mi lado de la cama —explica—. Siempre duermo ahí.

Oh.

—¿Quieres que me cambie? —pregunto con repentino pánico.

Zac niega, y tengo la impresión de que su sonrisa se vuelve más dulce.

—Para nada. Así es perfecto.

No sé qué quiere decir, pero me gusta. Una sensación agradable se expande por mi estómago y medio aplaca los nervios.

Se dirige al otro lado de la cama, y el colchón se hunde bajo su peso. Con él a mi lado me termino de tumbar y me tapo con la sábana hasta casi el cuello. El corazón me late a mil por hora. ¿Podrá escucharlo?

El silencio no dura mucho entre nosotros.

—Ha sido un buen día, ¿no?

—Sí, Sophia se lo ha pasado increíble.

—¿Y tú?

—Yo también.

—Me alegro.

Estamos tumbados boca arriba, una postura en la que no suelo dormir nunca, pero tampoco quiero moverme. ¿Debería girarme y darle la espalda, o se lo tomaría a mal? ¿Y si me giro hacia él? ¿Sería una especie de mensaje subliminal?

«¿Qué mensaje, Beth? ¿Tómame, soy tuya?».

Lo miro y me doy cuenta de que se ha quedado quieto. Y callado.

Tiene la mirada clavada en el techo, pero más bien parece pensativo.

—Estás nervioso por mañana —deduzco.

Se vuelve hacia mí, pero esta vez su sonrisa es preocupada.

—Mentiría si dijera que no, pero al mismo tiempo me muero de ganas. Mi hermano y su familia están deseando conocer a Sophia, y creo que va a hacer buenas migas con mis sobrinos.

Asiento, porque también lo creo.

Los segundos pasan, y mi corazón parece haberse calmado. La cama de Zac es muy cómoda, las sábanas son suaves y el día, aunque divertido, ha sido agotador.

Creo que he cerrado un poco los ojos cuando lo escucho decir:

—Buenas noches, Beth.

—Buenas noches, Zac —susurro—. Descansa.

Y poco después, me duermo mucho más tranquila y feliz de lo que hubiese imaginado.

Cuarenta

BETH

—Mamá, tengo hambre.

Escucho la voz de Sophia a través de la neblina en mi cabeza, pero es como si me encontrase en otro mundo, en el de Morfeo.

Debería abrir los ojos, pero no puedo. Creo que me quejo. Estoy cansada.

—Papá, quiero desayunar.

De nuevo la voz de Sophia. Esta vez me saca un poco más de ese mundo extraño en el que me encuentro. Soy algo más consciente de mi cuerpo y noto… calor.

—¡Jopé! ¡Despertad de una vez!

Esta vez grita y noto un pequeño zarandeo. Termina de sacarme de los brazos de Morfeo y me hace abrir los ojos, todo para encontrarme entre los brazos de otra persona. De Zac.

Mi mente se activa rápido y todo a mi alrededor comienza a tener sentido mientras recuerdo dónde estoy: en la cama de Zac, en su piso de Los Ángeles, abrazada a él con la cabeza apoyada en su cálido pecho. Es de ahí de donde percibía el calor.

Y de pie, a un lado de la cama, está nuestra hija.

—Mamá, tengo hambre y en la nevera no hay nada —gimotea Sophia.

Debajo de mí, Zac se mueve y yo aprovecho para apartarme.

Mierda. Mierda. Mierda.

Esta no era la idea. Íbamos a dormir juntos, nada más. Y ni mucho menos esperar que Sophia nos encontrase en una situación tan comprometida. Aunque, por suerte, ella no parece notarlo; solo tiene hambre.

—Es cierto, Sophi. Lo siento —admite Zac—. ¿Y si lo compensamos saliendo a desayunar fuera?

Ella parece pensárselo, pero no está conforme.

—Es que tengo hambre ahora, y vamos a tardar en prepararnos.

Estoy a punto de moverme para salir de la cama cuando Zac le da la razón.

—Es verdad… En especial después de la guerra de cosquillas.

—¿La guerra de cos…? —comienza a preguntar Sophia.

Pero antes de que pueda terminar la pregunta, él la pone entre nosotros en la cama y comienza a hacer cosquillas. Sophia patalea y se revuelve, deshaciendo la cama. Pero, en especial, se ríe. Cuando por fin Zac le da un respiro, tiene lágrimas en los ojos y una sonrisa enorme. Entonces no me dan tregua, porque grita:

—¡Ahora a mamá! ¡Ahora a mamá!

—¿Hacemos cosquillas a mamá?

—¡Síííííí!

—¡Ni se os ocurra! —exclamo.

Pero no me hacen ni caso, y ambos se lanzan a por mí. Sophia hace más daño que cosquillas, pero Zac sabe cómo provocar que no contenga la risa. Y aunque sé que son un mecanismo de defensa del cuerpo contra algo extraño, no puedo evitar verme disfrutando de este momento… en familia.

Cuando me dejan en paz, tengo la respiración agitada y estoy segura de que se me han enrojecido las mejillas, al igual que a Sophia.

—Voy a vengarme, ¿sabes?

Zac se encoge de hombros.

—¿Te parece si es después del desayuno? Había pensado en ir a un sitio donde hacen unas tortitas increíbles.

—¡Tortitas! —exclama Sophia.

Suspiro, sabiendo que tengo las de perder, y accedo.

—La venganza es un plato que se sirve frío. Esperaré a después de las tortitas.

Zac sonríe y me pellizca la nariz en un gesto íntimo y cariñoso. El corazón se me deshace. Después sale de la cama y da una palmada al aire.

—Entonces, ¡vamos, arriba! Tenemos que prepararnos y hay un solo baño.

«Va a ir bien, Beth. Todo va a salir bien».

Nos encontramos con el hermano de Zac y su familia en el parque. Hemos quedado con ellos antes de la comida para que los niños se conozcan en persona y quitar a Sophia la presión de ver de golpe a tanta gente nueva.

Cuando los vemos, Zac se acerca a su hermano y ambos se dan un abrazo. Yo me quedo un poco más rezagada, con Sophia tomada de la mano. Los dos niños y la mujer están igual, aunque Zac no tarda en saludarlos. Después se vuelve hacia nosotras y hace una señal para que nos acerquemos.

Sophia aprieta con más fuerza mi mano.

—Elisabeth, Sophia, ellos son Christina y mi hermano Alexander. Y sus hijos, Ethan y Gabriel.

—Ya nos conocemos, papá —interrumpe Sophia, que no ha dejado de mirar a su primo mayor.

—Hablamos por videollamada un día —le recuerda el niño.

—¿Y si vamos a jugar? —propone Nathan.

Después mira los columpios que hay en el parque y Sophia asiente feliz, pero en el último momento se vuelve hacia nosotros.

—¿Puedo?

—Claro que sí —contesto.

Antes de que se alejen, Christina llama a su hijo mayor.

—Cariño, espera. Tu hermano va con vosotros.

—¡Jopé, mamá!

—Sin protestar.

—Pero…

—He dicho que sin protestar.

Con un puchero Nathan obedece y los tres niños terminan ignorándonos, al menos hasta que Zac llama a su hija:

—Sophia, con cuidado, ¿vale? Vamos a estar cerca.

—Sí, papá —exclama ella, y corren a los columpios.

—Qué fuerte, hermano —murmura Alexander al cabo de unos segundos—. Te ha llamado papá.

—Ve acostumbrándote. —Zac se ríe, pero orgulloso.

A mi lado Christina extiende la mano para saludarme.

—Hola, Elisabeth.

Le devuelvo el saludo y luego hace un gesto hacia el parque para que nos acerquemos. Pienso igual, son muy pequeños como para no tenerles el ojo echado.

Los hermanos nos siguen y, mientras ellos se ponen al día y vigilamos a los niños, Christina me pregunta por el viaje, la familia, la vida en el pueblo… No se me escapa el hecho de que no hace ningún comentario ni pregunta sobre la relación que hay entre Zac y yo.

—Perdona si me meto, pero quería decirte que sigues igual que hace años. Ya me gustaría saber tu secreto.

Estoy a punto de contestar con un «crema solar» cuando me doy cuenta del detalle.

—¿Te acuerdas de mí?

Me parece sorprendente porque para ella solo fui una camarera más en la boda. Yo apenas la recordaba y Christina era la novia. Se encoge de hombros.

—Bueno, por las fotos solo.

—¿Las fotos?

Su expresión cambia a la de alguien que sabe que ha metido la pata.

—Pensé que… Bueno, no pasa nada. Zachary tiene unas cuantas fotos vuestras. Las vi un día de casualidad, cuando fui a recoger unas cosas a su antigua habitación para mis hijos.

Debían ser las fotos de aquel verano. No tomamos muchas, y lo cierto es que yo no tengo ninguna copia de ellas. Pero Zac…

—No sabía que todavía las guardaba.

Christina sonríe y me acaricia el brazo con cariño.

—Parecían un recuerdo muy especial.

Me vuelvo unos segundos hacia Zac y, como si se diera cuenta, él también me mira. Y ambos nos sonreímos.

Esos recuerdos, por fin, vuelven a ser especiales.

—Vamos, nos están esperando.

Alexander le da unos golpecitos de ánimo a su hermano en el hombro. Después de la mañana en el parque toca la tan esperada comida con los abuelos. Puedo notar cómo incluso el humor de Sophia ha ido cambiando. En el parque ha jugado muy feliz con sus primos, pero desde el momento en el que hemos subido al taxi, poco a poco ha dejado de hablar hasta mantenerse totalmente callada. Solo hace eso si está preocupada.

—¿Tenía que ser en casa? —se lamenta Zac.

—¿Hubieses preferido un restaurante?

—Obviamente.

De nuevo, Sophia vuelve a apretarme la mano con fuerza y yo hago lo mismo. No me importa si esta gente es mala o si no me quieren, pero a mi hija no le harán daño.

Alexander avanza el primero hacia la puerta y llama. Los segundos pasan con cada latido de mi corazón, hasta que al final un hombre nos abre.

—Buenos días, papá —saluda alegremente—. ¿Qué hay de comer?

El padre se hace a un lado y Christina también pasa con los niños. Zac nos mira, asiente, y hace un gesto para que pasemos junto a él. La casa por dentro está mucho más nueva que la del pueblo. Los muebles y suelos son de colores claros, pero se nota que son caros.

Cuando pasamos al recibidor, los ojos del padre están puestos en Zac, pero no tarda en mirarnos a nosotras. Primero a mí, aunque apenas me dedica unos segundos, y después a Sophia.

—Hola, papá —saluda Zac, en un tono bastante más serio que el de su hermano—. Ellas son Elisabeth y Sophia.

Mi hija aprieta con fuerza mi mano y siento que retrocede mientras su abuelo la mira. Normal, ese hombre ni siquiera sonríe. De pronto escuchamos pasos procedentes del pasillo por donde se han ido Alexander y los demás. Una señora vestida con traje ejecutivo y el pelo canoso recogido en un moño alto llega taconeando. Cuando ve a Sophia se lleva la mano a la boca sin molestarse en contener la emoción. Después se vuelve hacia Zac y, sin ni siquiera saludarle, pregunta:

—¿Es ella mi nieta?

—Sí, mamá. Ella es Sophia.

La señora baja las manos al pecho y se acerca hacia nosotras. Esta vez Sophia, por fin, no aprieta mi mano.

—Hola, cariño. Yo soy tu abuela.

—Hola, abuela.

—Madre mía, qué ojos tan bonitos. Son iguales a los de tu padre. ¿Has visto, Arthur? La niña tiene los ojos de la familia.

El marido alza las cejas, pero no dice nada.

—Ven, cariño. —La señora extiende la mano hacia Sophia—. He cocinado lasaña. Espero que te guste.

Duda unos segundos. Me mira y, cuando asiento, me suelta la mano y toma la de su abuela. Por fin la mujer me mira y me sonríe, aunque apenas son unos segundos, hasta que Sophia entrelaza los dedos con los suyos.

—Me gusta casi todo —responde.

—Eso es bueno. En esta vida hay que comer bien, siempre lo digo.

El abuelo y sus primos las siguen. Zac se acerca a mí. Coloca una mano en mi espalda baja y pregunta:

—¿Estás bien?

—¿Y tú?

—Creo que podremos sobrevivir a esto.

Por fin compongo una pequeña sonrisa, y con su mano en mi espalda me hace un gesto para que lo guíe.

—Vamos, te enseñaré la casa.

Casi sin querer, mis ojos buscan a Sophia. Él sigue mi mirada y asiente.

—Estará bien. Mi madre tenía muchas ganas de conocerla. Además, sus primos no van a separarse de ella.

Miro hacia la puerta por donde se han ido y me tomo unos segundos antes de asentir y seguirle. Esta vez, la mano de Zac se desliza de mi espalda, pero es para tomar mi mano. Y me encanta.

La casa es bastante más pequeña que la del pueblo, pero claro, esto es una gran ciudad. Me enseña la cocina, la sala de juegos, la biblioteca…, y luego me conduce a su antigua habitación en la segunda planta.

—Está casi igual a como la dejé —comenta mientras entramos—. Solo faltan algunas cosas.

—Christina me dijo que tomaron algunos juegos tuyos para sus hijos.

—Sí, los bajaron a la sala de juegos. En especial puzles y algunos libros. Mi sobrino mayor es muy curioso, ¿sabes? Le encanta informarse de todo aunque sea muy pequeño.

Asiento despacio, pero no era eso a lo que quería llegar.

—También me dijo que había visto fotos mías que… tenías guardadas.

Zac duda unos segundos, pero al final pregunta:

—¿Quieres verlas? Son de aquel verano.

—Me encantaría.

Sonríe y me suelta para rebuscar en los cajones de su escritorio. Saca una caja de metal y me hace una seña para que nos sentemos sobre la cama. Allí abre la caja y descubro unas fotos polaroid, con la fecha impresa en la parte blanca. Hace unos años se llevaban muchísimo ese estilo de imágenes.

—Esta es de cuando fuimos al cine por primera vez, ¿te acuerdas?

Madre mía. Recuerdo incluso esos pantalones verdes. Me encantaban.

—Y esta de una excursión a la playa.

—La primera vez que te cociné pasta. —Señalo a la siguiente.

Ver esas imágenes me traen muchos recuerdos, y los sentimientos que despiertan en mí son… agradables. Ya no me duele pensar en aquel verano, en lo que tuvimos. Ahora es un recuerdo bonito. Y… mierda, ¡qué jóvenes éramos! No me creo haber cambiado tanto en apenas seis años, pero lo he hecho. Los dos hemos cambiado.

—¿Cuándo las imprimiste? —pregunto con curiosidad.

La siguiente foto ya no es del verano, si no de Los Ángeles. La siguiente también es en la ciudad, y la siguiente a esa son Zac y Nick en una fiesta. Deben haberse terminado todas las del verano.

—Después de acabar el máster. Quería conservar los recuerdos de esa época. Aunque hubiese sido duro, también tuve momentos muy felices. Contigo.

—Y luego las metiste en esta cajita de metal —comento, todavía pasando fotos—. Es una forma de cerrar una etapa.

No lo digo a malas. Me parece bien. Yo también hice lo mismo, pero de una forma un poco distinta: empacando y marchándome lejos con mi hija.

Sigo viendo las demás fotos, hasta que una en especial llama mi atención. No es la foto en sí, ya que se trata de Zac posando en una de las tantas fiestas que he visto en las anteriores imágenes. Es la fecha.

Se da cuenta de que algo me perturba cuando me quedo mirando la foto y pregunta:

—¿Estás bien?

Trago saliva y pienso en mentir, pero ¿dónde nos dejaría eso en este punto de nuestras vidas? Apenas sé qué camino estamos tomando, pero estoy segura de que las mentiras y ocultar los sentimientos no va a ayudar en nada.

—Es la fecha —admito tras unos segundos—. Si está bien, es del día en que me enteré de que estaba embarazada de Sophia. El mismo día que te escribí y llamé para contártelo.

No mentiré. Me sabe mal darme cuenta de que, mientras yo estaba llorando en la habitación de la residencia de estudiantes, sin saber qué narices hacer, Zac se encontraba en una fiesta universitaria. Y, según esta foto, bebiendo chupitos de un licor transparente.

—¿Estás segura de que fuese día? —pregunta.

Asiento, y el silencio se acomoda entre nosotros.

No es exactamente incómodo, pero tampoco feliz. Probablemente sepa lo que estoy pensando, y creo que he tenido suficiente con las fotos. Las vuelvo a dejar en la caja y Zac la cierra.

Cuando se levanta de la cama no sonríe.

—Será mejor que bajemos —dice—. La comida ya estará lista.

Nos sentamos a la mesa en un amplio comedor. Estoy pegada a Zac, y Sophia cerca de su abuela. Me siento incómoda al tenerla tan lejos, pero ella parece feliz y puedo verla perfectamente desde aquí. Creo que estará bien.

Frente a nosotros está Alexander y su familia, lo que me da tranquilidad. En especial cuando Christina levanta la copa de vino hacia mí para brindar. Sus hijos también están cerca de los abuelos, y de Sophia. Así estará más entretenida.

Sus abuelos parecen contentos.

La cena avanza. La conversación es distendida. Sophia está bien.

—Mi mejor amiga se llama Anne, y su mamá y mi mamá son amigas también.

—¿Vais a la escuela juntas, cielo? —le pregunta su abuela.

Por otro lado, el abuelo está atento, pero no participa en la conversación.

—Sí. Y también fui a su cumpleaños. Hizo una fiesta en el jardín.

—¿Una fiesta en el jardín? —repite la abuela.

Puedo captar un tono de desacuerdo que Sophia no es capaz de notar, porque sonríe con emoción y responde:

—¡Sí! Y yo tendré otra cuando cumpla cinco. Para eso faltan… —Se mira las manos con los dedos extendidos mientras comienza a bajarlos—. ¿Dos meses, mamá?

Me tenso cuando todos en la mesa me miran, incluidos los abuelos. No he abierto la boca en ningún momento, ni siquiera cuando Christina ha intentado preguntarme qué me parece el vino.

He estado observando y escuchando a Sophia.

—Claro, ardillita —contesto por fin, tratando de poner mi mejor sonrisa.

Casi al momento, la mano de Zac toma la mía por debajo de la mesa y me la presiona con suavidad. Me giro hacia él y me devuelve una mirada preocupada.

—¿Estás bien? —susurra, tan bajo que me cuesta escucharlo.

Quiero mentir y decir que sí, pero no puedo. Así que me encojo de hombros y él vuelve a apretar mi mano.

—¿Sabes? Nosotros aquí podríamos hacerte una fiesta mejor. —Escucho que continúa diciendo la abuela—. Podríamos alquilar un local con juegos y música. ¿Te gustaría?

Me estremezco al escucharlo y, sin querer, esta vez soy yo quien aprieta la mano de Zac, pero de rabia. ¿Le está proponiendo…?

—¿Aquí? —pregunta Sophia, perdiendo la sonrisa—. ¿En esta ciudad?

—Por supuesto. Con tus abuelos y tus primos.

¡Tan solo la conoce de unas horas!

—Pero aquí no está Anne. Ni el abuelo. Ni mis compañeros del cole.

—Si te mudases aquí, podrías hacer nuevos amigos y tener un cole nuevo. ¿No sería ideal?

Mi hija se vuelve hacia mí y puedo ver la angustia en sus ojos.

—Mami, ¿vamos a mudarnos?

Sophia solo usa la palabra «mami» en contadas ocasiones, y ahora mismo sé que lo está pasando mal.

—No, cariño —respondo con seguridad—. No vamos a mudarnos.

El alivio la inunda, aunque yo estoy llena de rabia. ¿Cómo ha tenido esa mujer el descaro de siquiera planteárselo a Sophia? A una niña. Mi niña.

Su actitud está terminando con mi autocontrol. Quiero que esta noche salga bien y, por lo tanto, no deseo armar ningún escándalo. Me he mordido la lengua cuando prácticamente han ignorado mi presencia. Tampoco he dicho nada al ver cómo acaparaban a Sophia y la alejaban de mí para sentarla cerca de ellos. Entiendo que, de alguna forma retorcida, yo soy una extraña y ella es su nieta. Por lo menos me alegro un poco de que muestren aprecio por ella, pero… ¿esto?

Esto roza lo irrespetuoso.

—Eso habría que… —comienza a replicar.

Pero Zac la calla alzando la voz.

—Esa es una decisión nuestra, que no te incumbe, mamá —la interrumpe.

Su hermano baja el cubierto al plato y nos mira con los labios apretados. Su mujer lo observa a él, como esperando a que diga algo y apoye a su hermano, pero… no lo hace.

—Oh, vamos —se queja la abuela—. La familia está aquí. En Los Ángeles.

Se acabó. No voy a aguantar más. Una cosa es no perder la compostura y otra dejar que te pisoteen. Estoy a punto de abrir la boca y levantarme cuando otra persona habla.

—Evangelina —dice el abuelo—. Déjalo estar.

Lo hace en un tono tan suave y calmado que, por unos segundos, creo que no he escuchado bien. Al menos hasta que su mujer frunce el ceño y replica:

—Sabes que tengo razón.

—No es el momento.

Eso parece sosegar a la mujer, aunque yo hiervo de rabia. «¿No es el momento?». Lo siento, pero nunca va a ser el momento de que esas dos personas discutan sobre dónde debe o no debe vivir mi hija.

Para calmar los nervios tomo el cubierto y comienzo a comer. Ni siquiera he probado mi plato de lasaña. Quizá tener el estómago vacío sea lo que me hace estar tan a la defensiva.

La mesa permanece en silencio pocos segundos. Los hijos de Alexander y Christina comienzan a pelear entre risas lanzándose migas de un pan que apenas han tocado para comer y su madre los reprende. Alexander se vuelve hacia su padre para conversar, pero yo solo puedo prestar atención a la conversación que Evangelina está teniendo con Sophia.

Y, a juzgar por la expresión de Zac cuando lo miro de refilón, le sucede lo mismo.

—¿Qué tal el hotel donde estáis alojados, cielo? ¿Está bien? Porque aquí, en esta casa, tenemos muchas habitaciones libres.

—Nos quedamos en casa de papá.

Su abuela aprieta los labios con disgusto, pero apenas dura unos segundos.

—Entiendo. ¿Y puedes descansar bien allí? Es un apartamento muy pequeño.

—Pues he dormido muy bien, tengo mi propia cama —dice Sophia—. Y mamá y papá también. Cuando fui a despertarlos, ¡ni siquiera abrían los ojos! Y yo tenía hambre.

—¿Fuiste a despertarlos, Sophia?

—Quiere decir que… —comienzo a interrumpir, pero mi hija continúa.

—Sí. Se habían dormido abrazados y no me querían dar el desayuno. Y tenía hambre.

Cerca de mí, Alexander se atraganta con su copa de vino y esconde la sonrisa, aunque con los ojos busca ávidamente a su hermano. Sin embargo, no es el único que lo hace. Sus padres actúan exactamente igual. Mierda. No hace falta ser muy inteligente para atar cabos y saber a qué se refiere Sophia: los dos hemos dormido en la misma cama.

Al final es la madre de Zac quien se gira y pregunta:

—¿Estáis juntos? ¿Como pareja?

Rectifico. No pregunta. Exige.

Pienso que el silencio reinará ante esa pregunta sin respuesta, ya que no estamos juntos. No somos nada. Pero Zac se aclara la garganta y sin ningún tono de duda, señala:

—Es la madre de mi hija, mamá.

Una parte de mí está agradecida por su respuesta. La otra… Hay algo que me duele.

—Tenemos que hablar un segundo. Selene ha llamado.

Si las miradas matasen, pocos en esta habitación saldríamos con vida.

Christina se atraganta y es la primera en romper la tensión, aunque no del todo. Se pone de pie mientras se limpia la boca con una servilleta y se vuelve apresurada hacia sus hijos.

—Niños, ¿y si le enseñáis a Sophia el cuarto de juegos?

—¡Sí! Ven, tienes que verlo —exclama el mayor con energía—. ¡Hay un billar enorme!

Sophi se vuelve hacia nosotros y tanto Zac como yo asentimos a la vez, sabiendo que está pidiendo permiso. Cuando se levanta y sigue a su primo, escucho que pregunta:

—¿Qué es un billar?

La abuela espera al menos un minuto desde que los niños se han ido de la sala antes de volver a hablar, y la dureza de sus palabras es implacable.

—¿Qué significa eso de que has roto el compromiso con Selene, Zac?

—No he roto nada porque nunca ha existido, mamá. No pensaba casarme con ella.

—¿Qué tontería son esas? Jamás has dicho nada.

—Sí, tienes razón. Fue mi error no insistir más en deciros que no pretendía casarme. Eso se lo dije a Selene. Pero, aunque fuese así y lo hubiese roto, no es algo que tengáis derecho a reprocharme.

—Sus padres son buenos amigos nuestros —insiste ella—. Y también posibles socios.

—Me parece fantástico, pero eso no tiene que ver nada conmigo y mi relación con Selene.

—¿Y qué vas a hacer? —alza la voz—. ¿Casarte con ella?

Finalmente, sus ojos se posan en mí. No aparto la mirada desafiante en ningún momento, aunque siento calor por todo el cuerpo.

—Ella tiene nombre —interviene Zac, que sigue agarrando mi mano bajo la mesa—. Elisabeth, y es la madre de tu nieta.

—Es una vulgar camarera. ¿Estás seguro de que la niña es tuya? ¿Le has hecho una prueba de paternidad?

El silencio reina en la sala, y creo que solo puedo escuchar los latidos acelerados de mi corazón. Estoy tan enfadada que no puedo hablar ni moverme. Creo que voy a desmayarme.

Christina se lleva la mano a la boca, pero todos escuchamos un sonido mezcla de sorpresa e indignación de su parte. Zac se pone de pie sin soltar mi mano. Hay rabia en sus ojos.

—Se acabó —sentencia con un tono tan calmado y calculado que me da escalofríos—. No voy a permitir que le faltes el respeto de esa forma.

—¿Faltarle yo el respeto? Es ella quien se ha presentado años después con una hija de casi cinco años.

Es como si me diese una bofetada en la cara. Abro la boca para hablar, pero Zac se adelanta.

—Nos vamos —dice, y luego se vuelve hacia mí—. Elisabeth, siento mucho lo que ha dicho mi madre.

Sacudo la cabeza y fuerzo una tenue sonrisa. Una parte de mí está preocupada por la frustración que veo en sus ojos.

—Está bien, vayamos por Sophia.

Nos alejamos de la mesa, pero apenas hemos cruzado media sala mientras Christina nos sigue cuando escuchamos las últimas palabras de su madre a lo lejos:

—En fin, ¿por qué no me sorprende? Al final no esperaba otra cosa de ti más que defraudarme. Nunca has sabido llevar el apellido Von Grimani.

Zac se queda inmóvil unos segundos y aprieta mi mano, pero no se gira. Continúa caminando y ambos, junto a Christina, salimos de la estancia.

Procuro rebajar mi rabia y mi respiración en el camino hacia la sala de juegos. Zac hace lo mismo y, cuando veo a los niños, intento sonreír como si nada hubiese pasado. Están jugando en el suelo con unos puzles.

—Sophia, cariño. Despídete de tus primos, nos tenemos que ir.

—¿Tan pronto?

—Sí, ardillita. Lo siento.

Zac vuelve a apretar mi mano mientras nuestra hija hace un mohín de tristeza.

—Pero ¿volveremos a verlos?

—Estoy segura de que sí —contesto.

Y espero de todo corazón que no sea mentira.

Mientras los niños se despiden llaman a la puerta. Al volvernos, el padre de Zac está allí solo.

—¿Podemos hablar un momento? —pregunta—. En privado.

Zac me mira y yo asiento.

—Será un segundo —susurra mientras me da un beso en la coronilla.

Observo como se aleja y, al mirar de nuevo a los niños, Sophia está abrazando a sus primos.

—Me entristece un poco cómo ha salido todo —le confieso a Christina—. Ellos parecen llevarse tan bien…

—Podéis venir a nuestra casa siempre que queráis —dice mientras me pasa un brazo por los hombros para reconfortarme—. Me ha encantado poder conocerte.

Compartimos una sonrisa, pero luego tenemos que negociar con nuestros hijos porque no quieren separarse. Al final dejo que Sophia se quedé un par de minutos más mientras ayuda a sus primos a recoger el puzle. Se dan un nuevo abrazo y nos acompañan a la salida.

Zac está allí, con su padre. Abrazándose. Se separan solo cuando nos ven. Siento que me he perdido algo.

El padre le palmea en el hombro y se despide con un:

—Hablamos pronto, hijo.

Después se marcha sin ni siquiera mirarnos, ni a Sophia ni a mí. El hombre apenas ha pronunciado una palabra durante la comida, ni se ha dirigido a mí ni a su nieta. Tengo una mala corazonada.

—¿Nos vamos? —me pregunta.

Asiento con la cabeza, y ambos nos despedimos de Christina y los niños una vez más. Ya hay un taxi fuera esperando, imagino que lo ha llamado él.

Pero apenas hemos dado un par de pasos para bajar la escalera cuando Alexander aparece.

—Zac, espera, por favor —le llama.

Sin ocultar un suspiro de cansancio, se vuelve hacia él.

—¿Qué quieres?

—Estoy seguro de que mamá no quería decir lo que ha dicho. Solo está preocupada.

—¿En serio vas a volver a defenderlos?

Puedo notar a la perfección la indignación en su tono.

—Son nuestros padres. Les debemos mucho.

—Su obligación era cuidar de nosotros, como la mía es ahora cuidar de mi familia. Y eso estoy haciendo.

«Mi familia».

Se me acelera el corazón.

—Y te apoyo, pero quizá…

—No, no lo haces —le interrumpe—. Si me apoyases de verdad, habrías intervenido, pero te has quedado callado. Como siempre, estás de su lado.

—Sabes que no pienso igual que ellos.

—Eso es lo más triste. Que, incluso así, sigas posicionándote a su favor. Adiós, hermano.

Y sin dejar tiempo a que diga más, finaliza la conversación guiándonos hacia el taxi. Nos abre la puerta para entrar y solo se limita a decirle la dirección de su casa al conductor.

Quiero preguntarle cómo está, tomarle de la mano y hablar sobre lo sucedido, pero este no es el lugar.

Dentro del taxi solo se escucha la música de la radio a un volumen bajo. Sophia está entretenida mirando por la ventana, pero cuando observo a Zac…

Está llorando.

Cuarenta y uno

BETH

Cuando llegamos al apartamento, Zac se cubre el rostro y pasa al baño. Le doy su tiempo y dejo que Sophia vea un poco la televisión mientras pienso en cómo sacar el tema. Me gustaría hablar con él. En su misma situación, yo querría conversar con alguien y desahogarme, pero siempre ha sido muy reservado. Últimamente parece abrirse más, al menos conmigo. Aun así, intentaré ir despacio.

Por lo menos, le preguntaré si quiere hablar. Sin embargo, cuando sale del baño ya no hay rastro de sus lágrimas. En su lugar tiene una gran sonrisa en el rostro, una fingida, porque no le llega a los ojos, y propone:

—Es sábado por la tarde, ¿qué os parece si vamos al cine, chicas?

A Sophia le entusiasma la idea, y sospecho que él solo quiere despejar la mente de lo que acaba de pasar. Miramos la cartelera online y compramos las entradas antes de ir.

Es una película infantil que Sophia tiene muchas ganas de ver. Elige sentarse lo más en el centro posible y Zac toma sitio a su lado. Intento relajarme comiendo palomitas, pero no puedo evitar mirarlo de reojo…, hasta que me atrapa.

Me sonríe con suavidad, de nuevo sin llegarle la sonrisa a los ojos. Entrelaza nuestros brazos y baja la cabeza hacia mí para susurrar:

—Estoy bien.

Sin embargo, no le creo.

Después de un largo día, Sophia se duerme prácticamente mientras cenamos. Zac termina por llevarla en brazos a la habitación. Les doy espacio para despedirse porque después de este fin de semana él se quedará en Los Ángeles más tiempo y tardarán en volver a verse. Yo también tardaré en volver a verlo.

Cuando regresa, estoy sentada en el sofá con el pijama puesto y mirando el teléfono móvil. Lo bajo en cuanto se sienta a mi lado.

Se ha quitado la corbata y lleva la camisa blanca con los botones de arriba desabrochados. Tiene el pelo alborotado y ojos cansados, pero está increíblemente sexy.

—¿A qué hora sale vuestro vuelo? —me pregunta mientras se frota la barba.

Sí, definitivamente está cansado. Ha sido un día largo para todos.

—Después de comer.

—Mierda.

Hunde el rostro en las manos y me preocupa.

—¿Qué pasa?

—Tengo una reunión de última hora mañana a la hora de la comida. Mi padre…

Se queda callado y vuelvo a sentir esa presión en el pecho, esa sensación de que algo malo sucede. Espero equivocarme.

—No te preocupes, miraré si hay autobuses que puedan llevarnos.

—Mejor coged un taxi.

Antes de que pueda negarme porque es muy caro, añade:

—Yo lo pagaré.

—No necesito que…

—Lo hago también por mi hija —me interrumpe, antes de que pueda rechazar su oferta—. Es mi obligación, ¿sabes?

Me guiña un ojo y me ofrece una de esas sonrisas falsas que no deja de mostrar hoy. Decido no insistir, pero estoy preocupada.

Aunque el sofá es grande, logro moverme hasta que mi rodilla izquierda roza su pierna y coloco una mano sobre su hombro.

—¿Cómo estás?

Una parte de mí quiere confesar que lo vi llorando, pero estoy casi segura de que ya lo sabe.

Zac vuelve a frotarse la barba. Después se estira y oigo cómo le trisca el cuello. Cuando pienso que no va a responder, lo hace.

—Es difícil, Beth. Son mis padres, mi hermano... Estoy muy enfadado con ellos. Me siento traicionado, pero también...

—También te gustaría arreglarlo —completo.

—No sin una disculpa de por medio —añade, y por fin sus ojos buscan los míos—. No si tú no la aceptas.

—También estoy dolida, Zac —admito—. Lo que tu madre dijo...

Ni siquiera puedo encontrar las palabras para describir lo humillada y enfadada que me sentí. Sé que son sus padres, pero en estos momentos no tengo ningún interés en volver a verlos en mi vida. De hecho, cuanto más tiempo pasa, menos interés tengo en ver a nadie de esa familia. Zac fue el único que me defendió y, después de él, solo Christina mostró disgusto. Sé que no me conocen y no les debo nada, pero no puedo evitar pensar que, si su padre y su hermano no dijeron nada, es porque están de acuerdo. Y ese pensamiento me asquea.

Zac toma mi mano.

—Lo siento muchísimo, Beth.

Hago lo mismo y sonrío con suavidad.

—Yo también. Me duele verte así de disgustado.

—Voy a hacer que se disculpe contigo, te lo prometo. No tiene el derecho de hablarte así ni de decirte esas cosas.

Niego con la cabeza despacio.

—No quiero que lo haga si no lo siente de verdad, Zac. Y no está en tus manos cambiar los sentimientos de otra persona. Tu familia...

No termino la frase porque no sé realmente qué decir. ¿Tu familia me odia? Lo miro, y en sus ojos puedo ver el cansancio, el dolor; las esperanzas de que este día hubiese ido de forma distinta. Y a pesar de sentir yo misma algo parecido, también tengo la urgencia de consolarlo. Porque estoy segura de que para él esto ha sido mucho más duro.

Así que, sin pensarlo mucho, termino de inclinarme sobre él y lo beso.

Zac no opone resistencia. Al contrario, me muestra lo mucho que desea este beso y me lo devuelve con ganas, con pasión. Atrapa mi labio inferior entre sus dientes hasta que un suave gemido sale de lo más profundo de mi garganta.

Pestañeo cuando para, como si saliese de un sueño, y me encuentro frente a sus ojos.

—Beth, ¿estás bien? —pregunta.

Asiento con la cabeza.

Ahora sí. Ahora todo está bien.

—Quiero esto —pido—. Por favor.

Durante unos segundos creo que va a rechazarme y mi corazón se cae, aunque lo acepta. Pero eso no sucede.

Zac vuelve a besarme y sus brazos toman mi cuerpo con avidez.

La postura es incómoda, así que me muevo sobre el sofá y sobre él hasta sentarme a horcajadas. Le rodeo el cuello con los brazos y aprieto mis piernas contra sus muslos. Nuestra zona íntima hace contacto y gime en mis labios.

Nunca habría pensado que un gemido podría ser tan erótico.

Mis manos viajan por su cuello mientras me fundo en sus besos. Navegan hasta perderse dentro del cuello de su camisa y esta cede dejándome acariciar la piel desnuda de sus hombros.

No es suave. Está dura. Quizá un poco seca. Pero me encanta.

Rompo el beso y escondo la cabeza en su cuello mientras Zac besa el mío. Huele a él. Deslizo los dedos un poco más allá, pasando a la espalda. Sus manos se ajustan en mi cadera y me aplasta contra él. La sensación me hace gemir y clavarle las uñas.

Él se queja, pero es un ronroneo gutural que me enciende por dentro.

Saco las manos de su camisa solo para tomar las suyas y posarlas en mi cintura, por dentro de la blusa del pijama.

Zac me mira y hay una pregunta en sus ojos.

—Tócame —pido—. Quiero que lo hagas.

Él asiente, como si fuese una orden. Una que no le molestase obedecer.

Sus manos se revuelven en mi piel y suben por ella; trepan por cada centímetro de mi cintura, llegan a mi pecho y lo abrazan.

Luego bajan a mi abdomen y suspiro. Mi cabeza se inclina hacia atrás y él me sujeta. Soy suya.

—Eres preciosa —dice.

Sus dedos viajan de nuevo hacia mi pecho y, justo cuando me aprieto contra él, pellizcan mi pezón por encima del sujetador. La sensación me hace jadear y sé que quiero más. Que necesito más.

—Beth… —susurra mi nombre.

—Tu habitación. Ahora.

Él acepta, y lo hace levantándome en volandas. Le rodeo la cintura con los pies casi por inercia mientras se pone de pie. Mis brazos se hacen dueños de su cuello y escondo la cabeza en él mientras me río.

—¿Esto es divertido? —pregunta con burla.

Sus manos me toman del trasero. En parte para hacer el recorrido más fácil, en parte porque… porque le gusta.

—No te imaginas cuánto.

Llegamos al pasillo.

—Puedo hacer que dejes de reír —me advierte—. Y sigas disfrutando.

—Dime más. —Sonrío—. O muéstrame más.

Sus manos me aprietan el trasero y acelera el paso. Podría reírme porque se ha tropezado con la puerta, pero no lo haré. Porque yo tengo las mismas ganas que él de este momento.

La puerta de la habitación se cierra a nuestra espalda y llevo la mano a su boca para pedirle silencio mientras escucho. Los dos nos quedamos así, callados. Escuchando.

Nuestros ojos conectan y me siento perdida, náufraga en él. Dicen tanto, y a la vez parecen tan inaccesibles…, pero no para mí.

Son preciosos y sinceros.

Y nadie nos escucha.

Quito la mano y mis labios enseguida van a los suyos y le beso. Me encanta esta sensación.

Me encanta hacerlo.

Me aprisiona contra la pared y sus manos vuelven a tentar mi piel, subiendo. Esta vez se lleva la camiseta del pijama y, cuando alzo los brazos, termina de sacarla. Me quedo en sujetador ante él y me mira como si fuese la primera vez, aunque no sea así.

Me mira como si fuese lo más bonito del mundo.

Lo que más desea.

—Joder, Beth —susurra sin dejar de mirarme—. Vas a acabar conmigo.

Vuelvo a besarlo y sus manos se deslizan hasta llegar al cierre de mi sujetador y se deshace de él.

—Tú también —replico en sus labios—. Fuera camisa.

Se ríe, pero no protesta. Solo replica:

—Ayúdame.

Tiro de los cuellos de la prenda, pero no sucede nada. Él se ríe y me ayuda, desabrochando uno a uno cada botón.

«Imbécil. Esto lleva tiempo».

Se deshace de la prenda, que se une en el suelo a la mía.

—Ahora nos sobra más —murmuro contra sus labios—. Los calcetines, los pantalones, las…

Ahogo un grito cuando se mueve separándome de la pared, y me lanza a la cama.

Toma un pie, el calcetín, y lo quita. Luego el otro.

Me encanta.

Después separa mis piernas y se agacha entre ellas para quitarme el pantalón del pijama. Sé lo que va a hacer antes que él, y no me sorprende cuando se lleva consigo la ropa interior.

—Estamos en inferioridad de condiciones —me burlo al quedar desnuda ante él.

Como si me importara.

—Yo estoy en inferioridad de condiciones ante ti, Beth —replica.

—¿Por qué dices eso?

—Porque te quiero.

Mi corazón se salta un latido, pero niego con la cabeza. Me aplasta contra la cama y la cremallera de sus pantalones se aprieta contra mí.

—No sabes nada —replico en un suspiro.

—Sé que te quiero —dice en mi mejilla—. Hasta el infinito y más allá.

Me río, pero acalla mi risa con un beso. Y para qué negarlo. Es fantástico.

Acaricio su espalda y soy consciente de que le estoy clavando las uñas. Así que decido dedicarme al botón de sus pantalones, hasta que los desabrocho.

Zac se separa un poco de mí. Su respiración está agitada y me mira con el rostro a unos centímetros del mío.

—¿Segura?

—Mucho —respondo, jadeando—. Quiero esto.

Se aprieta contra mí y jadeo.

—¿Cuánto?

—Demasiado.

Se ríe. Perverso.

—Nunca es demasiado, Ojos Grandes.

El corazón se me acelera ante su antiguo mote. Él vuelve a apretar y jadeo. Me muerde el lóbulo de la oreja y creo que voy a perder la razón, pero entonces se aleja.

Le ayudo a deshacerse del pantalón y se ríe cuando lo lanzo lejos, pero la diversión dura poco. Con una mano me inmoviliza suavemente contra la cama, y mientras esta se mueve hacia mi pecho, su boca baja por mi ombligo.

Ha aprendido. Sabe lo que me gusta y cómo. Besa mi muslo izquierdo. El derecho. La parte baja del abdomen.

Cuando sus labios suben y atrapa mi pezón derecho entre los dientes, jadeo. Estoy tan mojada que solo lo quiero dentro.

Es entonces cuando sus manos por fin me dan un poco de paz.

—Me vas a volver loco, Beth —susurra en mi oído mientras sus dedos juegan con mi clítoris.

—Zachary —gimo.

Uno de ellos se adentra unos centímetros, pero lo saca. Mientras su otra mano vuelve a pellizcarme el pezón y me doy cuenta de que ha aprendido la forma de volverme loca. En especial cuando se ríe.

—¿Otra vez? —pregunta.

Lo miro con ojos vidriosos y, mientras me arqueo hacia su cuerpo, digo:

—No. Te quiero a ti.

No debo repetírselo dos veces.

Sus dedos, su boca, su cuerpo abandonan el mío.

Abre la mesita y toma un preservativo. Cuando se lo pone vuelve a colocarse sobre mí, pero niego con la cabeza.

—Ahora yo.

Lo obligo a girar, y me siento a horcajadas sobre él. Sonríe ante mi iniciativa.

—Esto es lo planeado.

Sin dudarlo más me muevo hasta encontrar su miembro. Cierra los ojos cuando lo hago, pero su expresión es de placer en el momento en que comienzo a hundirme.

—Empieza a entender que no todo va a salir como planeas —susurro contra sus labios, bajando sobre él lentamente—. Ahora somos dos.

Las palabras me salen solas, aunque tienen mucho significado más allá del sexo.

Él no replica. Jadea mientras me hundo y vuelve a hacerlo cuando me muevo. Sus caderas chocan con las mías y un nudo se forma en mi interior. Sabe dónde tocar. O quizá es que estemos hecho el uno para el otro.

—Joder, me encantas —susurra.

Y me toma de las caderas antes de acompañar el movimiento.

Jadeo y, sin darme cuenta, echo la cabeza hacia atrás.

—Eres una diosa.

Me río, aunque mi risa sale entrecortada con un jadeo.

—Tú que me ves con buenos ojos.

—Joder, pues qué ojos —replica.

Vuelvo a moverme y a la par sus dedos se deslizan hasta llegar al clítoris. Me acarician mientras estoy sobre él y las sensaciones se acumulan.

—Zac —jadeo.

Antes de que pueda dejarme llevar, él me hace girar. Se inclina sobre mi cuerpo y mi espalda rebota en el colchón. Coloca los brazos a ambos lados de mi cara, me acaricia y se mueve.

—Vas a acabar conmigo —susurra.

—Y tú conmigo —replico con una sonrisa.

La última antes de que no pueda más. De que me lleve al límite, me toque y acabe explotando en un orgasmo que me abrase por dentro. Pero no acaba en ese momento. Zac sigue moviéndose y, al cabo de unos minutos, mientras me toca, siento otro. Él llega al poco tiempo y luego descansa sobre mí; los dos con las respiraciones acompasadas.

Los dos deshechos.

—Joder, Beth —susurra—. Te quiero.

Y yo lo pienso.

El corazón me late a mil por hora.

La piel me arde.

Todo quema.

Y entonces me animo a decirlo:

—Yo…

Pero Zac respira profundo y me doy cuenta.

Se ha dormido.

A la mañana siguiente Zac insiste en perderse la reunión y llevarnos al aeropuerto, pero le hago ver que estaremos bien. No es la primera vez que Sophia y yo viajamos solas. Además, esta vez apenas tenemos equipaje. Tiene que salir primero, así que nos despedimos en su apartamento. Después el coche vendrá a recogernos a esta dirección.

—Escríbeme cuando lleguéis al aeropuerto —me pide antes de despedirse para ir a su reunión—. Y también cuando aterricéis. Y cuando lleguéis a casa.

Mi padre nos va a ir a buscar al aeropuerto, justo como el primer día que llegamos. Pero la preocupación de Zac me calienta el corazón.

—Estaremos bien —le prometo con una pequeña sonrisa.

Se inclina sobre mí y pienso que va a darme un beso en los labios, pero en el último momento lo hace en la mejilla.

Después de lo sucedido este fin de semana, podría deducirse que nuestro futuro se encuentra entrelazado, pero aún no hemos hablado de nada. Y esa conversación pendiente es importante, en especial con una hija en común. Una niña que en estos momentos está a nuestro lado, mirándonos con un mohín triste en el rostro.

Cuando Zac se agacha para tomarla en brazos y darle un abrazo, ella dice:

—Papi, no tardes en volver, ¿de acuerdo?

—Solo serán unos días —le asegura mientras le aparta el cabello del rostro—. Antes de que te des cuenta habré vuelto.

Sophia asiente, pero en cuanto Zac se va, se echa a llorar. Y una parte de mi interior se rompe. La relación con su padre ha crecido a pasos agigantados. Ella misma se da cuenta de que él la quiere y se preocupa. Ha dejado que entre en su corazón de niña y ahora se lo devuelve con un amor inconmensurable.

Comprendo que, suceda lo que suceda entre Zac y yo, no puedo alejarlos nunca más. Entre nosotros tendremos que resolver qué hacer con nuestras vidas, y si al final tuviese que mudarme a Los Ángeles… Pensar en ello me da miedo, así que termino por abrazar a mi hija y consolarla.

Cuando Sophia está más tranquila, le preparo un sándwich para comer antes de salir y luego regreso a la habitación para empacar las últimas cosas. No encuentro los pasaportes. Los había dejado guardados para no perderlos mientras estábamos fuera.

Al final los encuentro rebuscando en los cajones del escritorio de Zac, pero cuando voy a cerrar hay algo más que llama mi atención. No es el sobre en sí lo que hace que lo tome y saque el contenido que hay dentro. Es el nombre de mi hija escrito en él.

Mis ojos pasan velozmente sobre las palabras y estoy segura de haber entendido mal. O quizá esté a punto de sufrir un colapso mental.

Pero no he leído mal. No me he equivocado.

En estos papeles Zac está pidiendo una prueba de ADN para Sophia y… su custodia.

Cuarenta y dos

BETH

—Pero es custodia compartida, ¿no? Eso está bien.

Charlotte trata de animarme, pero no comprende mi angustia. Estamos en su cocina, con una botella de vino blanco en la mesa y un plato con mucho queso. Es de noche, Anne está con su padre, Sophia con su abuelo y Emy… Al parecer tenía un trabajo muy importante de la universidad y su madre le ha dejado salir antes de la cafetería.

—Sí, eso está bien para ti y tu ex, que os habéis divorciado —replica Emy—. Zac no debería pedir esos papeles sin hablar con ella primero, ¿no crees? Sobre todo después de acostarse y decirle que la quiere.

De ahí, exactamente, viene mi angustia. Pero no solo eso.

—Puede que no sea cosa suya —explico mientras mordisqueo un trozo de queso curado—. Igual ha sido de su madre. Fue ella quien preguntó si estaba seguro de que Sophia era su hija.

Las dos hacen un gesto agrio con la boca. Estaban casi tan indignadas como yo cuando les conté lo sucedido.

—¿Tú viste a sus padres darle el sobre cuando fuisteis a su casa? —pregunta Emy, y niego—. ¿O que lo recibiera en el correo? —Vuelvo a negar—. Entonces es que estaba allí antes.

Pero ¿cómo es posible? Si pasamos todo el fin de semana juntos.

—Igual es una trampa y alguien lo dejó allí para que lo vieras.

—No seas peliculera, Charlotte —se queja Emy—. Beth lo ha visto de milagro, ese plan tendría muchas lagunas.

Suspiro y dejo el queso a un lado.

—Sigo sin poder creer que Zac haga eso —explico—. No es propio de él.

—¿No crees que quiera tener la custodia compartida de su hija? —pregunta Charlotte.

—Creo que, de querer hacerlo, hubiera hablado primero conmigo. Y luego está el asunto del ADN… Estoy segura de que él sabe que Sophia es su hija. No necesita ninguna prueba científica.

—Entonces habla con él.

—No me parece que sea una conversación para tener por teléfono. Estoy esperando que vuelva.

Ya me lo imagino: «Hola, Zac. ¿Qué tal por Los Ángeles? ¿Te falta mucho para volver? Por aquí todo bien, como siempre. Por cierto, ¿ha sido cosa tuya lo de pedir la custodia de Sophia o ha sido de tu horrible madre?».

El problema es que su estancia en Los Ángeles se ha alargado más de lo previsto y ya lleva una semana fuera. Sophia habla con él por teléfono todas las noches, y la verdad es que mi padre está más que encantado de hacerse cargo de su nieta por las tardes.

—¿Al final aprobaste el examen del martes pasado? —le pregunto a Emy para cambiar de tema.

Ella no contesta. Toma la copa de vino y la vacía de un trago. Mala señal.

—Fue culpa de Luca. Ya os dije que no debía quedarme en su casa la noche antes de un examen. ¡No pude dormir nada!

—Ya, ya… —se burla Charlotte con picardía—. Todas sabemos por qué.

Y durante unos minutos, mientras escucho hablar a Emy sobre su renovada vida amorosa, me olvido de mis problemas.

Sienta genial volver a tener amigas.

Han pasado diez días desde que volví de Los Ángeles y empiezo a estar más que nerviosa. Estoy preocupada.

No me concentro en la cafetería. Ya se han quejado de mí un par de clientes por llevar las bebidas equivocadas, y si el resto no lo han hecho es porque son asiduos y saben que no es normal en mí trabajar tan mal.

Emilia también está desesperada, y al final termina mandandándome al hotel a dejar un pedido de pasteles para Nicholas mientras ella atiende la pastelería. Como siga así, va a despedirme.

Voy a dejarlos en recepción cuando veo que él está allí hablando con la chica que se ocupa de atender a los huéspedes.

—Hola, Nick —saludo cuando llego—. ¿Cómo estás?

—Oh, Beth. Hola.

Parece sorprendido de verme, o al menos esa sensación me transmite.

—Traigo los pasteles que has encargado —le explico levantando la bolsa de la cafetería.

Su expresión enseguida cambia. Asiente y los recoge mientras por fin me sonríe.

—¿Has hablado con Zac últimamente? —me pregunta.

—Llama a Sophia cada noche —respondo, y enseguida siento de nuevo que algo no va bien—. ¿Por qué? ¿Está bien?

—Sí, es solo que… Da igual. No pasa nada.

¿Por qué tengo la sensación de que Nicholas me está ocultando algo? Zac lleva más tiempo del previsto en Los Ángeles. Teníamos una conversación pendiente. Los papeles…

—De acuerdo, nos vemos —me despido cuando veo que no va a decir nada más.

Me observa mientras me alejo, y mi incomodidad aumenta. Ya no tengo dudas: hay algo que me estoy perdiendo. Por suerte, esa misma tarde recibo un mensaje de Zac.

Zac

Buenas noticias, Beth. Mañana vuelvo a casa.

No al pueblo.

A casa.

Eso me da un rayito de esperanza.

Cuarenta y tres

ZAC

Releo el mensaje una y otra vez.

«Buenas noticias, Beth. Mañana vuelvo a casa».

A casa. No al pueblo o junto a ti. A casa.

Y me ha salido de manera natural. Me he dado cuenta del significado de esas palabras después de enviarlo, y me pregunto si Beth también lo habrá notado.

Porque donde están ellas es donde siento que está mi casa.

—¿Estás seguro de todo esto, hermano?

Guardo el teléfono y presto atención a Alex. Sigo mirando los papeles esparcidos sobre su escritorio con el ceño fruncido. Sé que para él es una completa locura, pero yo lo veo como mi oportunidad. No es un clavo ardiendo al que quiera aferrarme, es un proyecto que puede salir muy bien y que me interesa.

—¿Y si va mal? —insiste—. Lo perderías todo.

Un pequeño detalle. Necesito invertir casi todos mis ahorros.

—Creo que me arriesgaré.

—Si falla, mamá no dejará que te ayudemos a recuperar el dinero.

—Con suerte, no fallará —replico con ánimo—. Y si eso ocurre, encontraré la forma de volver a empezar.

—Pero no te quedará casi nada.

—Lo creas o no, hermano, tener dinero no te da la felicidad.

—Eso lo dices porque nunca te ha faltado —replica.

—¿Te ha faltado a ti?

Guardamos silencio, y al final él suspira y junta todos los papeles de nuevo.

No le he perdonado del todo por no haberse puesto de mi lado en todos estos años. No hablo solo del otro día, cuando nuestra madre prácticamente insultó a Beth. Me refiero a todas esas veces en que nuestros padres me han despreciado.

Al final resultó que el hijo perfecto también tenía defectos: no quería perder el favor de papá y mamá. Tampoco es que cambiase por arte de magia después de la discusión. Christina se enfadó mucho con él y eso le hizo reflexionar. Si le estoy dando la oportunidad es porque es mi hermano y le quiero. Y porque también amenazó con dejar de hablar a mamá si no paraba de atosigarme para que regrese a la familia y con Selene.

—Está bien, veo que lo tienes muy claro —admite—. Solo me queda apoyarte en esta nueva etapa de tu vida, hermano. Y si va mal…

—Que no irá.

—… puedes contar siempre conmigo para ayudarte en lo posible, ¿de acuerdo? Mi casa será tu casa.

—Gracias, hermano.

Me entrega los papeles y mis dedos tamborilean sobre ellos. Mañana a primera hora tomaré el vuelo de vuelta al pueblo, de vuelta a casa. Hay varios asuntos que necesito arreglar allí. Para empezar, mi vida con Beth y Sophia.

Cuarenta y cuatro

BETH

Esa noche apenas duermo. Estoy nerviosa por la llegada de Zac, lo cual es en cierta parte irónico: hemos decidido no contarle nada a Sophia y que sea una sorpresa, para que ella no se inquiete y pueda dormir por la noche.

Al final es su madre la que no pega ojo.

Por eso, como ya empieza a ser costumbre en los últimos días, no dejo de equivocarme en el trabajo. Al final, Emilia sale de la cocina y se acerca a mí mientras coloco las tazas limpias del lavavajillas.

—Oye, Beth…

—Lo sé, un café largo, un capuchino y dos trozos de pastel de fresa en la mesa cinco. Estoy en ello.

—No, no es eso.

—Ahora limpio el mostrador. Han venido muchos clientes, lo siento.

—Que no, niña. No es eso.

—La cafetera tiene el agua re…

—¡Niña, para de una vez!

Dejo lo que estoy haciendo y finalmente miro a Emilia. Sin embargo, lejos de lo que esperaba, no está enfadada. Está sonriendo.

Después de llevar tantos días metiendo la pata en el trabajo estaba esperando que me echara, no que me sonriera.

—Creo que deberías tomarte un descanso —me dice.

—Emilia, estoy bien. Lo prometo.

—En realidad, creo que deberías tomarte un descanso todo lo que queda de día —añade sin inmutarse.

—¿Lo que queda de…?

Pero no termino la pregunta, porque entonces me doy cuenta de que no me está mirando a mí, si no a algo, o más bien alguien, más allá. Al girarme lo veo.

Zac.

Delante de la puerta de la cafetería.

Con un ramo de rosas.

Cuando me ve a través del cristal sonríe y me saluda con la mano. Emilia me toma del brazo y me aleja de la barra.

—Vamos, niña. Tienes el resto del día libre, aprovéchalo.

Me vuelvo hacia ella unos segundos y veo que me guiña el ojo. Siento el calor apoderarse de mis mejillas. Algunos clientes del local se han dado cuenta y miran a Zac y cuchichean. A él no parece importarle.

Me quito el delantal con torpeza porque mis dedos se quedan enredados en el nudo más tiempo del normal y lo dejo a un lado antes de cruzar el local y salir.

El aire exterior me golpea en la cara, como si quisiera recordarme que esto es real y no un sueño. Pero no importa, aunque me haya dejado la chaqueta dentro, no tengo frío. Ya ha comenzado la primavera y se nota en el ambiente. O quizá solo tengo calor por la forma en que Zac me está sonriendo.

—Has vuelto —digo.

Aunque es una soberana idiotez, porque obviamente ya sabía que esto pasaría. No que él volvería presentándose en mi trabajo con un ramo de flores. Más bien que hoy estaría aquí. En el pueblo. En casa. Que nos reencontraríamos y que…

—Te he echado de menos —es lo primero que dice, interrumpiendo mi diarrea mental.

«Mierda, y yo a ti muchísimo», pienso, pero mis labios no dicen eso.

En vez de eso, lo rodeo con los brazos y lo atraigo hacia mí hasta que nuestras bocas se unen en un suave y tierno beso.

Joder, ha sido mucho más que echarlo de menos. Ahora me doy cuenta. Anoche no fue solo por la conversación pendiente por lo que no pude dormir. Fue por él. La excitación de volver a verlo.

Tenía demasiadas ganas.

Y por cómo me rodea la cintura y me estrecha contra su pecho duro, sin importar que las flores se sacudan a nuestro lado, él también me extrañaba.

Cuando nos separamos, no me suelta.

—Has vuelto —repito.

Sonríe un poco más y su nariz roza la mía antes de darme un nuevo beso. Finalmente me suelta, y debo admitir que me siento un poco molesta. Quiero que siga tocándome. Lo necesito. Es un tema de vida o muerte, en serio.

—Te traje esto —dice, y me tiende las flores, ya algo machacadas.

—Gracias —acepto, y por inercia me las acerco para olerlas. Huelen genial—. Sophia me va a tener envidia.

—A Sophia le he traído un cuento. El último que ha salido de Fluppy.

—Le va a encantar —le aseguro.

Entonces, como si despertara de un sueño, me doy cuenta como una idiota de que la puerta del local es de cristal, y que la fachada es una gran ventana que llega casi del suelo al techo. Y que, por ende, todas las personas que hay dentro de Emilia's Coffee acaban de presenciar este reencuentro. Incluida la propia Emilia.

Genial, por lo menos no me hará falta decirle nada a Emy sobre la vuelta de Zac porque su misma madre se encargará.

—¿Y si vamos a… otro sitio? —pregunto, tratando de sonar casual. Me arden las mejillas.

—¿Dices un sitio donde no haya al menos diez personas observándonos? —se burla Zac, aunque me ofrece su mano para tomarla.

—¿Diez personas? —repito, una octava de voz más aguda.

—Más o menos todo el local —corrobora.

En serio, ¿cómo puede estar riéndose en un momento así?

—Por favor, vámonos —pido entre dientes.

—Lo que desees, Beth —replica.

Y sin mirar atrás, lo sigo hacia su coche, que está aparcado cerca. Miro las flores, las huelo, y me doy cuenta de que estoy feliz porque Zac haya regresado… Aunque todavía tenemos muchas cosas de las que hablar.

Zac deja una copa de vino tinto delante de mí antes de servirse él otra. Estamos en la cocina de su casa, sentados ante la envidiable barra de mármol. Si tuviese dinero, me encantaría poner algo así en Villa Celeste.

A un lado, metidas dentro de un jarrón, están mis rosas. Sé que puede ser una tontería, pero nunca nadie me había regalado flores. Es un detalle tonto, pero me siento especial.

—Es muy pronto para beber vino —comento, aunque balanceo la copa entre mis dedos—. Lo sabes, ¿verdad?

Zac se encoge de hombros y abre la nevera. Saca un paquete de queso ya cortado y otro de embutido.

—Ha sido una semana dura —afirma sin entrar en detalles.

Se vuelve hacia la encimera, de donde agarra un paquete de picos de pan cerrado con una pinza. Saca uno, lo muerde dubitativo y después decide que están bien, porque los acerca a la mesa.

En otras circunstancias pondría toda esta comida en platos adecuados y crearía una escena digna de Pinterest, pero puedo ver en sus ojeras que está cansado. Además, está bien verlo relajado de vez en cuando. Por no mencionar algo realmente impactante:

—¿Por eso llevas chándal?

Zac, que está tomando un sorbo de vino, baja la copa y alza las cejas.

—¿Estoy feo?

Su pregunta me hace reír y sacudo la cabeza de lado a lado.

—Para nada, te queda muy bien. Me gusta.

Es un chándal gris y le marca muy, pero que muy bien el trasero y el paquete. Pero este dato mejor me lo guardo.

—Gracias —replica, y me guiña el ojo antes de volver a dar otro sorbo.

Así que aquí estamos. En su cocina. Tomando vino con queso y embutido.

Sin haber hablado todavía de lo que somos.

Sin comentar el contenido de esos papeles en los que pedía el ADN y la custodia compartida de Sophia.

Por alguna razón, estoy bastante tranquila. Es como si ahora que lo tengo delante, todas mis dudas se hubiesen disipado.

—¿Por qué has estado más tiempo? —pregunto.

Zac toma un trozo de queso y se sienta mejor en la silla.

—Todo se complicó más de lo que esperaba. Dejar el trabajo, quiero decir. Pero Alexander y mi padre me han ayudado bastante y sentí que debía compensárselo hablando con los proveedores y dejándoles el contacto para futuros trabajos. Al final, son familia.

No ha mencionado a su madre.

—¿Qué piensa tu padre de todo esto? De mí y de Sophia.

Mi pregunta parece sorprenderle.

—¿Mi padre?

—En todo el tiempo que estuvimos en su casa, no se dirigió a nosotras ni una sola vez. Me dio la sensación de que no le agradábamos mucho.

Asiente unos segundos, pero al momento niega con la cabeza.

—No es lo que parece. Tiene ganas de conoceros, pero no estaba preparado ese día. Necesita más espacio y menos gente. Es una persona un poco… Como yo, supongo. Le cuesta hablar con la gente.

Zac es tan cercano conmigo y con Sophia que a veces me cuesta recordar lo difícil que le resulta socializar. Aparte de Nick y su hermano, no le he conocido ningún amigo más. Aun así, suele caer bien a la gente.

—Cuando salimos de su casa, dijo que hablaríais pronto —continúo—. ¿De los negocios?

Vuelve a asentir.

—Por mi nuevo trabajo. Me ha presentado a unos socios suyos con una nueva oferta de trabajo y… he aceptado.

—Pensé que ibas a dejar la empresa y empezarías por tu cuenta.

—Así es. La oferta es para trabajar como autónomo, en remoto. Diseñaré hogares sostenibles, adaptados al medio. Sabe que es algo que siempre he querido y piensa que me vendría bien mientras… —vacila unos segundos antes de seguir—. Mientras decido qué hacer con mi vida.

—¿Te refieres a mientras decides si quedarte en el pueblo o volver a Los Ángeles?

—Eso ya está más que decidido, Beth. Voy a quedarme.

Mi corazón se salta un latido, y recuerdo las palabras de su madre: «¿Qué vas a hacer? ¿Casarte con ella?».

Ni siquiera estamos saliendo formalmente. No sé qué somos, mucho menos he pensado en casarme.

—Vi los papeles en tu apartamento, Zac —confieso tras unos segundos—. Antes de irnos al aeropuerto, los vi en el cajón de tu escritorio.

No hace falta que le diga de qué papeles estoy hablando. Enseguida entiende a qué me refiero. Su mirada se suaviza y se acerca un poco más a mí mientras se lleva la mano al pecho.

—La idea del test de paternidad fue de mi madre. Estaban ya en el buzón cuando llegamos al apartamento el primer día.

—Eso imaginé. Los papeles para pedir la custodia también, ¿verdad?

Zac asiente con la cabeza y, aunque ya lo imaginaba, siento como un gran peso se libera de mí.

—Jamás actuaría de esa forma a tus espaldas.

—Lo sé, y… gracias.

—A veces dudo de que mi madre siquiera quisiera conocer a Sophia de forma sincera, Beth. Creo que lo único que le interesaba era traerla a Los Ángeles porque se pensaba que solo quería quedarme en el pueblo por ella.

—¿Y no es así?

Mi voz sale en apenas un hilo.

—A medias.

—¿A medias?

—La otra mitad eres tú.

Bum, bum, bum.

Bum, bum.

—Yo… —titubeo—. Yo no debería ser una razón de peso para cambiar tu vida, Zac.

Otra sonrisa.

—Tarde. Porque lo eres. Tú y Sophia, vosotras, sois lo que más me importa. Y las personas deberían estar cerca de la gente a la que quieren y que les hace feliz.

—Pero Los Ángeles es tu hogar.

Eso le hace reír.

—¿En serio lo piensas?

—Claro. Llevas viviendo allí… ¿quince años?

—No importa. Es solo una ciudad. El piso, además, lo puedo vender. Algo que por cierto debería hacer ahora que soy autónomo e inicio un nuevo proyecto de millones de dólares.

—¿Millones de dólares? —gimoteo.

Pero Zac no me presta atención. Se levanta de su asiento y rodea la barra de la cocina hasta llegar a mi lado. Hace girar mi silla, de forma que puedo encararle, y se apoya en ella hasta quedar casi a la altura de mis ojos.

—Mi hogar está donde tú y Sophia estéis.

Baja el rostro sobre el mío. Nuestras narices se rozan, las frentes se tocan, y siento como nuestros corazones laten al unísono.

Y finalmente, hago la gran pregunta:

—¿Dónde nos deja todo esto?

Las manos de Zac llegan a mis caderas y me acaricia por encima de la ropa. Mi cuerpo siente la necesidad de acercarse más a él, pero no solo de una manera sexual.

Lo nuestro no es simple atracción. Lo necesito porque me da tranquilidad. Me siento segura. Me siento feliz. Me siento en paz. Yo…

—Quiero intentarlo, Beth —contesta—. Quiero que seamos una familia. Tú, Sophia y yo. Os quiero a las dos más de lo que nunca pensé que querría a alguien.

—Zac…

—Pero no quiero presionarte —añade—. Entiendo que para mí puede ser distinto, jamás dejé de amarte. Tú has pasado por mucho y ahora…

—Te quiero.

Así, sin más, las palabras salen de mis labios interrumpiéndolo. Porque es real. Porque ha sido muy fácil decirlas.

Le quiero. Estoy enamorada de él.

Hasta las trancas.

Hasta el estómago.

Hasta el corazón.

Cada maldita célula de mi cuerpo lo ama. Negarlo no tiene ningún sentido en este punto de nuestras vidas.

—Te quiero, Zac —repito, solo por si acaso.

¡No ha contestado!

Me alejo de él para poder mirarlo y… Está sonriendo.

—Vuelve a decirlo —pide.

Me río.

—¿Te quiero?

—Otra vez —pide.

—Te quiero.

Su boca atrapa la mía y me besa.

—Otra vez —vuelve a pedir.

—Te quiero.

—Más.

—Te quiero, te quiero, te quiero, te quiero.

—Joder, me encanta.

Y vuelve a besarme, pero esta vez sus manos se deslizan sobre mi cintura y me acerca hacia él y prácticamente me tira de la silla, de no ser por cómo envuelvo las piernas alrededor de su cintura.

—Puedo repetirlo las veces que quieras —me burlo contra su boca—. Te quiero.

—Te vas a quedar sin voz —me advierte.

Y vuelve a besarme, sin darme oportunidad de repetirlo.

Y es que...

¡Joder! Le quiero.

La mano de Zac traza círculos en mi espalda desnuda mientras me acerca más a él. Todavía tengo la respiración acelerada y mi corazón late a mil por hora, pero ambos estamos igual.

Las sábanas de la cama se han quedado a la altura de nuestra cintura, aunque no me molesta que me vea desnuda. Lo ha hecho muchas veces y, si soy sincera, espero que lo haga bastantes más.

Mis piernas se encuentran enredadas entre las suyas y escucho ese latido acelerado porque tengo la cabeza sobre su pecho; la alzo para poder mirarle a los ojos, y sonríe.

—Te prometo que cuando fui a buscarte al trabajo con un ramo de rosas, no pensé que acabaríamos así.

Me río y entierro el rostro en su pecho desnudo.

—Ah, ¿no?

—¿Tú sí?

Me giro apenas unos centímetros, lo justo para mirarlo.

—Puede que se me pasara por la cabeza —confieso, y acto seguido vuelvo a ocultar el rostro en su pecho—. Es todo culpa del ramo de rosas.

—De acuerdo, me apunto eso de regalarte ramos de rosas más a menudo.

—Idiota —murmuro, aunque estoy riéndome.

Zac sigue acariciándome la espalda desnuda. Podría quedarme así con él todo el día, aunque sé que eso es imposible.

Dentro de una hora Sophia saldrá de la escuela y planeamos ir a recogerla juntos. Por no mencionar que apenas hemos comido. Después de comenzar el beso, tanto el vino como el queso y el embutido se han quedado esperando en la barra de mármol de la cocina. Había cosas más importantes que atender.

—Tengo que hacerte la pregunta, Beth —dice Zac de repente.

Su mano deja de acariciar mi espalda y me tenso. Me incorporo, sentándome en la cama. Tomo la sábana para acercármela y frunzo el ceño.

—¿La pregunta? —repito.

—¿Quieres…?

Silencio.

—Zac —le riño, impaciente.

Y él se ríe.

—¿Quieres ser mi novia formal, hasta que encuentre el momento perfecto en que te pida ser mi esposa?

—Dios. Esta debe de ser la petición para salir más extraña que he escuchado en mi vida.

Ni siquiera sé por qué digo eso, ya que estoy sonriendo. Pero mucho.

—Es solo la de un hombre que, si funciona, tiene intenciones de casarse contigo. Llámame anticuado.

—Entonces somos dos anticuados —replico.

Esta vez es él quien sonríe.

—¿Eso es un sí?

Asiento con tanta fuerza que me da un tirón en el cuello; nada romántico, por supuesto.

—Quiero ser tu novia, Zachary, y ver a dónde nos lleva esto —acepto—. Quiero que Sophia, tú y yo seamos una familia.

Zac sonríe con ganas, y luego me besa. Me lanza sobre la cama y me besa la mejilla. Mi nariz. El lóbulo de mi oreja. Mi cuello. Mi frente. Mis cejas. Mis párpados. Mis labios…

—Te quiero, Beth —susurra.

—Y yo a ti, Zac.

Nada nunca estuvo tan bien.

Cuarenta y cinco

BETH

De alguna forma nos las arreglamos para salir de la cama, vestirnos y bajar a terminar el almuerzo. Por otro lado, aunque el vino está algo caliente, el embutido y el queso saben mejor que recién sacados de la nevera. Además, Zac termina por servirnos agua, lo cual es un acierto ya que tenemos que conducir para ir a por Sophi.

—Vas a tener que ayudarme —comenta mientras termina el último trozo de queso.

—Está bien.

—Ni siquiera sabes qué voy a pedirte —se burla.

—Te ayudaré igualmente.

—¿Y si quiero matar a alguien y esconder el cadáver?

—Por lo menos invéntate algo más original. ¿Y si planeas robar todos los pasteles de Emilia's Coffee? Me quedaría sin empleo.

—¿Aun así me ayudarías?

—Puede ser.

Se ríe y da un sorbo a su agua. Después, su expresión se vuelve un poco más seria.

—Necesito buscar una nueva casa en la que quedarme.

Me espabilo casi al momento.

—¿Tus padres te han echado de esta?

—No, y no creo que sepan que me estoy quedando aquí. Pero la relación con mi madre es… tensa. Con mi padre estoy bien, pero con ella no, y preferiría buscar otro sitio.

—Siempre puedes ir al hotel. Estoy segura de que Nick te encontrará una habitación.

De pronto es él quien se pone tenso.

—No voy a ir al hotel.

Estoy tan sorprendida por su reacción que tardo unos segundos de más en darme cuenta. Y entonces recuerdo la conversación con Nick días antes.

—¿Va todo bien? El otro día lo vi y me preguntó si había hablado contigo.

Silencio.

—No, no va bien.

Aprieto los labios al darme cuenta de que hay algo que se me está escapando y de que ese algo molesta bastante a Zac.

No, molesto no es la palabra.

Está enfadado.

Coloco mis dedos bajo su barbilla y lo guío con suavidad para que me mire. Mi palma se posa en su mejilla y su mirada se suaviza.

—Zac, ¿ha pasado algo? Puedes hablar conmigo.

—Es... difícil de contar. Pero debes saberlo. No quiero empezar una relación contigo a base de mentiras.

Mi corazón se acelera al escuchar esa frase. «Empezar una relación».

Porque ahora ya está hecho. Ya lo hemos hablado.

Ahora sí tenemos algo. Y es muy valioso e importante.

Zac coloca su mano sobre la mía, tapándola, y deja caer la mejilla sobre mi palma en un gesto de cariño.

—Beth, eres mi vida. Te quiero.

Después me la aparta de su rostro, entrelaza los dedos y deja un beso cálido sobre ellos. Cuando me mira, está sonriendo. Y yo también. Y durante unos segundos, me olvido del tema del que estábamos hablando.

Hasta que llaman a la puerta de la casa y pego un bote del sobresalto. Zac se ríe de mí y le saco la lengua en venganza. Pero la persona que ha llamado insiste y no nos queda otra que levantarnos e ir a abrir.

Por instinto, o porque en realidad no quiero separarme de él, lo acompaño. Como si hubiese sido invocado, quien está en la puerta es Nicholas.

—¿Qué haces aquí?

La voz de Zac me provoca un escalofrío. Si hace apenas unos segundos estaba sonriendo juguetón, besando con dulzura mi mano y diciendo que me quería, ahora es todo lo contrario. Está serio. Enfadado.

Y frente a él, Nick retrocede un paso.

—Tu hermano me dijo que regresabas hoy y yo… Necesito hablar contigo.

—Casualmente yo no necesito hablar nada contigo —replica Zac, haciendo hincapié en el no—. Así que puedes irte.

Va a cerrar la puerta, pero Nick da un paso al frente y se lo impide. Estoy tan sorprendida que no me muevo del sitio mientras los observo. Desde luego, tenía razón. Algo extraño sucede.

—Por favor, primo. Tengo que explicarte lo que pasó.

—¿En serio? Porque para mí está bastante claro.

—No es lo que piensas. No quería que esto sucediera.

Zac suelta una risa cortante y se apoya contra el marco de la puerta mientras cruza los brazos. Eso me permite ver mejor la cara de Nick.

—¿No querías que me acabara enterando? —comenta Zac con sarcasmo—. ¿O no querías que supiera que por tu culpa me perdí los primeros cinco años de vida de mi hija?

Si me hubiesen dado un puñetazo en la cara en este mismo momento, no habría estado más sorprendida. Acabo de sufrir un cortocircuito mental porque esa declaración era lo último que esperaba escuchar, y ahora mismo no consigo unir los puntos para que sea real. ¿Qué narices tiene que ver Nick en todo esto?

Zac perdió el teléfono, él mismo me lo dijo. ¿Lo perdió por culpa de Nick?

Pero la respuesta llega a mis oídos al momento.

—Yo no…

—Borraste los mensajes y las llamadas perdidas de Beth.

Parpadeo tan rápido que la cara de Nick se vuelve borrosa frente a mis ojos, y las palabras de Zac rebotan por mi cabeza. Porque he tenido que escuchar mal. Sí, definitivamente he escuchado mal.

—La tenías guardada en el teléfono como «Ojos Grandes». Pensé que era una broma, o una mentira.

—¿No te dio ninguna pista que tuviera su contacto guardado? ¿O todo el tiempo que me pasé llorando por la chica que conocí en verano?

—Era una fiesta. Estaba borracho y luego… lo olvidé.

Dios mío. ¿Qué está pasando?

—Hasta hace unos meses cuando regresó al pueblo, ¿verdad? Podrías haber dicho algo en ese momento.

En los ojos de Nick veo el remordimiento, pero yo no siento pena. No siento nada.

—Tenía miedo de que te enfadaras. Quería volver a recuperar nuestra amistad.

—Puedes estar tranquilo de que eso no sucederá nunca más. Jodiste mi vida, Nicholas, y lo peor es que no te haces a la idea de lo mucho que me has quitado.

—Yo no…

—Yo, yo, yo —repite Zac con cansancio—. Ni siquiera me has pedido perdón.

Nick va a abrir la boca para responder y estoy segura de que es para pedir disculpas, pero antes de que eso sucede, Zac la cierra de golpe en su cara. El portazo retumba en la casa y me sorprende que no se haya desencajado ninguna de las bisagras.

Cuando se vuelve hacia mí veo enfado en él, pero yo estoy tan conmocionada que ni siquiera puedo dejar salir la rabia. Creo que no siento nada. ¿Eso es normal?

—Nicholas… —comienzo a titubear, incapaz de conectar mi boca y mi cerebro—. ¿Esto es en serio?

La mirada de Zac pierde poco a poco el enfado hasta que sus ojos se suavizan y me observan con preocupación. Me toma las manos entre las suyas y las acerca al pecho.

—Perdona. Tendría que haber hablado contigo primero antes de que..., antes de reaccionar así con él.

Niego con la cabeza y noto pequeñas lágrimas acumulándose en mis ojos al darme cuenta de lo que eso significa.

—Lo supiste el día de las fotos, ¿verdad? —pregunto—. En casa de tus padres.

Él asiente.

—Cuando me dijiste que era esa fecha. La recuerdo porque esa noche fuimos a una fiesta de disfraces de la universidad. Me emborraché mucho y cuando desperté estaba dormido en la bañera, no me había pasado nunca. No encontraba el teléfono, pero luego Nick me lo dio. Me lo había quitado durante la noche para que no estuviera pendiente de si me escribías, como hacías todas las noches desde que llegué a Los Ángeles.

Todo comienza a tener sentido en mi cabeza, pero estoy impactada. Nicholas es su primo, su mejor amigo.

—Él sabía que algo me sucedía, pero tampoco preguntó. Solo me animaba a salir. A salir y a beber. Cuando me dijiste que ese día fue cuando me escribiste, yo... —Sacude la cabeza y se rasca la barba con frustración—. No quería creerlo, pero luego lo encaré por teléfono y confesó.

Ese día tuvo que ser horrible para Zac. No estaba distante solo por la traición de sus padres. Lloró por eso y por la traición de su primo y por saber todo lo que se había perdido de la infancia de Sophia por su culpa. Su nacimiento. Sus primeros pasos. Sus primeras palabras. Su primer día de escuela.

Tiene razón. Nicholas ni siquiera llega a imaginarse una pizca de la magnitud de momentos que le ha hecho perder con ella. Lo diferente que, quizá, hubiese sido todo.

—Si tan solo te hubiese llamado una vez más —balbucea, y las lágrimas ahora corren por mis mejillas—. Al día siguiente, podría haberte llamado y mandado más mensajes.

Zac me acerca hacia sí y suelta mis manos para rodearme en un abrazo. Cuando mi cabeza cae en su pecho, rompo a llorar casi sin querer.

—Tú no tienes la culpa, Beth.

—Fui una idiota y una orgullosa —me lamento—. Pensé que, si no me contestabas ese día, no debía volver a intentarlo. Pero debí hacerlo. Hubiesen cambiado tantas cosas…

Vuelvo a llorar sobre su pecho. Con ganas. Me sacudo entre sus fuertes brazos, que me sujetan mientras mis lágrimas caen en el mismo remolino que todos mis pensamientos de culpabilidad.

«Podría haber hecho más».

Cuando estoy un poco más tranquila, Zac me aleja y se inclina para quedar a mi altura mientras limpia las lágrimas de mis mejillas con los dedos.

—Escúchame, Beth. Tú no borraste los mensajes y las llamadas. Al contrario, me escribiste, me llamaste. Intentaste ponerte en contacto. ¿Quién mierda iba a pensar que el capullo de Nick iba a borrarlo todo?

—Pero…

—Nadie podía preverlo —sentencia.

Asiento despacio, pero todavía no muy convencida.

—Todo habría sido tan diferente —susurro.

Zac apoya la frente contra la mía y durante unos segundos me centro en su contacto, en sus dedos trazando círculos debajo de mis orejas, en nuestras respiraciones unidas, en el latir de mi corazón…

—No podemos cambiar el pasado, Beth. Pero tenemos el futuro para nosotros. Para empezar de nuevo.

—Para ser un nuevo nosotros —susurro.

Me alejo lo suficiente para mirarlo y veo que ya no hay enfado en su expresión. Solo sonríe con suavidad y asiente.

—Estoy deseando ver cómo va a ser ese futuro contigo. Con mi familia.

Me pongo de puntillas y lo beso.

No sé si alguna vez podré perdonar a Nick, o si él lo hará. Pero tiene razón. Lamentarse por lo que ha pasado no va a hacer que recuperemos ese tiempo.

Aprender de ello y aprovechar el futuro… Eso sí que está en nuestras manos.

—¡Papi!

Sophia se lanza a los brazos de Zac y él la levanta por los aires mientras la abraza. Su mochila del cole ha quedado en mitad del patio y Anne la recoge para traerla sin quitarles los ojos de encima. Esta vez no parece triste, como en su cumpleaños. Sonríe al ver a su amiga.

Charlotte, que está a mi lado y me guiña un ojo cuando su hija me da la mochila, también está mejor. Parece que su exmarido por fin se ha dado cuenta de que no hay nada ya que arreglar. No utiliza a la niña como arma para herirla, pero tampoco muestra mucha iniciativa en cuidarla.

Resulta que la razón por la que Charlotte veía como algo positivo la idea de que Zac pudiese querer la custodia compartida de Sophia era porque su marido ha preferido darle la completa a ella a cambio de manutención y solo ver a su hija unos días al año.

Sé que a mi amiga le duele por su hija, porque Anne no se lo merece. Pero ella también ha decidido tragarse su orgullo, ser fuerte por la niña y mediar con el padre para que tenga una infancia lo más tranquila posible, rodeada de amor.

—Hasta mañana, So —se despide Anne con la mano.

Me hace gracia el diminutivo con el que llama a Sophia.

—Hasta mañana, Annie.

Charlotte lanza una mirada traviesa a Zac, me guiña un ojo y se va con su hija.

A mi lado, Sophia sigue en los brazos de su padre, abrazándole.

—Has tardado mucho en venir —le riñe.

—Lo siento, he tenido trabajo.

—Pues no me gusta tu trabajo.

Zac me mira y creo que los dos pensamos «pues menos mal que lo has dejado». Después de cinco minutos, voy con la mochila de Sophia al hombro y paseando por el parque, ella aún no ha querido bajarse.

—Te he traído una cosa, ¿sabes? —comenta Zac, imagino que para poder bajarla—. Un regalo.

—No me importa.

—¿Seguro? Tiene que ver con Fluppy.

Sophia duda.

—No me importa —insiste.

—Es un libro.

Entiendo a Zac. Es una niña pequeña, pero sus casi cinco años ya pesan, en especial después de tanto tiempo en brazos mientras caminamos por el parque. Pero eso Sophia, claro está, no lo entiende. Ella solo quiere a su padre.

—Entonces deberías venir a casa con nosotras y dármelo allí —propone.

Es inteligente. Ha salido a su madre.

—No sé, quizá deberíamos pedirle permiso al abuelo, ¿no? —comenta Zac.

—Ya ha dicho que sí —asume ella.

—¿Le has preguntado?

—No, pero siempre me da lo que quiero.

Estallo en carcajadas y asiento con la cabeza cuando Zac me mira. Es una consentida, de su padre y de su abuelo. Al final, él también se ríe. Y Sophia.

—Entonces no queda más remedio —sentencia—. Iremos todos a casa a leer a Fluppy.

—¡Sí!

Mi hija salta y aplaude realmente contenta, y en esta escena que parece sacada del final de una comedia romántica, todos sonreímos.

Aún quedan muchas cosas por resolver. No sé si este nuevo intento entre Zac y yo saldrá bien. Ahora tenemos una hija. Las cosas llevan otro ritmo.

Villa Celeste todavía sigue en reformas.

No he vuelto a pensar en la universidad, aunque me encantaría terminar la carrera.

Zac ha dejado el trabajo y, por lo que me ha contado, lo ha invertido todo en un proyecto novedoso que podría (o no) salir bien.

Y, sin embargo, lo único que me preocupa es ella. Su sonrisa. Y la calidez que siento cuando la miro al lado de Zac.

Creo que… me gusta hacia donde está yendo mi vida en estos momentos.

—Papá, tengo que hablar contigo.

Me mira con el paquete de queso rallado en la mano.

—¿Ahora?

—Por favor. Es importante.

—Está bien…

Deja lo que está haciendo y me hace un gesto para que lo siga hacia el porche. En la sala, Sophia y Zac están leyendo el nuevo libro. Puedo escucharlos hablar de él, de Fluppy y… ¿de Machu Picchu?

Una vez fuera me abrazo a mí misma y balanceo mi peso de un lado a otro. Aún no ha anochecido, pero las primaveras al atardecer pueden ser frías. Mi padre alza las cejas al verme y al final dice:

—Está bien, escúpelo.

Tomo aire y…

—Zac y yo estamos saliendo.

Silencio.

Más silencio.

Mucho más silencio…

—Papá, di algo —pido.

—Ah, perdón. Pensaba que ibas a decir algo más.

—No, era eso. Quería que fueras el primero en saberlo.

—¿El primero en saberlo?

Parece confundido. Muy confundido.

—Sí. Que estamos saliendo.

—Pero… pensaba que estabais juntos desde hace semanas.

—¿Semanas?

—Sí. Era obvio. Emilia siempre me ha dicho que debía darle una nueva oportunidad, que es un buen chico.

Todo está siendo muy confuso.

—Hemos empezado a salir oficialmente hoy.

Mi padre sacude la cabeza y suspira.

—Estos jóvenes de hoy en día… Yo le pedí salir a tu madre antes siquiera de tomarla de la mano.

Ay, Dios.

—Eran otros tiempos —murmuro.

—Sí que lo eran.

Y los dos nos quedamos en silencio. Aunque no es espeso, sino tranquilo. Y al final me echo a reír por la situación.

Cuando estoy más tranquila, retomo la conversación.

—Queremos intentarlo de verdad, y ver a dónde nos lleva.

—Está bien. Lo entiendo.

Me vuelvo hacia él y aprieto los labios. Hay muchas cosas que no sabe, o en las que no confía. Lo único a lo que se agarra es a que su hija y su nieta sean felices.

—Estoy haciendo lo correcto, y Emilia tiene razón: es un buen chico.

Mi padre toma mi mano, la aprieta, asiente y me sonríe.

—Y si no lo es, siempre tendrás a tu padre.

Apoyo la cabeza en su hombro y los dos nos quedamos mirando al cielo. Todavía no ha oscurecido del todo, aunque no tardará en hacerlo.

No lo ha dicho, pero sé que me desea lo mejor y que solo quiere mi felicidad. Y que, aunque me lo pidiese, no dejaría a Zac.

Entonces recuerdo sus palabras. Me dijo que un día me daría cuenta de por qué no insistió cuando decidí irme y por qué él se quedó con su mujer.

En realidad, no termino de entenderlo. Al final ella se fue, yo volví. Yo siempre fui y seré su hija.

No termino de entenderlo, pero… creo que ahora lo hago lo suficiente para perdonarme también esa parte de nuestras vidas. Además, ha demostrado ser un padre que se preocupa, me quiere y apoya. Y yo a él también le quiero.

Cuando regresamos a casa voy directa a la sala, donde Zac y Sophia deben de estar leyendo a Fluppy por quinceava vez por lo menos.

Para mi sorpresa, mi padre me sigue. Para mayor sorpresa, le pregunta a Zac:

—Chico, ¿te quedas a cenar?

Sophia sonríe y le mira con alegría.

—Hay pizza casera. El abuelo cocina muy bien.

—Entonces no debería perdérmela —responde.

Mi padre asiente y se va a la cocina para seguir con la cena. Cuando Zac y yo nos miramos, me guiña un ojo.

—Mamá, ven —pide Sophia—. Vamos a leer a Fluppy. ¡En esta aventura viaja a Perú!

Me acerco a ellos, que están en el suelo con el libro abierto. Me apoyo en el hombro de Zac mientras Sophia toma el libro y se tumba sobre nuestras piernas. Lo abre y señala la primera imagen.

—Mirad, aquí Fluppy está preparando las maletas. ¿A qué es un ratón, genial?

Zac y yo nos miramos. Ambos sonriendo. Ambos disfrutando de este momento.

—¡Mamá, papá! —exclama Sophia, reclamando nuestra atención—. ¡Escuchadme!

—Perdona, ardillita.

Ella pone los ojos en blanco y, por suerte, no ve cómo me río porque vuelve a centrarse en su libro.

Zac me rodea la espalda con el brazo y su mano se posa de forma natural en mi cadera. Me acaricia con el pulgar sobre la ropa y yo recuesto la cabeza en su hombro. Mientras tanto, nuestra hija nos cuenta la historia de Fluppy y su viaje a Perú.

Y allí, en el salón de la casa, todo es perfecto.

Allí, tengo el presentimiento de que saldrá bien.

Somos una familia.

Somos… Un nuevo nosotros.

Epílogo 1

BETH

Cuatro meses después...

Los viajes a la playa se han vuelto algo muy común en nuestra familia; tanto que por un momento Zac se planteó comprar su nueva casa allí en lugar de en el pueblo. Aún recuerdo esa primera conversación:

—Y tú ¿dónde vivirías? —le pregunté al saber que iba a dejar la casa de sus padres y que, con el nuevo negocio, no podía permitirse adquirir otra residencia más.

Desde luego, dejar su vida de niño rico a un lado iba a llevar trabajo.

—Podríamos quedarnos todos con tu padre, hasta que esté Villa Celeste.

Me reí de su sugerencia.

—La casa de mi padre no es una pensión, y dudo mucho que le hiciera gracia.

Después de eso Zac alquiló un apartamento casi encima de Emilia's Coffee. ¿Su requisito más importante? Dos habitaciones. Así Sophia tendría su propio espacio cuando quisiera quedarse... Y yo una cama increíblemente incómoda, pero que podría compartir con él.

Está bien, en peores sitios he dormido. Y su pecho, cuando no ronca, es una almohada de lo más increíble.

Y ahora mi vida y la de Sophia está repartida. La mitad de nuestra ropa, de sus libros, de mis cremas... están en casa de mi padre y en la de Zac.

Miento. La mayoría están en la de Zac.

Pero ahora todo va a cambiar porque ha sucedido algo.

Un acontecimiento genial.

Increíble.

Impredecible…

Está bien, no debo ser tan exagerada. Según la gente que me rodea y me quiere, se lo veían venir. En especial según Zac, que lleva cuatro meses totalmente involucrado (o, al menos, todo lo que su trabajo deja). Pero el día ha llegado: la inauguración de Villa Celeste.

Todavía quedan algunas cosillas sobre las que trabajar, como paredes que pintar en el trastero, un baño que no se puede usar, escasez de mobiliario… Pero la cocina es perfecta. La que siempre soñé, con su encimera de mármol en el centro. El salón tiene una increíble chimenea funcional y un sofá grande y cómodo. En la habitación principal hay baño y vestidor.

Pagamos un dineral, pero el tejado seguro que no se va a hundir.

El suelo de madera está restaurado. Las ventanas cierran. El porche es espectacular. La calefacción, el agua, la electricidad…, todo es funcional.

Y sí. Voy a vivir en ella. Mi familia va a vivir en ella.

—Felicidades, hermanita —me dice Jaden, recién graduado en magisterio, mientras pasa un brazo por mi hombro—. Eres la mejor renovando casas; hasta yo querría vivir aquí.

—Tienes habitación de invitados, ¿eh?

Le doy un codazo y él se ríe. Tiene un vaso con agua en la mano, y enseguida sus ojos corren entre la multitud.

—Hablando de todo un poco, ¿cómo le va a Emy?

Oh, pobre niño. Pobre, pobre niño.

—Tiene novio —explico.

—Vaya, eso será un problema.

—Jaden, no hagas nada —le advierto.

—No pensaba hacerlo. —Me guiña un ojo y se va. Y en serio espero que cumpla su promesa.

He hecho algo de lo que espero no arrepentirme: una inauguración. Toda la gente a la que quiero está aquí, y algunos vecinos del pueblo. Charlotte vigila a Sophia y a Anne mientras juegan en los columpios que mi padre ha construido entre las dos casas. Su madre está dándose un festín a mimosas en la improvisada barra del jardín. Jaden se ha acercado a hablar con Emy y Luca. Mi padre y Emilia comen tarta y se ríen. Y Zac…

—Aquí está la mujer más guapa del pueblo.

Me rodea con los brazos y me da un beso suave en los labios.

—¿Solo del pueblo?

—Es que de la ciudad también eres la más lista. Y del mundo. Y del universo. Son muchos títulos que compartir, no seas egoísta.

Le doy otro beso y justo en ese momento llega Sophia. Ha pegado un estirón enorme en los últimos meses y casi me derriba al chocar.

—Pero bueno, ¿y esas prisas? —Me río.

Madre mía, creo que acerté al apuntarla con Anne al equipo de rugby local. Va a ser la mejor haciendo placajes.

—Tengo una pregunta —dice con impaciencia, moviéndose de lado a lado.

Tiene los labios manchados de chocolate de la tarta y se los limpio mientras Zac se agacha para quedar a su altura. Sí, ella habrá crecido, pero él sigue siendo suficiente alto como para necesitar ponerse en cuclillas.

—Dispara —bromea.

—Cuando haga siete, tenemos que hacer una fiesta mejor que esta, ¿de acuerdo?

Es una petición un tanto… especial. E impetuosa.

—Trato hecho —promete enseguida su padre.

Mimada…

Zac estrecha la mano de Sophia y ella lo mira con decisión mientras la sacude. Celebramos su sexto cumpleaños en el jardín de la casa del abuelo. Hubo un hinchable, Zac contrató una persona para entretener a los niños y el catering corrió de cuenta de Emilia's Coffee. En realidad, fue genial.

No entiendo por qué Sophia se queja, pero… es una niña. Y ahora, por fin, solo se preocupa por ser feliz.

Ella abraza a su padre y parece que se va a ir, pero en el último momento frena. Me toma de la mano y tira de mí para que me agache. Me besa en la mejilla cuando lo hago, y finalmente corre para regresar con Anne.

Quiero llorar. Cuando hace cosas como esta, estoy segura de que la estamos criando bien. Es una niña sensible y cariñosa. Siempre lo ha sido.

Estoy disfrutando del momento junto a las personas que quiero, junto a mi novio…, cuando lo veo.

Nick aparece entre la multitud. Tiene barba de un par de días y el pelo le llega por los hombros. Me siento mal, porque sé que es señal de que se está descuidando. Esto es un pueblo y la gente habla. Por suerte solo creen que lo está pasando mal por una pareja. No saben la historia real que hay.

Cuando nos localiza toma aire y camina directo hacia nosotros. Hace cuatro meses que no hablamos. Me pongo al lado de Zac, que me aprieta la mano para darnos fuerza.

Nick llega a nuestro lado y guardamos silencio. A lo lejos escucho a Sophia.

—Lo siento mucho —dice Nick tras unos segundos—. Nunca debí borrar los mensajes y las llamadas de Beth. Era joven, idiota y estaba borracho. Y después pensé que, si era un amor real, esa chica te volvería a hablar. Pero no lo hizo, el tiempo pasó y yo me olvidé.

Esta es la primera disculpa que escuchamos en más de seis años.

—Y en todo este tiempo jamás se te ocurrió comentármelo —replica Zac.

Es siempre tan dulce que a veces se me olvida lo serio que puede llegar a ponerse.

—Lo siento —repite.

—No solo me debes una disculpa a mí. Lo sabes, ¿verdad? Se la debes a toda mi familia.

Nick se vuelve hacia mí y me tenso. No puedo volver a mirarlo como antes. No más. Al final es el causante directo de que Zac no supiese de Sophia.

—Lo siento mucho, Beth.

Pero no contesto. Doy un paso atrás y Zac enseguida se interpone entre Nick y yo.

—Disculpas escuchadas, pero no aceptadas.

—Primo, por favor…

—Ahora mismo ni mi novia ni yo queremos escucharte, Nicholas. Mira, no sé si alguna vez podremos perdonarte, pero en lo que se refiere a un futuro próximo…

Lo deja en el aire, aunque la respuesta es clara: no. Hay cosas que sencillamente son muy difíciles de perdonar.

Hay cosas que no puedes olvidar.

Nick suspira y se da la vuelta. Por primera vez siento un pellizco en el estómago y me conmueve su pena. Quizá sí le perdonemos, quién sabe. Pero no aún. Al menos, yo no aún.

Zac debe decidir por sí mismo, aunque está todavía más dolido que yo.

Unos vecinos se acercan a hablar con nosotros y mi mente hace borrón por completo. Son temas banales, la vida sigue, y cuando se alejan…

—Ojos Grandes.

Zac me agarra por la cintura y me río porque me hace cosquillas. Y también porque ha vuelto a llamarme así, como cuando nos conocimos. Lleva un tiempo haciéndolo siempre que estamos a solas.

—Sabes que tengo nombre, ¿verdad?

—Beth. Y es precioso —asiente—. Pero Ojos Grandes es como solo yo te llamo y eso me gusta más.

—Idiota… Los celos no son sexys.

—¿Tú estarías celosa de mi pasaporte?

Me mira de arriba abajo y no puedo evitar romper en carcajadas. Una pareja a nuestro lado nos mira, pero parece divertida, y yo me río más. Me encanta este chico y me encantan sus locuras. Hace que me olvide de todo, incluso de lo que ha venido a decirme, hasta que retoma la conversación.

—Me tengo que ir a Canadá el lunes que viene, ¿está bien?

—Zachary —digo tomando sus mejillas entre mis manos—. Me informaste de este viaje hace tres semanas, cuando te enteraste.

No conozco a nadie que lleve tan bien la agenda como él. Demasiado bien. Si le dejas, incluso te apunta las horas a las que debas ir al baño. Gracias a Dios eso solo quedó en anécdota.

Su nuevo sistema de negocio no es que sea la bomba, pero le ha permitido mantener el piso en Los Ángeles, lo cual nos viene genial cuando vamos a ver a su hermano y a su padre. Todavía no ha hecho las paces con su madre; y aunque tanto su padre yo como le hemos pedido que le dé otra oportunidad, es Zac quien no quiere hacerlo.

Sé que tarde o temprano lo hará, solo que todavía no siente que sus disculpas sean sinceras. Y que la reacción que tuvo le dolió mucho. Al final, no podemos forzar un perdón. Porque cuando lo haces, ha de ser de verdad.

—Por cierto, tengo que recordarte que agendes el 6 de agosto —recuerdo de pronto.

—Lo sé. La boda de tu amiga.

—La boda de Gia y Adrien —corrijo—. Dilo con propiedad.

—La boda de tu amiga maestra y su prometido enfermero.

Pongo los ojos en blanco y le doy un beso suave. Es todo un caso. Con el tiempo he descubierto más cosas de él de las que sabía aquel verano, como el hecho de que nombra a la gente por sus profesiones y características.

Gia, quien fue mi gran amiga en Nueva York y cuidó mucho de Sophia, es la maestra porque está estudiando esa carrera. Su novio (ejem, prometido) el enfermero, porque de eso ejerce. Emy es la alocada rubia con mechas rosas. Charlotte es mi amiga agradable.

—Y tú eres el amor de mi vida —responde a mis pensamientos, y a mi beso.

Me encanta.

—En serio, ¿todo bien? —insiste—. ¿No coincide con tus clases?

—Para nada. Empiezo a finales de mes.

Porque sí. Lo he hecho. Me he lanzado al vacío. A la aventura. A la locura de ser mamá, tener trabajo en Emilia's Coffee y regresar a la universidad para terminar la carrera.

¿Lo conseguiré?

Ahora mismo lo dudo, pero si preguntas a mi padre, a mis amigas, a mi novio, a mi hija… Te dirán:

—Tú puedes con eso y más. Y si sientes que te ahogas, estaré aquí para recogerte, ayudarte, apoyarte…

—Besarme —le interrumpo.

Porque esta conversación la hemos tenido demasiadas veces. Me fundo en su boca y me deleito con la forma en que sus brazos me envuelven, en que mi cuerpo busca el suyo, nuestros corazones laten por igual y…

—La fase de novios empalagosos debía haber pasado hace semanas —comenta una voz pesada a nuestro lado.

Lanzo una mirada enfadada a Emy, que solo se ríe y agarra con fuerza a Luca mientras tira de él hacia la mesa de pasteles.

¡Tener amigas para esto!

—Igual no pasa en la vida —replico mirando a Zac.

—Claro que lo hará —niega él, sin soltarme—. Pero será para una etapa igual de buena.

Esta vez me estrecha contra él y me abraza. Dejo caer mi cabeza contra su pecho y cierro los ojos. Sigue pareciéndome increíble lo segura y feliz que me siento entre sus brazos.

Sé que puedo sola. Ya lo hice. Sophia y yo estuvimos bien, y seguiríamos bien aunque nada hubiese cambiado. Pero me di la oportunidad de buscar algo más, y eso también me gustó. Al final debes hacer de tu vida lo que deseas, porque nadie más tiene potestad sobre ella excepto tú.

—Estoy deseando mudarme contigo a Villa Celeste —susurro.

—Y yo estoy deseando llenar la casa con más niños.

Me río contra su pecho porque fui yo quien dijo que me gustaría tener más niños después de Sophia, y él se asustó…, porque pensaba que sería imposible querer a un hijo más de lo que quiere a Sophia.

Va a ser un gran padre, como lo es con ella. Lo sé.

Esto solo acaba de empezar.

Epílogo 2

BETH

Un año después…

—Pásalo bien con el abuelo, ardillita. Nosotros volveremos para la cena.

—¿Prometido?

Sophia levanta el dedo meñique y yo se lo entrelazo. Sé que tiene ganas de pasar el día con el abuelo y Emilia. Van a llevarla a hacer pasteles por la mañana, al cine y al parque. Al principio pensé que la madre de Emy y mi padre estaban liados, pero solo han resultado ser muy buenos amigos, y muchos días nos echan un cable con Sophia.

Este es mi último fin de semana antes de los exámenes finales de la carrera. Los de recuperación, porque me fue imposible aprobarlo todo durante el curso. Además, Zac continúa con su propio negocio y, a pesar de trabajar a distancia, ha tenido que hacer varios viajes. Ahora tiene una situación más estable. Ha creado una nueva agenda de clientes y el negocio parece funcionar bien.

—Vale chicas, ¿estáis listas?

Sophia salta de la silla y su padre la sube en brazos sin ningún esfuerzo. Ha crecido mucho en el último año y a mí ya me cuesta cargarla durante más de cinco minutos. Estoy pensando seriamente en apuntarme al gimnasio con Charlotte o ir a *crossfit* como Zac.

—Sí, ya estamos.

Le da un beso en la mejilla a Sophi y salimos juntos. Apenas tenemos que andar un par de minutos desde Villa Celeste hasta llegar a casa de mi padre. Miro hacia atrás unos segundos para contemplar lo bien que ha quedado la reforma. Continuamos trabajando en ella después de mudarnos, y aunque todavía faltan algunos detalles por resolver (como, por ejemplo, cambiar los canalones), al verla pienso en «hogar».

Villa Celeste es mi hogar. Y Zac y Sophia, mi familia.

Nada más llegar a la entrada, nuestra hija salta de los brazos de su padre y corre hacia la puerta.

—¡Abuelo, soy yo! ¡Entro!

Siempre me ha parecido un error no cerrar con llave. Quizá es por el tiempo que estuve viviendo en Nueva York, o por tener una niña pequeña, pero siempre dejo la puerta cerrada.

Mi padre sale a su encuentro cerca de la entrada y ella le abraza por la cintura.

—Vamos a aprender a hacer tarta de queso, ¿verdad?

—Eso ha prometido Emilia.

Después se vuelve hacia nosotros y nos saluda.

—Pasad un buen día.

—Gracias, papá. Estaremos aquí para la cena.

—Cuento con ello. Haré barbacoa.

Lo bueno de vivir cerca es que siempre nos tenemos para cualquier cosa. Estoy muy agradecida con Zac porque nunca se ha quejado, aunque es cierto que mi padre no se ha metido en nuestras vidas. Nunca llega sin llamar (como ha hecho Sophia) y no se molesta si rechazamos una invitación.

Nos despedimos de él y regresamos por el camino para subir al coche.

—¿Quieres llevarlo tú? —me pregunta Zac mientras sacude las llaves en la mano.

Hace poco hemos adquirido un monovolumen familiar.

—He dormido un poco mal, mejor tú.

Los nervios por los exámenes están pudiendo conmigo. Emilia nos ha dado dos semanas libres a su hija y a mí, y ha cerrado la cafetería. Solo la abre para talleres de cocina, como al que va a asistir Sophia hoy.

Quiero aprobarlos y tener mi título ya. Una vez lo logre, me uniré a Zac en su proyecto. Me entusiasma la idea de tener una empresa familiar.

—¿Lista? —pregunta mientras arranca el motor.

—Por supuesto.

Me recuesto en el asiento y miro por la ventana. Este día es para mí. Vamos a ir a la playa, a comer en el restaurante que hay cerca con vistas al mar, y a intentar que deje de pensar en los exámenes. Ha sido Zac quien insistió en que debía tomarme por lo menos un día para desconectar y llegar con la mente despierta. Mis amigas han dicho que tiene razón.

—Cuando todo pase, deberíamos irnos de vacaciones con Sophia.

—¿Qué tienes en mente?

Hemos ido varias veces a Los Ángeles a ver a su hermano, ya que Zac tiene que visitar la ciudad a menudo por negocios.

—¿Roma? ¿París?

—Un poco lejos, ¿no? Es un viaje muy largo en avión para una niña.

—Pero merece la pena. De todos modos, tenemos tiempo para decidir. Piénsatelo.

Me guiña un ojo y sonríe. He de admitir que me gusta mucho la idea de irnos de vacaciones juntos. Siempre que salimos los tres creamos recuerdos especiales y a nuestra hija le encanta.

Es final del verano y se nota en la playa. Cuando llegamos, hay mucha menos gente que en temporada alta. En una ocasión ni siquiera encontramos sitio en el parking de la entrada y tuvimos que dejar el coche a veinte minutos a pie de allí.

—¿Un paseo antes de comer?

Asiento y dejamos los zapatos en el coche antes de caminar hacia la arena. El agua está fría, pero no me importa. Llevo pantalones cortos y eso me permite ir por la orilla. Tomada de la mano de Zac.

—Me encanta venir a esta playa contigo —confiesa—. Creo que aquí fue donde me enamoré de ti.

Su afirmación me hace sonreír.

—Ah, ¿sí?

—Quiero decir, ya me gustabas antes. Pero aquí fue donde caí rendido a tus pies. Y desde entonces siempre ha sido así.

Niego con la cabeza y tiro de nuestras manos entrelazadas para hacer que se agaché. Una vez queda a mi altura, dejo un suave beso en sus labios. Su brazo no tarda en rodearme la cintura, acercándome más a él, y me encanta.

Dos niños pasan corriendo a nuestro lado y nos mojan al chapotear en el agua, haciendo que el momento se rompa. Pero no importa. Mi mano sigue entrelazada con la de Zac cuando nos separamos, y nadie puede borrarnos la sonrisa de la cara.

Seguimos caminando hasta llegar al final de la playa, donde hay unas rocas, y Zac insiste en escalar por ellas para llegar al último lado de la playa, que está vacío.

—Si sube la marea, nos quedaremos allí atrapados —niego, sacudiendo la cabeza de lado a lado—. Es mejor volver. Además, falta poco para nuestra reserva en el restaurante.

Y después de tantos días sin parar de estudiar, tengo ganas de tomarme una copa de vino y comer un plato de patatas fritas.

—Vamos, será un momento —insiste, y suelta mi mano para ir al pie de las rocas—. Yo te ayudaré a cruzar.

Suspiro, porque ya debería habérmelo visto venir. Cada vez que venimos a la playa, él y Sophia se pasan horas en estas piedras, buscando cangrejos, escalando o paseando de un lado a otro.

—Está bien. —Cuando me ofrece su mano, no la tomo—. Puedo sola, tranquilo.

Él se ríe, porque una vez me caí de una forma muy torpe. Pero he de decir que fue culpa de las sandalias, que me quedaban grandes.

No insiste, pero noto como se vuelve a mirarme cada pocos segundos para asegurarse de que voy bien. Fanfarrón…

Y como el karma es vengativo, resulta que quien se cae es él. Aunque por lo menos sucede justo cuando llega al borde de las rocas y cae sobre la arena.

—¿Estás bien? —pregunto, un poco en burla.

Pero cuando no responde, me preocupo. Está de espaldas a mí, con las rodillas clavadas en la arena.

—¿Zac? —pregunto.

No hay respuesta y encima veo que se lleva la mano al estómago. El corazón me da un vuelco y termino de recorrer lo que me queda en pocos segundos. Llego a su lado lo más rápido que puedo y lo rodeo para agacharme a su lado.

—Dios mío, ¿estás bien? ¿Te has hecho da…?

La frase muere en mis labios, porque cuando llego a su lado no está sufriendo. Tiene una sonrisa en el rostro. Una que es dulce, traviesa y… tímida.

—Estoy perfectamente —responde mientras va levantando una pierna y deja clavada la otra en la arena—. Y espero poder seguir estándolo.

Es entonces cuando lo veo. No estaba agarrándose el estómago. Será…

—¡No! —exclamo mientras me llevo las manos a la boca por la sorpresa.

Su sonrisa se amplía un poco más mientras abre la tapa de la caja y me muestra un fino anillo de oro.

—¿Esa es tu respuesta?

El corazón se salta un latido y la emoción crece en mi interior. ¡No me lo puedo creer! Aun así, tengo la increíble templanza como para hacerme la interesante y replicar:

—Depende de la pregunta.

Dejemos a un lado eso de interesante. Estoy sonriendo de oreja a oreja.

—Elisabeth Wilson…

—Ajá —le apremio.

—¿Quieres casarte conmigo?

—¡Sí!

Me lanzo sobre él, haciendo que del impulso ambos nos caigamos en la arena. Me rodea con su brazo libre mientras con el otro sostiene la caja del anillo, pero yo solo tengo ojos para él, para su sonrisa, para sus labios.

—Vaya, esto ha salido mejor de lo que esperaba —bromea mientras no dejo de darle pequeños besos en las mejillas y los labios.

—¿Pensabas que diría que no?

—Esperaba que dijeras que sí —admite—. Pero no que te lanzases sobre mí.

Una risa extraña, mezcla de alegría y emoción, sale de mí. Y vuelvo a besarlo. Esta vez en los labios y dejando que él me devuelva el gesto.

—Te quiero, Zac —susurro.

—Y yo a ti, Elisabeth.

Decirnos ahora cuánto nos queremos parece fácil, pero cuando echo la vista atrás me doy cuenta de todo el camino que hemos tenido que recorrer para llegar hasta aquí; de cómo la vida parecía tener otro camino para nosotros, pero al final volvió a juntarnos.

Porque este no es el final. Es solo inicio de lo que será nuestra próxima gran aventura.

PLAYLIST

UNA CANCIÓN DE TAYLOR SWIFT PARA CADA CAPÍTULO

♪ ♫ ♪

1. *So Long, London*
2. *Nothing New*
3. *The Manuscript*
4. *Evermore*
5. *Clara Bow*
6. *Down Bad*
7. *LOML*
8. *I Hate It Here*
9. *Peter*
10. *The Smallest Man Who Ever Lived*
11. *This Is Me Trying*
12. *I Can Do It With a Broken Heart*
13. *The Tortured Poets Department*
14. *New Year's Day*
15. *All You Had to Do Was Stay*
16. *I Look in People's Windows*
17. *Should've Said No*
18. *I Can Fix Him*
19. *Imgonnagetyouback*
20. *Who's Afraid of The Littler Old Me*
21. *Getaway Car*
22. *Guilty as Sin?*
23. *My Boy Only Breaks His Favorite Toys*
24. *But Daddy I Love Him*
25. *Last Kiss*
26. *Robin*
27. *The Bolter*
28. *Me!*
29. *Florida!!! (feat. Florence + The Machine)*
30. *The Albatross*
31. *The Prophecy*
32. *Long Live*
33. *Fortnight*
34. *You're Losing Me*
35. *The Black Dog*
36. *The 1*
37. *The Alchemy*
38. *Cassandra*
39. *Wildest Dreams*
40. *thanK you aIMee*
41. *Chloe or Sam or Sophia or Marcus*
42. *You Need to Calm Down*
43. *Timeless*
44. *So High School*
45. *How Did It End?*

Epílogo 1. *Ours*

Epílogo 2. *Fresh Out The Slammer*